Isaac Rosa

Glückliches Ende

Roman

Aus dem Spanischen von
Marianne Gareis und Luis Ruby

liebeskind

2. Auflage

Die Übersetzerin und der Übersetzer danken dem
Deutschen Übersetzerfonds e.V. für die Förderung durch
ein Arbeitsstipendium.

Die spanische Originalausgabe erschien 2018 unter
dem Titel »Feliz final« bei Seix Barral, Barcelona.

Die Zitate auf den Seiten 50 bis 53 stammen aus:
Idea Vilariño, »An Liebe«. Gedichte. Übertragen von Peter Schultze-
Kraft, Erich Hackl und Dorothee Engels. © Suhrkamp Verlag 2005.

Umschlagmotiv: Richard Shepherd / Arcangel
Umschlaggestaltung und Herstellung: Robert Gigler, München
Lektorat: Corinna Santa Cruz, Frankfurt/Main
Typografie und Satz: Frese Werkstatt, München
Druck und Bindung: Friedrich Pustet, Regensburg

ISBN 978-3-95438-124-1

Für Marta

Vergeudet haben wir die Worte auf der Straße, Herz,
und was uns noch geblieben ist, genügt nicht,
die Kälte zu vertreiben von vier Wänden.

EUGÉNIO DE ANDRADE

Epilog

Wir wollten zusammen alt werden. Ich sage es laut, um mich zu hören, und merke, wie melodramatisch es klingt: Wir wollten zusammen alt werden. Ich wiederhole es mit mehr Nachdruck, lasse es durchs leere Schlafzimmer hallen: Wir wollten zusammen alt werden! Ich versuche es mit einem Lächeln, wie ein Werbeanrufer am Telefon: Wir wollten zusammen alt werden. Nichts. Es klingt immer noch pompös. Jetzt eher theatralisch, ein Knie auf dem Boden, Totenkopf in der Hand, mit dramatischen Pausen. Wir. Wollten. Zusammen. Alt werden. Ich breite die Arme aus, fülle die Lunge wie ein Tenor, das Orchester hebt an, das Publikum erzittert, Klirren im großen Kronleuchter über dem Parkett: Wir wooollten zusaaaammen alt weee-eeeerden. Tot sinke ich auf die Bühnenbretter, der Vorhang fällt, Applaus, Schluchzer. Ich tippe den Satz ins Handy, brauche mehrere Anläufe: Wir wollt, nein, löschen. Wir wollten zus, nein, wieder löschen. Wir wollten zusammen alt werden. Ein paar Sekunden lang betrachte ich die Worte, die selbst auf dem grellen Bildschirm noch hochtrabend wirken, ich lösche sie wieder, sperre das Telefon, ich gehe ins Wohnzimmer, setze mich auf das Wackelsofa, das einzige in der Wohnung verbliebene Möbelstück. Ich wippe ein paar Mal, lasse es auf dem Parkett klackern. Nächster Versuch: Wir wollten zusammen alt werden. Ich lese es einmal, zweimal. Gehe in meine Kontakte, wähle deinen Namen aus, er ist immer noch der erste, der, den die Leute vom Rettungsdienst anrufen würden, wenn ich irgendwo tot aufgefunden würde. Ein letzter Blick auf den Text, und ich schicke die Nachricht ab. Fertig. In der leeren Wohnung weicht mein Körper Möbeln aus, die nicht mehr da sind. An den Wänden die schmutzig grauen Umrisse von Regalen und Schränken, Fotos und Postern, ich sehe sie noch an jedem einzelnen Haken. Überall bemerke ich Flecken, Filzstiftgekritzel, Kratzer auf dem Holzfußboden, schwarze Abdrücke um die Lichtschalter, ich sehe den kaputt gehämmerten Türknauf, wo einmal eine Tür klemmte. Ich könnte zu jeder dieser Lebensspuren etwas sagen und ihr ein Datum zuordnen. Du hast mich ausgelacht, wenn ich sie so nannte: Lebensspuren. Gespenstische Überbleibsel, die unter dem Pinsel und Schwamm des Nachmieters verschwinden werden. Im Schlafzimmer zum Beispiel, über dem hellen Umriss, den das Kopfteil des Betts hinterlassen hat, ist rechts ein rätselhaftes Bélmez-Gesicht zu bewundern: der Abdruck, den deine Füße an der Wand hinterlassen haben, nachdem du über ein Jahrzehnt lang vor dem Schlafengehen die Beine ein paar Minuten hochgestellt hast, zur besseren Durchblutung. Die Kerben in einem Türrahmen, die das Wachstum der Mädchen anzeigen. Ich streiche mit den Fingern darüber wie über die Tasten eines Klaviers, liebkose jede Kerbe, lese das Datum und die Initialen ab. Ich liebkose und betrachte sie, auch wenn mir dabei unweigerlich einfällt, dass ich mich früher über derlei Gefühlsduseleien immer lustig gemacht habe, aber gerade kann ich meine Trauer nur dadurch äußern, dass ich gerührt über den bunten Türrahmen streiche. Denn auch wenn du es nicht glaubst, auch wenn ich vorhin in dem leeren Schlafzimmer den Clown gespielt habe, bin ich doch traurig. Mehr als traurig. Deshalb habe ich dir diese Nachricht geschickt, deshalb schrecke ich auf, als der Klingelton deine Antwort ankündigt, und ich lese sie ungeduldig, auch wenn ich fürchte, dass sie spät kommt, sehr spät.

Natürlich kommt sie spät. Du hättest mir deine Nachricht gestern schicken können. Ich habe ständig aufs Telefon geschaut, bis die vier Männer vor der Tür standen, die die Wohnung dann in wenigen Stunden leer geräumt hatten, eifrig wie Termiten. Du hättest sie sehen sollen. Sie haben die Bücher eingepackt, unsere Kleider in Pappschränke gehängt, die Schubladen geleert, ein gespenstisches Treiben um mich herum, als würden sie mich nicht sehen. Das Stockbett der Mädchen, das du damals so mühsam aufgestellt hast, hatten sie in Minutenschnelle abgebaut. Wie Diebe liefen sie die drei Stockwerke runter, mit den Matratzen, dem Kühlschrank, der Waschmaschine. Stück für Stück wurden Teller und Gläser eingewickelt, Töpfe und Schüsseln ineinandergesteckt wie Matrjoschkas. Der Teppich wurde zusammengerollt, Bilder und Fotos abgehängt und stoßsicher verpackt. Was noch? Eine Lampe abzuschrauben dauerte bei ihnen so lange, wie du brauchen würdest, um diesen Satz zu sprechen. Sie stapelten Stühle, rollten die alte Kabeltrommel weg, die uns als Tisch gedient hatte. Sie schichteten Kartons in den Aufzug, klammheimlich, du weißt ja, was der Hausmeister für einen Stress macht. Ich sah sie durchs Fenster, es war wie im Zeitraffer, Figuren aus einem Chaplinfilm, die Möbel und Kartons in dem Lkw auftürmten, ich hatte ihn ja für zu klein gehalten, um eine ganze Wohnung aufzunehmen, all diesen Kram aus dreizehn Jahren. Aber von wegen, es blieb Platz genug, um säckeweise Winterkleidung aus dem Abstellraum zu bergen, drei Fahrräder, die alte Wiege, keine Ahnung, wozu ich die mitnehme. Fünf Stunden, und es war nichts mehr da. Also, bis auf das Wackelsofa. Wie ein Sturmwind, der die Fenster aufreißt und im Wohnzimmer einen Strudel bildet, in dem sich Möbel, Bücher und aufgewirbelte Kleidungsstücke drehen, und dann verschwinden sie zum Balkon hinaus und steigen zum Himmel auf. Oder wie eine Lawine: Sicher wäre dir das Bild eines Erdrutschs lieber, die Zunge aus Schlamm, die langsam den Berg hinabgleitet, Türen eindrückt, Möbel gegen die hinterste Wand schiebt, bis diese unter der Last einstürzt. Wie lieben wir doch Metaphern, was für eine beschissene Angewohnheit, alles, was uns widerfährt, muss zur Katastrophenmetapher werden, ein ganz normaler Umzug, eine Trennung wie so viele andere, eine Liebe, die vorbei ist, fertig, aus. Nach fünf Stunden waren in der Wohnung nur noch zerfetztes Verpackungsmaterial, lose Schrauben, eine vergessene Wandgarderobe, das Sofa. Und Dreck, viel Dreck. Du glaubst gar nicht, wie viel Dreck sich über die Jahre ansammelt, auch wenn man jede Woche putzt. Hinter jedem beiseitegerückten Möbelstück kam Abhandengekommenes zum Vorschein, Dinge, die wir

verloren gegeben und vergessen hatten: ein einzelner Ohr-
ring, Bleistifte, Spielfiguren, von den Mädchen gemalte
Bilder, der Schlüssel, wegen dem wir damals diesen Streit
hatten und das Schloss austauschen mussten. Aber auch
Brotkrümel, Keksstückchen, mumifiziertes Obst. Papier-
schnipsel, zu Staub zerfallende Kakerlaken und Motten. Und
Fusseln, ein Abgrund von Fusseln, genährt von mehreren
Jahrgängen abgestorbener Haare, Schuppen, Nägel, von
Wundschorf und geschälter Haut am Ende jedes Sommers,
das alles gehört nun in einer anderen Wohnung ersetzt, der
Wohnung, zu der sich der Lkw aufmachte, als die letzte
Lampe untergebracht war. Fahren Sie schon mal los, ich
komme gleich nach, sagte ich den Umzugshelfern und fuhr
ein letztes Mal nach oben. Und während ich durch die leeren
Zimmer ging, sah ich aufs Handy, vielleicht war ja eine drin-
gende Nachricht eingegangen, kurz vor Toresschluss, in letz-
ter Minute, die Vollstreckung wurde ausgesetzt, brechen Sie
die Mission ab, halten Sie den Lkw an, warten Sie, holen Sie
die Sachen wieder raus und stellen Sie alles zurück an seinen
Platz, falscher Alarm. Aber nein.

Nein, gestern habe ich dir die Nachricht nicht geschickt,
aber letzte Woche war ich nah dran, an dem Nachmittag,
als ich all die persönlichen Dinge wegräumte, die wir nicht
der Umzugsfirma überlassen wollten, die Kisten hatte ich
mir in den Geschäften im Viertel erbettelt. Ich habe alles
zusammengepackt, für den Tag, an dem es uns nicht mehr
so schmerzt und wir die Sachen aufteilen können: Nippes

aus den Regalen, Handarbeiten aus der Schule, Schächtelchen mit Milchzähnen und Nabelschnüren, der Schwangerschaftstest von Ana, eine rostige Patronenhülse, Weinflaschen, die noch auf eine besondere Gelegenheit warteten, Erotikspielzeug aus der hintersten Ecke einer Schublade. Den *cuornuciello*, unser Glückshorn aus Neapel. Ein Schild aus dem Hotel mit der Aufschrift Bitte nicht stören. Das vergilbte Programm eines Kongresses von vor dreizehn Jahren. Fotos, viele gerahmte Fotos, die über die ganze Wohnung verteilt waren. Fotos von uns in verschiedenen Lebensphasen, Fotos von Hochzeiten, von unseren Töchtern direkt nach der Geburt, von Geburtstagen und Urlauben. Das sepiafarbene Bild eines jungen Mannes im Zweireiher, das Haar glänzend, im Blick der frühe Tod. Die Hefte zu den Mädchen, die Chronik ihrer Leben seit der Geburt, die ich künftig allein weiterschreiben werde. Und Unterlagen, das pralle häusliche Archiv von Rechnungen, Verträgen, Arztberichten und Steuererklärungen, die auch von uns erzählen. Eine Schachtel von dir, die ich lieber nicht aufmachen wollte: ein Schuhkarton voll mit handgeschriebenen Briefen, wir könnten sie direkt an das Museum der Zerbrochenen Beziehungen schicken, damit sie dort gerahmt und von gerührten oder belustigten Touristen gelesen und fotografiert werden, außerdem dieser ganze sentimentale Plunder, den wir einfach nicht wegwerfen können: Postkarten, Stadtpläne, Konzerttickets, abgegriffene Mutter- oder Vatertagsgeschenke, gebrauchte Geburtstagskerzen, Trockenblumen, Steine und Muscheln vom Strand. All diese häuslichen Schätze, die eine Familie in einem guten Jahrzehnt ansammelt. All diese Dinge, die wir, wenn wir auswandern, wenn ein geliebter Mensch stirbt, oder wie jetzt, bei einer Trennung, betrübt betrachten und deren Geschichte wir dann noch einmal durchleben müssen. Manche Leute schreiben sogar Romane, deren Ausgangspunkt dieser bange Augenblick ist, in dem wir die Kiste mit den Familienerinnerungen öffnen. Schlechte Romane. Dieser ganze Krempel, irgendwann werden ihn die zu Waisen gewordenen Kinder, die Polizisten bei der Zwangsräumung, die Rettungsmannschaften nach einer Gasexplosion, die zum Kilopreis einkaufenden Trödler, die Einbrecher oder, in ein paar Monaten, sogar wir selbst in einen Container werfen, und dann ist Schluss.

Fast hätte ja ich alles weggeschmissen, bei meiner eigenen Säuberungsaktion ein paar Tage vor deiner sentimentalen Packerei und ohne so viele Bedenken: sechs Müllsäcke voller Zeug, eingesammelt von einem Zimmer zum nächsten, das nehme ich doch nicht alles mit in eine kleinere Wohnung. Dann stand ich vor den Containern, die Sachen fein säuberlich getrennt, mit nordeuropäischem Bürgersinn: auf der einen Seite das Papier, all die Zeitschriften, die du seit Jahren aufbewahrt hattest, weil darin ein Artikel von dir abgedruckt war. Zerfledderte Märchenbücher, ausgeschnittene Kochrezepte. Eine vollständige Themenliste für meine Staatsprüfung, Hefte und Arbeitsblätter von der Kinderkrippe aufwärts, meine Güte, kann man denn nie etwas wegwerfen. Noch mehr Papierkram: Planzeichnungen, Entwürfe für den

Umbau des Hauses, der nicht mehr stattfinden wird. Eine Mappe mit Dutzenden von Weinetiketten, die wir über Jahre hinweg abgelöst und aufbewahrt hatten, um damit die Wände eines Weinkellers zu tapezieren. Die fünfzehnbändige Enzyklopädie, die du aus der Wohnung deiner Ex mitgebracht hattest, aufgeschlagen hast du sie meines Wissens nie. Und ein Dutzend Moleskine-Kladden; tut mir leid, aber die habe ich alle weggeworfen, ohne dich zu fragen. Es war einfach der falsche Moment, und ich fand die Vorstellung schrecklich, über Monate darin zu lesen und herumzuflennen wie eine Blöde. In einem zweiten Sack das Plastik: kaputtes Spielzeug, abgenutzte Küchenutensilien, das Campinggeschirr, tja, vielleicht hättest du es ja haben wollen, Scheidungsväter stehen doch so auf Camping in den ersten Jahren. Die Flaschen in den grünen Container: Parfümflakons, ausländische Biere von jeder deiner Reisen, die Likörflasche, die sechs Jahre darauf gewartet hat, als originelle Lampe wiedergeboren zu werden. Einmachgläser mit gefärbtem Salz, Sand von diversen Stränden, Reste von naturwissenschaftlichen Experimenten, nicht mehr identifizierbare Substanzen, zerfallen, nur noch Dreck. Das alles habe ich ausgeleert und hinter dem Rücken unserer zwei Diogenestöchter weggepackt, und während sie mit dir eine Kleinigkeit essen waren, habe ich einen weiteren Sack mit Technikschrott aus diversen Schubladen gefüllt. Dann hatte ich noch die Kraft, bestimmt den halben Inhalt unserer Kleiderschränke in den am Ende berstend vollen Altkleidercontainer zu stopfen, beim Umzug in eine neue Wohnung und ein neues Leben soll man ja die Chance zum Ausmisten nutzen. Alte Klamotten wegzuwerfen ist ein billi-

ges Mittel, die Vergangenheit auszutreiben, das habe ich mal auf irgendeiner bekloppten Website gelesen, die Trauernde mit Ratschlägen versorgt, und ich hätte alles liebend gern zu einem Scheiterhaufen aufgeschichtet und im Hof verbrannt. Ich hätte weitere Tüten gefüllt und Fahrten zur Sammelstelle unternommen, bis die Wohnung leer und kein Umzug mehr nötig gewesen wäre. Am liebsten hätte ich mit allem kurzen Prozess gemacht, wäre durch die Zimmer gegangen und hätte ohne sentimentale Anwandlungen Schubladen ausgekippt und Bücherregale leer gefegt, weg mit den vollgepfropften Hochschränken, den Möbeln, von denen beim Umzug sicher ein paar Schrauben verloren gehen, und dann kann ich sie nicht wieder aufbauen, den zerschlissenen Teppichen und Lampen voll toter Insekten, mit den Matratzen, Türen, Fenstern, die ganze Wohnung hätte ich in einen großen Sack gestopft und zu der verdammten Sammelstelle gebracht, bis am Ende nur ich noch übrig geblieben wäre, um mich herum Leere wie im Schlussbild eines Comics. Mir ging es in diesem Moment so beschissen, dass ich sogar selbst in einen gelben Sack gestiegen wäre, den hätte ich dann mit einem Doppelknoten verschnürt und mich darin in den Hauseingang gelegt: eine halb erstickte Houdini, bis ich den Lkw gehört und den Atem angehalten hätte, damit zwei Müllmänner mich ächzend hochhieven und in die Presse werfen.

Vor deinem Recyclingrausch gerettet habe ich das wenige, das ich bereits an einem früheren Nachmittag mitgenommen hatte, als ich in die Wohnung kam, die ich damals immer noch als mein Zuhause ansah, und sagte: Hallo, ich komme meine Sachen holen. Nimm mit, was du willst, hast du mir schlecht gelaunt hingeworfen, nimm mit, was du willst, und verschon mich mit Fragen. Ich sagte, ich würde ganz wenig mitnehmen, bei meiner Mutter sei ja kaum Platz, und außerdem wäre es mir lieber, du würdest unsere gemeinsamen Dinge in der Wohnung aufbewahren, die das Zuhause unserer Töchter wird. Es ist alles für sie, sagte ich, und du hast mich mit diesen zusammengepressten Lippen angesehen, so typisch für dich, und dir vermutlich eine sarkastische Antwort verkniffen: Alles für sie? Oh, danke, unser großer Familienbesitz, IKEA-Möbel, altersschwache Haushaltsgeräte, Taschenbücher, Billigkram, alles für sie, danke. Du bist mit den Mädchen in den Park gegangen, und ich habe meine Sachen eingepackt, und glaub mir, es war kein Spaß. Beim Erzählen mag es jetzt lächerlich klingen, und in ein paar Monaten kann ich bestimmt darüber lachen, aber es gab mehrere Momente, in denen ich weinen musste. Ich sage das nicht, um dein Mitleid zu erregen, ich habe wirklich geweint. Beim Durchblättern der Hefte, die du dann später weggeworfen hast. Beim Wühlen in einem Oberschrank, als auf einmal deine Schwangerschaftshose zum Vorschein kam. Als hinter den Socken das Album auftauchte, die Fotos von unserer heimlichen Hochzeit.

Du hattest feuchte Augen, als ich ankam, ja. Aber ich dachte, das sei nur Theater, ich hatte dich von der Straße aus gesehen: deine Silhouette vor dem hell erleuchteten Hintergrund, du sahst aus dem Fenster, hast auf mich gewartet; aber als ich reinkam, warst du vor Überraschung wie festgefroren, in einer zweifellos einstudierten Pose: im Wohnzimmer vor dem Regal, mit einem gerahmten Foto in der Hand und einem Gesicht wie ein ausgesetzter Hund. Was für ein Idiot, dachte ich. Als ich deine zwei Koffer sah, die Carrefour-Tüten und den Einkaufswagen, war ich froh, die Mädchen bei meiner Mutter gelassen zu haben. So blieb ihnen das jämmerliche Bild erspart, wie ihr Vater ein Wägelchen mit Carrefour-Tüten zur U-Bahn schiebt. Entschuldige, hast du gesagt, ich bin gleich fertig, sag mal, willst du dieses Foto haben, sonst würde ich es mitnehmen. Ich habe nicht mal hingeschaut: Kannst du haben, nimm alles, was du willst. Dann saßest du auf einmal auf dem Sofa, auf der Seite, wo es wackelt, weil das Bein kaputt ist. Das Sofa nimmst du am besten auch mit, sagte ich, ich werfe es sonst weg. Warum willst du es wegwerfen? Weil es kaputt ist. Du hast gelächelt und ein bisschen gekippelt, um das Sofa zum Wackeln zu bringen: Weiß ich doch. Wirf's nicht weg, ich behalte es, lass es einfach hier, ich hole es ab, sobald ich kann. Dann hast du ein paar Mal auf die Sitzfläche geklopft: Setz dich doch kurz zu mir. Ich schüttelte den Kopf, du gabst nicht nach: Na, komm schon, vielleicht ist es das letzte Mal, dass wir uns zusammen hier hinsetzen können, bitte. Und um mir das nicht länger anhören zu müssen und dich so schnell wie möglich wieder loszuwerden, setzte ich mich schnaubend ans andere Ende des Sofas, das zu schaukeln begann wie eine Wippe. Du bist ein Stück näher gerückt und hast leise gefragt: Darf ich dich in den Arm nehmen? Und als ich nicht antwortete,

nahmst du das als stillschweigendes Einverständnis, und
schon lag dein Arm um meine Schultern.

Seit zehn Tagen hatten wir nicht mehr auf diesem Sofa gesessen: seit dem Vormittag, den du dir freigenommen hattest, die Kinder waren in der Schule, um in Ruhe über alles
Anstehende zu reden. Da saßen wir dann an diesem Freitag im November um halb zehn auf dem Wackelsofa, um
uns herum eine muffige Stille wie in einem Wartesaal. Wie
im Wartesaal eines Gerichts, sagte ich scherzhaft, du warst
gleich wieder genervt, vielleicht war es ja keine gute Idee,
diese alte, Jahre zurückliegende Erinnerung an einen Wartesaal wachzurufen, der sich damals tatsächlich in einem
Gericht befand. Doch die Erwähnung hatte durchaus ihren Sinn, schließlich saßen wir nun auch zusammen, um
uns zu verständigen, uns nicht wehzutun, um zu einer guten Einigung zu kommen, zu einer Mindestregelung, und
um zu vermeiden, dass alles verquer und hässlich wurde
und wir in ein paar Monaten stumm, verstört und wütend
im Wartesaal des Familiengerichts saßen, in Begleitung unserer jeweiligen Rechtsbeistände in zerschlissenen Talaren.
Aber eigentlich ließ sich der Vormittag gut an: Wir waren
uns einig, dass wir uns beide um die Kinder kümmern würden, auch wenn wir noch keine konkrete Vorstellung von
der praktischen Umsetzung hatten: Du warst dagegen,
dass die Kinder abwechselnd bei dir und bei mir oder wir
alle in einer Wohnung wohnen würden, wolltest sie lieber
bei dir haben, aber ich könnte sie täglich sehen, ohne eine

feste Regelung oder Beschränkung. Wir notierten in einem Heft ein paar Grundregeln für den Fall von Unstimmigkeiten bei der Zeitaufteilung, der Organisation von Ferien, Geburtstagen, Familienfesten, bei medizinischen und schulischen Fragen, diese ganze spannungsgeladene Zwischenkriegsdiplomatie, die Paare mit Kindern betreiben müssen, wenn sie sich trennen. Beim Finanziellen lagen wir auch nicht so weit auseinander, du erinnerst dich vielleicht: Das Sparbuch wollten wir auflösen, das Auto uns weiterhin teilen, die Möbel kämen in die Wohnung, in der du mit den Mädchen wohnen würdest und wo ich meine Wochenenden mit ihnen verbringen wollte, aber bei diesem Punkt waren wir uneins, weshalb wir ihn auf später verschoben. Beim Landhaus kamen wir auch nicht recht weiter: Ich schlug vor, es zu verkaufen, das wäre das Einfachste, dann könnten wir das Familiendarlehen zurückzahlen und den Rest unter uns aufteilen. Doch als wir in unserem Heft herumrechneten, wurden wir uns nicht einig, wie viel Geld wir in das Haus gesteckt, wie viel wir deiner Familie schon zurückgezahlt hatten und ob wir den Kaufpreis zugrunde legen oder es neu schätzen lassen sollten. Das war alles nicht dringlich, konnte später wieder aufgegriffen werden, doch von da an verhakten wir uns, rangelten und stritten, und es ging nur noch abwärts. Du fingst damit an: Wie viel willst du mir für die Kinder überweisen? Überweisen, wieso überweisen?, wir wollen uns doch beide um sie kümmern. Aber die Mädchen wohnen bei mir. Na ja, wir kümmern uns beide, also schlage ich vor, dass wir die Ausgaben schätzen und dann ein Konto eröffnen, auf das jeder monatlich die Hälfte einzahlt. Und die Wohnung, was ist damit, die kann ich mir alleine nicht leisten, das habe ich dir gesagt, bevor ich den Mietvertrag unterschrieben habe, ich dachte, darüber seien wir uns einig. Ich kann mir auch keine Wohnung leisten, deswegen ziehe ich ja zu meiner Mutter. Aber die Mädchen brauchen eine Wohnung. Wenn wir die Miete zu zweit bezahlen, sollten wir auch beide drin wohnen dürfen. Jetzt komm mir nicht wieder mit deinem Hirngespinst von getrennten Eltern, die weiterhin wie Freunde zusammenleben. Ich kann dir keinen Unterhalt zahlen, das weißt du. Ich will keinen Unterhalt, Antonio, aber du weißt genau, dass ich diese Wohnung nicht alleine bezahlen kann. Dann such dir eine kleinere. Es ist doch eh nur eine kleine Dreizimmerwohnung, verdammt noch mal, wo sollen wir denn unterkommen? Lass uns nicht die Nerven verlieren, Ángela, wir wollen doch zu einer Einigung kommen. Das nennst du Einigung? Lief doch ganz gut, bevor wir angefangen haben, übers Geld zu reden. Da siehst du's, wir sind kein bisschen besser als andere Trennungspaare, scheußlich. Wir müssen uns zusammenreißen. Ich habe es satt, mich zusammenzureißen, ich habe einfach keine Kraft mehr. Mach es für die Mädchen. Genau das tue ich doch, ich mach mir Sorgen um sie. Du weißt doch, bei mir läuft's im Moment nicht so toll, lass uns zu einer vorläufigen Einigung kommen, und wenn es bei mir besser läuft, reden wir noch mal übers Geld. Den Moment hast du doch selbst gewählt. Das ist unfair. Die Trennung geht von dir aus. Früher oder später musste jemand diese Entscheidung treffen. Ja, aber jetzt war es früher, weil du nicht mehr warten konntest. Meinst du, ich habe es eilig, mich zu trennen? Ja, das meine ich, sehr eilig sogar, weil du was Besseres vorhast. Ich weiß nicht, wovon du sprichst. Wie kannst du erwarten, dass wir uns auf was einigen, wenn du mir nicht die Wahrheit sagst?, hast du noch einen draufgesetzt. Und dann erzählte ich dir, spät, das, was du sowieso schon wusstest.

Ich hatte es ein paar Tage vorher erfahren. Am ersten Abend, an dem du nicht zu Hause schlafen würdest. Ich saß auf dem Sofa, nachdem ich die Mädchen ins Bett gebracht hatte, und zum ersten Mal seit zwei Wochen war meine Stimmung gelassen, überraschend gelassen. So sehr, dass es mir sogar als eine gute Idee erschien, uns zu trennen. Ein Kreis, der sich schließt. Ein neues Leben. Kein Weltuntergang. Ana und Sofía hatten sich mit der Erklärung zufriedengegeben, Papa müsse sich um die Oma kümmern. Ich schätze, sie hatten noch im Kopf, wie deine Mutter letztes Weihnachten geweint hatte, und glaubten wohl, sie sei irgendwie krank. Ich hatte an dem Abend schon eine Weile mit Luisa hin- und hergeschrieben, dieser verrückten Nudel, sie wollte mich unbedingt dazu bringen, ein Buch von Helen Fisher zu lesen, das hätte ihr nach ihrer Trennung geholfen. Die Gefühle von Wut und Verzweiflung sind evolutionäre Mechanismen, die hat uns die Natur gegeben, erklärte mir Luisa, wir sollen Beziehungen, die keine Zukunft haben, abschreiben und unser Leben schnellstmöglich neu einrichten. In drei Monaten, versicherte sie, würden wir über meinen gegenwärtigen

Schmerz Witze reißen, sie wettete sogar ein Abendessen darauf. Anschließend führte sie mir die Vorteile vor Augen, die es mit sich brächte, jedes zweite Wochenende nicht für die Kinder zuständig zu sein und freie Nachmittage zu haben. Am Ende schlug sie mir für den nächsten Sommer eine absurde Mütter-Töchter-Reise vor, als ersten Schritt zu der Amazonen-WG, die wir unverzüglich gründen würden, dort, in unserem Haus auf dem Land, würden wir unsere Töchter in schwesterlichem Geist erziehen und Männer jagen, zum freien und allgemeinen Gebrauch, du kennst sie ja. Ich musste gerade darüber lachen, als eine Nachricht von Germán reinkam, eigentlich war es zu spät für ihn, aber er hatte seine wachsame Mutter mal wieder ausgetrickst und das Handy mit ins Bett geschmuggelt. Die Nachricht lautete: Hallo, Ángela, mein Dad hat mir erzählt, dass ihr euch trennt, wie krass, hat mich echt umgehauen, und danach eine ganze Latte von Emoticons, offene Münder, weit aufgerissene Augen, aufgeplatzte Lippen, Tränen, gebrochene Herzen, Blitze. So ist das Leben, tippte ich und wunderte mich, dass ich auf einmal Lust bekam, mit deinem Sohn zu chatten. Germán schrieb zurück: Ja, aber echt schade, Mann, und noch mehr tränenüberströmte Gesichter und gebrochene Herzen in allen verfügbaren Farben. Wird mir fehlen, deine böse Stiefmutter zu sein, schrieb ich und hängte mein eigenes Emoticon an, eines, das Tränen lachte, er antwortete mit der Königin aus Schneewittchen und schrieb: Mal sehen, wie's mit der Neuen wird, aber die wird dich als Stiefmutter kaum toppen können, und dann wieder eine Menge Gesichter, die mir Küsschen zuwarfen, dazu knallrote Münder und po-

chende Herzen. Was für eine Neue?, fing ich an zu tippen,
aber dann löschte ich es wieder und schrieb stattdessen: Ach,
die Neue, kennst du sie schon? Wie findest du sie? Germán
antwortete sofort: Weiß nicht, hab nur ein Foto gesehen,
sieht nett aus, aber du sahst auch nett aus, als ich dich ken-
nengelernt habe, und jetzt warf sich sein Emoticon auf den
Boden und strampelte vor Lachen. Wie heißt sie noch mal?,
fragte ich, und dein Sohn schrieb zurück, mit der Naivität ei-
nes Vierzehnjährigen, wie ich damals glaubte: Inés.

Meine Blödheit, wieder mal. Genau an dem Nachmittag
hatte ich mit Germán geredet. War mit ihm was essen gegangen in einem VIPS voller Trennungsväter, die ihren
Kindern am vereinbarten Tag nach der Schule Entschädi-
gungs-Pancakes und Entschuldigungs-Milchshakes spen-
dierten. Du kennst doch diese Cafés, in denen man nur uns
Väter reden hört, aufgekratzt, während die Kinder kauen
und nicken, dieses Bedürfnis der Geschiedenen, alles Frag-
bare zu fragen und alles Erzählbare zu erzählen, damit bloß
kein Schweigen aufkommt. Ich war an dem Nachmittag
auch der Einzige, der geredet hat, während Germán seinen Milchshake schlürfte und nickte und einsilbig auf mein
Geschwätz antwortete. Ich begann ihn auszufragen, wie
läuft's so (gut), wie läuft's in der Schule (gut), wie sind die
Klassenarbeiten gelaufen (gut), steht eine neue an (nein),
irgendeine neue Note (nein), Hausaufgaben für morgen
(nein), wie läuft's mit deinen Freunden (gut), wie läuft's
mit Mama (gut), hast du am Wochenende was vor (keine

Ahnung). Als die Routinefragen abgehakt waren, zögerte ich den Hauptgrund für den Cafébesuch noch etwas hinaus, ich wollte es ihm nicht einfach so hinknallen, ohne Aufwärmphase. Also erzählte ich ihm von einem Artikel, den ich gerade veröffentlicht hatte, »Der Download von Glückshormonen. Ein Klick, ein Kick«, ein aus wissenschaftlichen Veröffentlichungen rasch zusammenkopierter Überblick zum Thema Dopaminausschüttung und soziale Netzwerke, der zum meistgelesenen Artikel des Tages geworden war. Doch als ich Germán von Neurotransmittern und Technologiesucht erzählte, dachte er wohl, jetzt kämen gleich neue Beschränkungen beim Handygebrauch, oder sein Vater würde versuchen, seine Bewunderung zu erlangen, indem er sich als erfolgreicher Journalist präsentierte. Als ich sein genervtes Gesicht sah, beschloss ich also, zur Sache zu kommen. Ich wechselte einen solidarischen Blick mit einem anderen Vater, der am Nebentisch mit einer stummen Vorpubertierenden monologisierte, und überfiel Germán nach einem kurzen einleitenden Gestammel mit den Worten: Ángela und ich trennen uns, das haben wir beschlossen, aber sag deinen Schwestern nichts, die wissen es nämlich noch nicht. Da Germán lediglich nickte und keinerlei Gefühlsregung zeigte, redete ich weiter und vergaß wieder mal die goldene Regel für Problemgespräche mit Jugendlichen: Gib ihnen die nötige Information, nicht mehr und nicht weniger, und antworte nur, wenn sie dich was fragen. Aber nein: Der *horror vacui* des Trennungsvaters zwang mich weiterzureden, immer schneller und wahlloser, je weniger Germán reagierte, denn der blieb einfach stumm wie diese gerissenen Journalisten, die mit ihrem Schweigen erreichen, dass die Interviewten mehr sagen, als sie sollten: Mit ihr und mir laufe es schon länger nicht so gut, erzählte ich, das kommt vor, so ist das Leben, die Liebe ist ewig, bis sie aufhört, manchmal lieben sich Paare einfach nicht mehr, und dann ist es besser, sich in aller Freundschaft zu trennen, als die Beziehung noch zu verschlimmern, deine Freunde haben fast alle getrennte Eltern, bei dir ist es ja auch so, und du siehst, wie gut Mama und ich uns verstehen und wie lieb wir dich haben, Eltern trennen sich, aber von unseren Kindern trennen wir uns nie, ich kenne mehr unglückliche Kinder aus intakten Familien als glückliche, und dafür viele glückliche Kinder, die zwei Zuhause haben, zwei Zuhause zu haben ist ja kein Problem, es kann sogar ein Vorteil sein, wenn man zwei Zuhause und zwei Zimmer hat, zwei Geburtstage und zwei Weihnachten und zwei was weiß ich, zwei von allem. Germán stocherte mit seinem Strohhalm im Glas herum und vermied es, mich anzusehen, auf seinem Gesicht ein Ausdruck, dem ich nicht entnehmen konnte, ob er betroffen war, seine Interessen abwog oder einfach nur vollkommen gelangweilt, weshalb ich noch tiefer einstieg, obwohl mich niemand darum gebeten hatte: Ich erzählte ihm, dass es da jemand anderen gebe, auch das kommt vor, plötzlich taucht jemand in deinem Leben auf und alles wird umgekrempelt, das wirst du auch noch erleben, wenn du groß bist und dich verliebst. Und da keiner der geschiedenen Väter ankam und mir mitfühlend empfahl, doch verdammt noch mal meinen Mund zu halten,

27

ritt ich mich noch mehr rein: Sie ist sehr nett, heißt Inés, du wirst sie bald kennenlernen, ihr werdet euch gut verstehen, vom Alter her ist sie dir fast näher als mir, sie ist Historikerin, kann dir also in Geschichte helfen, falls du das mal brauchst, soll ich dir ein Foto von ihr zeigen? Erst als Germáns Handy klingelte und er ranging, hörte ich endlich auf zu reden. Ich hätte ihm wohl besser eine knappe Nachricht geschickt, aber dafür war es nun zu spät. Willst du noch was fragen?, drängte ich ihn, und da er den Kopf schüttelte, ritt ich mich vollends hinein: Also das mit Inés, das erzähl aber bitte nicht Ángela, die weiß es nämlich noch nicht, ich hab's dir erzählt, damit du siehst, dass ich dir vertraue.

Hätte mir dein Sohn nur früher davon erzählt, wenn schon du Inés vor mir verstecken musstest. Warum eigentlich? Um mir einen Schmerz zu ersparen, der zu dem Zeitpunkt keinen großen Unterschied mehr gemacht hätte? Damit die Trennungsvereinbarung weniger kompliziert wird, ohne sentimentale Verzerrungen, und du kein emotionales Kapital verlierst? Oder eher, wie ich vermute, um die Verantwortung für das Ende zu teilen? Was sage ich: um sie komplett bei mir abzuladen, ich sollte mich verantwortlich fühlen für unser endgültiges Scheitern. Wenn du von Anfang an ehrlich gewesen wärst, hätte mich das geschmerzt, sogar mehr, als du denkst. Aber ich hätte es akzeptiert, ohne melodramatisches Getue. Und vor allem hättest du mir zwei Wochen erspart, die zwei Wochen zwischen deiner Trennungsankündi-

gung und deinem Auszug. Zwei Wochen, die ich bis zu Germáns Nachricht als eine Zeit des Waffenstillstands und der Neuorientierung gesehen hatte, in denen ich es noch für möglich hielt, du könntest es dir anders überlegen. Nachher jedoch, als ich von deiner Inés erfahren hatte, gab ich den zwei Wochen einen neuen Namen, die Große Zeit der Erniedrigung. Einer Erniedrigung, die du mir nicht hast ersparen wollen, von der ich aber lieber annehmen möchte, dass du sie nicht gesucht hast. Zwei Wochen, in denen wir noch zusammenlebten, vor den Mädchen Ehetheater spielten, wir hatten ja ausgemacht, ihnen noch nichts zu sagen. Wir schliefen sogar zusammen in diesen zwei Wochen, die wir uns eingeräumt hatten, um nichts zu überstürzen und alles richtig hinzubekommen, und ich dachte, dieser Aufschub wäre ein Beweis für die Schwäche deiner Entscheidung: In Wirklichkeit würdest du mir nur einen Warnschuss verpassen und mir die Chance geben, unsere Beziehung in der zusätzlichen Zeit neu auszuhandeln. Am ersten Abend, nachdem du mir gesagt hattest, dass du dich trennen wolltest, hast du dich aufs Sofa gelegt, ohne viel Aufhebens zu machen, hast dich mit einem Laken zugedeckt und Gute Nacht gesagt. Aber am nächsten Tag war ich so blöd und bat dich, zurück in unser Bett zu kommen, die Mädchen sollten dich nicht auf dem Sofa vorfinden, wenn sie früher wach würden, außerdem sah ich diese zwei Wochen wirklich als einen Rückeroberungsfeldzug. War ich bescheuert. Wir schliefen zusammen, oder besser gesagt, wir lagen zusammen im Bett, denn geschlafen haben wir wenig: Wir redeten stundenlang, hielten uns fest an den Händen, und beim Aufwachen überraschte uns der Morgen eng umschlungen. Und das kam nicht von mir, du hast dich im Schlaf an mich geschmiegt, meine Hände genommen und deine Finger mit meinen verschränkt, auch wenn du jetzt sicher sagen wirst, das war nur die Gewohnheit der Körper. Im Halbdunkel des Schlafzimmers redeten wir pausenlos, ich hielt das alles für einen Teil deiner verqueren Strategie, unsere Verbindung über die Trennungsangst zu erneuern. Wir redeten stundenlang, erinnerten uns an gemeinsame Momente, gingen zurück an unsere Anfänge. Wir amüsierten uns in der Dunkelheit über das Repertoire an alten Anekdoten, die wir einander seit Jahren erzählten und dabei immer weiter abwandelten. Eine Trennung ist auch, ist vor allem der Verlust einer gemeinsamen Sicht auf die Dinge, und im Moment des Bruchs spürt man noch mal den Drang zu erzählen, ein letztes Mal. Und das taten wir in jenen Nächten: Wir erzählten uns. Hand in Hand ließen wir der Erinnerung die Zügel schießen und weinten am Ende und küssten uns die Tränen weg, und ich deutete deine Rührung falsch und schlug dir vor, uns Zeit zu lassen, abzuwarten, unsere Beziehung neu anzugehen, es mit einer Paartherapie zu versuchen, zusammenzubleiben, bis die Mädchen etwas größer wären, weiter zusammenzuwohnen, als Familie, auch wenn jeder sein eigenes Leben lebte. Du versuchtest, mich davon zu überzeugen, dass eine Scheidung nicht das Ende der Welt sei, nicht einmal eine Scheidung mit Kindern, viele unserer Freunde haben sich getrennt, sogar unsere eigenen Eltern, und alle sind okay, das Leben geht weiter, die Leute fangen sich wieder, die Kinder stellen sich darauf ein, eine Scheidung ist ein Ereignis unter vielen, so gängig wie das Heiraten. Ich widersprach, wollte es nicht so sehen: Was schert mich, was die Leute machen, das hier ist unsere Scheidung, mein Schmerz, und es sind meine Töchter, die sich darauf einstellen müssen, dass die Ehe ihrer Eltern gescheitert ist, geteiltes Leid ist kein halbes, mich interessiert nicht, warum sich die Leute trennen, ich will nur wissen, warum wir, warum du und ich, warum, warum. Warum. Am Ende lagen wir schweigend da, du stelltest dich schlafend, ich wälzte mich hin und her und atmete heftig, du solltest merken, dass ich nicht schlafen konnte, und dann hakte ich nach: Und was ist mit dem Haus? Über das Haus reden wir schon noch, sagtest du leise. Wir haben so große Hoffnungen auf das Haus gesetzt. Nein, du hast große Hoffnungen darauf gesetzt. Nach dem ganzen anstrengenden Weg fühlt es sich jetzt an, als würden wir am Ufer ertrinken, erinnerst du dich an diese armen Leute am Strand?, das sind wir beide, Antonio, wir ersaufen an dem Scheißufer, wo man fast schon stehen kann, wir gehen unter wie Steine. Da hast du mich an deine Brust gezogen wie auf ein Kissen und mir den Kopf gestreichelt wie einer Hündin, und so sind wir dann doch eingeschlafen. Auch tagsüber drückten wir einander die Hand, wenn wir uns in diesen zwei Wochen in der Wohnung begegneten, trösteten uns gegenseitig, du nahmst mich in den Arm, wenn du mich mit geröteten Augen ertapptest. Ich dachte wirklich, die Entscheidung sei umkehrbar, und die Uhrzeiger vom Ende der Welt ließen sich zurückdrehen, bevor die Stunde ganz erreicht wäre. Deshalb habe ich alles versucht in diesen Tagen und Nächten, die ich für eine Zeit der Wiederherstellung hielt und jetzt als erniedrigend sehe. Tags-

über konzentrierte ich mich darauf, aufmerksam und liebe-
voll zu sein, aber ohne dir auf die Nerven zu gehen. Ich
schrieb dir laufend Nachrichten, um in Verbindung zu blei-
ben. Ich bemühte mich sklavisch, alles zu vermeiden, wovon
ich wusste, dass es dich störte. Ich dachte mir Unternehmun-
gen aus, die wir zu viert machen mussten, bezog die Mäd-
chen in mein Projekt zur Rettung der Familie ein, stiftete sie
an, morgens zu uns ins Bett zu kommen. Abends, wenn ich
sie schlafen gelegt hatte, holte ich dich dazu, und wir betrach-
teten sie von der Zimmertür aus, gewiss ein unwidersteh-
licher Anblick für einen Vater, der sich mit Scheidungsabsich-
ten trägt. Umso mehr für dich, du hattest ja immer davon
geredet, wie sehr es dich berührte, deine schlafenden Töchter
zuzudecken, und über die Jahre sehr bedauert, dass das in so
vielen Nächten bei Germán nicht ging. Ein unwidersteh-
licher Anblick, es sei denn, du hättest schon einen Ausstiegs-
plan. Aber sooft ich dich fragte, ob da eine andere wäre, kam
von dir ein Nein. Wir setzten uns zusammen auf das Wackel-
sofa, und ich legte Musik auf, wenn ich daran zurückdenke,
komme ich mir wie ein Trottel vor, aber wir haben wirklich
da gesessen, Händchen haltend die alten 69 Love Songs *ge-*
hört und leise mitgesungen: »The book of love is long and
boring / And written very long ago.« *Was war ich bescheu-*
ert in diesen zwei Wochen, und du hast es mitgemacht, dich
auf die nostalgischen Gespräche eingelassen, in denen wir
die Greatest Hits unserer gemeinsamen Geschichte Revue
passieren ließen, hast dich an meiner Hand mitziehen lassen
durch die Ruinen des Themenparks unserer Liebe. Dir ange-
hört, wie ich um Verzeihung bat, denn in diesen Nächten bat

ich dich ständig um Verzeihung, am Boden, herabgewürdigt, voller Schuldgefühle wegen der Trennung. Aber du bliebst stumm gegenüber meinem monotonen Verzeih mir, verzeih mir, verzeih mir. Du hast mich auch nicht aufgehalten, als ich eines Nachts alles auf eine Karte setzte: Immer noch weinend, drückte ich mich an dich, küsste dein Gesicht, den Hals, das Ohr, griff dir ins Haar und streichelte unter dem T-Shirt deine Brust. Dann schob ich mich auf dich, um deine schnelle Erektion festzustellen, holte deinen Schwanz aus der Pyjamahose, du hast schwach widersprochen: Das ist keine gute Idee, Ángela, nein, besser nicht. Und ich hatte kein bisschen Lust zu vögeln. Am Ende lagen wir Arm in Arm da, und obwohl du weiterhin sagtest, wir würden einen Fehler machen, kroch ich noch etwas weiter durch den Staub: Was ist schon Schlechtes dabei, wir könnten das doch ein paar Jahre so beibehalten, zusammen wohnen, dafür sorgen, dass unsere Töchter glücklich sind, vögeln, wenn uns danach ist, wir lieben uns doch immer noch mehr als die meisten Paare in unserem Bekanntenkreis, wenn wir uns jetzt trennen, verlieren wir alle, du und ich und vor allem die Mädchen. Von da waren es nur noch ein paar Schritte bis zum nervösen Schluchzen und qualvollen Betteln, Verzweiflung wie aus einem Groschenroman, in einiger Zeit werde ich eher lachend als leidend daran zurückdenken: Bitte geh nicht fort, gib mir noch eine Chance, mehr will ich nicht, nur eine Chance, ein bisschen Zeit, tu's für die Mädchen, warte, bis sie älter sind, warte zwei Jahre, ein Jahr, ein halbes. Mit dieser jämmerlichen Leier und unterstützt durch je ein Bromazepam schliefen wir endlich ein: Dir fiel es leichter, bei mir war es ein un-

ruhiger Dämmerschlaf, der das Zimmer verformte, unbestimmte Geräusche anzog, die Mädchen am Fußende des Bettes auftauchen ließ, wie wenn sie nachts aus einem Albtraum hochschreckten und zu mir ins Bett kamen. Nur standen sie jetzt gar nicht da, das waren Gespenster-Mädchen, Ausgeburten der Schlaflosigkeit und Erschöpfung: Ich redete mit ihnen, breitete die Arme aus, um ihnen Geborgenheit zu geben, doch wenn ich dann die Augen aufschlug, waren sie nicht da. Ich stand auf, um mich zu vergewissern, dass sie noch in ihren Betten lagen, deckte sie zu, legte mich wieder hin, nur um wenige Minuten später erneut aufzustehen und meine übertriebene Darstellung der gebrochenen Frau fortzusetzen. Denn mir ging es zwar schlecht, ja, sehr schlecht, vor allem aber hatte ich das Bedürfnis, dir meinen Schmerz vor Augen zu führen, der sollte nicht an dir vorübergehen. Also stand ich auf, ließ die Matratze quietschen, schlurfte in Hausschuhen herum, stieß auf dem Weg durchs Zimmer gegen einen Stuhl, schaltete das Licht im Flur an. Dann ließ ich mich aufs Sofa fallen, hüllte mich in eine Decke und setzte die kummervolle Miene auf, mit der du mich überraschen solltest, wenn du nach langen Minuten im Bett, wo du dich schlafend stelltest, endlich aufstehen und nach mir schauen würdest. Wie melodramatisch das alles. Der Gedanke, dass ich es für die Mädchen tat, tröstet mich. Aber ich verzeihe dir nicht, dass du zugesehen hast, wie ich vor dir im Staub kroch, dass du nicht gesagt hast: Lass gut sein, Ángela, ich habe mich in eine andere verliebt, ich kann nicht mehr mit dir zusammen sein. Stattdessen bist du immer wieder entnervt aufgestanden, ins Wohnzimmer gekommen und hast

mich an der Hand durch den Flur geführt. Und ich habe dei-
ne Umarmung angenommen, wenn ich dann dalag und wie-
der in einen überreizten Halbschlaf tauchte, in die Träume,
die ich hinterher nie zu erzählen weiß, oder in obsessive Ge-
danken die ganze aufgewühlte Nacht hindurch. Ich dachte
zum Beispiel, und daran kannst du meinen Gemütszustand
in diesen zwei Wochen ablesen und wie sehr eine drohende
Trennung uns verstört, ich dachte, Ana oder Sofía würden
irgendwann nachts aufstehen, nachdem sie mich vergeblich
gerufen hätten: Mama, Mama! Sie würden ins Schlafzimmer
kommen und mich auf dem Boden vorfinden, mit steifer
Hand die Laken umklammernd, den Kiefer starr, die bereits
glasigen Augen weit geöffnet, wie einsame Frauen eben ster-
ben, und ihre Töchter bleiben mit dem doppelten Schmerz
zurück, verwaist und traumatisiert vom Anblick der Leiche.
Wut und Verzweiflung, da hast du sie. Die Art von Gedan-
ken, über die ich in einigen Monaten mit Luisa Witze reißen
werde. Ich stand also wieder auf, lief durch die Wohnung,
Panther im Käfig, Panther in Not. Ich schaltete Lichter an:
Du solltest mich retten und zurück ins Bett bringen, in die er-
schöpfte Umarmung. Und wenn ich dann wach lag, nun ru-
higer, mit deinem schlafenden Atem neben mir, dachte ich
an uns in all den Jahren. Ich blickte zurück und suchte nach
dem Moment, in dem alles zum Teufel gegangen war, die
Abwärtsspirale begonnen hatte, aber es gelang mir nicht,
über das Unmittelbare, die jüngsten Ereignisse hinauszuse-
hen. Die Vergangenheit erschien mir wie eine zugeschüttete
Grube, von der wir lediglich die oberste Schicht abtragen
können, das oberflächliche Erdreich mit seinen dünnen Wur-

zeln und Würmern. Darunter sammeln sich allerlei Materialien an: Reste eingestürzter Bauten, Tonscherben, Glas, Steine, Knochen und Müll, über Jahre achtlos weggeworfen und jetzt nur noch schwer auseinanderzuhalten. Hacke und Schaufel würden da nicht genügen, wir müssten mit Präzisionswerkzeugen hantieren: kleinen Rechen, geduldigen Borstenpinseln, Spateln, Feinpinseln, sogar mit den Fingernägeln, um Stück für Stück zu bergen und es im Licht betrachten, datieren und identifizieren zu können; manches würde dabei zerbrechen und uns in die Finger schneiden. Und erst am Ende, wenn wir die letzten Ablagerungen entfernt hätten, die lose Erde, würde die Ausgangsform hervortreten: ein Ellbogen, ein Knie, ein Schädel, man würde den Pinsel einsetzen müssen, die Finger, und dann pusten, um den Sand vom Totenkopf zu entfernen. Da würden wir nun sichtbar, in der untersten Schicht, wir, die Damaligen: prachtvolle Leichen, umschlungen wie Liebende in Pompeji. Und mit diesem Bild, dem Bild von uns beiden, wie wir in diesen Nächten dalagen, im selben Bett, aber erdrückt von tonnenschwerem Schutt, schlief ich endlich für ein, zwei Stunden ein. Beim Aufwachen, emotional verkatert, fand ich noch die Kraft, unser Gespräch wieder aufzunehmen: Ich frage mich, wann alles zum Teufel gegangen ist, wann es unumkehrbar wurde und nicht mehr zu ändern. Das frage ich mich auch, sagtest du leise, worauf ich nachhakte: Wenn wir in der Zeit zurückgehen könnten, unserem Leben wie einem Fluss von der Mündung aufwärts folgen, uns vertikal durch unsere Vergangenheit graben, Schicht um Schicht abtragen, bis wohin, glaubst du, müssten wir da gehen, wann hätten

wir noch eine Chance gehabt, alles in Ordnung zu bringen?
Und dann du, nach einer dramatischen Pause: Da müssten
wir weit zurück, Ángela, sehr weit zurück.

8

Gehen wir nicht ganz so weit zurück, noch nicht. Wenn wir mit unserer Ausgrabung beginnen, taucht direkt unter der obersten Erdschicht der Abend auf, der am Anfang dieser beiden Wochen stand: der Abend, an dem ich dir gesagt habe, dass ich mich trennen möchte. Da hast du uns: Wir sitzen bei einem Hochzeitsbankett, an dem Tisch, den Fabio die Schiffbrüchigen nannte. Unser heldenhaftes Pärchen hier hat ein Abendessen gewonnen, sagte Fabio, er stand hinter uns, eine Hand auf deiner, eine auf meiner Schulter, in der Stimme schon die erste Trunkenheit, und nachdem er uns beide schallend auf den Mund geküsst hatte, klärte er uns auf: Erinnert ihr euch noch an dieses Abendessen, um das wir vor Jahren mal gewettet haben? Ihr seid die Gewinner, Antonio und Ángela, Ángela und Antonio, Angelonio, ihr seid die Überlebenden, die Einzigen, die nicht über Bord gegangen sind, seht euch die anderen an, wie sie sich sonnenverbrannt an eine Holzplanke klammern. Fabio zählte die elf Tischgenossen auf: zwei, die nach der Trennung Single geblieben waren, drei in Begleitung ihrer neuen Partner oder Partnerinnen, Fabio selbst, frisch geschieden von Néstor, außerdem der Bräutigam, der, ebenfalls getrennt, nun ein weiteres Mal heiratete, und du und ich als einziges überlebendes Paar jenes Jahre zurückliegenden Treffens. Ich habe dich flüsternd ge-

fragt, ob wir lieber gehen sollen, du hast deinen verkrampf-
ten Mund zu einem unwahrscheinlich süßen Lächeln ver-
zogen und gesagt, auf keinen Fall: Wir bleiben, Schatz, wir
wollten uns doch amüsieren. Fabios Bemerkung löste an
unserem Tisch ein Gespräch über den Familienstand aus,
ein Wirrwarr von Stimmen, bei dem ich nicht mehr weiß,
wer was gesagt hat: In der Klasse meiner Tochter sind wir
geschiedenen Eltern in der Mehrzahl. Es gibt nur deswegen nicht noch mehr Trennungen, weil sich das nicht jeder leisten kann. Schuld an dem Ganzen ist die gestiegene
Lebenserwartung, wenn man noch so viel Leben vor sich
hat, bleibt man nicht ewig mit derselben Person zusammen. Man wechselt tausendmal den Job, die Wohnung,
den Telefonanbieter, die Frisur, und wenn es schon sonst
nichts Dauerhaftes mehr gibt im Leben, warum dann ausgerechnet die Liebe. Da hast du dich eingeklinkt, offensichtlich hattest du Lust, diese frivole Unterhaltung auf ein
anderes Niveau zu heben: Genau deshalb, weil nichts mehr
dauerhaft ist in unserem Leben, brauchen wir etwas Be-
ständiges, das uns Halt gibt, etwas, das dem Auseinanderdriften widersteht. Doch als Reaktion kamen nur scherz-
hafte Buhrufe, Romantikerin, Romantikerin, riefen sie, und
es regnete Brotkrumen. Ein Hoch auf die widerstandsfähi-
ge Liebe!, brüllte Fabio mit erhobenem Glas, der ganze
Saal prostete mit, und dann wandte er sich frech an dich:
Angelita, Angelita, ich kann es nicht fassen, du bist ja immer noch dieses naive Mädchen, das an die transformative
Kraft der Liebe glaubt, wie war noch mal dein schöner
Spruch, die Liebe als absolute Hingabe, sich lieben ohne

jede Berechnung …? Ángela hat recht, kam dir einer der Singles zu Hilfe, der vor ein paar Monaten von seiner Frau verlassen worden war: Ángela hat recht, wir nennen das Liebe, was nichts weiter ist als Begehren, eine andere Form des Konsums. Aber Liebe ohne Begehren ist unmöglich. Ich meine etwas anderes, Liebe ist das Gegenteil dieses Begehrens, das uns immer unbefriedigt zurücklässt, das Begehren will verschwenden und ersetzen, während Liebe bewahren will, erschaffen, sich vervielfältigen, irgendwo habe ich mal gelesen, dass die Liebe zentrifugal ist, während das Begehren zentripetal ist, also nach innen strebt. Die Liebe hält nur drei Jahre. Waren es nicht sieben? Ein Hoch auf die zentrifugale Liebe!, schlug Fabio vor, was Gelächter an den Nebentischen auslöste. Wir leben in einem Markt der Liebesangebote, und jeder Markt bringt Ungleichheit, Arme und Reiche hervor. Ich hör's schon, gleich gibst du dem Kapitalismus die Schuld, wie immer. Wenn jemand sich trennt, sagen wir, er ist wieder zu haben, wir gehen auf den Markt und suchen uns eine neue Liebe wie jemand, der eine dieser blöden Wonderboxes kauft, neue Erfahrungen, Badespaß, Paragliding. Hey, hey, wir haben dem Brautpaar auch so eine blöde Box geschenkt. Besser hätten wir den beiden ihre zukünftige Scheidung geschenkt, ich habe da von einer Firma gehört, die einen kompletten Trennungsservice anbietet, sie kümmern sich um alles: Anwälte, Therapie, Hilfe mit den Kindern, Coaching, damit man wieder auf die Beine kommt; ich kann mir kein besseres Hochzeitsgeschenk vorstellen. Womit wir wieder beim Thema wären, manche Leute trennen sich deshalb nicht, weil sie es sich nicht leisten können. Der strahlende Sieger ist heute der Single, die Welt ist für Singles gemacht, für den freien Menschen ohne Bindungen, der bei jeder Gelegenheit sein Leben ändern kann, ohne sich darum zu kümmern, wie viele Leichen seinen Weg pflastern. Es leben die Singles!, brüllte, allmählich etwas penetrant, Fabio, was nur noch von einem fröhlichen Tisch hinten im Saal beantwortet wurde. Hör mal, einige von uns sind geschiedene Eltern, und ich lasse mir nicht sagen, dass Leichen meinen Weg pflastern, ich liebe meinen Sohn über alles, und ich habe mich genau deshalb für die Scheidung entschieden, damit er glücklich wird. Du wolltest selber glücklich sein, darum geht's. Okay, ich nehm's dir nicht übel, du bist betrunken. Eine gute Scheidung ist für Kinder besser als eine schlechte Ehe. Das war dein Stichwort, und du sagtest, zunehmend gereizt: Das ist ein beschissener Satz, mit dem wir uns trösten und entlasten, wir reden uns ein, wir tun es für sie, während wir doch nur unser eigenes Glück suchen, wir sind nicht bereit, bestimmte Dinge auszuhalten und uns mit weniger zufriedenzugeben, um unseren Kindern eine traumatische Erfahrung zu ersparen. Red keinen Quatsch, Ángela, genau das haben Frauen jahrhundertelang gemacht, aushalten und sich zufriedengeben. Sie hat doch recht, für manche Leute ist das Kinderkriegen eine weitere Form des Konsums, eine weitere Wonderbox. Hör doch auf mit deinen blöden Boxen. Du sprachst weiter und sahst mich dabei fest an: Eine Scheidung kann für Kinder verheerend sein, vor allem für kleinere, würden wir uns den Schaden, den sie davontragen, besser bewusst machen, dann würden wir uns nicht so leichtfertig scheiden lassen, sondern mehr dafür tun, um die Beziehung zu retten, und unsere Anforderungen an den Partner ein wenig herunterschrauben. Ich glaube, du übertreibst, Ángela, es gibt doch so viele Trennungskinder, einige von uns sind sogar selber welche, und ich glaube nicht, dass das so verheerend war. Mir kommt dieser Gedanke des Aushaltens sehr rückständig vor, meine Mutter hat jahrelang alles Mögliche ausgehalten, und ich kann dir versichern, meinen Geschwistern und mir wäre eine Scheidung zur rechten Zeit lieber gewesen. Ich hab es satt, ich will mit niemandem mehr zusammen sein, solange ich lebe. Wieso, das kann sich doch heute Abend noch ändern, ich sehe den Mann deiner Träume. Ich scheiß auf den Mann meiner Träume, ich scheiß auf diese blöde romantische Liebe, mein ganzes Leben lang habe ich falsche Entscheidungen getroffen, mich immer nur in die kleine Zweierbeziehungsliebe zurückgezogen und die vernachlässigt, die mich wirklich geliebt haben. Ich scheiß auf die romantische Liebe!, brüllte Fabio, und diesmal wurde er ausgepfiffen. Mein Leben besteht aus unverbundenen Teilen, ich muss mich ständig neu erfinden, wie soll ich denn immer denselben Menschen lieben, wenn sich doch alles ändert, wenn ich selbst mich ändere? Genau deshalb, sagtest du beharrlich, über das Geschrei hinweg: Genau deshalb, weil alles so unsicher, so kurzfristig ist; aber wir haben aus der Liebe, und ich meine jetzt nicht nur die Liebe für den Partner, sondern auch die für die Kinder oder die pflegebedürftigen Eltern, wir haben aus ihr einen Klotz am Bein gemacht, und gleichzeitig verlangt man von uns, schnell, agil, kühn und unbarmherzig zu sein, also müssen wir uns von allem lösen, damit wir schneller rennen können. Das seh ich anders, Ángela, was schlägst du denn vor, etwa dass wir zur patriarchalischen Familie zurückkehren? Ich dachte, davon befreien wir uns gerade, wir leben doch die Liebesbeziehungen heute freier. Es lebe die freie Liebe!, Fabio war außer Rand und Band, unerträglich, der Wirt bat ihn, leiser zu sein, und du wurdest lauter: Am Ende geht es immer um die Freiheit, aber was ist das für eine Freiheit, mit dieser beschissenen Freiheit ziehen sie uns doch nur den Boden unter den Füßen weg, ich hab die Schnauze voll von dieser ganzen Freiheit, der Freiheit, die Schule zu wählen, der Freiheit, den Arzt zu wählen, der Freiheit, die Karriere zu wählen, die Arbeitsstelle, die Zukunft, der Freiheit, seine Arbeitsbedingungen direkt mit dem Arbeitgeber auszuhandeln, der Freiheit bei den Arbeitszeiten, der Freiheit zu streiken oder zu arbeiten, wenn andere streiken, der Freiheit, sich zusammenzutun und wieder zu trennen, der Freiheit, Kinder in die Welt zu setzen und mit ihnen zu machen, was man will; eine Scheiße ist das: Diese ganzen Freiheiten können nur Menschen genießen, die sich eine gute Schule leisten können, eine vernünftige Krankenversicherung, ein Auslandsstudium, unbezahlte Praktika, die ihre Familie mit einem einzigen Gehalt ernähren können, für die jemand putzt und sich um die Alten und die Kinder kümmert, die eine Geliebte haben, die sich scheiden lassen können, und wir, die wir uns so viel Freiheit nicht leisten können, sind die Gelackmeierten, wir konsumieren unsere

Freiheit in Form schlecht ausgestatteter Schulen, überfüllter Krankenhäuser, einer verarmten Arbeiterschicht und kaputter Familien, die Kinder werden von morgens bis abends in der Schule abgestellt, und dann diese ganze Liebe, die keine freie Liebe ist, sondern eine liberalisierte Liebe, leckt mich doch alle mit eurer Scheißfreiheit! Am Ende hast du laut gebrüllt, der ganze Saal hat zugehört, die umliegenden Tische schon seit du lauter geworden warst. Unsere Freunde schwiegen unbehaglich, sogar Fabio. Du bist aufgestanden und leichten Schrittes verschwunden, und als ich dich suchte, fand ich dich nirgends. Ich suchte an dem Teich vor dem Restaurant, war mir sicher, dass ich dich dort am Ufer sitzend finden würde, die verweinten Augen aufs Wasser gerichtet, was man nach so einem bühnenreifen Abgang eben erwartet, aber da warst du nicht, und dann war ich es, der die melancholische Pose am Ufer einnahm, bis mir eisig kalt wurde. Als ich in den Saal zurückkam, wo inzwischen Musik spielte, warst du wieder da: Du tanztest mit den anderen, mitten auf der Tanzfläche, warst Teil der Choreografie, du lachtest, und das zuckende Licht und der Alkohol in meinem Blut brachten dich irgendwie zum Flackern, verlangsamt, verschoben, eine Abfolge lächelnder Ángelas, mit offenen Augen, mit geschlossenen Augen, mit gespitzten Lippen, mitsummend, dir auf die Unterlippe beißend, mit herausgestreckter Zunge, mit eingefrorenem Lachen.

Kurz vor der Diskussion hattest du es mir mitgeteilt. Unsere Gruppe von elf Freunden hatte sich nach dem Aperitif am

Teich gerade zum Abendessen gesetzt. Wir redeten über alles Mögliche: über Kinder, Fernsehserien, Abschiede, Eltern mit Metastasen, die Lage in Katalonien, darüber, was wir seit unserem letzten Treffen gemacht hatten, was es Neues gab bei Natalia und Jaime, die sich gerade getrennt hatten. Ich beteiligte mich an den Gesprächen, du bliebst still, sahst aber zu, mit der intensiven Aufmerksamkeit des Geistesabwesenden. Da nahmst du unter dem Tisch meine Hand, ich hielt es zuerst für eine zärtliche Geste. Dann merkte ich, dass dein Finger Buchstaben auf meine Handfläche malte, und stell dir vor, in welch glückseliger Ahnungslosigkeit ich lebte, ich war ganz erfreut: Du hattest mir schon ewig keine solchen Botschaften geschickt, in unserem alten Hand-Morsecode. Ich habe dich angelächelt, als ich das Kitzeln deiner Fingerkuppe spürte, und dann den Kopf abgewandt, damit es so aussah, als folgte ich weiter dem Tischgespräch. Mir fiel nicht schwer, die Buchstaben zu erkennen, die Striche, die dein Fingernagel auf meiner Handfläche zog: I, C, H, dann ein waagrechter Balken als Leerzeichen. W, I, L, L. Balken. D – »dich«?, dachte ich. Aber es ging weiter mit A, S, S und noch einem Balken, dann kam ein W, I, R, Balken. Da konnte ich noch annehmen, dass du müde wärst, gelangweilt, ich sah schon die ganze Hochzeitsfeier über, dass du keine Lust hattest, also erriet ich: ICH WILL DASS WIR GEHEN, was du vor unseren Freunden nicht einmal zu flüstern gewagt hättest, lieber sollte ich die Spielverderberin sein und unseren Aufbruch bekannt geben. Da schriebst du weiter: U, N, S, Balken, T, R, E, N, N, E, N. Und ein Klopfen mit dem Zeigefinger: Punkt. Meine Hand verkrampfte sich derart, dass es

*mir durch den Arm bis in den Nacken schoss. Ich sah dich
an, setzte eine fassungslose Miene auf, aber du wandtest dich
mit irgendeiner Frage an Fabio, ohne auf meine wortlose Bitte um eine Erklärung einzugehen. Okay, dachte ich, nahm
deine Hand und ließ mich auf dein Spiel ein, kratzte Buchstaben für Buchstaben auf deine Tafel, hastig: W, A, S, Leerzeichen, S, O, L, L, Leerzeichen, D, A, S, dahinter ein rasch
hingekritzeltes Fragezeichen. Ohne mich anzusehen, antwor-
tetest du auf demselben Weg, und einige Minuten lang setzten wir das Gespräch unter dem Tisch fort, die Handflächen
gerötet. Du: I, C, H, Leerzeichen, K, A, N, N, Leerzeichen,
N, I, C, H, T, Leerzeichen, M, E, H, R. Ich: I, C, H, Leerzei-
chen, V, E, R, S, T, E, H, E, Leerzeichen, D, I, C, H, Leerzei-
chen, N, I, C, H, T. Du: I, C, H, Leerzeichen, B, I, N, Leer-
zeichen, A, M, Leerzeichen, E, N, D, E, Leerzeichen, W, I, R,
Leerzeichen, S, I, N, D, Leerzeichen, A, M, Leerzeichen, E, N,
D, E. Ich schrieb inzwischen überhastet, ließ Leerzeichen
und Buchstaben aus: W, A, S, ?, I, C, H, D, A, C, H, T, D, I,
R, G, I, N, G, E, S, G, U, T. Du hingegen seelenruhig und
ganz sauber, um Missverständnisse zu vermeiden: W, I, R,
Leerzeichen, S, I, N, D, Leerzeichen, L, Ä, N, G, S, T, Leerzeichen, I, N, Leerzeichen, D, E, R, Leerzeichen, N, A, C, H,
S, P, I, E, L, Z, E, I, T. Und brachtest noch die Engelsgeduld
auf, Buchstaben für Buchstaben, wie um mich einer chinesi-
schen Wasserfolter zu unterziehen: N, U, R, Leerzeichen, N,
O, C, H, Leerzeichen, G, A, R, B, A, G, E, Leerzeichen, T, I,
M, E. Da hatte ich keinen Nerv mehr, Telegramme zu verfas-
sen, ich beugte mich zu deinem Ohr, und mein Flüstern war
fast ein Schrei: Was redest du da für Blödsinn, was für garba-*

ge time? Und du, eine Hand vor dem Mund, fast unhörbar in dem allgemeinen Stimmengewirr: Es ist aus, Ángela, einer von uns beiden musste diesen Schritt endlich tun. Ach, dann muss ich mich wohl bei dir bedanken, sagte ich laut, als Fabio aufstand und zwischen uns trat, eine Hand auf deine, eine auf meine Schulter legte, und du rauntest mit einem widerlich verkniffenen Lächeln: Nein, schon gut, mach's nur nicht noch schwerer.

Ja, so habe ich es dir mitgeteilt, völlig unpassend, während eines Hochzeitsessens mit Freunden und über unseren alten Handtelegrafen, wahrscheinlich mutiger oder forscher, weil ich so viel getrunken hatte. Und ungeduldig, so ungeduldig, dass ich es dir beinahe schon in Worten gesagt hätte, als du mich zuvor beim Cocktail fragtest, was mit mir los wäre, warum ich so still sei. Oder sogar noch früher, als wir aus dem Standesamt kamen, die verschwitzten Hände voller Reis, und uns über die Treppe hinweg ansahen und du dich wundertest, weil ich dich so aufmerksam und ernst betrachtete. Derselbe ernste Blick war dir bereits im U-Bahn-Fenster aufgefallen, als wir zum Standesamt fuhren und du meine Hand drücktest und deinen Kopf auf meine Schulter legtest, ohne unser Spiegelbild im Fenster aus den Augen zu lassen, wir beide in Grau, gut aussehend und müde, irgendwie trüb, und da musste ich mich wirklich zusammenreißen, um es dir nicht zu sagen, denn die Worte lagen schon schwer in meinem Mund, aber es sollte nicht so aussehen, als wäre mein Entschluss eine Folge des

47

routinemäßigen Streits, den wir beim Weggehen gehabt hatten. Deshalb habe ich gewartet, bis unsere schlechte Laune verflogen war, bevor ich ein Thema aufbrachte, das ich bereits am Morgen hätte anschneiden können, als wir aufwachten und du dich an mich schmiegtest, mit dieser Samstagsträgheit, dein Körper warm und kraftlos, so verletzlich. Du hast deine Stirn gegen meine gedrückt, das alte Zyklopenspiel, und mir gesagt, dass du mich liebst, mich jeden Tag noch mehr liebst, hast mich ohne Eile geküsst, und ich hatte Angst, du würdest den schalen Geschmack der Worte spüren, auf denen ich schon zu viele Tage und Nächte herumkaute, die ich hinunterschluckte und wieder hochwürgte, ohne den richtigen Augenblick zu finden, um sie zu äußern; die Worte, die ich schon mehrmals ins Handy getippt hatte, ohne am Ende den Mut zu haben, sie dir zu schicken: Ich will, dass wir uns trennen. Vor Tagen schon hatte ich diesen Entschluss gefasst. Wir setzten uns jeden Abend, wenn die Kinder ins Bett gebracht waren, ins Wohnzimmer, und du spieltest Haus-Umbauen: Das Notebook auf dem Schoß, gingst du auf die Suche nach preiswerten Heizsystemen, Herstellern für Zementfliesen, Elektroinstallateuren, Katalogen für Bäder, Lösungen für schadhafte Dächer, den Preisen für Heizkessel, für Küchenarbeitsflächen; und parallel dazu in unser Online-Konto, um Saldo und Umsätze zu prüfen und anschließend auf dem Taschenrechner die übliche Milchmädchenrechnung anzustellen; dann wurde Paint gestartet, um den Plan für das Haus abzuändern: eine Wand weggenommen, eine neue Tür eingefügt, das Wohnzimmer erweitert, das Bade-

48

zimmer anders ausgerichtet. Alles begleitet von Kommentaren, und ich sollte mir das geometrische Muster von Kacheln anschauen oder sagen, wie ich es fände, wenn wir den Flur ganz wegmachten oder das Obergeschoss absperrten und fürs Erste vergäßen, uns also ganz darauf konzentrieren würden, das Untergeschoss bewohnbar zu machen, oder du erzähltest von einem Maurer, den man dir empfohlen hatte und der gut und günstig war. Aber während du weiter am Suchen, Zeichnen, Rechnen warst und dich deinen Landhausfantasien hingabst, verschanzte ich mich hinter meinem Notebook, antwortete nur einsilbig oder tat so, als müsste ich einen Artikel für den nächsten Tag fertig machen, stellte nebenbei aber meine eigenen Recherchen an: Immobilienportale, wo ich nach Mietwohnungen suchte und alle Ansprüche runterschraubte: nur ein Schlafzimmer, keine Mindestquadratmeterzahl, kein Aufzug, keine Heizung, unmöbliert, in schlecht angebundenen Vierteln und Schlafstädten, sogar Zimmer in Wohngemeinschaften. Alle paar Minuten löschte ich den Verlauf, auch wenn ich manchmal dachte, ich sollte ihn lassen, damit du ihn entdeckst und es mir dann leichter machst, den Satz auszusprechen, den ich hinunterschluckte und wieder hochwürgte, oder vielleicht als Warnung, als Hilferuf, bevor alles zu spät wäre. Und jedes Mal, wenn ich vom Bildschirm aufblickte und dich vor mir sah, konnte ich es dir einfach nicht sagen. Mein Entschluss war gefasst, und ich übte meinen Satz vor dem Spiegel ein wie ein unsicherer Teenager, doch dann sah ich dich und schaffte es nicht. Die Angst und die Schuld wogen zu schwer, klar, und die

Mädchen, aber es war nicht nur das: Es warst auch du, vor allem du, die immer noch dort vor mir saß, von dir musste ich mich trennen, dir musste ich in die Augen schauen und diese Worte aussprechen. Ich weiß nicht, ob du es gemerkt hast, aber in diesen Tagen habe ich dich ständig angesehen. Wenn du schliefst, bevor ich das Licht ausmachte. Tagsüber, unbemerkt, wenn du mit den Mädchen beschäftigt warst, abends, wenn du das Notebook auf den Knien hattest. Ich sah dich betont beiläufig an, studierte dich aufmerksam, während in meinem Kopf immer wieder diese Verse nachhallten: »Es wird nicht mehr sein / nicht mehr / wir werden nicht mehr miteinander leben, ich werde nicht dein Kind aufziehen.« Ich hatte dich schon eine ganze Weile beobachtet, sogar schon bevor ich Inés wiedertraf. Es hat mich erstaunt, dich zu sehen, dich wiederzuerkennen, aber auch zu entdecken. An deinem Körper das Verrinnen der Zeit festzustellen. Der Zeit, die wir zusammen verbracht hatten. Du wirst mir das sicher nicht glauben, ich weiß, aber das ist das Wort: *Staunen*. Das Staunen, festzustellen, wie anders du warst als die Ángela, die ich vor dreizehn Jahren kennengelernt hatte. Nach und nach entdeckte ich die Unterschiede, jedes Detail, wie, ja, wie eine Lebensspur. Die Schädelknochen, die nun ein schmaleres Gesicht einfassten. Die Augen tief in den Höhlen. Die Vene, die deine Stirn schon immer senkrecht geteilt hat und die mit zunehmender Hagerkeit deutlicher geworden ist. Die violetten Lider, die Lachfalte in jedem Augenwinkel, die kleine Warze auf dem Lid, über die ich so oft mit der Zungenspitze gefahren bin. Die schmaleren, blassen

Lippen. Die ehemals geraden Zähne, unten hat sich ein Zahn im Laufe der Jahre mit geologischer Langsamkeit gedreht. Die Haut, die ich, wenn du schliefst, mit der Aufmerksamkeit eines Dermatologen untersuchte: leicht orangefarben, ohne das Weiß der Jugend, die Strafe für ein Jahrzehnt Sonne. Der zarte goldene Flaum. »Ich werde dich nachts nicht haben / ich werde dich zum Abschied nicht küssen, du wirst nie wissen, wer ich war.« Die Hände. Ich weiß nicht, ob du dich daran erinnerst, aber in jenen Tagen habe ich gern deine Hand genommen, sie betrachtet und berührt, was du vielleicht für Zärtlichkeit gehalten hast. Ich würde deine Hände unter einer Million Händen wiedererkennen, ich kenne die Form deiner Knöchel, Sehnen, Adern, Nägel, Handlinien. Und dann dein Körper. Wenn du doch noch mal vor mir die Kleider ablegtest, um dich rasch umzuziehen, oder wenn du aus der Dusche kamst, der flüchtige Augenblick, in dem ich deine Brüste sah, so klein wie eh und je, und doch haben sie zwei Töchter jahrelang genährt. Das nicht mehr ganz straffe Fleisch an den Armen, der leicht geblähte Bauch, die Hüften, denen man die zwei Geburten ansieht, die weißlichen, weichen Pobacken, die Krampfadern, die sich deine Schenkel entlangschlängeln, deine inzwischen schon etwas krummen Zehen, die ich, als wir uns kennenlernten, immer so bewundert hatte: Du hast junge Füße, habe ich gesagt, die Füße einer Gräfin. »Ich werde nicht erfahren, weshalb oder wie, nie / noch ob wirklich das war / was du sagtest, dass war / noch wer du warst / noch was ich für dich war.« Jedes Körperteil für sich zeigte mir diese Spur der Zeit, zeigte, wie wir uns abnutzen. Ich merke gerade, dass es für dich vielleicht nach Verfall klingt, nach etwas Hässlichem oder gar einem Ausdruck von Missfallen, wenn ich das so Stück für Stück, Zentimeter für Zentimeter und vielleicht zu detailliert aufzähle wie bei einer Autopsie, aber das ist es nicht, im Gegenteil: Diese genaue Beobachtung war ein Ausdruck von Bewunderung. Von Schönheit. Und wenn ich dann die Perspektive erweiterte und dich ganz betrachtete, war die Gesamtheit all dieser Fragmente das strahlende Bild von allem, was ich jahrelang an dir geliebt hatte. Es machte mich glücklich, all diese Zeichen unseres gemeinsamen Lebens zu registrieren, es war etwas Schönes, das mich rührte, mich sogar stolz machte, das oftmals Begehren in mir auslöste, aber es machte mich auch traurig, weil du und ich nicht mehr zusammen alt werden würden. »Du bist nicht mehr / an einem künftigen Tag / ich werde nicht wissen, wo du lebst / mit wem / noch ob du dich erinnerst.« Während ich dich betrachtete, wurde mir bewusst, dass ich bald nicht mehr der Notar deines Alterns sein würde, und dieser Ausdruck entlockt dir hoffentlich ein Lächeln. Ich würde nicht mehr derjenige sein, der tagtäglich feststellt, wie die Zeit vergeht, der sieht, wie ein weiteres Jahrzehnt deine Haut dünner macht, sodass die Knochen immer mehr durchscheinen, wie ein weiteres Jahrzehnt deine Haare ergrauen lässt, deine Hände sprenkelt und dein Fleisch schlaffer macht, und dieser Verschleiß würde sich fortsetzen bis ans Ende deiner Tage, würde Wirbel platt machen und Zähne zerbröckeln, dieser ganze grandiose Verfall, den ich mit dir teilen und erleben und aufschreiben wollte, dessen Schönheit mich in jeder Phase überraschen sollte, das neu aufkeimende Begehren, die unerwartete Erfahrung, einen gealterten Körper als erregend zu empfinden, der mir Jahre zuvor in seiner Nacktheit und Rauheit, mit seinem Geruch zuwider gewesen wäre, den ich nun aber würde streicheln, riechen, beißen wollen. Weil wir zusammen alt geworden wären. »Ich werde dich nicht wieder berühren. / Ich werde dich nicht sterben sehen.«

Wie rührend. Und was soll ich jetzt sagen? Muss ich mich bei dir bedanken, weil du schweigend meiner Schlaffheit und meinem faszinierenden goldenen Flaum gehuldigt, weil du sentimentale Gedichtchen vorgetragen hast, anstatt mit mir zu reden und zu sagen, dass es dir nicht gut geht, dass du dich in eine andere verliebt hast, und zu schauen, ob wir noch eine Lösung finden? Toll gemacht, wirklich. Notar meiner, wie war das noch mal, Notar meines Alterns? Nein, das fand ich überhaupt nicht witzig. Dieselben Liebesworte, die in einem bestimmten Augenblick rühren können, wirken für sich genommen, also außerhalb ihres emotionalen Zusammenhangs, einfach nur lächerlich. Deine Beschreibung meiner »Lebensspuren« ist eben das: lächerlich. Und nein, ich könnte deine Hände nicht unter einer Million Hände wiedererkennen. Ich habe deine gerichtsmedizinische Analyse nicht durch eine eigene erwidert. Mit Lebensspuren habe ich nichts am Hut, Notarin deines Verfalls will ich auch nicht sein. Und dass die Zeit verrinnt, beunruhigt mich nicht

sonderlich. Denn wenn du mich in diesen Tagen so oft ange-
sehen hast, dann nicht vor Erstaunen, Stolz oder Begehren.
Nicht einmal, weil du an deiner Entscheidung gezweifelt hät-
test: Du hast mich einfach als Spiegel benutzt. Als einen Ka-
lender. Schon seit Jahren war das Verrinnen der Zeit bei dir
ein Dauerthema. Mit den Mädchen machtest du Witze über
ihren alten Papa und die verlorene Jugend und die sport-
lichen Glanzleistungen, die wir bei einem über Vierzigjähri-
gen doch bitte sehr bewundern sollten. Wieder und wieder
kamst du darauf zurück, und nicht mehr nur im Spaß: Du
hättest diesen Freund nach Jahren wiedergetroffen, der sei
jetzt das reinste Wrack; gerade seien die Mädchen noch Ba-
bys gewesen, die du auf dem Arm tragen konntest, ihre Köpf-
chen hätten in deine Hand gepasst, und schau, wie groß sie
jetzt sind; die Wohnung mit ihren gesammelten Abnutzungs-
erscheinungen, den Mängeln und dem Schmutz, worüber du
laufend Buch führtest; die Stadt, in der kaum noch eine der
Bars von früher blieb. Wenn du mal vergessen hattest, den
Browserverlauf zu löschen, entdeckte ich darin nicht etwa
Immobilienseiten, sondern Tutorials zur Stärkung des Bi-
zeps und Reduzierung des Bauchumfangs, hypochondrische
Suchen zu urologischen Sachverhalten, nostalgische Video-
clips und Pornoseiten, jede Menge Pornoseiten, immer mit
blutjungen Lesben. Deine Playlist stammte ausnahmslos aus
dem letzten Jahrhundert. In Sachen Film kreisten deine Vor-
lieben obsessiv um dasselbe Thema: Wiederbegegnungen
von Freunden, die in einer gewaltigen Katharsis enden, Kin-
der, die ihre Eltern zu Grabe tragen, Todkranke bei ihrem
Abschied von der Welt, Paare in der Krise, zurückgewonnene

Jugendlieben, ein Junge, der während der zwölf Jahre dauernden Dreharbeiten immer größer wird, oder dieser nervige Streifen von Malick, den du dir gleich zweimal angeschaut hast. Im letzten Sommer, unterm Sonnenschirm an einem überfüllten Strand, sahst du mich, nachdem du eine Zeit lang einer Gruppe Dreißigjähriger zugesehen und zugehört hattest, die in ihrer lärmenden Ausgelassenheit wie aus einer Fernsehkomödie entlaufen wirkten, mit einem Ausdruck an, den ich für ironisch hielt, doch anstatt, wie ich es erwartet hatte, über ihre Unreife herzuziehen, fragtest du mich ganz ernst, mehr, um dich selbst zu hören als in Erwartung einer Antwort: Musst du auch manchmal daran denken, dass wir nie wieder dreißig sein werden? Und noch schlimmer, nach dem letzten Weihnachtsessen mit der Familie: Auf der Rückfahrt nach Hause, die Mädchen schlafend auf dem Rücksitz, du und ich hundemüde und mit diesem brennenden Unbehagen, das jedes Familientreffen bei uns hinterließ, brachst du ein langes Schweigen auf nächtlichen Straßen, um einen wenig weihnachtlichen Gedanken zu teilen: Wir kommen allmählich in das Alter, in dem uns die Eltern wegsterben. Du mit deinen Lebensspuren. Ich will nicht sagen, dass das alles nur eine klassische Midlife-Crisis ist, der über Vierzigjährige, den es schwindelt, wenn er auf einmal spürt, wie die Zeit verrinnt, der wehmütig auf das blickt, was er nicht erreicht hat, und nach der verlorenen Jugend sucht, indem er sich die junge Inés anlacht, und dann hebt er den Blick vom PC und sieht seine reife Ehefrau und staunt über ihre weißlichen Pobacken und ihre schlaffen Arme. Ja, ja, da ist noch mehr, allzu simple Erklärungen bringen uns nicht weiter, *deshalb graben wir ja in die Tiefe, um die Ursachen für unser Scheitern zu finden. Ich habe dich auch manchmal angesehen, aber nicht mit diesem Gerichtsmedizinerblick, keine Sorge, ich gehe jetzt nicht zum Gegenangriff über, mit einer Ode auf dein verhärtetes Gesicht, deine Geheimratsecken oder deine Zähne, die lang geworden sind durch den Zahnfleischschwund. Wenn ich dich ansah, spürte ich weder Staunen noch Stolz, sondern Befremden. Das Befremden darüber, dich nicht zu kennen, dich nicht wiederzuerkennen. Und mich auch nicht. Je länger ich mit dir zusammen bin, desto weniger kenne ich dich. Der Satz stammt von dir, du hast ihn vor Jahren zu mir gesagt, als wir zu Hause mal wieder Streit hatten. Und du hattest recht: Dieses Gefühl, wir würden einander immer weniger kennen, uns immer fremder werden seit einem Anfangsmoment der völligen Verschmelzung. Und wenn wir uns erst getrennt haben, wird die Fremdheit noch weiter zunehmen, wir werden uns voneinander entfernen, bis irgendwann unsere Töchter uns bei einem Familientreffen anschauen und sich überrascht dasselbe fragen wie wir, wenn wir deine oder meine Eltern sehen nach all den Jahren der Trennung: Wie kann es sein, dass diese so andersartigen Wesen sich einmal ineinander verliebt und eine gemeinsame Zukunft gewünscht haben? Sooft wir uns das bei unseren Eltern fragten, landeten wir bei der Frage nach Henne oder Ei: Sind sie so unterschiedlich, so inkompatibel geworden, weil sie sich früh getrennt haben und jeder seinen eigenen Weg gegangen ist, oder lag es an dieser schon immer vorhandenen Unterschiedlichkeit, dass sie einander fremd wurden und sich schließlich trennten? Standen wir selbst uns wirklich mal so nah, oder ist das eine Idealisierung post mortem, der klassische Abschiedsschmerz nach einer Trennung? Im Park haben wir gerne die alten Leute beobachtet, Paare, die spazieren gingen, als machten sie das seit einem halben Jahrhundert: Sie an seinem Arm, ein Schweigen, das stilles Einvernehmen und Verbundenheit ausdrücken konnte oder auch Gleichgültigkeit und Erschöpfung. Wir vergnügten uns damit, körperliche Ähnlichkeiten festzustellen, die äußerliche Anpassung, nachdem man jahrzehntelang im selben Bett geschlafen hat, allgemein sagt man ja, dass Paare dazu neigen, sich anzugleichen, so wie das auch von Hunden und ihren Besitzern behauptet wird, Psychologen im Radio erklären es aus einem Zusammenspiel von selektiver Partnerwahl, Affinität und Gewohnheit. In unserer Anfangszeit wurden wir gelegentlich für Geschwister gehalten. Wir machten darüber Witze, wenn wir aus dem Haus gingen und uns im Aufzugsspiegel sahen, gekleidet in denselben Farben, die Brillen so ähnlich, dass wir sie auf dem Nachttisch verwechselten, beide gleich schlank und häufig sogar mit einer ähnlichen Frisur. Ganz zu schweigen von dem Buch mit den zwei Lesezeichen, wenn wir es nicht gar zur selben Zeit lasen, nebeneinander auf dem Sofa, von unserem militärischen Gleichschritt und davon, dass wir die Wünsche des anderen vorausahnten oder uns kraft unserer geistigen Verbindung dieselbe Nachricht schickten. Das alles vermisse ich manchmal, und dann wieder finde ich es erstickend, eine Fehleinschätzung, ein allzu schnelles Verbrennen.*

In diesen Tagen, als ich dich beobachtete und an meinem Entschluss zweifelte, habe ich gerechnet, denn das machen Menschen, die sich eine Trennung wünschen und sie gleichzeitig fürchten, ganz obsessiv: Sie stellen Rechnungen auf, immer wieder dieselbe Rechnung, auf den Rändern von Heften, auf Schmierpapier, der Serviette im Café, der Tafel ihrer Töchter, im geöffneten Dokument am Computer, auf dem Taschenrechner des Handys; stets dieselbe Rechnung, ich kannte sie schon auswendig, trotzdem schrieb ich sie immer wieder um und rechnete neu, als könnte ich durch meine Hartnäckigkeit die Mathematik bezwingen: Ich addierte die Miete, den allerniedrigsten Betrag, der zwar nie so in der Anzeige stand, den ich aber auszuhandeln beabsichtigte, Nebenkosten für einen Alleinstehenden, den Unterhalt für Germán, auf den ich dessen Mutter in meiner rechnerischen Illusion gern herunterhandeln wollte, und die Kosten für Lebensmittel, angepasst an ein Existenzminimum; in einer zweiten Rechnung bezog ich meine Außenstände mit ein und wagte eine maßlos optimistische Prognose hinsichtlich zukünftiger Aufträge, verrechnete meinen Anteil an unseren restlichen Ersparnissen mit den nächsten Monaten, überschätzte den Gewinn aus einem etwaigen Verkauf des Landhauses und träumte sogar davon, dass mein bankrotter Vater uns das Geld zurückzahlte, das wir ihm geliehen hatten. Auf dem Höhepunkt meines verzweifelten Optimismus bezog ich manchmal sogar die unwahrscheinliche Zahlung eines Honorars mit ein, das mir die Zeitung seit der Schließung schuldete. Und da die Rechnung dennoch nur für ein Jahr aufging oder für eineinhalb, wenn ich den Gürtel ganz eng schnallte, fügte ich dem Schlusssaldo noch einen Vorschuss hinzu, den ich einem Verlag für ein schnell zu schreibendes und hochaktuelles Buch aus den Rippen leiern wollte, dessen Thema ich bereits hatte, nämlich, du wirst lachen: Die geschiedenen Väter unserer Generation. Ich habe dir mal davon erzählt, halb im Scherz, es ging von meiner eigenen Trennungsgeschichte mit Germáns Mutter aus: Man müsste ein Buch über die Scheidungserfahrung von Vätern in meinem Alter schreiben, also ein Buch ganz speziell für diese Männer. In diesen Wochen machte ich mir Notizen zu dem Buchprojekt, das mal journalistisch, mal sozialkritisch, mal eine frivole Sittenkomödie war, mal Fiktion, mal Autofiktion, mal alles zusammen. Ein Buch, das eine Marktlücke schließen würde, so viele Väter, die sich jung scheiden lassen, und alle haben wir dasselbe Repertoire an Ängsten, Klagen, Ärgernissen, Schuldgefühlen, Freuden, Anekdoten und Engpässen. In den Cafés, an den Nachmittagen, an denen wir als Väter in Erscheinung treten, werfen wir uns solidarische Blicke zu, wir leben in derselben finanziellen Notlage und derselben Unsicherheit, haben in Sachen Emotionen und Rechtsstreitigkeiten ähnliche Erfahrungen gemacht, jedes Mal, wenn wir bei einem Kindergeburtstag zusammenkommen, äußern wir leise die gleiche Kritik an unseren Ex-Frauen. Wenn ich besonders mutlos war und meine Rechnung nicht aufging, wurde das Buch düsterer: eine Reflexion darüber, dass die Scheidung für einen Teil unserer Generation in einer Katastrophe endet. Ich schrieb sogar einen Artikel zu dem Thema, eine

Reportage, mit der ich die Leser testen und das Interesse der Verlage wecken wollte, es ging darum, dass eine Trennung mit Kindern heute für viele Menschen unweigerlich den sozialen Abstieg bedeutet. Wir, die wir in dem Glauben groß geworden sind, eine Scheidung sei kein Drama mehr, sondern lediglich eine weitere Etappe in unserem Leben, sogar erstrebenswert, verdient, ein Freiheitsversprechen im Erwachsenenalter, Sprungbrett für ein neues, genussvolles Leben als Junggeselle, nach den Freuden einer Ehe, die vor allem dann freudvoll ist, wenn man sie vor ihrem Niedergang beenden kann. Die Reportage war ein ziemlicher Erfolg, der meistgelesene Text des Tages, mit Hunderten von Kommentaren, viel beachtet in den sozialen Netzwerken, eine Menge Leute brachten ihre eigenen Erfahrungen ein und klagten über diese Scheißscheidungen, die wir uns leisten können: Väter in winzigen Wohnungen, für die sie sich vor ihren Kindern schämen, oder die zu ihren Eltern in ihre einstigen Jugendzimmer zurückgekehrt sind oder die eine Wohnung mit anderen Vierzigjährigen teilen, ganz zu schweigen von denen, die gänzlich in die Bedürftigkeit abgerutscht sind, Geschiedene, die auf einem Campingplatz leben! Diese Männer und auch Frauen, alleinerziehende Mütter in winzigsten Wohnungen, in Panik, wenn der Unterhalt des Vaters zu spät eingeht, erbitterte gerichtliche Auseinandersetzungen um ein paar Euro mehr. Wir dachten, eine Scheidung in dieser Lebensphase wäre die Eintrittskarte in den begehrten Klub reifer Männer und Frauen, die wieder da sind und, emotional gepanzert und sexuell befreit, ihre zweite Lebenshälfte genießen wollen, mit großen Kindern und einer Zukunft auf dem richtigen Gleis, wofür wir natürlich die finanzielle Grundlage hätten, kein Vermögen, aber ausreichend. Doch irgendwas ist schiefgelaufen, verdammt noch mal, da stehen wir nun, schau uns doch an, wir haben nichts gemein mit den geschiedenen Helden aus diesen schönfärberischen Fiktionen, sind nicht der attraktive Vater, der eine Wohnung mit einem Zimmer für jedes Kind hat, in die er seine Wochenendbekanntschaften mitnimmt, mit denen er prickelnde Affären hat, und der im Sommer mit seinen Kindern im Wohnmobil durch Europa reist. Die einzige Möglichkeit, sich über Wasser zu halten, ist für viele eine neue Beziehung, in der man die Kosten mit der neuen Partnerin teilt, und so harren sie aus und wagen erst den Absprung, wenn eine andere Liane gefunden ist, an die man sich klammern kann. In meinen schlaflosen Nächten als mittelloser Scheidungsanwärter malte ich mir aus, dass Tausende dieser vierzigjährigen Trennungsväter, Zehntausende, Hunderttausende, dass sie alle sofort losstürmen und dieses Buch kaufen würden, in dem es um sie ging, in dem sie sich verstanden fühlten und anerkannt; und das würde rasch ein sensationeller Verkaufserfolg werden und ein gesellschaftlicher gleich dazu: Scheidungsgeneration Golf!, welcher Verlag würde einen solchen Vorschlag ablehnen, irgendein Fernsehproduzent würde darin den Stoff für eine Serie erkennen, eine Sittenkomödie mit sozialkritischem Touch, verarmte Väter in Wohngemeinschaften, eingeblendete Lacher, sag nicht, es hätte nicht was Poetisches, wenn ich mir meine Trennung mit einem Buch über die Schwierigkeiten von Trennungen finanzieren würde. In diesen Tagen, an denen ich Inés über Telefonate, Mails und heimliche Spaziergänge immer näher kam, in diesen Tagen, in denen du mir immer ferner wurdest, weil ich dir auswich, Arbeit vorschützte, deine Versuche abwehrte, über den Hausumbau oder die Planung unserer näheren Zukunft zu reden, in diesen Tagen brachte ich ein kleines Exposé zustande und nicht viel mehr, das Einzige, was ich letztlich geschrieben habe, war diese Reportage, von der ich nicht weiß, ob du sie gelesen hast, da du das, was ich schreibe, ja schon länger nicht mehr liest.

Nein, ich habe sie nicht gelesen, und du hast mir auch nicht davon erzählt, wird schon seinen Grund gehabt haben. Aber ich habe um diese Zeit einen anderen Text von dir gelesen, den ich jetzt besser verstehe. Einen, auf den ich stieß, ohne zu wissen, dass er von dir war, mich hat einfach die Titelzeile angesprochen: »Wirf die Briefe deiner Ex nicht weg!«, auf dieser Reise-Website, wo sie dich für einen Globetrotter halten und dir noch immer Reportagen über Orte bezahlen, wohin du nie einen Fuß gesetzt hast. Diesmal ging es um das Museum der Zerbrochenen Beziehungen in Los Angeles, über das du mit einem Enthusiasmus schriebst, den ich auffällig fand, wenn man bedenkt, dass es sich um ein kleines, unbekanntes Museum handelt, von zweifelhaftem künstlerischen Wert. In deiner Darstellung erinnerte es mich an die Kapelle, die wir vor Jahren in Portugal besucht hatten, wo von Krankheiten Geheilte der dortigen Jungfrau für ihren

wundersamen Beistand dankten, indem sie die Wände mit
Tausenden von Votivgaben aus Wachs dekorierten, eine
scheußlicher als die andere: Hände, Füße, Köpfe, Beine,
Arme, Ohren, Augen, Knochen, Gebisse, innere Organe,
dazu Haarmähnen, Fläschchen mit Körperflüssigkeiten, Klei-
dungsstücke, Krücken, Fotos, Heiligenbildchen und handge-
schriebene Briefe, das alles so dicht an dicht, dass man nichts
mehr von den Mauern sah. Als ich über das von dir bewun-
derte Museum in Kalifornien las, verspürte ich einen ähn-
lichen Widerwillen gegen diese Sammlung von einzelnen
Eheringen, Dessous, Haarsträhnen, Brautkleidern, Kuschel-
tieren, verlorenen Haustürschlüsseln, Liebesbriefen, Figür-
chen von Hochzeitstorten, Reiseaufzeichnungen, Flugtickets,
billigem Nippes, dessen emotionale Bedeutung nur schätzt,
wer ihn verschenkt hat, sogar zwei Silikonimplantate waren
dabei, die sich eine enttäuschte Braut hatte herausoperieren
lassen, was dich zu dem billigen Witz inspirierte: Das Herz
hat sie wohl doch noch gebraucht. Ich konnte die Leiden-
schaft nicht begreifen, mit der du über die Säle schriebst, die
du angeblich innig gerührt durchwandert hattest, vertieft in
die Geschichten, die jeder Liebesreliquie beigefügt waren.
Nach diesem emotional aufwühlenden Museumsbesuch,
hieß es weiter, seist du dann recht melancholisch über den
Hollywood Boulevard spaziert. Dem folgten ein paar Ge-
danken über den Schmerz am Ende einer Liebe, ziemlich tri-
vial, wenn du gestattest. Abschließend fragtest du den Leser,
was er denn dem Museum zur Verfügung stellen würde, um
Zeugnis von seinem gebrochenen Herzen zu geben, auf wel-
chen Gegenstand er all sein Glück und all seine Trauer über

*die verlorene Liebe konzentrieren würde. Tut mir leid, aber
ich konnte mit der Frage nicht viel anfangen, meine Augen
wanderten vom Bildschirm zum Wohnzimmer, ohne etwas
zu finden, das ich für würdig befunden hätte, in einem Museum unser Zusammenleben zu repräsentieren. Ganz schön
naiv von mir, ich kam keine Sekunde lang auf die Idee, den
Text als Ausdruck davon zu interpretieren, dass dir etwas
auf der Seele brannte. Wenn er eine Warnung war, habe ich
sie nicht wahrgenommen.*

Von dem Museum hat mir Inés erzählt, am ersten Nachmittag in ihrer Wohnung, nur zehn Tage nachdem der Zufall uns wieder zusammengebracht hatte, falls man den Algorithmus eines sozialen Netzwerks, der dir neue Freunde
und Kontakte vorschlägt, überhaupt als Zufall bezeichnen
kann. Inés war gerade von einem zweijährigen Aufbaustu-
dium in Los Angeles wiedergekommen, und sie erzählte
mir von diesem Museum der Zerbrochenen Beziehungen,
nachdem ich ihr gestanden hatte, dass es zwischen dir und
mir nicht mehr so gut lief, dass wir uns in der Nachspielzeit befanden. Oder eigentlich in der *garbage time*, um einen Begriff aus dem Basketball zu verwenden. Nach zehn
Tagen Online-Verführung waren wir so weit und verabredeten uns in ihrem Apartment, um offene Rechnungen zu
begleichen, zwischen ihr und mir, und ja, auch zwischen
dir und mir. Apartment nannte sie es, obwohl es größer ist
als unsere alte Wohnung, über neunzig Quadratmeter auf
einer einzigen, offen angelegten Fläche, mit einer einge-

zogenen Ebene zum Schlafen, freigelegten Backsteinwänden, einer breiten Fensterfront, IKEA-Möbeln, aber den hochwertigen, einer guten Stereoanlage und zahlreichen Ausstattungsdetails, die nicht zu der Kaufkraft einer Stipendiatin in den Dreißigern passten, die in einem Forschungsprojekt arbeitet, weshalb sie gleich, als ich reinkam, ungefragt erklärte: Ich weiß, was du denkst, wie kann ich mir so was leisten, aber da ist ein Trick dabei, die Wohnung gehört meinen Eltern. Sie zeigte mir die Terrasse, das Apartment stellte sich nämlich als Penthouse heraus, und ans Geländer gelehnt betrachtete ich die umliegenden Gebäude, während sie mir erzählte, dass ihre Eltern, als die Wirtschaftskrise begann und alle Welt verkaufen wollte, sich ganz gut arrangiert hätten und später zu Stammgästen auf Versteigerungen geworden seien, wo Immobilien verstorbener Eigentümer ohne Erben verkauft wurden, wodurch sie sich eine hübsche Sammlung von Wohnungen zugelegt hätten, die sie nun vermieteten, außer der hier, die sie bekommen hätte. Auf einer Dachterrasse auf der anderen Straßenseite lag ein Mann in meinem Alter auf einem Liegestuhl, er las, barfuß, neben sich einen Drink mit Eiswürfeln, einer dieser Leute, die an einem normalen Arbeitstag abends um sechs auf der Terrasse ihrer Dachwohnung lesen und einen Gin Tonic trinken können. Auch auf Inés' Terrasse stand ein Liegestuhl. Ich setzte mich darauf und zog meine Schuhe aus. Zurückgelehnt, die Augen wegen der Sonne halb geschlossen, fühlte ich mich in der sanften Oktoberwärme auf einmal müde. Sehr müde. Unendlich müde. Eine jahrhundertealte Müdigkeit.

Müde von dir und von mir und von uns, müde von dieser langen Überfahrt, bei der mir inzwischen egal war, ob sie in einem Schiffbruch endete, ganz gleich, wie nah das verfluchte Ufer sein mochte. Du hast diese Müdigkeit auch oft gespürt, das weiß ich, und du weißt, dass es in diesen schwachen Momenten nur eines kleinen Anstoßes bedarf, damit alles zusammenbricht. Die Liane, die verdammte Liane, mit der Inés winkte, als sie sich über mich beugte, meinen Kopf zwischen ihre Hände nahm und mich auf die Stirn küsste. Aufs Ohr. Auf das andere Ohr. Auf ein Augenlid. Die Nase. Das Kinn. Was für eine Müdigkeit, Ángela, was für eine schreckliche und was für eine köstliche Müdigkeit in diesem Augenblick, was für eine Lust zu weinen, zu schreien, mich von der Terrasse zu stürzen, mich an Inés zu klammern, nach Hause zurückzukehren und dich dort anzutreffen, alles auf einmal, und nichts schien stark genug zu sein, um mich von dieser Müdigkeit zu kurieren. Ich zog Inés auf den Liegestuhl, und als wir uns küssten, spürte ich, wie die wenige Energie, die mir noch geblieben war, um mit dir weiterzukämpfen auf dem Boot, aus meinem Mund entwich und mein Körper gleichzeitig von einer neuen Energie erfasst wurde. Ohne meinen Mund von Inés' Mund zu lösen, blinzelte ich mit einem Auge und sah den Nachbarn auf seiner Dachterrasse, und der hätte in diesem Augenblick ohne Weiteres sein Glas erheben und mir mit einem Lächeln zuzwinkern können.

Spazieren gegangen seid ihr, hast du gesagt. Heimliche Spaziergänge, so hast du es genannt. Die Vorstellung, wie du es in ihrer Neureichenwohnung mit ihr treibst, tut mir nicht annähernd so weh, wie zu erfahren, dass du mit ihr spazieren warst, spätnachmittags, wenn du unter irgendeinem Vorwand aus dem Haus gingst, wahrscheinlich habt ihr euch dann am Stadtrand getroffen, geschützt vor den Blicken Bekannter. In einem Park, einem Neubauviertel mit unberührten Gehsteigen und mickerigen Bäumen, auf einem schmalen Weg, der sich am Rand der Autobahn gehalten hat, vielleicht auf einem Friedhof. Auf meinem Heimweg von der Arbeit, im Bus, sehe ich sie immer durchs Fenster, Liebespaare, die etwas tun, das sich fast niemand mehr leisten kann: spazieren gehen. Ohne Ziel, ohne Eile, mit aller Zeit der Welt. Gemächlich, ganz gemächlich gehen, eine größere Auflehnung kann ich mir nicht vorstellen. Hand in Hand, einen Arm um die Taille oder die Schultern gelegt, die Schritte im selben Rhythmus. Sich an jeder Ampel küssen. Stehen bleiben, um an einer Fassade die Giebel zu bestaunen, eine Industrieruine. Das endlose Flanieren der Verliebten, für die Gehen eine andere Form ist, sich kennenzulernen, aber auch, sich den Raum neu anzueignen und daraus einen gemeinsamen zu machen, und dabei hinterlassen sie den glitzernden Speichel des Begehrens. Kommt dir das bekannt vor, dieses Wortgeklingel? Die Liebenden, die Parks und Brachen durchstreifen, auf den Wegen des Begehrens, desire paths, lignes de désir, das Begehren bricht sich stets Bahn und bewegt sich am liebsten auf einer Geraden. Hast du das mit den Wegen des Begehrens auch Inés erklärt? Unser, dein und mein letz-

ter Spaziergang war vor dem Sommer gewesen, an unserem Hochzeitstag. Weißt du noch? Nachdem wir ihn jahrelang nicht gefeiert, sogar das Datum vergessen hatten, ließen wir diesmal die Mädchen bei meiner Mutter und gingen für ein paar Stunden aus. Doch anstelle eines Restaurantbesuchs schlug ich dir vor, spazieren zu gehen, nichts weiter, ein Spaziergang, wie wir seit Jahren keinen gemacht hatten. Du wirktest nicht sonderlich begeistert, warst aber dann doch einverstanden. Wir drehten eine lange Runde, durchquerten die Siedlung, in der meine Mutter wohnt, gelangten bei Einbruch der Dunkelheit in offenes Gelände und liefen über die Felder bis hinunter zum Fluss. Der Anfang war etwas zäh, wir erzählten uns lustlos, was es Neues bei der Arbeit gab. Dann ein paar Bemerkungen zu den Kindern: Sofias schwierige Nächte, Anas nächster Arzttermin, deine Sorgen mit Germán, Ideen für den nächsten Geburtstag. Als Drittes folgte ein schneller Gesundheitscheck, meine Zähne, dein Ekzem, bei dem Tempo würde uns schon auf dem ersten Kilometer der Gesprächsstoff ausgehen. Ich schlug vor, über das Haus auf dem Land zu reden, den eigentlichen Grund für diesen Spaziergang, irgendwann mussten wir das mit dem Umbau entscheiden und Termine planen, jeder von uns hatte sich die Sache durchgerechnet, bei mir ging die Kalkulation auf, bei dir nicht. Aber du sagtest, wir sollten das lieber ein andermal machen, du wolltest an unserem Hochzeitstag keinen Streit riskieren, und außerdem fändest du es absurd, Luftschlösser zu bauen, während wir an den obszön teuren Häusern in der Siedlung meiner Mutter vorbeischlenderten, die Leute, die diese Häuser gebaut hatten, müssten nie über

68

Kostenvoranschläge verhandeln und in Industriegebieten Restposten kaufen, du wurdest den Gedanken nicht los, sie könnten uns mit ihren Sicherheitskameras sehen und hören und sich über unseren so bescheidenen wie aufreibenden Traum vom Landleben lustig machen. Ein paar Minuten lang herrschte zwischen uns ein unangenehmes, schlimmer noch, ein leeres Schweigen, und da war wenig, womit man es hätte füllen können, aber als wir die Siedlung verließen, beschloss ich, dem Gespräch eine Wendung zum Wesentlichen zu geben und dabei klammheimlich das Hausthema wieder einzuführen. Also stellte ich dir eine Frage, die in meinen eigenen Ohren hochtrabend klang und eher nach dir, wie eine schlechte Kopie dieser Filme, die du so magst und in denen ein Paar anderthalb Stunden lang herumläuft und die ganze Zeit nur redet, in Paris oder Manhattan oder auf einer wunderschönen griechischen Insel, nicht auf so einem Kartoffelacker wie wir. Sie laufen herum und reden und ziehen Bilanz und rechnen ab und bringen tolle Sprüche und tiefschürfende Fragen, die den Zuschauer bewegen, die uns jedoch, wenn sie auf unserer Seite der Leinwand ausgesprochen werden, stets aufgesetzt vorkommen. Wie stellst du dir die Zukunft vor? Das war meine Frage, später erweitert zu: Wie, glaubst du, ist dein Leben in fünfzehn oder zwanzig Jahren? Mein Leben in zwanzig Jahren?, hast du gelächelt, da ist nur eins sicher, nämlich dass ich nicht in einem von diesen Schuppen wohnen werde, und dabei hast du in Richtung der Häuser gezeigt, die wir inzwischen hinter uns gelassen hatten. Dann versuchtest du, dich mit Scherzen aus der Affäre zu ziehen, mit der Story vom Mann, der altert wie guter

Wein, der interessante reife Herr mit unverminderter Potenz,
platonische Liebe der Freundinnen seiner Töchter, aber
mir war es ernst, und so fiel ich dir ins Wort: Hör auf, den
Clown zu spielen, verdammt, ich würde jetzt gern ein ernst-
haftes Gespräch führen, ich will nicht wissen, ob du glaubst,
dass wir in zwanzig Jahren noch zusammen sind, ich spreche
von dir, wo würdest du dann stehen, wo siehst du dich
dann? Dir war bei der Frage offenbar nicht wohl, und so
gabst du mir eine improvisierte Antwort, in der es um alles
andere ging, nur nicht um dich: den unsicheren Arbeits-
markt, den Zusammenbruch des Rentensystems, die neues-
ten medizinischen Entwicklungen, die nur Leute mit Geld
sich leisten können, die kleinen, durch und durch klischeehaf-
ten Freuden des Lebens, die wir erst in den späten Jahren
schätzen lernen, die Genugtuung des Vaters, der sieht, wie
seine Töchter ihren eigenen Weg im Leben finden, das Alter,
das uns weiser werden lässt, das unerlässliche Herunter-
schrauben der Erwartungen, den schützenden Zynismus, du
kamst mir sogar mit diesem Stuss von wegen mit zwanzig
ein heißes Herz und mit fünfzig einen kühlen Kopf oder so.
So unangenehm war dir die Frage, dass du sie mir noch
nicht mal zurückgabst, du hast einfach das Thema gewech-
selt, wir könnten doch umkehren, ins Auto steigen und
irgendwo etwas trinken, und das war's dann mit meinem
Versuch, mit dir ins Gespräch zu kommen. Wenn du mich
dasselbe gefragt hättest, hätte ich dir erzählt, wie ich mir
mich und uns in der Zukunft vorstellte, denn mich beschäf-
tigte das schon: wie mein Leben, wie unser Leben sein wür-
de in fünfzehn oder zwanzig Jahren. Ich hätte dir von einer

Zukunft erzählt, in der sich Willen und Wunsch ausdrückten, aber in einem durchaus realistischen Rahmen. In dieser Version der Zukunft sind wir zusammen, ja: Da werden wir zusammen alt. Um eine von den odysseeischen Metaphern zu verwenden, die mir bekanntlich so gut gefallen: Wir haben die Reise durchgestanden, haben Stürme überlebt, Schiffbruch, Verluste und Sirenengesänge, sogar die Müdigkeit haben wir überlebt und sind nicht am Ufer ertrunken. Wir haben festen Boden erreicht. Wir haben unser Haus, einen Platz nur für uns, von dem uns niemand mehr vertreiben kann und wo wir wie Robinson überleben würden, sollte dort draußen alles schieflaufen. Wir lieben uns, sicherlich nicht leidenschaftlich, aber wir lieben uns, nicht voller Begehren, aber wir lieben uns, jeder könnte ohne den anderen leben, aber wir lieben uns, wir haben akzeptiert, dass diese ruhige Art des Liebens weder Schwund noch Scheitern ist, sondern im Gegenteil ein Triumph. Wir sind zusammen, nicht aufgrund irgendeiner schicksalhaften Bestimmung oder als untrennbare bessere Hälften, nicht einmal aufgrund von wirtschaftlichen Zwängen, sondern weil wir beschlossen haben, zusammenzubleiben. Wir haben gelernt zu genießen, was uns verbindet, in erster Linie unsere Töchter. Wir haben ebenfalls gelernt, dass jeder Raum und Zeit für sich braucht, haben dabei die Bereiche des Gemeinsamen ausgehandelt, mit so viel Respekt füreinander, dass wir das gemeinsame Territorium in gegenseitigem Einverständnis erweitert haben. Wir verlangen voneinander weder Exklusivität noch eine Treue, die Frust verursacht, und eben durch diese Freiheit schwindet unser Interesse an der Außenwelt, denn wir

71

haben sogar unser Begehren wiedergefunden, es an unsere je-
weiligen Bedürfnisse angepasst und letztlich aufeinander ab-
gestimmt. Wir gehen spazieren. Wir gehen viel spazieren, je-
den Abend auf dem Hügel nicht weit von unserem Haus.
Inzwischen kennen wir sogar die Namen der Bäume. Wir
kümmern uns beide um den Gemüsegarten, mach dich ger-
ne darüber lustig, aber in meiner Fantasie vom Leben gibt es
auch einen Gemüsegarten, mehr zur Eigenversorgung denn
als spirituelle Tätigkeit. Wir sind zusammen. Wir wissen,
dass wir füreinander da sein werden, wenn uns irgendwann
die Krankheit trifft, die Depression, der geistige Abbau, die
körperliche Lähmung, die Inkontinenz und das gnadenlose
Vergessen von Gesichtern und Namen. Wir sind unser eige-
ner Wohlfahrtsstaat. Wir sind in Sicherheit. Wir sind zu Hau-
se, so wie beim Fangenspielen in der Kindheit, als man »Zu
Hause« rufen und sich auf einen erhöhten Punkt stellen
musste, wo man dann außer Gefahr war und beschützt wie
unter einer ehernen Glocke. Zu Hause.

7

Es regnete drei Tage und drei Nächte lang, heftig, aber letztlich nicht viel mehr als in früheren Jahren um diese Zeit. Dreihundert Liter pro Quadratmeter, sagte der Nachrichtensprecher, und wir versuchten, uns die Wassermenge bildlich vorzustellen: sechzig Fünf-Liter-Flaschen, deren Inhalt sich auf vier Badfliesen ergoss, wobei wir nicht wussten, ob das pro Stunde, pro Tag oder die Gesamtmenge war. Viel Wasser auf jeden Fall, wenngleich keine Seltenheit in dem Landkreis: Wir haben schon schlimmeren Regen erlebt, und der hat weniger Schaden angerichtet, sagte eine verweinte Anwohnerin im Fernsehen, in der Hand den Schrubber, die Gummistiefel versenkt im Morast ihres Wohnzimmers mit den verdreckten Möbeln. Schuld war nicht der Regen, erklärte ein Ingenieur der Gemeinde, der war zwar ergiebig, die Wassermenge bewegte sich aber immer noch im Rahmen der früheren Aufzeichnungen. Das Problem sei der Boden gewesen: Seit dem Feuer letztes Jahr sei der Berghang kahl gewesen, da gab es keine Vegetation mehr, kein dürres Laub und auch kein organisches Material, das den Aufprall der Tropfen hätte abmildern können. Allzu viel Wasser habe es da nicht gebraucht: Das verbrannte Land hätte ja schon normale Mengen kaum aufnehmen können, weshalb es bei einem stärkeren Regen zwangsläufig zu dem Oberflächenabfluss kam. Vor den

Konsequenzen hatten Umweltschützer schon im Frühjahr gewarnt. Der Regen brachte Kanäle und Bäche zum Überlaufen, die nun auch noch die ganze Asche und die durch das Feuer mineralisierten organischen Substanzen mit sich rissen. Nach dem Hochwasser prangerte der Bürgermeister die Verzögerungen bei der Aufforstung des abgebrannten Gebiets an: Ein ganzes Jahr waren die forstwirtschaftlichen Maßnahmen verschleppt worden, weshalb der Berg dem ersten großen Unwetter nichts entgegensetzen konnte, Morast und Schutt gelangten ungehindert ins Tal, füllten die Staudämme, bis sie überliefen, und lösten eine langsame Schlammlawine aus, die Felsbrocken, tote Bäume und Zäune mit sich riss. Die Häuser an der Hochstraße erlitten den größten Schaden. Durch die Verschiebung der Erde unter ihren Fundamenten wurden sie mit unerbittlicher architektonischer Logik umgerissen, und die Wasser- und Schlammlawine schob ihre Trümmer gegen die nächsten Häuser, die dann zum Glück einen Damm bildeten und so das weitere Vordringen ins Dorf bremsten. Wo der Schlamm nicht hinkam, schaffte es das Wasser: All das Wasser, das der Hang nicht hatte aufnehmen können, lief abwärts bis zum Fluss und beförderte so viel feste Materie in dessen Bett, dass er in bestimmten Abschnitten völlig verstopft war und rasch über die Ufer trat. Das Wasser strömte über die alte Brücke und den Gehweg am Fluss und brachte die Kanalisation zum Überlaufen. Ein paar Tage später fuhren wir in das Dorf, um nach unserem Haus zu sehen. Wir liefen durch die noch immer schlammigen und stinkenden Straßen. Arbeiter reparierten Bodenleitungen, stellten Strommasten wieder auf und errichteten einen neuen Brückenpfeiler. Am Ortseingang, direkt neben der Straße, war eine improvisierte Müllkippe entstanden, mit allem, was der Fluss fortgerissen und der Schlamm unter sich begraben hatte: kaputte Möbel, Matratzen, herausgerissene Türen, Trümmer, Schutt, totes Vieh. An den Fassaden der Häuser an der Uferstraße sah man die schmierige Linie des Wasserstands, fast einen Meter hoch, sie wartete auf die nächste Gedenkfliese: Bis hier stieg das Wasser am … Zum Glück war unser Haus, das am Aufstieg zur Burg lag, unversehrt. Das altersschwache Dach habe standgehalten, weil es gar nicht so viel Regen gewesen sei, erzählte uns immer wieder eine Nachbarin: So viel Regen war das gar nicht, wenn der Hang normal bewachsen gewesen wäre, hätte er diese Wassermenge gut aufnehmen können, aber sie haben ja nichts gemacht, um das Gelände wieder aufzuforsten, und dann reißt eben ein plötzlicher heftiger Regen alles weg. Genau wie bei uns, Ángela, meinst du nicht? Wir waren dieser Berg. Die Metapher passt perfekt, sie drängt sich geradezu auf, man könnte meinen, ich hätte sie ins Werk gesetzt, sei letzten Sommer auf den Berg gestiegen, hätte den Benzinkanister ausgekippt, ein Streichholz drangehalten und ein Jahr lang die Aufforstungsarbeiten verzögert, um dann den Regen herbeizuzaubern, damit der erodierte Boden den Rest erledigt und ich dir jetzt sagen kann: Da hast du uns, Ángela, das waren wir zu dem Zeitpunkt, als Inés auftauchte oder wiederauftauchte, ein Berg, der sich noch nicht erholt hatte nach einem großen Brand, eine versengte, nackte Fläche, die seit über einem Jahr dem erstbesten Sturm ausgeliefert war, der alles mit sich reißen würde. Ich habe von Nachspielzeit gesprochen, von *garbage time*. Ich weiß, du teilst diesen Eindruck nicht, verstehst ihn auch nicht: Für dich waren die Monate vor unserer Trennung vermutlich gute Monate. Sehr gute sogar. Und natürlich waren sie besser als die turbulente Zeit davor. Ich gebe zu, wir hatten eine ganz akzeptable Zeit, bevor mich der Algorithmus wieder mit Inés zusammenbrachte, fünf, sechs Monate ohne große Aufregungen; ein ruhiges, ungewöhnlich ruhiges halbes Jahr. So ruhig, dass Ana nicht mehr gefragt hat, ob wir uns scheiden lassen würden, und Sofía uns nicht mehr ständig im Blick haben musste, sie wurde nicht mehr so unruhig, wenn einer von uns beiden wegging und nicht gleich wiederkam. Manchmal hast du noch einen strengen Gesichtsausdruck bei mir entdeckt oder bemerkt, dass ich nicht ganz anwesend war, nach innen gekehrt, betrübt; doch das kam immer seltener vor, und wenn du fragtest, ob es mir gut gehe, sagte ich: Ja, schon, nur wieder Probleme bei der Arbeit, eine Abgabefrist, ausstehende Zahlungen. Die einzigen Unstimmigkeiten, die wir in diesen Monaten hatten, betrafen das Haus: Du wolltest so schnell wie möglich mit dem Umbau beginnen, einen Termin für den Umzug festlegen, dich nach einer Versetzung an das Gymnasium im Landkreis erkundigen, für die Kinder eine Schule und einen Kindergarten fürs nächste Schuljahr suchen, während ich vorschlug, noch etwas zu warten, die Hilfe deiner Eltern ablehnte, lass uns noch ein bisschen sparen. Doch obwohl wir wegen des Zeitpunkts uneins waren, habe ich unsere Pläne nie infrage gestellt, ganz im Gegenteil: Ich war es, der dich nachts umarmte und dir ins Ohr flüsterte, dass ich mir wünschte, wir würden endlich die verdammte Stadt hinter uns lassen und dieser Lethargie der Überlebenden einer Katastrophe ein Ende setzen. Ich war es auch, der nach einem Einkauf im Supermarkt in plötzliche Begeisterung verfiel und dir einen Gemüsegarten versprach und Hühner und ein Schwein zur jährlichen Schlachtung, das würde unsere Lebenshaltungskosten senken, weshalb wir mit weniger, mit viel weniger auskommen würden, zumal wir dann ja auch weniger Bedürfnisse hätten. Was soll das mit der *garbage time*, wirst du dich fragen, wenn ich dir doch zum Geburtstag ein Buch über Ackerbau geschenkt habe und eine mit einem Bändchen geschmückte Hacke. Was soll das mit dem nicht wiederaufgeforsteten Hang und dem erodierten Boden, wenn ich doch immer wieder betont habe, wie gut die frische Luft den Mädchen tun würde, die unverarbeiteten Lebensmittel, die kleine Schule, der langsamere Rhythmus, dieses ganze maßlose Lob des Landlebens, du nahmst das nicht ernst, für mich aber war es ein Versuch, meine zerstörten Illusionen zu kitten. Wo war da diese harte Erde, die keinen Platzregen absorbieren konnte, wenn ich mich doch nachts an dich schmiegte und sagte, ja, es ginge uns besser, wir hätten es geschafft, hätten überlebt und seien gestärkt aus unserem Absturz hervorgegangen. Und obwohl wir uns tagsüber immer noch kreuzten wie zwei Boliden, jeder auf seiner eigenen Umlaufbahn, erschöpft und routinemäßig schlecht gelaunt, achteten wir doch sehr darauf, nicht zusammenzuprallen, suchten Nischen der Verbundenheit, Zeichen, die uns sagten, dass wir noch da waren, zum Beispiel die Hände, die wir uns beim Einschlafen hielten, die Finger, die wir uns immer wieder kurz drückten, wie ein Apparat, der Vitalfunktionen überwacht. Das ist alles richtig, und so lief es ein paar Monate lang. Doch gleichzeitig wurde mir bewusst, dass wir in Wirklichkeit tot waren, Ángela. Tot. In unserem letzten Jahr waren wir um Jahrzehnte gealtert, um ein Jahrhundert, und jetzt waren wir tot. Und natürlich hätten wir noch viele Jahre so weitermachen können: tot, aber zusammen, tot, aber unter einem Dach, tot und für unsere Töchter sorgend, tot, aber uns jede Nacht umarmend, dabei beteuernd, dass wir uns lieben, tot und mit Plänen für das Haus auf dem Land, tot und mit einem Gemüsegarten, den wir mit toten Händen bewirtschafteten. Denk nur an unsere letzte gemeinsame Reise, als wir die Mädchen übers verlängerte Wochenende bei deiner Mutter ließen, erstmals seit Jahren, und die Tickets einlösten, mit denen die Zeitschrift einer Fluglinie mir ein paar Texte bezahlt hatte. Was für eine katastrophale Reise. Was für eine Katastrophe. Vermutlich war sogar ich es, der noch einmal Neapel vorgeschlagen hatte, aber wie tot waren wir doch. Allein die Ausgangsidee war zum Scheitern verurteilt, lass uns das ruhig zugeben: ein gutes Jahrzehnt später eine Reise wiederholen zu wollen, die zur Mythologie unserer Liebe zählte, wo doch wir, die von damals, nicht mehr dieselben waren und tot noch dazu. Zu allem Überfluss kaprizierten wir uns mit der Zuversicht, die Todkranke manchmal empfinden, darauf, die Reise

Schritt für Schritt zu wiederholen, ausgehend von den Aufzeichnungen, die wir beim ersten Mal gemacht hatten. Sahen uns ein paar Tage vorher sogar noch mal *Viaggio in Italia* an. Was für eine Katastrophe. Was für ein totes Paar. Am zweiten Tag vergaßen wir das Heft mit den Reisenotizen bereits im Hotel und hörten auf, Ingrid Bergman und George Sanders zu spielen, war uns doch klar geworden, dass wir diesmal zu sehr dem Ehepaar Joyce aus dem Film glichen, dessen Ehe gerade in die Brüche ging. Wir akzeptierten, dass dieses Wandeln auf alten Spuren ebenso melancholisch wie irritierend war, überschattet von einer Wolke unglücklicher Fügungen: Das Museum war wegen eines Streiks geschlossen, als wir den Friedhof Fontanelle verließen, kühlte uns der Regen total aus, auf dem Weg zur Solfatara verfuhren wir uns hoffnungslos, in Pompeji weigerte ich mich, Eintritt zu bezahlen, um etwas zu sehen, das wir bereits kannten, drängte aber darauf, noch einmal im La Bersagliera essen zu gehen, was mit einem Streit über die hohe Rechnung endete. Auf den Besuch von Maiori verzichteten wir, wir hatten einfach keine Lust mehr, weiterzuspielen. Den Gnadenstoß bekamen wir in der letzten Nacht versetzt, in der Bar des Excelsior, wo wir uns einen Versöhnungsdrink gönnten: Händchen haltend, dein Kopf an meiner Schulter, beide erstaunt über die Nähe, die sich anfühlte wie früher, bis der Typ am Klavier plötzlich anfing, die erste *Gnossienne*, diese verdammte erste *Gnossienne* zu hämmern, deren Druckwelle uns kilometerweit fortschleuderte. In dieser Nacht, in dem Hotel ohne Heizung, umarmten wir uns, um uns zu wärmen, doch wir waren es, die Kälte ausstrahlten, weil wir tot waren. In diesen Monaten habe ich mich jede Nacht an dich geschmiegt, ja, aber je mehr ich das tat, umso mehr spürte ich, dass ich eine Leiche umarmte. Die Leiche deines Begehrens. Dein Begehren war es, das tot war, das sich dort zwischen meinen Armen zersetzte und vor sich hin stank. Siehst du, wir haben gerade erst zu graben begonnen, und schon kommt eine Leiche zum Vorschein. In manchen Nächten prüfte ich, ob sie noch atmete, gab ihr eine Chance, Tote, die wir schon zu Grabe tragen wollen, wachen schließlich manchmal im Kühlhaus der Leichenhalle auf, im Sarg, klopfen gegen den Deckel. Ich schmiegte mich also an deinen Rücken, vergrub meine Nase in deinem Nacken, küsste deinen Hals, streichelte langsam deine Hände, Arme, Schultern, du hattest meine Erektion an deinen Pobacken schon bemerkt, und wenn du noch nicht schliefst, dann interpretierte ich eine leichte Veränderung in deiner Atmung oder einen Händedruck falsch, nahm ihn als Willkommenszeichen, als Zustimmung, lebendiges Fortbestehen des Begehrens bis in die Leichenhalle, fuhr mit der Hand unter dein T-Shirt, und in dem Augenblick, in dem meine fünf Finger sich auf deine Brust legten, erkannte ich, dass das nichts werden würde, Scheiße, schon wieder nichts: die Leiche. Das tote Begehren. Manchmal warst du taktvoll genug, um einzuschlafen oder dich schlafend zu stellen und mir so die Schande des Rückzugs zu ersparen. Andere Male hast du meine Hand festgehalten, bis sie aufgab, einen Kuss von unerbittlicher Zartheit darauf gehaucht und mich mit einem repressiven Ich liebe dich in den Schlaf geschickt. Es kam auch vor, dass du ganz still verharrtest, wie eine Statue, damit ich auf diese Weise mein Scheitern erkannte und mich zurückzog. Und nur ganz wenige, gezählte Male, ja, wenn ich gezählt sage, dann deswegen, weil ich dir die genaue Anzahl nennen kann, exakt fünf Mal in sechs Monaten gingst du auf mein Drängen ein, dein Atem ging schneller, du drehtest dich um, botst mir deinen Mund an und gabst eine ergonomische Stellung vor. Doch in deinem Stöhnen schwang immer die Möglichkeit der Täuschung mit, die geschminkte Leiche, und das machte unseren seltenen Sex trauriger, verstärkte das Schwächegefühl, das einen nach dem Orgasmus oft überkommt, wenn die Erregung schwindet, die Chemie im Hirn wieder ins Gleichgewicht kommt und man sich plötzlich schmutzig und lächerlich fühlt wegen all der Heftigkeit ein paar Minuten zuvor, das traurige postkoitale Tier. In den übrigen Nächten hielt ich mich zurück, überließ dir die Initiative, in der Hoffnung, du würdest mir zeigen, dass das Begehren nicht tot ist, zumindest nicht ganz, und in diesen Nächten passierte gar nichts: Du nahmst mein Anschmiegen als Schlafposition an, ergriffst fest meine Hand, um etwaigen Versuchen Einhalt zu gebieten, flüstertest mir sanfte, zärtliche Worte ins Ohr und schliefst vor mir ein. Mich ließt du allein zurück, schlaflos, und ich zählte die Tage wie ein Häftling, der Kerben in den Zementboden ritzt, bis ich es wieder einmal versuchte und wieder nur den Tod bestätigt bekam. Wie soll ich diese Monate nennen? Das Halbjahr der Erniedrigung? Aber warte, es ging nicht nur um Sex, du darfst nicht denken, dass es nur um Sex ging. Der Tod des Begehrens heißt nicht nur, dass man die Lust aufs Vögeln verliert, auch wenn das das Offensichtlichste ist. Das Begehren drückt sich auch anders aus, doch in dieser Zeit habe ich bei dir nichts davon bemerkt. Gar nichts. Du sahst mich nicht an, oder zumindest nicht mehr, als du jeden anderen Gegenstand in deinem Gesichtsfeld ansahst. Du hast mich nicht berührt. Und das war das Erstaunlichste für mich, das Verletzendste. Wir haben immer eine sehr körperliche Beziehung gehabt, das ständige Bedürfnis, mit einer Hand die Haut des anderen zu berühren. Jahrelang haben wir beim Einschlafen dem anderen über den Rücken gestrichen oder mit der Hand Kreise auf seinem Bauch gedreht, wie Uhrzeiger. Doch jetzt gab es von dir keine Berührung mehr, höchstens ein kurzes, mechanisches Streicheln meiner Schultern als Antwort auf meine beharrlichen Zärtlichkeiten. Manchmal nahmst du meine Hand, wenn wir unterwegs waren, ja, und wenn du nach Hause kamst, hast du mich geküsst, aber all das hatte etwas, wie soll ich sagen: Eheliches. Verzweifelt Eheliches. Trostlos Eheliches. Es war Zuneigung, ein Ausdruck, den ich immer schon als irgendwie bürokratisch empfunden habe, wie wenn man sich Küsse auf die Wange gibt und eigentlich nur in die Luft. Zuneigung. ZUNEIGUNG. Zärtlichkeit, wenn dir das lieber ist. Die ganze Zärtlichkeit der Welt, eine unerschöpfliche, monströse Zärtlichkeit, mit der man die Karieslöcher des Begehrens stopft. Du liebtest mich, aber ohne Leidenschaft, um es mit Worten zu sagen, die dir vertraut sind. Du liebtest mich, ja, das hast du mir in diesen Monaten immer wieder deutlich gemacht: Ich liebe dich, ich lieb dich so, ich lieb dich so sehr, du weißt gar nicht, wie sehr ich dich liebe, ich liebe dich mit jedem Tag mehr. *Djobi, djoba. Cada día te quiero más.* Natürlich hast du mich exponentiell mehr geliebt als noch ein paar Monate zuvor. Vielleicht hast du mich sogar mehr geliebt als je zuvor. Aber du liebtest mich ohne Leidenschaft. Und darauf will ich hinaus. Das klingt vielleicht weinerlich, ich weiß, aber was ich in dieser Zeit brauchte, war, dass du mich leidenschaftlich liebst. Dass du mich begehrst. All die Zärtlichkeit war mir zu viel, all dieses Ich liebe dich, all diese zahme Zuneigung, die mir zudem nach Schuldgefühl roch, nach Buße, nach Wiedergutmachung. Ich weiß, jeder andere würde sich glücklich schätzen, wenn er nach über zehn Jahren das Gefühl hat, dass seine Frau ihn so liebt, so sehr, wie du mich in der Tat geliebt hast; jeder andere würde die Abkühlung der Gefühle, die Minderung des Begehrens, den zyklischen Ablauf des Lebens, die Asymmetrie im Begehren von Mann und Frau ab einem bestimmten Alter als normal erachten. Jeder andere würde es akzeptieren und sich ohne allzu große Melancholie darauf einstellen. Ich nicht. Obwohl ich mir ständig diese ganzen Argumente vorsagte und mich davon zu überzeugen suchte, wie vernünftig deine Zuneigung doch war. Nein. Ich nicht. Nicht mehr. Du ja: Dir genügte diese Art, sich zu lieben, ich weiß, du hast es mir an dem Abend, als wir bei Natalia und Jaime waren, klar gesagt. Für mich war es dort wie immer, oder sogar eher noch schlimmer, viel schlimmer: Ich war entsetzter denn je über ihr häusliches Glück, ihre sterile Zärtlichkeit, ihr unwahrscheinliches Einvernehmen in allem, was die Familie betraf, ihre vorprogrammierte Zukunft, die sie schon für die nächsten zehn Jahre in den Kalender hätten eintragen können, ihr so unverschämt heimisches Heim voll liebenswerter Details, die gleichzeitig zum Ersticken und von einer grauenhaften, unmenschlichen Wärme waren, so wie die beiden selbst, die Händchen hielten, sich anlächelten und mit Kosenamen anredeten, und ihre Kinder erst, wie Hündchen, als stünden sie ständig unter dem Einfluss irgendeines Beruhigungsmittels. Ich weiß, meine Wahrnehmung war an diesem Tag verzerrt, wegen meiner Grübeleien über uns, über die Liebe und das sterbende Begehren. Entscheidend war, dass du an dem Abend, als wir wieder nach Hause gingen, nicht wie üblich einen Witz oder eine boshafte Bemerkung machtest, sondern sagtest, ich weiß es noch Wort für Wort: Wir lagen doch ziemlich falsch mit unserer Einschätzung der beiden, wir haben sie zu Unrecht verurteilt, in Wirklichkeit beneide ich sie, sie haben das geschafft, was die meisten nicht mal versucht haben, sie sind ein Block, eine Familie, sie lieben sich, sie haben sich gegenseitig, sind unzerstörbar, ein Bunker. Und wir? Sollte ich das so verstehen, dass auch wir im Begriff waren, zu einem Bunker zu werden? Ja, nach deinem neuen Kriterienkatalog lief alles bestens: Wir liebten uns, wir liebten uns genug, wir liebten uns auf unerträgliche Weise. Das Wichtigste war für uns beide das Wohl unserer Töchter, und wir hatten ein Projekt für die Zukunft, das Haus auf dem Land. Ich gehe sogar noch weiter: Wir kannten uns, wie alte Freunde sich kennen, hatten in all den Jahren eine starke Verbundenheit entwickelt, gemeinsame Vorlieben und die gleiche Angst vor dem Alleinsein. Und unsere Rechnungen für ein Getrenntleben gingen nicht auf. Mit ein wenig Anstrengung könnten wir Spielregeln aufstellen, mit denen wir ein weiteres Jahrzehnt durchstehen würden. Das käme deiner Familienutopie, deiner Illusion vom Haus als Stahlglocke, ziemlich nahe, oder? So gesehen könnten wir sogar zusammen alt werden, und der Preis wäre lediglich, dass wir unsere Erwartungen herunterschraubten. Und darauf wollte ich hinaus: Ich war derjenige, der seine Erwartungen herunterschrauben musste. Der sich mit dem zufriedengeben musste, was wir hatten. Was nicht wenig war, ich weiß. Viele würden nur zu gern mit uns tauschen, bla bla. Aber nein: Während das für dich alles wunderbar in deine Lebensplanung fürs nächste Jahrzehnt passte, reichte es mir nicht, mir, dem Rekonvaleszenten, der ich in diesen Monaten immer noch war, reichte es nicht, nicht mehr. Nicht mehr. Nicht. Mehr. Und wenn ich sage »nicht mehr«, denkst du vielleicht, ich spreche von Wiedergutmachung oder sogar von Strafe, aber nein. Oder vielleicht doch, ist auch egal. Ich weiß nur, dass ich nach dem, was uns passiert war (und du siehst, ich kann es immer noch nicht beim Namen nennen: Das, Was Uns Passiert War, als hätte uns ein Blitz getroffen, ein Unfall), nach dieser Erfahrung brauchte ich mehr. Viel mehr. Dieses zahme, nordische Sichlieben, das ich unter anderen Umständen nach dreizehn Jahren Zusammensein nicht nur als akzeptabel, sondern als privilegiert empfunden hätte, war durch Das, Was

Uns Passiert War wertlos geworden, und deswegen verlangte ich insgeheim nach mehr, nach viel mehr als einem Haus, das wie eine Stahlglocke war, und zwei alten Lebensgefährten, die durch die Berge wandern und die Namen der beschissenen Bäume kennen und darauf vertrauen, dass sie in Zukunft immer noch da sein werden, um sich den senilen Arsch abzuwischen oder dem, der zuerst im Sterben liegt, das Beatmungsgerät abzustellen. »Wir lieben uns, sicherlich nicht leidenschaftlich, aber wir lieben uns, nicht voller Begehren, aber wir lieben uns, wir könnten zwar ohne einander leben, aber wir lieben uns ...« Nein, verdammt noch mal, nein! In dieser Zeit brauchte ich es, dass du mich leidenschaftlich liebst. Dass du mich begehrst. Dass du ohne mich nicht leben kannst, wie in diesen albernen Schlagern, die ich immer wieder trällerte. Ich brauchte, dass du nach der Arbeit zu mir kommst und mich nicht mit einem fiesen Ehefrauenküsschen begrüßt, sondern über mich herfällst, dass mir Hören und Sehen vergeht. Dass du mich nachts voll ungeduldigem Begehren aus dem Schlaf reißt. Wenn ich so empfand, versuchte ich mich zu beruhigen: Ich hielt mir immer wieder die Argumente zu deinen Gunsten vor Augen, verteidigte dich gegenüber meinem verletzten Ich, brachte das vor, was vielleicht du gesagt hättest, wenn ich es nicht vorgezogen hätte, dieses gewagte Thema zu vermeiden. Du hättest sicherlich gesagt, deine laue Zärtlichkeit und das Nichterscheinen deines Begehrens seien lediglich Beherrschung und Respekt, resultierend aus deinem Vorsatz, diese Nitroglyzerinflasche, die ich bis vor Kurzem noch war, mit Samthandschuhen anzufassen, eine Vorsichtsmaßnahme nach den vielen Malen, in denen ich deine Liebesbezeugungen so heftig abgewehrt hatte. Du hättest mir wieder deine Theorie dargelegt, dass das Begehren seine Zeiten, seine Zyklen hat, und deines habe sich mit den Jahren und dem Altern und den Verletzungen und den biologischen Prozessen gewandelt, mit dem stressigen Leben, das wir immer noch führten, und der Müdigkeit, dieser beschissenen Müdigkeit, dem Umstand, dass wir jeden Morgen aufwachten, ohne die Müdigkeit des Vortags, der Vorwoche, des Vorjahrs gänzlich abgeschüttelt zu haben. Respekt, Angst, biologische Prozesse, Müdigkeit: Ich tat gut daran, dich nicht zu fragen, denn ich hatte für alles meine Antwort parat, und sie führte immer an denselben Punkt, zu der weinerlichen Schlussfolgerung: dass du mich nicht begehrtest, dass du mich nicht leidenschaftlich liebtest. Dass du nicht dein Begehren verloren hattest, sondern nur mich nicht mehr begehrtest. Und als Beweis war da Tag für Tag und vor allem Nacht für Nacht die Leiche. Ich meine die deine, dein totes Begehren, denn meines war in diesen Monaten lebendiger denn je. Höllisch lebendig. Schmerzhaft lebendig. Beschämend lebendig. Es waren nicht nur die Nächte, nicht nur die Nähe deines Körpers, der das Schlafzimmer unter der Bettdecke mit seinen Ausdünstungen nach vermodertem Begehren erfüllte; es waren nicht nur die Nächte, es war auch tagsüber, wenn ich dir in der Wohnung über den Weg lief, wenn ich dich beim Kochen oder beim Anziehen oder lesend auf dem Sofa sah und die Erinnerung sich zu Störsignalen kurzschloss, ein Aufblitzen stroboskopischer Bilder, die so alt wie sicherlich verklärt waren, Bilder von uns, wie wir hemmungslos auf jeder Fläche in der Wohnung vögelten, auf der Arbeitsplatte, auf dem Tisch, unter der Dusche, auf dem Sofa, dem Boden, den Wänden, Fenstern und, wenn du mich fragst, sogar an der Decke. Du sprachst mit mir, erzähltest von deiner Arbeit oder von den Mädchen, ich sah dir fest in die Augen und wunderte mich, dass die Telepathie meiner unbändigen Lust, dich zu packen und abzuknutschen, ohne mich diesmal von der Zwangsjacke deiner zärtlichen Umarmung unterkriegen zu lassen, der Lust, dich auf den Tisch zu werfen, dir mit dieser Hemmungslosigkeit, die man aus dem Kino kennt, den Slip herunterzureißen, du weißt ja, das passt gar nicht zu mir, aber plötzlich überkam es mich, dass diese Telepathie bei dir nicht funktionierte. In klaren Momenten war mir meine kopulative Verzweiflung peinlich. Es war mir peinlich, mich selbst zu befriedigen und dich dabei als Protagonistin so primitiver, billiger Fantasien zu haben, die so greifbar waren und deshalb noch unerträglicher. Es war mir peinlich, weil ich mir dumm vorkam, lächerlich phallisch: das zutiefst in seinem Stolz verletzte Männchen, das nur geheilt werden kann, wenn es ganz männlich seine gänzlich unmännliche Frau besitzt und sie ganz männlich vor Lust explodieren lässt; das gekränkte Männchen, das nicht weiß, wie es mit der Zurückweisung umgehen soll, und deshalb die Erneuerung des Begehrens sucht, braucht und fordert und dies in alle Himmelsrichtungen bestätigt sehen will, lauscht, ihr Nachbarn, über den Lichtschacht dem Stöhnen und stoßt euch gegenseitig an, wenn ihr diesem glücklichen Paar begegnet; das unterlegene Männchen, das winselt, weil es merkt, dass ihm seine Frau auf einmal begehrenswerter denn je vorkommt, und gleichzeitig ferner und freier, unerreichbar. Und das alles habe ich auch dir zugeschoben. In den seltenen Augenblicken, in denen ich mich noch von dir abwandte und ein ernstes Gesicht machte und einen Tag lang nicht mehr mit dir sprach, ohne dass es vorher eine Auseinandersetzung gegeben hatte, gab ich dir die Schuld an meiner Verzweiflung, in den Augenblicken der Distanz, die du respektiertest oder einfach nur ignoriertest, um keinen neuen Streitigkeiten Raum zu geben, in diesen Augenblicken konnte ich dir nicht verzeihen, und es ging nicht mehr um Das, Was Uns Passiert War, sondern um die Folgen: Dass ich etwas so Hündisches geworden war, ein Bettler des Begehrens, ein Tyrann des Begehrens. Dass ich wieder dieses verletzte Männchen war. Dass ich zu einem anderen Menschen geworden war, zu einer schlechteren Ausgabe meiner selbst. Dass ich nicht mehr sein konnte wie früher. Dass wir starr geworden waren, unsere Spontaneität verloren hatten und meine alten obszönen Scherze, die dich früher immer zum Lachen gebracht hatten und die mir nun unangebracht vorkamen, nicht mehr erlaubt und ersetzt worden waren durch ein ständiges Umarmen, mehr geschwisterlich als leidenschaftlich. Dass wir traurig geworden waren. Ich war nicht mehr der von früher, wir waren nicht mehr die von früher, wir liebten uns, aber auf orthopädische Art. Und ich wollte der von früher sein. Das war mein Lamento, der jämmerliche Kehrreim des verletzten

Männchens: Es ist nicht mehr wie früher, es ist nicht mehr wie früher, es ist nicht mehr wie früher. Früher, früher, früher. Du sagtest ständig, es sei ein Glück, dass es nicht mehr wie früher sei, eine Chance, und wir waren uns uneins, was dieses »früher« eigentlich bedeutete, an dem wir beide in unterschiedliche Richtungen zogen, und bestimmt lag unser »früher« irgendwo in der Mitte: war weder so wunderbar und diese ganze Sehnsucht wert, wie ich behauptete, noch so schrecklich und zum Vergessen, wie du es sahst. Wenn wir doch mal über das Früher und das Jetzt sprachen, ließest du durchblicken, dass ich es sei, der sich nicht wie früher verhalten wolle, um dich mit einem niemals endenden Ausnahmezustand zu strafen. Und jedes Mal, wenn du sagtest, ich möge doch einsehen, dass es uns so gut gehe wie schon seit Jahren nicht mehr, winkte ich innerlich ab, weil sich das gekränkte Männchen wie ein kleiner Teufel auf meiner Schulter niederließ und mir die Ohren mit Schlick füllte: Pass auf, du Penner, sie sagt, es geht euch jetzt besser als früher, am Ende sollst du ihr noch dankbar sein. Das waren die, wenn auch zunehmend seltenen Augenblicke, in denen ich wieder dichtmachte und du erleben musstest, wie ich mich langsam zurückzog wie die Flut vom Strand, darauf vertrauend, dass der Mond das Wasser wieder steigen ließ, in diesen Monaten, in denen wir nicht mehr ständig in die Tiefe stürzten und gleich darauf senkrecht wieder aufstiegen wie in einer Jahrmarktsattraktion. Um so weit zu kommen und diesen ganzen Affentanz aus Groll und nächtlichem Gebrüll hinter uns zu lassen, aus langen Anschuldigungsmails von mir und Drohungen, das Handtuch zu werfen, von dir, hatten wir beide große Anstrengungen unternommen: Ich, weil ich versuchte, meine Ressentiments in den Griff zu bekommen und zu verhindern, dass mein Schmerz in meinem Namen sprach; du, weil du geduldig warst, deinen Stolz zurückgestellt und ohne Ultimatum gewartet hast, bis ich nach jedem meiner Rückzüge wiederkam, und weil du mit resignierter Achtsamkeit durch das Minenfeld liefst, zu dem unser gemeinsames Leben geworden war. Und ja, ich gebe zu, in dieser Zeit, am Anfang dieses heiteren, zugeneigten und erniedrigenden Halbjahrs, ging es mir um einiges besser. Ich konnte sogar wieder schwimmen gehen, ohne dass die mechanische Wiederholung der Bahnen zu einer mechanischen Wiederholung obsessiver Gedanken wurde. Zu dieser Besserung trug auch mein beruflicher Aufschwung bei: Ich hatte gerade begonnen, mit Reise-Websites zusammenzuarbeiten, wodurch ich wieder einen Grundstock an Einkünften erzielte, die es uns in Kombination mit deinem Gehalt ermöglichten, die im Jahr zuvor erfolgte Plünderung unseres Sparkontos zu bremsen. Ich gebe zu, es ging mir besser, ich gewann immer mehr Abstand zu Dem, Was Uns Passiert War, trotz dieses fiesen Teufelchens, das mir in schlaflosen Nächten immer noch eifrig ins Ohr blökte. Wie sehr wir uns bemühten, uns nicht mehr zu verletzen, siehst du allein daran, dass wir an Weihnachten keinen Streit hatten, zum ersten Mal seit zehn Jahren: Weihnachten ohne einen einzigen Streit! Weder bei der Ferienplanung noch beim Packen und auch nicht beim Familientreffen. Aber diese Eintracht, die für

dich ein Triumph und ein Grund zur Hoffnung war, war
für mich, oder für mein Teufelchen, eher der Beweis für die
Anomalie, dafür, dass das nicht wir waren, wir vielmehr
ausgetauscht worden waren durch zwei zärtliche, vorsichtige menschenähnliche Wesen ohne stärkere Emotionen.
Tote Wesen. Der einzige Zwischenfall um diese Weihnachtszeit, vor dem Halbjahr der Zuneigung, war der mit meiner
Mutter, die beim Silvesteressen darauf drang, uns Geld für
den Hausumbau zu schenken. Sie hatte gerade die Scheidung von ihrem zweiten Mann gerichtlich ausgefochten
und schlug bei dem Essen vor, die Hälfte ihres Zugewinn-
nausgleichs unter ihren Kindern aufzuteilen: So unterstüt-
ze ich euch bei dem Haus, sagte sie, doch ich stellte mich
quer, trotz der vorwurfsvollen Blicke meiner Schwester
und deiner Fußtritte unterm Tisch, und glaub mir, es ging
mir nicht darum, unseren Umzug hinauszuzögern, ich sah
es wirklich so, wie ich es ihr auf unsensible Art sagte, als
sie darauf bestand: Mama, behalt das Geld lieber, vielleicht
brauchst du es in ein paar Jahren; so, wie es heute aussieht,
bezweifle ich, dass wir in der Lage sein werden, uns um
dich zu kümmern, wenn du krank oder einfach nur senil
wirst, vielleicht haben wir weder die Zeit, um dich zu pfle-
gen, noch das Geld, um jemanden dafür zu bezahlen, und
deine Rente fällt ja auch nicht gerade üppig aus. Daraufhin
schlug sie, die wegen der frischen Scheidung schon den
ganzen Abend über empfindlich gewesen war, was der
Sekt und die Gin Tonics noch verstärkt hatten, in einer theatralischen, anfangs lustig anmutenden Geste die Hände
vors Gesicht, als wollte sie Kuckuck spielen, und begann

unter den schützenden Fingern zu zittern. Wir hörten ein Stöhnen, und zum Entsetzen der familiären Runde und ohne Rücksicht auf anwesende Enkelinnen und Enkel nahm sie die Hände wieder weg, präsentierte ihre völlig zerlaufene Schminke und erklärte mit leiser Stimme und in ruhigem Tonfall, dass wir uns keine Sorgen zu machen brauchten, sie denke nicht daran, jemandem zur Last zu fallen, für sie sei klar, dass sie ihre letzten Jahre allein verbringen und dass sie auch allein sterben würde. Halt mal, Mama, versuchte ich diesen emotionalen Ausbruch zu stoppen und meine Worte etwas zurechtzurücken: Ich habe nicht gesagt, dass wir dich vergessen werden, du bist keine einsame Frau, du hast uns, ich habe nur etwas ausgesprochen, das mir selbst nicht gefällt und das hoffentlich nicht so eintritt, aber derzeit sieht es nun mal so aus. Und um das Ganze noch zu unterstreichen, erzählte ich von Estebans Mutter, von dem Streit der Kinder darüber, bei wem sie in den zwei Monaten nach ihrer OP wohnen sollte: Sie überboten sich gegenseitig in ihren Darlegungen, wer mehr arbeite und wer am erschöpftesten sei, hielten sich gegenseitig Fotos von erholsamen Wochenenden vor, als Beweis für die Freizeit der anderen, erwogen ein Rotationssystem, bei dem die arme Frau ein paar Tage bei jedem bleiben sollte, und beschlossen schließlich, gemeinsam eine ausländische Pflegerin zu bezahlen, schlecht natürlich, die sich zwei Monate lang um die Mutter kümmern sollte, zwei lächerliche Monate. Nein, das Beispiel war nicht gut gewählt, ich weiß, und die Geschichte verschlimmerte den Zustand meiner Mutter nur, die uns schniefend erzählte, dass sie seit ihrer Trennung an der irrationalen Angst leide, allein zu sterben, diese Vorstellung beunruhige sie, seit vor drei Jahren eine Nachbarin von ihr gestorben sei, deren Leiche man erst neun Tage später gefunden hätte, und sie habe auch noch andere Geschichten gelesen, über alte Menschen, die von ihren ausgehungerten Hunden gefressen wurden. Sie gestand uns, dass sie ständig an alte Frauen denken musste, die, an ihre Bettdecke geklammert, die Zähne fest zusammengebissen, die Augen aufgerissen und glasig, auf dem Fußboden liegend entdeckt werden, denn so sterben einsame Frauen eben, und oft dauert es sehr lange, bis ihre Leichen von Familienmitgliedern oder Nachbarn gefunden werden. Da sprangst du wütend auf und gingst unter dem Vorwand, die Trauben zu waschen, mit unseren verstörten Kindern in die Küche, während meine Schwester mit meiner Mutter schimpfte: Also Mama, jetzt sei doch nicht so melodramatisch, du hast doch uns alle, du wirst noch viele Jahre leben, und dich wird auch kein Hund fressen, du hast ja nicht mal einen! Aber meine Mutter machte weiter, nunmehr mit einer Stimme, die zu unserer Beruhigung eher angetrunken als beleidigt klang: Wir telefonieren nicht jeden Tag, manchmal vergehen fünf, sechs Tage, ohne dass wir uns anrufen, ihr seid ja beide mit euren Dingen beschäftigt, immer im Stress, in fünf, sechs Tagen kann man sehr wohl sterben, und der Geruch dringt dann hinaus ins Treppenhaus. Dann rufen wir dich eben jeden Tag an, oder sogar mehrmals am Tag, zu jeder vollen Stunde, scherzte meine Schwester, und ich sekundierte: Alles klar, Mama, gleich

morgen besorge ich dir einen Hund. Sie beruhigte sich allmählich und ging zu den Mädchen, um ihnen zu sagen,
dass sie keine Angst zu haben brauchten, die Oma spinne
um die Weihnachtszeit manchmal, und kurz darauf schlief
sie auf dem Sofa ein. In diesen Tagen, so gegen Ende des
Jahres, habe ich auch aufgehört, in das Tagebuch zu schreiben, das ich eineinhalb Monate lang geführt hatte. Hast du
es eigentlich gelesen? Es war für dich bestimmt, obwohl
ich dir das nie gesagt habe. Ich hatte es angefangen, um
meinem Schmerz einen Namen zu geben. Das klingt
schrecklich eitel, aber so habe ich es für mich bezeichnet:
meinem Schmerz einen Namen geben, wie C. S. Lewis es
nach dem Tod seiner geliebten Helen tat, in dem kleinen
Büchlein: *Über den Schmerz*. Genau das tat ich eineinhalb
Monate lang: meinen Schmerz beobachten, ihn tagtäglich
aufschreiben, Seite um Seite schmerzvoll mit Schmerz füllen. Ich habe es vor dem Umzug gerettet, es gerade durch-
geblättert, wie weit weg das alles nun ist, wie unglaubwür-
dig. Wie lächerlich. Komödie: Tragödie plus Zeit, du weißt
schon. Aber so habe ich mich gefühlt in diesen eineinhalb
Monaten vor Weihnachten, in dieser Frist, die du und ich
für unseren Waffenstillstand vereinbart hatten: eineinhalb
Monate Feuerpause, um aus diesem Gully rauszukommen,
um nicht mehr in dem Abflussstrudel zu kreisen, um aufzuhören mit diesen ewig gleichen Gesprächen, die uns nur
kaputt machten. Alles, was ich dir während des Waffenstillstands nicht gesagt habe, kam in dieses Tagebuch, wodurch ich es dir in gewisser Weise doch sagte: Ich schrieb
es nicht nur wegen seines zweifelhaften therapeutischen

Nutzens, sondern im Vertrauen darauf, dass du es hinter meinem Rücken liest. Das kommt mir jetzt wie ein naiver Wunsch vor, aber ich sorgte dafür, dass du mich in dem Heft schreiben sahst, ließ es auf dem Tisch liegen, als hätte ich es vergessen, und wenn ich zurückkam, prüfte ich, ob es dalag wie vorher, denn du solltest zur Leserin meines Schmerzes werden, daran teilhaben, die Seiten sollten die nächtlichen Diskussionen ersetzen, die der Waffenstillstand uns verbot. Nicht, damit du dich schuldig fühltest, auch nicht, um dein Mitleid zu erregen, denn dass das die schlechteste Strategie war, um deine Liebe wiederzuerlangen, hatte ich bereits begriffen: Wenn ich dir heimlich diese Seiten widmete, dann in der Hoffnung, du würdest mich verstehen, mir die emotionalen Exzesse, die Aggressivität und das Selbstmitleid von vor dem Waffenstillstand verzeihen. Das war schließlich einer meiner häufigsten Vorwürfe gewesen, falls du dich erinnerst: Du verstehst meinen Schmerz nicht, Ángela. Und nicht, weil mein Schmerz etwas Besonderes gewesen wäre, er war ja nur ein gewöhnlicher Schmerz, der nichts Episches hatte; doch ich war überzeugt, auf verzweifelte, stolze Weise überzeugt, jemand, der etwas wie Das, Was Uns Passiert War, nicht selbst erlebt hatte, konnte die innerliche Verwüstung nicht verstehen, die es hinterließ. Und wenn ich heute diese verzweifelten Seiten lese, verstehe ich es sogar selbst nicht mehr, erkenne diesen Schmerz nicht wieder, als wäre er gar nicht meiner gewesen. Als wäre es das Tagebuch eines anderen. Ich habe sogar überlegt, es zu vernichten, aus Angst, Ana oder Sofía könnten es eines Tages lesen. Kinder sollen nicht erfahren, welche Verletzungen ihre Eltern sich zufügen. Dadurch, dass ich in dieses Heft schrieb, habe ich meinen Schmerz benannt. Auch wenn unweigerlich ein gewisser Genuss darin lag, denn nichts tun wir lieber, als eine Wunde zu betrachten und ihre eitrigen Ränder zu befummeln, lernte ich durch das Schreiben auch, mit dem Schmerz umzugehen, ich kleidete ihn in Metaphern, die mir heute unbrauchbar, trivial erscheinen, die damals jedoch ein Trost für mich waren, ein schwacher zwar, aber immerhin ein Trost. Der Bruch zum Beispiel: Ich lese die Seiten noch einmal, auf denen ich von Bruch spreche, von diesem sogar körperlichen, vor allem körperlichen Gefühl, zerbrochen zu sein, der Brustkorb durchzogen von einem gezackten Riss, das Ende der Liebe als gesplitterter Knochen. Oder der Einsturz, klar, das Gebäude, das zusammenbricht, nachdem der letzte Pfeiler nachgegeben hat, und natürlich werde ich unter den Trümmern begraben. Oder der Schmerz als lauerndes Tier, manchmal eine Bestie, die heult und uns verfolgt und umwirft und beißt; dann wieder ein zahmes Wesen, das uns Gesellschaft leistet, der ewig das Gleiche plappernde Papagei auf unserer Schulter, ein kraftloser Hund. Oder die Last, der Stein, den Sisyphos den Berg hochschieben muss, die auf den Schultern lastende Erdkugel, mal erdrückend, mal erträglich, doch dadurch noch quälender. Der Brunnen, versteht sich, mit seinem tiefen Grund, das Loch, in das man endlos fällt und in dem man dann ertrinkt; Seiten um Seiten, in denen ich falle und falle und falle ... Wie grotesk das alles! Wie schnell erschöpft der Schmerz doch sein semantisches

Feld, wie banal wird er durch die Versuche, ihn in Worte zu fassen, wie begrenzt ist doch die Sprache, wenn wir leiden. Trotz dieses Unvermögens habe ich Germán in dieser Zeit ein Heft geschenkt, damit er selbst Tagebuch über seinen Schmerz führen kann. Natürlich hat er nicht mal damit angefangen, das Heft blieb unberührt auf seinem Tisch liegen, damit ich sehe, dass er mein Angebot zurückweist, vielleicht vermutete er hinter meinem Vorschlag auch einen Versuch meinerseits, seinen Schmerz auszuspionieren, zum Leser seines Innenlebens zu werden. Wie verquer das alles. Damals habe ich dir nicht erzählt, was mit Germán war, um unseren Waffenstillstand nicht zu brechen, denn wir waren nicht in der Lage, über Liebe zu reden, nicht mal über die von anderen, ohne auf unser Schlachtfeld zurückzukehren. Ich habe dir erzählt, dass er traurig sei, wegen eines Mädchens, aber in einem scherzhaften Ton, als ginge es um eine Kinderei, ich habe dir nicht alles gesagt. Wäre seine Mutter nicht gewesen, hätte ich es gar nicht erfahren. Er sollte das Wochenende bei uns verbringen, doch am Freitag schickte er mir die Nachricht, er wolle lieber bei seiner Mutter bleiben, er sei nicht ganz fit, wir würden uns dann in der Woche darauf sehen. Es war das erste Mal, dass er mir so etwas vorschlug, dass er krankheitsbedingt von unserer Besuchsregelung abweichen wollte, und ich war damals einfach überempfindlich, sah überall nur Gespenster und hätte nach dem Bruch in der Liebe unmöglich auch noch einen Bruch zwischen Vater und Sohn ertragen, also fuhr ich zu seiner Mutter. Teresa machte mir auf, und angesichts meiner Ahnungslosigkeit fragte sie, ob ich wirklich nicht wisse, was mit unserem Sohn los sei: Hat dir Germán wirklich nichts erzählt?, fragte sie und streute damit noch Salz in meine Wunde. Dann fügte sie hinzu: Man hat ihm das Herz gebrochen, das ist los. Sie sagte es ohne großen Nachdruck, weder dramatisierend noch belustigt, als beschriebe sie tatsächlich eine körperliche Verletzung: Man hat ihm das Herz gebrochen, und sie wies auf seine geschlossene Zimmertür. Dann erzählte sie mir, Germán sei einen Monat lang mit einem Mädchen zusammen gewesen, seine erste Freundin, von der ich auch nichts wusste, doch hier schwindelte ich, damit sich unsere Beziehung nicht als so schändlich distanziert offenbarte. Germán hatte das Mädchen überrascht, als es am Eingang zur Schule mit einem anderen rumknutschte, und war nun seit zwei Tagen untröstlich. Er saß auf seinem Bett, hörte über Kopfhörer Musik, die Augen gerötet. Ich ging zu ihm, gab ihm einen Kuss auf die Stirn, strich ihm übers Haar, setzte mich neben ihn, aber er wich zurück zur Wand. Ich wusste nicht, was ich ihm sagen sollte, weil ich mich auf einmal wie ein Eindringling in seinen Schmerz fühlte, aber auch, weil mir im Grunde gar nicht danach war, ihn zu trösten, lieber hätte ich mich mit ihm in seinem Leid verbrüdert, ihm gesagt: Mein Sohn, ich verstehe, was du gerade durchmachst, ich fühle mich wie du, gebrochen, deprimiert, niedergeschlagen, gehetzt, verloren, am Ende. Schließlich brach seine Mutter das Schweigen: Ich habe Germán gesagt, dass ich gut verstehen kann, wie er sich fühlt, es ist schrecklich schmerzhaft, wenn der Mensch, den du liebst, dich betrügt. Teresa musste ihre Worte nicht eigens betonen oder mich dabei streng ansehen. Botschaft angekommen. Keine Ahnung, vielleicht hat sie es auch nicht mit diesen Worten gesagt, vielleicht hatte sie gar nicht die Absicht, mir mit zwölf Jahren Verspätung eins überzubraten, aber ich war derart gebeutelt, dass ich es so verstand. Sie setzte sich neben Germán und bot ihm eine Umarmung an, die er annahm und erwiderte, die beiden vereint durch ein unzerstörbares Band der Liebe und des Schmerzes, und ich ausgeschlossen aus ihrer Gemeinschaft der Verletzten. Aber zurück zu unserem Waffenstillstand, Ángela, zu diesen eineinhalb Monaten, in denen wir nicht mehr über Das, Was Uns Passiert War, sprechen wollten, was für dich eine Erleichterung war, während ich mir auf die Zunge biss und nach indirekten, ziemlich kindischen Formen suchte, an dich heranzukommen, dir zu zeigen, auch ohne Worte, auch ohne lange E-Mails und obsessive Nachrichten, dass ich weiterhin litt, dass ich zerbrochen war, in Einzelteile zerfallen, begraben unter Schuttbrocken, gejagt vom Hund der Hoffnungslosigkeit, am Boden, ertrunken, dieser ganze Katalog lächerlicher Metaphern, die ich in meinem Tagebuch niederschrieb und dir auch auf andere Art deutlich machte: Ich zeigte dir meine blutig gekratzten Arme und Leisten, du solltest dich schuldig fühlen an der Verschlimmerung meines Ekzems. Oder ich inszenierte sogar meinen Schmerz, damit du ihn nicht aus den Augen verlorst: Ich erinnere mich an einen Sonntagmorgen, an dem ich spät aufstand und mich beschissen fühlte, ja, denn das Aufwachen war immer der schlimmste Moment. Aber an diesem Morgen habe ich meinen Schmerz absichtlich übertrieben: Während du Kaffee kochtest, setzte ich mich auf den Bettrand, die Hände auf den Knien, den Kopf gesenkt, was für eine schöne Edward-Hopper-Postkarte, und dann habe ich gewartet, dass du ins Schlafzimmer kommst und mich so findest, sehen Sie ihn sich an, das muss Sie doch rühren, der Inbegriff des Leidens, du solltest mich sehen und ebenfalls leiden und mich umarmen und so meine Kränkung blutig erhalten, die Schuld frisch und gleißend hell. Dann wieder hinterließ ich dir anspielungsreiche Lektüre, um dich daran zu erinnern: Für den Fall, dass du nicht in meinem Heft lasest, sondern meine Privatsphäre respektiertest oder dich lieber in Sicherheit brachtest, ließ ich manchmal am Computer wie aus Versehen einen Artikel einer Psychologie-Website, einer Krisenberatung oder eines Forums von Geschädigten offen, Texte, die sprechende Titel hatten, damit du sie nicht übersehen konntest, wenn du dich an den Computer setztest, wie Glasscherben sollten sie deine Finger zerschneiden, sobald du nur die Maus anfasstest. Du tatst so, als würdest du sie nicht sehen, machtest sie vermutlich zu, ohne etwas zu lesen. Bis du irgendwann die Nase voll hattest, und zwar bei einem Artikel zur »Psychopathologie des Untreuen«: ein verrückter Text (ich habe ihn gerade noch mal gelesen und finde ihn jetzt völlig verrückt, doch dem verletzten Tier, das ich damals war, erschien er absolut zutreffend), ein verrückter Text, in dem ein gnadenloser Therapeut, vermutlich selbst Gehörnter, untreue Persönlichkeiten als unreif, narzisstisch, emotional bedürftig, unbeständig, psychopathisch und unmoralisch bezeichnet und mit Menschen gleichsetzt, die andere misshandeln, mit Spielsüchtigen oder Drogenabhängigen oder Kollaborateuren des Nazi-Regimes. In deiner Antwort hast du es mir mit gleicher Münze heimgezahlt und deinerseits einen Artikel am Computer offen gelassen, »Untreue: Die Versuchung der emotionalen Erpressung«, in dem ein gnadenloser Psychoanalytiker, vermutlich selbst Ehebrecher, diejenigen, die nicht in der Lage seien, über den Seitensprung ihres Partners hinwegzukommen, als unreif, narzisstisch, emotional bedürftig, hysterisch, verklemmt, besitzergreifend und nachtragend beschrieb und sie mitverantwortlich, wenn nicht gar alleinverantwortlich für den Seitensprung machte, den sie seiner Meinung nach verdienten. Inzwischen kann ich lachen, wenn ich daran denke, aber damals war das ein Spiel mit dem Feuer: Ich sprang von meinem Stuhl auf, und zum Glück warst du nicht zu Hause, so hatte ich Zeit, mich zu beruhigen, bis du wiederkamst, denn sonst hätte ich unsere Feindseligkeiten heftiger denn je fortgesetzt. Ich suchte diese ganzen Artikel nicht nur, um sie dir zu präsentieren. Ich las sie auch, mehrmals sogar, mit derselben Besessenheit, mit der ich damals, wie du weißt, alles Kulturelle konsumierte: Vollgepackt mit Romanen und Essays, die alle nur ein Thema hatten, kam ich aus der Bibliothek zurück, ich lieh mir Filme aus, die du natürlich nicht mit mir anschauen wolltest, weil du sie für Anklagen hieltst, aber ich kann dir versichern, ich tat das nicht, um dir eine Schuld zuzuweisen, oder jedenfalls nicht nur deshalb: Ich wollte Das, Was Uns Passiert War, wirklich verstehen, wollte die Antwort auf die Frage finden, die mich so viele Tage und Nächte beschäftigt hatte, die Frage, die ich mir auch heute noch stelle: Warum. Warum. Warum. Wa rum. Doch so viele Deutungen ich auch las, keine taugte für mich: weder die anthropologischen Theorien, die dich zu einem Urweibchen auf der Suche nach besseren Genen und einem neuen Männchen machten, das deinen Jungen bessere Ressourcen versprach, noch die neurologischen Studien, die behaupteten, nach so vielen gemeinsamen Jahren seien deine Endorphin-Rezeptoren im Gehirn übersättigt, noch die kulturellen Theorien zum Thema Verliebtheit und romantische Abenteuer, noch diese psychologischen Belanglosigkeiten mit ihrem Inventar von Dysfunktionen und Entbehrungen, die in einer Paarbeziehung zur Untreue führen, noch dieses beschissene positive Denken, das den Betrug als harte Prüfung sieht, der Beziehungen reifer und stärker macht, und darauf verweist, dass *Krise* auf Chinesisch das gleiche Zeichen hat wie *Chance*. Das brachte mir alles nichts: Ich wollte nicht wissen, warum die Leute einander betrügen, ich wollte wissen, warum du mich betrogen hattest, warum, warum, warum. Ich wollte auch, und das war fast noch wichtiger als das Verstehen, eine Berechtigung für mein Leiden. Ich habe nach dieser Berechtigung gesucht, weil mir mein Leid sonst peinlich gewesen wäre. Es war mir peinlich vor den anderen, denen ich nichts davon erzählte, oder, wenn doch, im Fall einiger weniger Freunde, dann spielte ich den großmütigen, stoischen Ehemann, der das alles sportlich nimmt und sogar Witze über die eigenen Hörner macht. Es war mir peinlich vor dir und auch vor mir selbst. Aber so viel ich auch suchte, ich fand kaum Beiträge, die dieses Leiden rechtfertigten, die Literatur bevorzugt die untreuen Protagonisten, ihre Leidenschaft, nach der wir alle irgendwie streben, und lässt den dritten Beteiligten links liegen, er taucht nur auf, damit man sich über ihn lustig macht. Das, was mir die Literatur kaum gab, fand ich in Internetforen, jede Menge Bekenntnisse, anonym, den Leuten ist es ja peinlich, über all diesen uferlosen Schmerz zu schreiben, den man empfindet, wenn man sich abgelehnt und ausgetauscht fühlt, darüber reden wir lieber nicht öffentlich, damit zu den Hörnern nicht auch noch die Schelte hinzukommt. In meinen schlaflosen Nächten dachte ich sogar daran, ein Buch zu schreiben, es sollte eine Marktlücke schließen: So viele betrogene Männer und Frauen, die dankbar wären, etwas zu lesen, das sie aufbaut und unterstützt; und zugleich eine Reflexion darüber, wie Untreue, die uralte Untreue, die wir kennen, seit wir nicht mehr auf Bäumen leben, in einer Zeit, in der wir unser Selbstwertgefühl und unsere soziale Anerkennung hauptsächlich über die geliebte Person beziehen, zu einer persönlichen Katastrophe geworden ist. In den schlaflosen Nächten der Erniedrigung schrieb ich im Geiste dieses Buch, dachte an die Tausende, Zehntausende, Hunderttausende von Betrogenen, die alle sofort losstürmen und das Buch kaufen würden, es würde rasch ein sensationeller Verkaufserfolg werden und ein gesellschaftlicher gleich dazu: Gehörnte Generation Golf. Ich habe sogar einen Artikel zu dem Thema vorbereitet, doch dann traute ich mich natürlich doch nicht, ihn zu veröffentlichen. Aber ich suchte auch nicht nur nach einer Berechtigung: Ich wollte auch ergründen, was mir da gerade passierte, verstehen, warum ein ganz gewöhnlicher Seitensprung mich so aus der Bahn geworfen hatte. Es erschreckte mich, dass ich so verletzlich, so leicht unterzukriegen war. So sehr verletztes Männchen, ja. Diese eineinhalb Monate, die wir uns auferlegten, halfen mir, zur Ruhe zu kommen, in den Wochen davor hatte ich doch sehr neben mir gestanden. Das bekamst du an dem Kindergeburtstag zu spüren, der deine Forderung nach einem Waffenstillstand auslöste. Auf dem Heimweg im Auto, die Kinder waren auf dem Rücksitz eingeschlafen, sagtest du mir klipp und klar: Wir können so nicht weitermachen, Antonio, wir machen uns nur fertig, wir brauchen Zeit, müssen diese beschissene Spirale durchbrechen, aus der wir nicht mehr rauskommen, ich schlage dir einen Waffenstillstand vor, bis Ende des Jahres, eineinhalb Monate kein Wort darüber, und danach schauen wir, ob wir ruhiger geworden sind. Ich ging darauf ein, klar, es war ja auch kein Vorschlag, sondern ein Ultimatum, ein Ich kann nicht mehr, und nach meinem Verhalten an diesem Nachmittag auf dem Geburtstag auch völlig gerechtfertigt. Ich hatte nicht mit dem Thema angefangen, du kannst dir sicher denken, dass ich wenig Lust hatte, über so was auf einer Kinderparty mit Freunden zu reden. Es war Nuria, falls du dich erinnerst, die damit anfing. Wir saßen im Kreis der Väter und Mütter zusammen, die Kinder spielten, und Nuria erzählte von einem Pärchen aus ihrem Bekanntenkreis, das sich gerade getrennt hatte, die Frau hatte ihr eigenes Das, Was Uns Passiert War, herausgefunden. Als das

Thema dann auf dem Tisch war, erzählten andere von ähnlichen Fällen, während ich stumm zuhörte und du weggingst, um die Mädchen zu holen. Sie machten sogar Witze übers Fremdgehen, vermutlich hast du das Lachen aus unserer Ecke gehört, auch meines. Fabio heizte wie üblich die Diskussion an: Hier unter uns haben mindestens vier Leute Hörner auf, verkündete er grinsend, hier unter uns sind mindestens vier Gehörnte, bestimmt wissen sie es nicht mal; ich habe nämlich vor Kurzem gelesen, dass ein Drittel aller Frauen und Männer ihre Partner betrügt, also muss es hier rein statistisch gesehen vier geben, die betrügen, und vier, die betrogen werden; los, traut euch, macht einen Schritt vor, dann ist unser Soll erfüllt, und die anderen können aufatmen. Ich hob die Hand und tat einen großen Schritt nach vorn: Okay, ich opfere mich, damit andere heute Nacht ruhig schlafen können, und alle lachten. Es wurde über die Kontaktbörsen im Internet gesprochen, die es den Untreuen so einfach machen, und über den Markt, der sich um den Ehebruch herum entwickelt hatte: Apps, soziale Netzwerke, Hotels ohne Rezeption, Technologien zum Ausspionieren des Partners, sogar eine Firma, die einem für einen erschwinglichen Preis ein Alibi für Abenteuer lieferte. Die Diskussion heizte sich immer mehr auf, ich weiß nicht mehr, wer was gesagt hat: Der Mensch ist von Natur aus untreu, schon die Höhlenbewohner haben einander Hörner aufgesetzt, Männer wie Frauen. Dann ist das so selbstverständlich wie die Unterdrückung der Frau, wie Kindesmissbrauch oder Sklaverei, ja?, alles Praktiken, derer wir uns jahrtausendelang bedient haben.

Du kannst doch nicht einen Seitensprung mit Kindesmiss-brauch gleichsetzen, das ist ein typischer Fehlschluss, das nennt man falsche Äquivalenz. Deins war genauso ein Fehlschluss, das nennt man *argumentum ad antiquitatem* oder Traditionsargument: zu behaupten, eine Sache sei gut, weil sie von jeher so gehandhabt wird. Wir können hier doch nicht mit den Begriffen Gut und Böse operieren, seien wir nicht so moralisch. Untreu sein ist auch eine Form des Konsums. Das hat ja noch gefehlt, jetzt kommt bestimmt gleich wieder, dass der Kapitalismus schuld ist. Untreue ist ein bourgeoises Konzept. Untreue hat es im-mer schon gegeben, da brauchst du nur das Alte Testa-ment zu lesen, oder denk an unser absolut untreues Siglo de Oro, oder, wenn dir das lieber ist, an dieses Kindermär-chen Das hässliche Entlein, und ich sag dir schon mal, wie die Auflösung ist: Mama Ente hat sich mit einem Schwan zusammengetan. Das hat es also immer schon gegeben, aber heute ist es generalisiert, der reinste Volkssport. Oder macht es uns heute vielleicht mehr aus, schmerzt es uns mehr? Vielleicht sollten wir die Monogamie überwinden, die Zukunft ist polyamourös, und dann ist Schluss mit dem Betrügen. Oh, die Polyamorie, noch eine geniale Idee, die Polyamorie ist wie die Sharing Economy, anfangs eine fantastische Idee, doch dann wird sie zum Albtraum; die Polyamorie ist das Uber der emotionalen Beziehungen. Ich habe gerade was über eine Studie gelesen, die Untreue mit einer Substanz im Gehirn in Verbindung bringt, wie bei Spielsucht oder beim Koksen. Na wunderbar, jetzt kom-men wir zu den Fehlschlüssen in der Biologie: Entschuldige, Liebling, ich habe dich betrogen, weil mein Serotonin-spiegel entgleist ist, aber ich nehm die Tablette, dann kommt das nicht wieder vor. Man kann sich natürlich dar-über lustig machen, sagte ich und hatte plötzlich Lust zu reden und all das loszuwerden, was ich bei dir nie loswer-den konnte: Man kann sich darüber lustig machen, aber so natürlich, alt und literarisch das Betrügen und Betrogen-werden auch ist, bedeutet es doch auch Verletzung und Demütigung, und gerade in diesen Zeiten, in denen wir uns mit Haut und Haaren auf eine Beziehung einlassen und jede Zurückweisung uns ein Gefühl von Wertlosigkeit gibt; ich kenne da eine Beziehung, die nach einer Affäre völlig zerbrochen ist, die beiden haben es nicht geschafft, das wieder zu kitten; nachdem er dahintergekommen war, lebten sie wochenlang im Ausnahmezustand, machten sich gegenseitig fertig, zerfleischten sich, er sah überall nur Gespenster, hat nur noch gegrübelt, sie hat sich erniedrigt, damit er ihr vergibt, beide in einer Achterbahn der Gefühle, sie liebten und sie hassten sich mit derselben Verzweiflung, verbissen sich in endlose Gespräche, nachts haben sie sich angeschrien, ohne Rücksicht auf die Kinder. Da merkte ich, dass du näher gekommen warst, du standst neben mir, hörtest mir zu, nahmst meine Hand, wir sahen uns schwei-gend an, während die anderen weiterdiskutierten: Ich fra-ge mich immer, wieso wir unserem Arbeitgeber gegen-über loyaler sind als unserem Partner. Ehrlichkeit wird doch überbewertet. Vorsicht, wer den Ehebruch so deut-lich ablehnt, outet sich als Gehörnter, scherzte Fabio. Und die Verteidigung der Treue ist proportional zur Größe der

Hörner. Lass uns bitte gehen, hast du geflüstert, aber ich machte keine Anstalten, ich wollte bleiben und weiter zuhören: Wir nennen es Treue, aber eigentlich meinen wir sexuelle Exklusivität, sprich Besitz und Kontrolle. Ehrlichkeit wird doch überbewertet. Das sagtest du bereits. Wir Frauen sind von jeher betrogen worden, aber heute betrügen wir selbst, und ihr Männer könnt damit viel schlechter umgehen, beim kleinsten Anlass brecht ihr unter der Last eures Phallus zusammen, das ist Teil der Krise der Männlichkeit. Wenn es einen so aus der Bahn wirft, dass man betrogen wurde, hat man vielleicht selbst ein Problem, man macht sich zu sehr abhängig von dem betreffenden Menschen und legt sein eigenes Glück in dessen Hände. Ah, das Glück, da haben wir es, sagte ich, ohne den Druck deiner Finger zu beachten, die mich baten, den Mund zu halten und nach Hause zu gehen: Ah, das Glück, da haben wir es, wir glauben, das Glück sei ein verbrieftes Recht, oder schlimmer noch, eine Pflicht, sind aber in diesem kindlichen Suchen nach dem obligatorischen Megaglück nicht bereit, auf irgendetwas zu verzichten, wir wollen alles, den Premium-Tarif: Das Gute an der Partnerschaft, aber auch den Kitzel des Abenteuers, Sicherheit und Risiko zugleich, Stabilität und starke Gefühle, auf die Jagd gehen und dann zu Hause ein warmes Abendessen vorgesetzt bekommen. Mach mal so, Antonio, unterbrach mich Fabio mit seinem typischen Humor und vollführte eine Handbewegung, als würde er sich Staub von der Stirn wischen: Mach mal so, Antonio, du hast da ein Horn. Ich ging nicht auf seine Provokation ein, ließ deine Hand los und setzte meinen Monolog immer lauter fort: Wir sind permanent unzufrieden, enttäuscht von dem Leben, das wir führen, und träumen von den anderen Leben, die wir leben könnten, von all den geschlossenen Türen, wir leiden an einem billigen Madame-Bovary-Syndrom, haben Sehnsucht nach einer Intensität, die kein Partner nach all den Jahren noch erfüllen kann. Dann würdest du Ángela einen Seitensprung also nicht verzeihen?, fragte Nuria, der meine Vehemenz wohl verdächtig vorkam, und ich antwortete mit einem Blick zu dir, du hieltst meinem Blick stand, wir schlossen das Gespräch ab, als wäre es ein intimer Dialog zwischen uns beiden, ich senkte sogar die Stimme, als ich sagte, zu dir sagte: Ich habe gerade einen Italiener gelesen, Recalcati, der sagt, Verzeihen und Nichtverzeihen sind symmetrische und gleichermaßen probate Mittel, die Liebe als radikale Erfahrung zu leben: Ich verzeihe dir, weil ich dich liebe; ich verzeihe dir nicht, weil ich dich liebe; was mich betrifft, ja, ich würde aus Liebe verzeihen, sagte ich, sagte ich zu dir, mit einem wütenden Dementi in den Augen, denn damals verstand ich das Verzeihen nicht als radikale Liebe: Mein Verzeihen war heftig, anklagend, und deshalb kehrten wir an diesem Abend wund und stumm nach Hause zurück, die Kinder schlafend auf dem Rücksitz in ihrem Traum von glücklichen Töchtern, die von den Prankenhieben ihrer erbitterten Eltern nichts wissen, und da hast du den Waffenstillstand von mir verlangt, als würdest du dich andernfalls aus dem fahrenden Auto stürzen: Wir können so nicht weitermachen, Antonio, wir machen uns nur fertig, wir brauchen

Zeit, müssen diese beschissene Spirale durchbrechen, aus der wir nicht mehr rauskommen, ich halt das nicht mehr aus, ich will raus aus dieser verdammten Achterbahn, ich weiß nicht mehr, was ich tun, ich weiß nicht mehr, was ich sagen soll; wenn ich dir nahekomme, wendest du dich verletzt ab, wenn ich Distanz wahre, wirfst du mir Gleichgültigkeit vor, wenn ich dir vorschlage, dass wir nicht mehr darüber reden, heißt es, ich entziehe mich, wenn ich mich aufs Reden einlasse und deine Fragen beantworte, überzeugt dich keine meiner Antworten, wenn ich dich um Verzeihung bitte, ist es nie genug, ich werde noch verrückt, irgendwann platzt mir der Schädel und ich verliere sämtliche Zähne, weil ich sie im Schlaf so fest zusammenbeiße, jeden Morgen tut mir der Kiefer weh, habe ich Schmerzen, als hättest du mich die ganze Nacht getreten. Über zwei Monate lang ging das so, und in meiner Erinnerung ist diese Zeit zu einem rauschhaften Nebel verschwommen, denn der unaufhörliche Groll ist eine Form des Rausches, und in diesen zwei Monaten war ich ein einziger Groll. Ich würde diese zwei Monate lieber überspringen, und ich nehme an, du auch. Lassen wir sie also beschämt aus, ein paar Spatenstiche Erde, die wir unbesehen auf eine Seite der Grube werfen, und kommen wir direkt zur Nacht der Eröffnung, der Nacht, in der ich dir gesagt habe: Ich weiß alles, Ángela, ich weiß alles. Voll ins Gesicht geschleudert habe ich es dir, habe dich geweckt und dir, ohne dir Zeit zum Aufwachen zu lassen, ins Ohr geflüstert: Ich weiß alles, Ángela, ich weiß alles. Ich habe es endlich ausgesprochen, nach fünf Tagen, in denen ich erfolglos versucht hatte, alles zu schlucken. Fünf Tage waren vergangen, seit ich entdeckt hatte, dass du mich betrügst, fünf Tage bis zu der Nacht, in der ich es dir sagte; fünf Tage, in denen ich meinen Schmerz und meine Wut versteckte, und ich schwöre dir, ich hatte mir wirklich vorgenommen, nichts zu sagen, die Zähne zusammenzubeißen, an deiner Seite zu bleiben, ohne dich zu fragen, warum, warum, warum, und dabei belagerten mich schon die Grübeleien und Gespenster und das Teufelchen, das mit einer Fackel in der Hand in meinem Schädel herumtollte, bis ich irgendwann nicht mehr konnte und dir sagte: Ich weiß alles, Ángela, ich weiß alles. Fünf Tage, in denen ich mit mir rang, ob ich reden oder schweigen soll. Ich versuchte, mich davon zu überzeugen, dass es, wenn wir überleben wollten, besser wäre zu schweigen, zu vergessen; doch dann stellten sich sofort der Groll ein und das Bewusstsein, dass ich dieses Geheimnis nicht ertragen würde. Ich schwöre dir, ich wollte der großmütige Ehemann mit dem gepanzerten Selbstwertgefühl sein, dessen Vergebung zum größten Liebesbeweis wird. Der begriffen hat, dass er, wenn er die Liebe seiner Frau wiedererlangen will, besser Dankbarkeit statt Mitleid bei ihr auslöst, oder der vielleicht nicht einmal damit belohnt werden muss, dass seine Großzügigkeit gesehen wird, der sich mit der inneren Zufriedenheit begnügt. Der stoische Ehemann, der keine Fragen stellt, der diesen Zwischenfall reif hinnimmt und seinen Schmerz allein verarbeitet. Doch um zu schweigen und zu vergessen, hätte ich mich vor diesen ganzen verletzenden Worten retten, hätte eure Nachrichten löschen müssen, sie nicht ein einziges Mal lesen dürfen. Denn dort stand alles geschrieben: drei Monate täglicher Austausch von Nachrichten, in denen ich als verspäteter Zuschauer dem Beginn, der Entwicklung und dem Ende eurer Beziehung beiwohnen durfte. Drei Monate voll glühender Redelust, in denen absolut alles erzählt wurde, nicht nur eure Gefühle und Sehnsüchte: auch alles, was ihr gemacht habt, wenn ihr zusammen wart: Ihr habt es genossen, euch jede Minute, die ihr zusammen verbracht hattet, zu erzählen, dieses Bedürfnis der Liebenden, alles zu benennen, um es zu bewahren. Und dann die Fotos, da gab es gewagte Fotos von euch, wenn ihr zusammen wart. Manchmal kam es mir beim Lesen eurer Nachrichten vor, als wärst das nicht du, als könntest das gar nicht du sein, als wäre das alles nur ein Missverständnis, eine andere Ángela, eine Montage von jemandem, der uns schaden will. Doch dann erkannte ich dich wieder, natürlich erkannte ich dich wieder, und litt bei jedem deiner so typischen Sätze: mit deinem Liebesvokabular, den Kindheitserinnerungen, der stolzen Erwähnung der Mädchen, den Geschichten, ja, sogar Geschichten, von denen ich wusste, dass sie erfunden waren, und es rührte mich geradezu, wenn ich sah, wie sie zu einem Mittel der Verführung wurden. Auch die Geschichte deiner Großmutter fehlte nicht und die Erwähnung Michael Fureys, inklusive der These, es sei besser, mutig in diese andere Welt hinüberzugehen, in der ganzen Glorie einer Leidenschaft, als alt geworden zu verblühen und zu verwelken. Und da waren auch die *Gnossiennes* von Satie, die er als glücklich und du als schmerzlich empfandest, du hattest sie in letzter Zeit oft zu Hause gehört, nach all den Jahren, in denen sie dich nicht mehr groß interessiert hatten. Alles war so erniedrigend, so ausführlich und ausgefeilt erniedrigend, dass die Art und Weise, wie du mich betrogen hattest, mir am Ende fast unerträglicher war als die Tatsache selbst: Ich glaube, ich hätte schweigen, verzeihen, vergessen können, wenn du beim Fremdgehen vorsichtiger gewesen wärst, sozusagen als letztem Beweis von Respekt, von Liebe mir gegenüber: Ja, selbst Untreue kann Liebe und Loyalität beinhalten, wenn man alles tut, um nicht entdeckt zu werden, wenn man vermeidet, den anderen mehr als nötig zu erniedrigen. Aber nein. Dort stand alles, frei verfügbar und so ausführlich beschrieben, dass es nur für einen einzigen Leser bestimmt zu sein schien: für mich. Der Beweis war so erdrückend, dass ich mich sogar fragte, ob du nicht vielleicht auf diese verquere Art unsere Ehe beenden wolltest. Beim ersten Mal habe ich nur alles überflogen, ich wollte fertig sein, bevor du aus der Dusche kamst, und sehen, wie die Geschichte endete, falls sie denn endete, wie tief der Krater war, ob wir ihn leicht wieder zuschütten konnten oder darin versinken würden. Es war das erste Mal, dass ich dein Telefon kontrollierte, stell dir vor: In den ganzen zwölf Jahren habe ich das nie gemacht. Wir kennen so viele Pärchen, die sich mit kriminalistischen Methoden kontrollieren, gegenseitig ihre Handys durchsuchen, Mails lesen, Passwörter klauen, aber ich hatte das bis dahin nie gemacht und hätte es auch an diesem Sonntag nicht getan, wäre da nicht Sofía mit ihrer unfreiwilligen Entdeckung gewesen: Du hattest ihr dein Telefon überlassen, damit sie mit ihrem Opa Emoticons austauschen konnte, solange du unter der Dusche warst. Ich saß lesend neben ihr, und dann hörte ich sie sagen: Ich vermisse dich. Was ist los, Sofía, fragte ich, und sie, die Leseanfängerin, wiederholte Silbe für Silbe: Ich-ver-mis-se-dich. Ah, das schreibt dir Opa, sagte ich lächelnd, und denk nur, damit hätte es gut sein können, doch sie sagte: Nein, nicht Opa. Ich blickte aufs Display, nahm ihr das Handy aus der Hand, schloss den Chat mit ihrem Großvater und stellte fest, dass gerade eine Nachricht von einem Kontakt namens M. eingegangen war, in der es hieß, er würde dich vermissen.

Waldbrände löscht man im Winter, sagte unsere Nachbarin und wiederholte damit den Aufruf zur Prävention, den man in den Fernsehnachrichten zu hören bekam: Waldbrände löscht man im Winter, der Wald wurde nicht richtig gepflegt, da braucht es nur einen Funken, sagte sie, und ich dachte an eine weggeworfene Zigarette, einen Blitz im Sommer, eine Glasscherbe mit der Wirkung einer Lupe, als Kind hat mich das sehr fasziniert. Unser zukünftiges Zuhause war unversehrt geblieben: Den Nachbarn war es gelungen, die Flammen auf Höhe der Einsiedelei aufzuhalten, mit einer verzweifelten Kette aus Wassereimern, Gartenschläuchen und Reisigbündeln, mit denen sie das Feuer energisch niederschlugen. Das alles sahen wir in den Nachrichten, Frauen und Männer mit Tüchern vor dem Mund, inmitten des Qualms, der noch immer vom Boden aufstieg, als wir zwei Tage später ins Dorf kamen. Den Hang hoch war alles verkohlt, geschwärzte Baumstämme, Büsche wie aus Draht. Wir gingen auf die Grenzlinie des Waldbrands zu, wo das Gras endete und die Asche begann. Dann taten wir ein paar Schritte über das noch warme Erdreich bis zu einer dürren Kastanie, die wir von früheren Besuchen kannten, der trockene Stamm hatte ein Loch, durch das Ana und Sofía gerne linsten, auf der Suche nach Feen. Durch das Feuer war die Rinde schwarz und glänzend geworden, fast wie Ebenholz, während das Holz im Inneren intakt war. Du strichst mit der Hand über den Stamm, machtest eine unpassende Bemerkung über die verstörende Schönheit des Verwüsteten, sahst deine schmutzigen Finger an. In der Bar am Dorfplatz äußerte der Besitzer denselben Gedanken wie die Nachbarin und der Umweltschützer aus den Fernsehnachrichten: Wir warnen seit Jahren davor, dass so was passieren wird, der Hang wird total vernachlässigt. Es gibt kein Vieh mehr, das die Gräser abweidet, und niemand sammelt noch Feuerholz, Pinienzapfen oder Kastanien, um sich ein paar Groschen zu verdienen. Dazu kommen die Sparmaßnahmen im Landkreis, letztes Jahr haben sie bei der Forstverwaltung eine Menge Leute entlassen, seitdem fehlt es an Arbeitern, die den Boden von Gestrüpp befreien und die Wege und Brandschneisen sauber halten. Der Wald war in letzter Zeit ein einziges Brennstofflager, nach all den Jahren der Verwahrlosung fehlte da nur noch ein Streichholz. Die Dürre hat uns dann den Rest gegeben, der Stausee war allenfalls noch ein Tümpel, und die Löschflugzeuge mussten zum Wassertanken über dreißig Kilometer weit fliegen. Jetzt suchen sie nach einem Schuldigen, aber wenn Sie mich fragen, brauchen die sich nicht groß ins Zeug zu legen, da war kein Feuerteufel nötig: Wenn man sich um einen Wald so lange nicht kümmert, und dann kommen noch ein Jahr Trockenheit dazu und ein paar Tage Hitze und Wind, dann gibt das den perfekten Sturm: Da sorgt allein die Reibung der Blätter dafür, dass alles in Flammen aufgeht, schloss der Besitzer. Da hast du's, Antonio. Du stehst doch auf Waldmetaphern, oder? Dann denk mal an das andere Feuer, von dem du sagst, es hätte den Berg kahl und nackt zurückgelassen, unfähig, den ersten Regen aufzunehmen. Frag dich, wie es mit solcher Leichtigkeit um sich greifen und alles rettungslos verzehren konnte. Der perfekte Sturm. Die Reibung der Blätter. Und so weiter. Oder willst du jetzt nicht mehr weitergraben, gibst dich mit der erstbesten Erklärung zufrieden, der aktuellsten, die für dich am tröstlichsten ist? Wir waren tot, sagst du. Von mir aus, sofern du bereit bist, den Zeitraum zu erweitern: Wir waren schon lange tot, schon vor unserem Brand. Der Funke, der Blitz im Sommer, die Lupe, das alles ist mir passiert, aber es hätte auch dich entflammen können, und das Ergebnis wäre dasselbe gewesen: ein plötzliches, furchtbares Feuer, das ohne nennenswerten Widerstand alles verzehrt. Was wäre geschehen, wenn du nicht an jenem Abend die Nachrichten entdeckt hättest? Solche Fragen hast du schon immer gern gestellt. Das Verb in der Möglichkeitsform. Parallele Universen, dieser tröstliche Gedanke. Stell die Frage anders. Wenden wir uns wieder dem Wald zu, dem echten Brand, nicht dem metaphorischen, dem Feuer also, das beinahe das Dorf vernichtet und den Berg schutzlos dem nächsten Unwetter ausgeliefert hätte. Was wäre geschehen, wenn an jenem Tag im Juli kein Funke entstanden wäre, ob durch Zufall oder Absicht? Das Gras wäre weiter gewuchert, dazu das Gestrüpp, das dürre Laub in den Brandschneisen, immer mehr Trockenheit und Hitze, bis dann der Blitz gekommen wäre, die Zigarettenkippe, die Lupe, der kriminelle, mit Benzin getränkte Lappen, und der Brand wäre noch heftiger ausgefallen, hätte die Menschenkette überwunden, das ganze Dorf versengt. Und was wäre geschehen, wenn du nicht an

diesem verdammten Sonntagabend die Nachrichten gefun-
den hättest? Nichts. Nichts wäre passiert. Wir hätten weiter
zugesehen, wie das Buschwerk immer dichter wird und den
Scheiterhaufen nährt, der uns früher oder später erwartete.
Keine Sorge, ich reite jetzt nicht auf der Waldmetapher her-
um, obwohl die Versuchung groß ist: die ökologische Funk-
tion des Feuers, seine jahrtausendealte Rolle im Kreislauf des
Lebens, sein unentbehrlicher Beitrag zur Erneuerung des Bo-
dens. Ich weiß, schon die bloße Andeutung, unser Brand
könnte zu etwas gut sein, macht dich wütend. Die passende
Gelegenheit, das begrenzte Zeitfenster, ich weiß, dass du die-
sen Ausdruck hasst, aber manchmal stößt eben der Wind ein
Fenster auf, die Scheiben springen, wir wachen von dem Klir-
ren auf, und dann ist das der einzige erreichbare Notaus-
gang. Tatsache ist, bevor du entdeckt hast, Was Uns Passiert
War, ich erlaube mir mal, deine Ausweichformel zu verwen-
den, so sparen wir uns weiteren Streit, wie das Geschehene
zu nennen ist; bevor du entdeckt hast, Was Uns Passiert War,
hatte nur ich gebrannt. So habe ich mich unmittelbar vor dei-
ner Entdeckung gefühlt: versengt. Extrem empfindlich, wie
alle, die dem Feuer zu nahe gekommen sind. Du hast es
nicht gemerkt, aber ich war eine offene Wunde. Schon die lei-
seste Berührung war für mich unerträglich. Und ich hatte be-
schlossen, ohne fremde Hilfe zu genesen, mir selbst die emo-
tionalen Pflaster aufzukleben, die ich zur Linderung und
Vernarbung der Verletzungen benötigte, und erst, wenn ich
geheilt wäre, wieder an uns zu denken, daran, was wir aus
unserem Leben machen sollten. In den Tagen vor deiner Ent-
deckung hatte ich schon begonnen, wieder auf dich zuzuge-

hen, ja. Eine langsame Annäherung, vorsichtig, noch wund. Nachts bot ich dir etwas mehr als eine Mut spendende Hand, ich schmiegte mich an dich, sagte dir, dass alles gut werden würde, denn das hatte ich mir vorgenommen, mir vorgeschrieben: dass es gut werden sollte. Nur ein paar Stunden bevor alles in die Luft flog, am Vormittag dieses abscheulichen Sonntags, an dem du dann die Nachrichten auf meinem Telefon gefunden hast, hatten wir die Mädchen zu uns ins Bett geholt, hatten mit ihnen herumgetollt, und als sie uns schließlich allein ließen, schob ich dir zum ersten Mal seit ewigen Zeiten eine Hand unters T-Shirt, strich dir über die Brust und flüsterte: Verzeih mir, Antonio, verzeih mir, ich war verloren, so verloren, aber jetzt bin ich zurück, ich bin hier, lass uns wieder zusammenfinden, ganz allmählich. Und du hast mich in den Arm genommen, hast keine Fragen gestellt, sondern mich auf die Lider geküsst, mit einer Zartheit, die ich als Willkommen, als freundliches Aufgenommenwerden empfand, wir waren in zärtlicher Stimmung und ahnten nicht, dass uns in Wirklichkeit nur wenige Stunden blieben. Seit ein paar Tagen kamen wir uns wieder näher, ja, wir waren beide verletzt und suchten Linderung. Du, weil du seit Wochen meine Zurückweisung spürtest, ohne sie verstehen zu können, die schmerzliche Zurückweisung, die erniedrigende, wenn du willst. Und ich, weil ich mich in diesen Tagen gebrochen fühlte, fix und fertig. Mich überrascht, mit welchem Repertoire von Bildern du versucht hast, von deinem Schmerz zu erzählen, dieses Tagebuch eines Leidens voller Brüche, Einstürze, Brunnen, Ungeheuer, Lasten. Ich habe nie große Worte gebraucht: Mir genügt es zu sagen, dass ich fix und fertig war, diese drei Wörter sind mehr als ausreichend, um meinen Schmerz in den Tagen vor deiner Entdeckung zu umfassen: fix und fertig. Als M. mir seine unvorsichtige und verräterische Nachricht schickte, die du schließlich gelesen hast, war es schon zwei Wochen her, dass er und ich Abschied genommen hatten. Macht es dir etwas aus, wenn ich ihn beim Namen nenne? Mateo. Ich habe das Gefühl, ich muss ihm einen Namen geben, um von dieser Zeit sprechen zu können, einen Namen, damit sie nicht ganz so geisterhaft wirkt. Zwei Wochen zuvor hatten Mateo und ich uns zum letzten Mal gesehen, und ich war fix und fertig. Weil ich so durcheinander war, weil ich nicht wusste, wohin ich gehen, welche Schritte ich unternehmen, was mit dir werden sollte, mit uns. Fix und fertig von den Schuldgefühlen, ja, Schuldgefühlen, die ich drei Monate lang erfolgreich verdrängt hatte und die mich jetzt umso heftiger einholten. Fix und fertig auch, weil ich eine Beziehung beendet hatte, deren gesamten Wert ich an ihre Dauer geknüpft hatte: Je länger sie hielt, desto leichter wäre sie zu rechtfertigen, desto mehr hätte sie sich gelohnt, desto eher würde ich mir jede Entscheidung verzeihen, die ich getroffen hatte. Und fix und fertig auch vor Liebe, tut mir leid, dass ich mich so schonungslos ausdrücke, aber schöne Umschreibungen helfen uns nicht mehr weiter. Das war ich also vor deiner Entdeckung: fix und fertig. Fix und fertig und unfähig, dir zu sagen, wie es mir ging und dass ich deine Hilfe brauchte, um wieder zu mir zu kommen, auf einmal hatte ich nämlich das Gefühl, du wärst der Einzige, der mich verstehen und mir helfen könnte, aber gleichzeitig warst du der Letzte, der mich ver-

*stehen und mir helfen konnte. Am liebsten hätte ich dich in
diesen Tagen mitten in der Nacht geweckt und gesagt: Hilf
mir, Antonio, ich bin fix und fertig, tröste mich, nimm mich
in den Arm, hör mir zu, sprich mit mir. Aber dieses Gefühl,
an deiner Seite fix und fertig zu sein und zu leiden, weil ich
dir nichts erzählen konnte, war schon kein Scheitern mehr,
sondern eine neue Art, dich zu lieben, ein sehr gewundener
Weg zurück zu dir, und doch der direkteste. Es ging nicht
nur um den Schmerz: Auch die Seligkeit hätte ich mit dir teilen wollen. Die es gegeben hat, klar. Und nicht zu knapp.
Diese ganze spätere Zerstörung verzerrt meine Erinnerung
und lässt mich jene Zeit als trübe und unheilvoll empfinden,
als gewaltigen Irrtum. Aber das denkt die Ángela, die ich
heute bin, die verletzte Ángela, die voller Reue die Nachwir-
kungen der Zerstörung spürt. Doch wenn ich zurückgehe,
wenn ich mich daran erinnere, wie ich in diesen Tagen war,
finde ich nur eines: ein Schimmern. Ich weiß nicht, bis zu
welchem Punkt dieser Glanz real war, oder ob er nur der
Notwendigkeit entsprang, alles in ein schönes Licht zu rücken, um mich nicht wie ein jämmerliches Klischee zu fühlen,
eine stinknormale Ehebrecherin. Aber damals habe ich es als
Glück erlebt. Verzeih mir, aber ich war glücklich. Verachte
mich, aber ich war glücklich. Durcheinander, aber glücklich,
unverantwortlich, aber glücklich, voller Zweifel, aber glücklich, vor den Schuldgefühlen davonlaufend wie vor einem
tollwütigen Hund und doch glücklich. Hatte ich dieses
Glück verdient? Meine damalige Antwort war ein entschie-
denes Ja. Ich hatte dieses bisschen Glück verdient. Ich sah
eine gewisse Gerechtigkeit darin, noch einmal all das fühlen*

zu dürfen, jemanden zu finden, den ich liebte und der mich liebte. Und dass dieser Jemand nicht du warst, nahm dem Gefühl nichts von seinem Wert. Ich weiß schon, meine Worte gehen dir gegen den Strich, du kannst es nicht ertragen, mich von Liebe und Glück reden zu hören, weil deine Erinnerung an jene Zeit eine völlig andere ist: Dir ging es schlecht. Während ich mein Abenteuer lebte, ging es dir schlecht, schon vor deiner Entdeckung. Du konntest kaum schlafen und sagtest mir das jeden Morgen, damit ich in meinem seligen Schlummern deine Schlaflosigkeit nicht übersah. Du konntest dich nicht konzentrieren, warst nicht in der Lage zu schreiben. Deine Haut brannte, du kratztest dir den Schädel auf, deine Fingerkuppen waren ganz blutig. Melancholisch schlepptest du dich durch die Wohnung, hörtest in Endlosschleife die Kinks: »Thank you for the days / Those endless days, those sacred days you gave me ...« *Meine Distanziertheit machte dir zu schaffen, meine Zurückweisung, die du nicht verstehen konntest. Du wolltest mir näherkommen, aber ich ging dir aus dem Weg. Du schlugst immer wieder vor, zu reden, ich sagte, das sei nicht der richtige Moment. Du schriebst mir eine lange E-Mail, in der du zum ersten Mal seit Jahren einen Teil der Verantwortung auf dich nahmst. Du schlugst mir vor, eine Paartherapie zu machen, ich erklärte sie für unnötig. Du hattest den Verdacht, dass ich einen anderen hätte, aber ich stritt alles ab. Deshalb ist die Erzählung, die sich daraus ergibt, heute unerträglich für dich: Ich war glücklich, während du leiden musstest. Ich war glücklich auf der Grundlage deines Leidens. Ich war glücklich durch dein Leiden. Als wären mein Glück und dein Un-*

glück verbundene Gefäße und mein Glück nur dadurch möglich, dass es dir schlecht ging. Ich werde ehrlich sein, schonungslos ehrlich: Damals war mir egal, dass es dir schlecht ging. Mehr noch: Es störte mich, ich sah darin einen Versuch, mir das madig zu machen, was das Schicksal mir schenkte. Wenn ich daran denke, wie ich damals war, fühle ich mich miserabel, aber das geht nur der Ángela von heute so: Die andere Ángela dachte, sie habe dieses Glücksfeuerwerk verdient, und du hattest schon oft genug versucht, mir auch noch das kleinste Quäntchen Glück kaputt zu machen. So fasste ich es auch auf, als du an jenem Abend, einen Monat vor deiner Entdeckung, deine Mutlosigkeit erklärtest; dem Abend, als du mich fragtest, was mit mir, was mit uns los sei in letzter Zeit, und ich dir nichts von Mateo erzählte, aber zugab, dass ich dich nicht mehr leidenschaftlich liebte, und da sagtest du mir, du seist in letzter Zeit zutiefst deprimiert, sprachst über dein ganzes Elend, von dem du bis zu diesem Augenblick kein Wort gesagt hattest. Ich nahm es als einen weiteren deiner narzisstischen Anfälle, einen weiteren Versuch, meine Aufmerksamkeit zu gewinnen, weiter der Mittelpunkt unseres Lebens zu sein, meines Lebens. Du, du, du. Immer nur du. Ich behaupte nicht, dein Elend sei nur gespielt gewesen, natürlich nicht: Ich wusste wohl, dass du es gerade schwer hattest. Seit dem Streik bekamst du weniger Aufträge, wir mussten unsere Ersparnisse angreifen, schon die mittelfristigen Aussichten stressten dich, an Langfristiges war gar nicht zu denken. Außerdem hattest du Zweifel und Ängste in deiner Beziehung zu Germán, der gerade in die Pubertät kam, und du sahst überall Gespenster. Wenn dein

Sohn dich mal nicht zurückrief, hieß das nicht etwa, dass er vergessen hätte, zum Telefon zu greifen: Er hatte vergessen, dass er einen Vater hatte, denn all die Jahre, in denen eure Beziehung so unstet gewesen war, in denen du in seinem Leben nicht täglich präsent sein konntest, machten dich deiner Meinung nach zu einem schwachen Vater, einem, auf den man verzichten, den man vergessen konnte, Germán hätte öfter an dich gedacht und dich auch besser in Erinnerung gehabt, wenn du ganz aus seinem Leben verschwunden wärst, als er noch klein war. Im Vergleich zur schwachen Präsenz eines Scheidungsvaters, der da ist und doch wieder nicht, hinterlässt das Dasein als Waise eine Spur von tragischer Größe, besser ein Vater à la Michael Furey, sagtest du zu meinem Entsetzen, besser, mutig in diese andere Welt hinüberzugehen, in der ganzen Glorie einer Vaterschaft, als zu verwelken, und so weiter. Das alles hast du mir an diesem Abend ins Gesicht geschleudert, als ich zugab, dass ich für dich keine Leidenschaft mehr empfand. Das alles war da, das alles lastete auf dir, ich weiß, und anderes mehr, das du mir nicht erzählt hast oder erst später: dass du das Gefühl hattest, seit Jahren nur Mist zu schreiben, viele Chancen vergeben zu haben, das Klischee vom Zug, der abgefahren ist, und so weiter. Das alles lastete auf dir, zusammen mit dieser blauen Melancholie, die du seit deinem Vierzigsten mit dir herumtrugst. Nichts davon überraschte mich. Aber die Ángela von jenem Abend, diese unerwartet glückliche und emotional von dir abgekoppelte Ángela, fand es unmöglich, dass du dich ausgerechnet in diesem Augenblick offiziell für deprimiert erklärtest. Dein Elend und deine Ängste waren eine Art Übergriff *auf mein Glück. Ein weiterer Versuch, mich mit der schlimmsten deiner Waffen zu schlagen: dem Mitleid. Damit, welches zu erregen. Schau mich doch an, Ángela, schau, wie schlecht es mir geht, kümmere dich um mich. Der ewige Wettbewerb, bei wem von uns die Müdigkeit größer ist, und die Arbeitsbelastung, die Trauer, der Schrecken, und immer musstest du gewinnen. Aber von all deinem Elend hast du mir erst erzählt, als du dich von meiner Zurückweisung bedroht sahst. Als ich meinen emotionalen Rückzug an diesem Abend zum ersten Mal in Worte fasste. Als ich dir, nachdem ich deinen routinemäßigen Versuch, Sex zu haben, gebremst und auf deine Frage, ob etwas sei, offenbart hatte, was ich für dich empfand beziehungsweise nicht mehr für dich empfand: Ich empfinde keine Leidenschaft mehr für dich, Antonio, ich liebe dich, aber nicht leidenschaftlich. Jetzt will ich mal in der Möglichkeitsform reden: Wie anders wäre alles gekommen, wenn ich in dieser Nacht den Mund gehalten hätte. Wenn ich mich verstellt und auf deine genitale Annäherung eingegangen wäre wie andere Male auch, oder mich mit der üblichen Müdigkeit herausgeredet hätte, prämenstrualen Beschwerden, Schmerzen im Kiefer, dem frühen Aufstehen am nächsten Tag. Wenn ich nicht zur Statue geworden wäre, absichtlich starr wie eine Leiche, als du mir die Hand unters T-Shirt schobst. Wenn ich den Mund gehalten hätte, als du fragtest, was mit mir, was mit uns sei in letzter Zeit. Wenn ich nicht mit dieser Eindeutigkeit zugegeben hätte, dass ich keine Leidenschaft mehr für dich empfand. Dass ich dich immer noch liebte, aber nicht mehr leidenschaftlich, dich noch genug liebte, um bei dir zu bleiben und um der*

Mädchen willen die Familie beisammenzuhalten, sogar noch genug, um, wer weiß, auf ein Wiederaufleben der Gefühle zu setzen. Aber ich empfand keine Leidenschaft mehr. Ohne das alles wäre der Brand anders verlaufen. Wenn ich an diesem Abend so offen war, dann nicht etwa, um uns in eine Beziehungskrise zu stürzen, die ich ja dann gleich von mir wies. Nein, mich störte einfach dein Übergriff auf mein Glück. Gerade hatte ich Mateo Gute Nacht gesagt, nachdem wir eine Stunde lang euphorische Nachrichten ausgetauscht hatten, und war drauf und dran, mit der süßen Erinnerung an den gemeinsamen Moment einzuschlafen, den wir wenige Stunden zuvor zusammen verbracht hatten. Und da kamst du mit deiner Erektion gegen meine Pobacken, die pünktliche Fortsetzung deiner kopulatorischen Gewohnheiten im Sinn, denn so sah für dich die Normalität aus: ein weiterer Tag ohne jeden Austausch, es sei denn über Haushaltsdinge, ohne etwas von mir zu erfahren oder von dir preiszugeben, achtlos zusammenprallend, mit unverhohlen genervten Blicken, Streit über den erstbesten Blödsinn und Vorwürfen aus der Mottenkiste, aber kein Grund zur Sorge: Am späten Abend würdest du ins Bett steigen und mich mit einer Zuneigung umarmen, von der tagsüber nichts zu spüren gewesen war, und mir etwas Schönes ins Ohr flüstern: Ich liebe dich, ich liebe dich sehr, ich liebe dich so, ich liebe dich leidenschaftlich. Und ja, deine Finger kreisten wie Uhrzeiger auf meinem Bauch, aber die Uhr schlug in letzter Zeit nur noch die Stunde zum Vögeln. Ein ehelicher Fick, und dann schlaf gut. Du hast dich über den Tod des Begehrens ausgelassen, meines Begehrens, aber das deine zeigte schon länger Verfallserscheinungen: Es richtete sich nicht mehr auf mich persönlich, war nur noch ein mechanisches, biologisches Begehren, Blut, das nachts in die Schwellkörper floss. Ein Begehren, das es immer eilig hatte und mich zu erregen damit verwechselte, mich schnell mal feucht zu lecken. Manchmal fand dieses Begehren meine Vagina verfügbar, andere Male gab es sich damit zufrieden, im Badezimmer selbst Hand anzulegen. Und mein Begehren? Tot? Ja, das hätte dich beruhigt, mich frigide zu finden, außer Gefecht, verholzt. Aber du weißt, dass dem nicht so war. Und hier werde jetzt ich vernünftigerweise etwas auslassen, rasch Erde beiseiteschaufeln, du hast schon genug gelesen, und was du nicht gelesen hast, das hast du dir vorgestellt, und ich habe Besseres zu tun, als die Auswüchse deiner Vorstellungskraft zu dementieren. Ich habe Mateo begehrt, ja, aber dieses Begehren war nicht Ursache, sondern Folge. Das Ende einer Treppe, die unsere Intimität nach und nach erklommen hatte. Oben erwartete uns das Begehren, ja, aber wir haben keine Stufen übersprungen, um früher dort anzukommen. Bevor wir einander begehrten, unser Begehren in eine Erzählung kleideten und dafür zu planen begannen, haben wir tagelang nur geredet. Pausenlos. Als hätte ich über Jahre kein Wort gesagt. Wir schrieben uns zu jeder Tages- und Nachtzeit, riefen uns an, trafen uns, sooft wir konnten, und redeten weiter. Du hast nur die Nachrichten gelesen, den Großteil unseres Austauschs hast du verpasst. Ich habe Mateo alles erzählt, was du dir in diesen Monaten nicht angehört hast, und noch mehr, all das, was sich über Jahre angesammelt hatte. Welche Sorgen ich mir um meinen Vater machte, so kurz nach Blan-

cas Tod. Die Erinnerung an einen Film. Was ich nachts träumte. Meine anhaltende Angst, Ana anderen Menschen zu überlassen, die entsetzliche Erinnerung an ihre Zeit im Krankenhaus. Meine Müdigkeit in der Arbeit, meine Müdigkeit in der Familie, meine Müdigkeit im Persönlichen, meine Müdigkeit im Kosmischen. Die Lust, alleine zu verreisen. Wie sehr ich meine Großmutter vermisste. Wie ich mir mein Leben in zehn Jahren vorstellte. In zwanzig Jahren. Wie mir die Zähne wehtaten. Und natürlich all die unspektakulären Geschichten aus dem Job, die ich mit dir schon lang nicht mehr teilte. All die kleinen Freuden und Misslichkeiten des Arbeitslebens, von denen du nicht zu erzählen brauchtest, weil du ja allein zu Hause arbeitest, diesen ganzen Ballast, den wir loswerden müssen, damit er nicht in uns vor sich hin fault. Das alles teilte ich mit Mateo, ja. Ich konnte nicht aufhören, mit ihm zu reden. Du denkst jetzt wahrscheinlich, das sei der Mitteilungsdrang der Verliebten gewesen, die pausenlos reden müssen, um einander kennenzulernen und ihre Leben enger zu verflechten und so weiter. Aber es war eher ein Überquellen. Ein Korken, der aus der Flasche gezogen wurde. Als hätte man mir einen Verschluss abgerissen. Das war unsere Hauptbeschäftigung: reden, miteinander reden. Manchmal bekam ich Lust, dir etwas zu erzählen, worüber wir gesprochen hatten, dich in unser Gespräch einzubeziehen. Einige Dinge habe ich an dich weitergegeben, jeder, der untreu ist, erwähnt den Geliebten irgendwann zu Hause, wahrscheinlich löst uns das schlechte Gewissen die Zunge, vielleicht stillte ich auch meine unverantwortliche, stolze Lust, dir von ihm zu erzählen. Zum Beispiel das mit den

Remakes im Prekariatstil. Ja, das stammte aus einem Ge-
spräch mit ihm, obwohl ich es dann als Unterhaltung mit
der Konrektorin in der Cafeteria ausgab. Diese Idee, Filme,
in denen es um Beziehungsprobleme geht, noch einmal zu
drehen, aber die üblichen gut situierten Hauptfiguren durch
Leute auszutauschen, die in prekären Verhältnissen leben.
Wie mich, wie auch dich, nervte es Mateo, dass die Protago-
nisten kommerzieller Fernsehserien und Filme fast immer
aus der oberen Mittelschicht oder Oberschicht stammen:
Leute, die in Einfamilienhäusern wohnen, in New Yorker
Lofts, schnuckeligen Dachgeschosswohnungen, Zweitwohn-
sitzen am Strand, Altbauwohnungen mit hohen Decken und
langen Fluren, Menschen, die in Restaurants gehen, ständig
Taxi fahren, frei über die eigene Zeit verfügen und keinerlei
materielle Sorgen haben, die sie von ihren Beziehungspro-
blemen ablenken würden. Wie anders, dachten wir, wie an-
ders wären diese Geschichten von Liebe und Entzweiung,
von Familienproblemen, Wendepunkten, von Midlife-Krisen,
sterbenden Eltern, toten Kindern oder Generationenkonflik-
ten, wie anders würden sie verlaufen, wenn die Protagonis-
ten ein so stressiges Leben führten wie die Mehrheit der Men-
schen. Wie anders, wenn sie müde wären, von Grund auf
müde. Uns kamen Ideen für Remakes bekannter Filme, vor
allem Beziehungsdramen und romantische Komödien, die
genau so anfangen sollten wie das Original, mit denselben
Dialogen und Situationen, nur um dann allmählich aus dem
Ruder zu laufen. Mateo plante tatsächlich, den einen oder
anderen zu drehen, als Guerrilla-Produktion mit Freunden
von der Filmschule, Einstellung für Einstellung. Als ich dir

davon erzählte, gefiel dir die Idee: Du schriebst einen Artikel, »Harry, der Freiberufler, und Sally, die Niedriglohnempfängerin«, über mögliche Alternativfassungen bekannter Filme, in denen sich nur eines änderte, nämlich die materiellen Bedingungen der Protagonisten. Der Artikel lief gut, wie du erzähltest, und das munterte dich in diesen schwierigen Tagen ein wenig auf. Nimm es mir nicht übel, Mateo und ich haben uns beim Lesen nicht lustig gemacht, im Gegenteil: Ich habe mich gefreut, etwas von dir übernommen zu sehen, was er und ich uns ausgedacht hatten. Ich war stolz darauf. Du findest das wahrscheinlich grotesk, aber in solchen Momenten hätte ich ihn am liebsten mit nach Hause gebracht und dir vorgestellt, ihn in unser Leben integriert, ein Dreieck der Zuneigungen aufgespannt, nachdem sich der anfängliche Aufruhr gelegt hätte. Grotesk, ja, das war wohl der vorübergehenden Aufhebung der Urteilskraft zuzuschreiben, die Untreue nun einmal mit sich bringt; aber noch grotesker schien mir damals die Exklusivität der Gefühle zwischen zwei Menschen, die in sich selbst gefangen waren, unfähig, einen Mateo oder eine Inés zu integrieren, ohne dabei zu zerbrechen. Ich hatte diese Fantasie gleich bei unserem ersten Date, am ersten Abend, an dem ich mich heimlich mit ihm traf. Als ich aus dem Haus ging, sagte ich dir, ich sei mit jemandem aus dem Lebensgeschichtenprojekt verabredet, in dem ich neuerdings wieder aktiv war. Ich nannte sogar seinen Namen: Mateo, ein junger Cineast, der bei dem Projekt mitmachte. Wir verbrachten dann nur ein paar Stunden zusammen, ein Bier in einer Bar, wo ich auf keine Bekannten treffen würde, ein kurzer Spaziergang durch einen Park, ein

Kuss, fast ohne die Augen zu schließen, ständig in Sorge, dass mich jemand sehen könnte. Auf dem Heimweg in der U-Bahn überraschte mich mein Spiegelbild im Fenster. Mein Gesicht wirkte wie die Verschmelzung zweier inkompatibler Hälften: das Lächeln glücklich, die Augen erschrocken. Und ich dachte nur daran, wie ich dieses Glück und diesen Schrecken abstreifen könnte, bevor ich nach Hause kam, schnupperte an meiner Kleidung, in der ich noch Mateo wahrnahm, seinen Tabak, seinen Duft. Zu Hause sprang ich unter die Dusche, als wäre da mehr gewesen als ein Spaziergang und ein verhaltener Kuss. Später im Bett konnte ich nicht schlafen, versuchte, mein schlechtes Gewissen zu beruhigen, indem ich den Vorfall herunterspielte: Das war doch gar nichts, ein unbedeutender kleiner Betrug, ein heimlicher Freund, mit dem ich ein besonderes Verhältnis hatte, ein schlichter Kuss, nur ein Kuss, eine kleine Lüge unter den vielen, die Paare austauschen, ein Ventil, ein ganz gewöhnliches Ereignis im Leben eines Ehepaars. Während ich dalag, schlaflos vor Aufregung, ging ich die Fälle aus unserem Umfeld durch und sagte mir, es sei passiert, weil es passieren musste, merkwürdig sei nur, dass es nicht schon früher dazu gekommen war. Ich redete mir ein, dass es bestimmt nicht das erste Mal wäre, du hättest mich bestimmt auch schon betrogen, ohne dass ich davon erfahren hätte. Ich warf mir sogar vor, so etwas nicht früher getan zu haben, fühlte mich geradezu puritanisch nach all den Jahren der Treue contra natura. Indem ich mich dieser kognitiven Dissonanz hemmungslos hingab, schaffte ich es, mir einzureden, eben das sei Teil unseres Problems: Hätten wir einander früher betrogen, regelmäßig, mit *der Disziplin eines konventionellen Ehepaars, dann wäre es uns besser ergangen, wir hätten uns nicht so unter Druck gesetzt. Natalia und Jaime zum Beispiel. Natalia und Jaime mit ihrem Glück, ihrem unwahrscheinlichen Glück. Du wirst überrascht sein zu erfahren, dass sie sich gegenseitig betrogen haben, ich würde sogar sagen, im Einvernehmen. Das hat Natalia mir damals irgendwann erzählt, als ginge es um ein Kuchenrezept, nachdem ich ihr anvertraut hatte, bei uns würde es nicht so gut laufen: Du musst dir halt einen Geliebten suchen, hat sie mir lächelnd geraten und dann erklärt, sie treffe sich seit fast einem Jahr mit einem Arbeitskollegen. Und hege den Verdacht, dem sie allerdings nie nachgegangen sei, dass Jaime es ebenso halte. Das Geheimnis des ehelichen Glücks, sagte sie. Das Ventil. Das alles hallte in dieser Nacht in meinem Kopf wider, während ich deinen Atem hörte, den Atem eines Mannes, der noch ruhig schläft. Für mein Gefühl hatte ich mir die Affäre verdient, sie mir in gewisser Weise erarbeitet: Seit Jahren lebte ich in einer emotionalen Wüste, da hatte ich doch genug Guthaben angehäuft, um mir etwas Verausgabung zu erlauben. Es stimmte mich euphorisch, mich begehrt zu wissen, ich wiederholte im Stillen die Worte, die mir Mateo geschrieben und gesagt hatte, erinnerte mich an den flammenden Blick, mit dem er mich in der Bar empfangen hatte. Ich hing dem Geschmack des Kusses nach. Du weißt ja, was ein erster Kuss auslöst: die Druckwelle, die auf die schlichte Berührung zweier Münder folgt. Diese Mischung aus Erregung und Erschlaffung, im Gehirn zucken Blitze, und der Körper wird ganz weich, der erste Kuss ist stets erotischer als alles, was danach kommt, der Grundstein, über dem der Turm des Begehrens errichtet wird. Und das alles vielfach verstärkt durch die erregende Heimlichkeit. Der Kuss bei diesem ersten Date krönte eine aufsteigende Wortspirale, einen Strom von persönlichen Mitteilungen und überschwänglichen Gefühlen über Wochen hinweg. Verführung, ja, als Spiel, das harmlos scheint, aber bei dem man am Ende über Leichen geht. Die unaufhaltsame Verführung durch das geschriebene Wort, unsere unwiderstehliche Neigung, zu verführen und uns verführen zu lassen, wenn wir mit einem Bildschirm reden. Kommt dir bekannt vor? Das hast ja auch du gesagt, gerade um diese Zeit, weißt du noch? Wir waren im Park, die Mädchen spielten mit ihren Freundinnen, wir sprachen über irgendwas, eine relativ lustlose Unterhaltung, wie erschöpfte Mütter und Väter sie führen. Jemand erzählte von einem Neffen, der ein Schuljahr wiederholen musste und bei dem Computersucht diagnostiziert worden war, und bald waren wir wieder bei dem alten Streitthema, den Risiken, die Handys und PCs für Kinder bereithalten. Und für Erwachsene, ergänzte jemand, wir kamen also auf die verschiedenen Übergriffe der Technologie auf unser Leben zu sprechen, und da schlug die Stunde für einen deiner zahllosen Beiträge zur Spielplatzsoziologie: Vergesst mir nicht die Verführung, erklärtest du mit einem selbstgefälligen Lächeln, die Aufmerksamkeit des Publikums genießend. Vergesst mir nicht die Verführung, das ist die eigentliche Gefahr dieser Geräte; Verführung ist das Kennzeichen unserer Zeit, der Lieblingssport, wir verführen permanent, auch ich bin gerade dabei, euch mit meinem Vortrag zu verführen, aber was in diesem Fall rein sportlichen Charak-*

ter hat, wird unvermeidbar und unwiderstehlich, sobald ein Bildschirm oder Display ins Spiel kommt, dann sind wir alle Verführer und Verführte; gebt es ruhig zu, sobald ihr mit irgendwem chattet, dauert es nicht lange, und das Verführungsspiel geht los; wir könnten das sogar als wissenschaftliches Gesetz formulieren: Tauschen zwei Personen, die sich auch nur minimal zueinander hingezogen fühlen, in den sozialen Netzwerken oder übers Smartphone mehr als nur ein paar Nachrichten aus, so läuft das unvermeidlich auf ein Verführungsspiel hinaus; das ist die Plage unserer Zeit, die meisten Liebesbeziehungen beginnen mit einem Austausch von Nachrichten, aber sie enden auch durch einen weiteren Austausch von Nachrichten, denjenigen, bei denen man entdeckt wird, wer das Maul zu weit aufreißt, wird geschnappt. Dann ging es in deinem Vortrag mit der Feststellung weiter, heute müssten wir alle unser erotisches Kapital abschätzen und aufwerten, du sprachst über das Belohnungssystem im Gehirn, das bei der Verführung anspringt, die alte Leier vom Dopamin, man merkte, das war alles genau durchdacht, vielleicht hattest du sogar einen Artikel darüber veröffentlicht oder plantest schon ein weiteres Buch: eine Marktlücke, Tausende von digitalen Verführern und Verführten würden sofort losstürmen und es kaufen: Generation Golf – Verführung im Chat, und so weiter. Zum krönenden Abschluss hast du dann auf mich gezeigt, ich war dem Gespräch nicht gefolgt, sondern stand abseits, das Telefon in der Hand: Da habt ihr meine Frau Ángela, den ganzen Nachmittag mit dem Handy beschäftigt, wer verführt dich denn gerade, meine Liebe? Alle lachten, ich auch, aber vielleicht hast du inzwi-

schen erraten, mit wem ich in diesem Moment gechattet habe. Mateo und ich standen noch auf den ersten Stufen der Treppe, waren mitten im Verführungsspiel, ja, wir scherzten, schickten Erinnerungen hin und her, persönliche Mitteilungen, Pläne, Lieblingssongs und entwickelten dabei dieses eigene Vokabular, das jedes Paar sich zulegt. Obwohl ich Mateos Äußerungen nicht für bare Münze, ja, sogar ungläubig zur Kenntnis nahm – ich wusste, es war Teil seiner Verführungsstrategie –, erzielte er die volle Wirkung, jede Nachricht fiel schallend in den trockenen Brunnen meines Selbstwertgefühls: Ich sei eine faszinierende Frau. Attraktiv. Leuchtend. Die beim Lebensgeschichtenprojekt Hervorragendes leiste. Meine Töchter hätten Glück, eine Mutter wie mich zu haben. Ich würde jemanden verdienen, der mich wirklich schätzte. Und natürlich auch: Ich würde jünger wirken als vierzig, besser aussehen als vor Jahren. Mein Lächeln sei bezaubernd, ich weiß schon, ein abgegriffener Ausdruck, du würdest sagen, wie aus einem Groschenroman, bezauberndes Lächeln, aber genau das brauchte ich auch. Wir waren dabei, einander zu verführen, ja, von Mal zu Mal unvorsichtiger, obwohl wir noch nicht wussten, wohin all die Worte führen sollten, die wir aufeinander abfeuerten. Ich gebe zu, deine Theorie stimmt: Was als einfache Unterhaltung zwischen zwei Bekannten begonnen hatte, die verschiedene Gemeinsamkeiten entdecken und dasselbe Bedürfnis haben, gehört zu werden, schlängelte sich mit der Beharrlichkeit von Efeu die Wendeltreppe der Verführung hoch. Das Ganze hatte erst wenige Tage zuvor angefangen, durch reinen Zufall, wenn es so etwas gibt. Wie hast du doch immer zitiert: Zu-

fall ist in Wahrheit unsere Unkenntnis der komplizierten Ma-
schinerie der Kausalität. Im Projekt war ich gebeten worden,
das Interview mit einer Frau aufzuzeichnen, die in der Spät-
zeit der Diktatur gefoltert worden war, wahrscheinlich er-
innerst du dich, das habe ich dir ganz sicher erzählt. Unser
üblicher Kameramann war an dem Tag verhindert, und da
fiel mir Mateo ein, den ich vier Jahre zuvor kennengelernt
hatte, als er noch an der Filmhochschule studierte; sein Ur-
großvater war im Bürgerkrieg erschossen worden, deshalb
meldete er sich damals, um bei den Aufnahmen von Zeugen-
aussagen zu helfen. Da hast du mal wieder so einen entschei-
denden Moment für dein Lieblingsspiel: Was wäre passiert,
wenn der übliche Kameramann an diesem Tag verfügbar ge-
wesen wäre und ich keinen anderen hätte suchen müssen,
oder wenn dieser andere irgendwer sonst gewesen wäre,
nicht Mateo. Wenn es dich tröstet, sieh es als Würfelspiel.
Oder finde dich, wie ich auch, mit der Vorstellung ab, dass
das Entscheidende nicht der Zufall war, der Blitzeinschlag
im Sommer, Mateo, die Verführung, sondern meine Situa-
tion als Schiffbrüchige. Du weißt ja, meine Metaphern stam-
men nicht aus der Forstwirtschaft, sie sind nautisch, odys-
seeisch: Ich war über Bord gegangen, im stürmischsten
Moment unserer Überfahrt war ich über Bord gegangen, am
Ende meiner Kräfte, und du hattest nichts davon gemerkt,
ich wiederum hatte nicht das Vertrauen, dich um Hilfe zu bit-
ten. Und da war eben Mateo derjenige, der mir eine Hand
entgegenstreckte. Wir trafen uns an diesem ersten Nachmit-
tag bei Lidia, der Frau, die 1974 festgenommen, in die Gene-
raldirektion der Sicherheitspolizei gebracht und neun Tage

lang eingesperrt worden war, ohne schlafen, essen oder trinken zu dürfen, man hatte sie nackt ausgezogen, sie geohrfeigt, an den Haaren gezerrt, mit Fäusten geschlagen und ihr Tritte in den Magen, die Leber und den Unterleib versetzt, man hatte ihr die Arme verdreht, sie mit Handschellen an Haken von der Decke baumeln lassen, sie dann mit Schnüren an dieselben Haken gehängt, weil ihre Handgelenke so dünn waren, dass die Handschellen nicht hielten, sie hatte das Bewusstsein verloren und war mit einem Kübel Wasser ins Gesicht geweckt worden, man hatte ihr gedroht, sie und ihre Tochter zu vergewaltigen, hatte sie wiederholt als Hure beschimpft und dabei geschrien, sie würde nie wieder Kinder kriegen können, in ihren Armen rissen Sehnen von all den Stunden, die sie da hing, und von den Schlägen in den Bauch blieben ihr lebenslange Folgeschäden. Ich erzähle dir das alles, damit du dich in die Situation hineinversetzen kannst, damit du verstehst, in welcher emotionalen Verfassung Mateo und ich uns befanden, denn diese Seelentemperatur hat bestimmt auch eine Rolle gespielt. Wir hatten uns an einem U-Bahn-Ausgang verabredet und erst mal einen Kaffee getrunken, um uns rasch auf den neuesten Stand zu bringen. Seit unserer letzten Begegnung waren vier Jahre vergangen, und ich hatte ihn als einen schüchternen Jungen in Erinnerung, attraktiv zwar, aber damals für mich kein Objekt des Begehrens. Anschließend verbrachten wir drei Stunden bei Lidia, hörten erschüttert ihre Erzählung von den Folterqualen, weinten mit ihr. Danach tranken wir ein Bier zusammen, wir waren tief bewegt und aufgewühlt, so sehr, dass ich, fast ohne es zu merken, seine Hand nahm, aber da war *das noch eine freundschaftliche Geste, eine des Trosts. Er fuhr mich auf seinem Motorrad nach Hause, und wir verabschiedeten uns mit einer Umarmung, deren Intensität nach Jahren ohne Kontakt nur jemand verstehen könnte, der an diesem Nachmittag mit in der Wohnung gewesen wäre. Spätabends gingen die ersten Nachrichten hin und her. Wir konnten nicht schlafen. Aber du solltest jetzt nicht denken, dass uns nur die Erschütterung des Nachmittags zusammengeführt hat. Wir ließen eine erste Bresche offen, durch die der Sturm des Begehrens eindringen konnte, ja, aber viel braucht er ja nicht, oft genügt schon eine kleine Ritze. Und ich gebe zu, in diesen ersten Momenten hätte ich noch innehalten können, keinen Schritt mehr tun, einen Wall gegen das Begehren errichten, es der Vernunft unterwerfen. Mein Begehren managen, der Ausdruck gefällt dir besser, stimmt's? Du hast mir vorgehalten, ich hätte es nicht geschafft, mein Begehren zu managen, so nanntest du es, nachdem du den Betrug entdeckt hattest: Das Leben in einer Beziehung setzt ein anhaltendes Management des Begehrens voraus, Begehren empfinden wir natürlich alle, sagtest du, auch ich, aber ich konzentriere mich darauf, mein Begehren zu managen, in einer Beziehung, Ángela, geht es genau darum, um Verbindlichkeit, Loyalität, zwei begehrende Subjekte müssen lernen, ihr Begehren zu managen. Wie furchtbar, hör dich doch an. Das Begehren managen. Oder das Ressentiment, wie du früher immer gesagt hast. Andere Male hast du mir vorgehalten, ich sei nicht fähig, meine Ängste zu managen, etwa wenn ich noch lange nach Anas Zeit im Krankenhaus einen Horror davor hatte, sie in der Schule zu lassen, oder wenn ein hart-*

näckiger Fieberschub mich in Alarmbereitschaft versetzte und wir wieder in der Notaufnahme landeten: Du musst deine Ängste managen, hieß es dann. Alles musste gemanagt werden: das Begehren, das Ressentiment, die Angst, die Schuldgefühle, der Schmerz, die Erinnerungen. Managen, managen, managen. Germán musste lernen, seine Hausaufgaben zu managen. Die Mädchen mussten ihren Frust managen, ihre Eifersucht managen, ihren Schlaf managen. Deine Mutter war in ihrer beschissenen Lage, weil sie außerstande war, ihre emotionale Abhängigkeit und ihre Angst vor der Einsamkeit zu managen. Daheim sollten wir unsere Zeit managen, den Haushalt, die täglichen Mahlzeiten, die Einkünfte und Ausgaben. Warum schreibst du nicht ein Selbsthilfebuch? Sein Leben managen in zehn Schritten. Manage deine Gefühle und erreiche deine Ziele. Entschuldige den Sarkasmus. Ich habe die Managerei satt, was für ein Scheißwort, seit Jahren managen wir vor uns hin, und schau, wohin es uns gebracht hat. Und nein, ich habe es nicht geschafft, mein Begehren zu managen, nachdem ich Mateo wiedergesehen hatte. Oder wenn dir das lieber ist, ich hatte keine Lust, mein Begehren zu managen. Mich hat herzlich wenig gestört, dass es nicht mehr zu managen war. Schon klar, was immer ich dir über meinen Gemütszustand erzähle, bevor ich Mateo traf, wird dir als verspäteter Vorwand erscheinen, als eine Geschichtsklitterung, die meinen Betrug rechtfertigen soll. Ich zweifle ja selbst, frage mich, ob Schuldgefühle das Gedächtnis trüben, jedenfalls fällt es mir schwer, Empfindungen aus dieser Zeit wachzurufen. Aus unserem »Zuvor«, dem Winter, in dem man Bränden vorbeugen sollte, dem vernachlässigten Berghang, wo es nur eines Funkens bedarf. Schade, dass ich kein Heft des Leidens geführt habe wie du. Mich wundert übrigens nicht, dass du denkst, ich würde mein damaliges Elend übertreiben, um mein Verhalten zu entschuldigen: Du wusstest nicht, wie es mir ging, so wenig wie ich wusste, wie es dir ging, jeder eingesperrt in seinem Elend. Das alles hätte auch umgekehrt laufen können, mit vertauschten Rollen: Du hättest zu der Zeit Inés oder irgendeiner anderen Frau begegnen können, die dir eine lebensrettende Hand reicht, und dann hätte es gebrannt. Dein Begehrensmanagement wäre gescheitert, ich wäre am Boden zerstört gewesen, und du würdest versuchen, mich von Ursachen und Wirkungen zu überzeugen, deine persönliche Pechsträhne und unser Scheitern als Paar wären die Erklärung für deinen Betrug, und ich würde mich natürlich weigern, das zu akzeptieren. Bevor Mateo auftauchte, Antonio, war ich am Tiefpunkt angelangt. Wir waren beide am Tiefpunkt und nicht einmal dabei zusammen: Wir lagen nicht im selben Brunnen, sondern in zwei parallelen Schächten, getrennt, unfähig, einander herauszuhelfen, und so verständigten wir uns schreiend durchs Mauerwerk hindurch. Ich weiß, es war ein Fehler, dir nicht von meinem persönlichen Elend zu erzählen, aber ich hatte Angst, es könnte so enden wie immer: mit einem Streit zum Tagesausklang, die Mädchen schon im Bett, nachdem du viel zu lange gearbeitet hättest, wir beide müde und schlecht gelaunt auf demselben Sofa, das schon so viele Auseinandersetzungen erlebt hat und heraufbeschwört. Du würdest die Bedeutung jeder einzelnen meiner Sorgen kleinreden und mich dafür verantwortlich machen und mir praktische Lösungen vorschlagen, um sie aus der Welt zu schaffen, ohne auch nur eine Minute zu verlieren. Würdest mir sagen, ich solle mein Elend managen, ohne mir überhaupt zuzuhören, würdest mich nicht ausreden lassen und schließlich deine eigenen Sorgen vorbringen, die immer größer sind als meine, die du aber trotzdem zu managen weißt. Ángela, du machst mal wieder aus einer Mücke einen Elefanten, ein Riesending, schaff doch ein Problem nach dem anderen aus der Welt, es gibt für alles eine Lösung, es ist ganz einfach, lern, deinen Stress zu managen. Verdammt noch mal. Deshalb habe ich es gar nicht erst versucht. Klar sagt sich das jetzt leicht: Wenn du mir davon erzählt hättest, wenn wir miteinander geredet, uns wirklich mitgeteilt hätten, was mit uns los war … Aber das ist schon wieder so ein melancholisches Spiel. Noch ein Paralleluniversum. Das wären nicht wir, sondern ein anderer Antonio und eine andere Ángela. Wir hätten nicht jeder in einem Brunnen gesteckt, sondern unter der Erde einen Raum geteilt, und ich hätte dir eine Räuberleiter gemacht und du wärst rausgeklettert, und dann hättest du mich von oben nachgezogen. Der Brunnen wäre weniger tief gewesen. Und so weiter. Aber so war es nicht, ich habe dir nichts erzählt, ich hatte die Hoffnung aufgegeben, mit deiner Hilfe nach draußen zu gelangen, meinem Gefühl nach strecktest du allenfalls die Hand aus, um gegen meinen Kopf zu drücken und mich noch tiefer zu versenken. Zum Beispiel wegen der Zähne. Weißt du noch? Ich spürte, wie sie sich bewegten. Ein unmerkliches Wackeln, für das Auge nicht erkennbar, und doch konnte ich nicht aufhören, mit der Zunge dagegen-

zupressen. Das Einschlafen fiel mir schwer, weil ich wusste,
sobald ich die Augen zumachte, würde ich die Kiefer derart
anspannen, dass ich Angst hatte, die Zähne würden mir ei-
nes Nachts rausspringen und ich dann mit bloßem Zahn-
fleisch aufwachen, das Kissen voller Blut. Aber wenn ich dir
doch mal davon erzählte oder du meinen besorgten Aus-
druck sahst, fiel dir nur ein, ich solle mir keine Gedanken
machen, die Zähne würden mir nicht ausfallen, das sei alles
nur Einbildung, ich müsse aufhören, nach Zahnerkrankun-
gen zu googeln, die ich nicht hätte, der Zahnarzt habe mir
doch versichert, dass sie stabil seien, das reiche doch zur Be-
ruhigung, ich wisse es ja wohl nicht besser als der Zahnarzt,
und in dem unwahrscheinlichen Fall, dass mir die Zähne
doch ausfielen, sei das auch kein Problem, dafür gebe es kos-
tengünstige Implantate, Kliniken mit einem Finanzierungs-
plan über viele Monate, einen Zahn zu verlieren sei heut-
zutage kein Drama. Fehlte bloß noch die Aufforderung, ich
solle meine Zahnängste managen, dazu ein entnervtes
Schnauben. Weißt du, was Mateo an dem Tag gemacht hat,
als ich ihm von meinen Zähnen erzählte? Er hat mich in den
Arm genommen. Hat mir sanft die Kiefergelenke massiert.
Hat mich gebeten, den Mund zu öffnen, fand meine Zähne
sehr schön und küsste sie, einen Vorderzahn nach dem ande-
ren, ganz sanft, ohne seine Umarmung zu lösen. Es ging
nicht nur um die Zähne, die sind immer noch da, ihr hattet
recht, der Zahnarzt und du, sie haben nicht gewackelt, das
war nur so ein Gefühl, verursacht vom Rückgang des Zahn-
fleischs nach der professionellen Reinigung. Aber es ging
nicht nur um die Zähne. Ich war gerade vierzig geworden,

wobei ich auch darüber nicht mit dir sprach, weil du für das Thema Midlife Crisis nichts übrighattest als Witze und abschätzige Bemerkungen, mit denen du vermutlich deine eigene Krise kaschieren wolltest. Ich war gerade vierzig geworden, und wenn ich in den Spiegel sah, fand ich alles, was mich heute, wie du sagst, bewunderns- und begehrenswert macht: das knochige Gesicht, die von der Sonne in Mitleidenschaft gezogene Haut, die schmal gewordenen Lippen. Das nicht mehr straffe Fleisch, den geblähten Bauch. Die Pobacken, die du vorhin weißlich und weich genannt hast. All das, was dir heute, mit deinem durch Angst und Zurückweisung wiederbelebten Begehren, lohnend erscheint, aber zu der Zeit schienst du es nicht sonderlich begehrenswert zu finden, über deine routinemäßige nächtliche Annäherung hinaus. Mir gefiel nicht, was ich sah. Die Theorie kannte ich sehr gut, ich bin nicht blöd: Schönheit ist ein Diktat der Werbeindustrie, die Kopplung von Schönheit und Jugend ist eine Falle, sie reduziert Frauen auf ihr Äußeres und macht sie unsicher, abhängig von der Billigung der Männer. Aber ich schaute in den Spiegel, und da waren meine verdammten Lebensspuren. Wieder zu mir zu finden erforderte nicht zuletzt ein neues Selbstwertgefühl, und dafür musste ich zunächst die Veränderungen meines Körpers akzeptieren. Auch dabei hat mir Mateo geholfen, indem er mir lange vor dir sagte, wie sehr ihm meine Arme gefielen, mein Bauch oder die Ader auf meiner Stirn und wie gut ich mich gehalten hätte, und der mich im Scherz mit »gnädige Frau« ansprach. Ich musste als Frau erst wieder zu mir finden, weil ich so lange nur Mutter gewesen war, voll und ganz Mutter, und jetzt hörte ich allmählich auf, Mutter zu sein, oder war es auf andere Art. Ana und Sofía wurden größer und brauchten mich nicht mehr so wie früher, ich war diejenige, die von ihnen gebraucht werden wollte, wollte das Band nicht zerschneiden, das uns tagsüber zusammenhielt und mit dem ich nachts einen Kokon um uns flocht. Ja, los, sag es schon: Ich musste endlich lernen, meine Mutterschaft zu managen. Wahrscheinlich hatte ich Angst, nicht vor der Leere, sondern davor, mich all dem zu stellen, was von der Mutterschaft wie von einem Überwurf zugedeckt worden war und jetzt wieder ans Licht kam. Ich weiß, es war ein Fehler, nicht mit dir darüber zu reden. Jeder in seinem Brunnen. Stonewalling, *wie es heißt. Eine Mauer aus Stein errichten. Die Kommunikation abbrechen, es gar nicht erst versuchen, nicht zur Verfügung stehen. Du hast mir deine Ängste nicht erzählt, und bestimmt war ich auch noch nicht aufnahmebereit für deine Unsicherheit im Beruf oder deine Zweifel hinsichtlich Germán: seine zunehmende Distanzierung von dir, eure wachsenden Schwierigkeiten, euch zu verständigen, seine Angewohnheit, sich genau an den Tagen, an denen er bei dir war, mit Freunden zu verabreden, sein Verschwinden aufs Zimmer, sobald er nach Hause kam, seine wortkarge und reizbare Art, sein Vermeiden jeglichen Körperkontakts mit dir, kein Kuss, keine Umarmung. Wenn du deine Sorgen mit mir geteilt hättest, dann hätte ich dir gesagt, dass ich in seinem Verhalten schlicht das typische Repertoire des Teenagers sah: Germán verhielt sich genau wie andere Heranwachsende, die wir kannten, und nur dein ewiges schlechtes Gewissen ließ dich Gespenster sehen, wo nicht mehr war als eine Pu-*

bertät wie aus dem Lehrbuch. Aber du hast mir nichts erzählt, und ich dir auch nicht. Du warst nicht da. Wir waren beide nicht da. Jeder hinter seiner Wand, die Bruchstücke finden wir jetzt beim Graben und erkennen sie mit Bedauern wieder. Wir hatten kaum noch Streit, was wir als positives Zeichen werteten, aber in Wirklichkeit war es ein weiterer Beweis unserer Kommunikationsunfähigkeit: wenn man sogar schon auf Streit verzichtet. »Years gone by and still / Words don't come easily ...« Die wenigen Male, die wir uns stritten, waren ein aggressives Gezerre, mit einem Groll, der alt und schädlich war. Du erinnerst dich an den Tag, an dem ich den Wohnungsschlüssel verloren hatte. Du hast alles durchwühlt, erst beherrscht, dann wild gestikulierend, hast Sachen auf den Boden geworfen und dabei geschrien, du hättest meine ewige Schussligkeit und Unordnung satt, mit mir zusammenzuleben sei ein Ding der Unmöglichkeit, und wenn der Schlüssel nicht wiederauftauche, weil ich ihn am Briefkasten vergessen hätte, wäre ja nicht das erste Mal, oder auf dem Tisch in einer Bar, wo ich ja immer aufs Geratewohl die Taschen ausleeren würde, dann würden wir das Scheißschloss austauschen müssen, und was das kosten würde, ein Scheißsicherheitsschloss austauschen. Ich versuchte, dich zu beschwichtigen: Jetzt übertreiben wir mal nicht, wenn der Schlüsselbund wirklich verloren gegangen sein sollte, braucht er ja nicht gleich einem Einbrecher in die Hände zu fallen. Aber du hast nicht zugehört, wurdest immer lauter, ohne dich darum zu scheren, dass die Mädchen schliefen. Minutiös und mit erstaunlich gutem Gedächtnis zähltest du mir meine Schussligkeiten auf und was ich so in über einem

Jahrzehnt verloren oder vergessen hatte: die Handtasche in der U-Bahn, das Portemonnaie in einer Cafeteria, das Handy auf dem Armaturenbrett, für das uns die Autoscheibe eingeschlagen wurde, die Kamera im Schwimmbad, Kleidung in Hotelschränken, Koffer, in denen immer etwas Wichtiges fehlte, empfindliche, in der Waschmaschine ruinierte Kleidung, überkochende Milchtöpfe und darüber hinaus zahllose andere Schussligkeiten und Verluste, die sich nur dadurch hätten vermeiden lassen, dass du stets hinter mir her wärst, um das Scheißlicht auszuschalten, den Scheißwasserhahn zuzudrehen, die Scheißschlüssel wiederzubeschaffen, das Scheißportemonnaie und das Scheißhandy, aber auch, um die Reste von unserem Scheißfrühstück abzuräumen, die ich morgens immer stehen ließe, und dann die Scheißklamotten, die überall herumlägen, und die Scheißhaare, die den Abfluss verstopften, ein ellenlanger, kleinlicher, alberner Monolog wie aus einer Comedy-Sendung über das Leben als Paar, von dir jedoch tiefernst vorgebracht: Ich sei einfach eine Katastrophe, du könnest dich nicht auf mich verlassen, mit mir zusammenzuleben sei verdammt schwierig, jahrelang hätte ich mich so übertrieben um die Mädchen gekümmert, dass mit mir nichts anzufangen gewesen sei, und da fing ich ebenfalls an zu schreien, und ich möchte lieber nicht daran denken, was ich zu dir gesagt habe, was wir zueinander gesagt haben. Das war nur einen Monat, bevor Mateo in meinem Leben auftauchte. So sah der Wald aus, in dem es nur einen Funken brauchte. In der Nacht nach diesem Streit bist du im Bett an mich herangerückt: Entschuldigung, Entschuldigung, Entschuldigung, du nahmst mich in den Arm und sag-

test, du hättest die Nerven verloren, weil du so unter Druck stehen würdest, in den letzten Tagen seien zwei deiner Artikel abgelehnt worden, deiner Ansicht nach handelte es sich um eine Repressalie wegen deines Engagements bei dem Streik. Außerdem warst du in Sorge um deine Mutter, die gerade von ihrem Ehemann weggelaufen und bei deiner Schwester eingezogen war, nachdem sie erst zwei Wochen bei uns verbracht hatte, auch diese zwei Wochen waren schwierig gewesen, die schlechte Laune, die uns überkam, wenn wir Verwandte zu Besuch hatten, noch verschärft durch den Gemütszustand deiner Mutter. Ich nahm deine Entschuldigung an, entschuldigte mich meinerseits für meine Schussligkeit und versprach, künftig besser aufzupassen, unter Tränen und eher verstört als traurig. In dieser Nacht nahm ich sogar deine Hand unter dem T-Shirt an und deine Erektion gegen meinen Po und deine Küsse und deine Ich-liebe-dichs, und als wir dann vögelten, war das ein Versuch, alte Versöhnungsmuster wiederzubeleben, die längst nicht mehr funktionierten, so wie es auch nicht mehr funktionierte, die Distanziertheit und die Unstimmigkeiten des Tages mit einer nächtlichen Intimität wettzumachen, all das wieder zu kitten, was tagsüber zerstört worden war, und uns heil in den nächsten Morgen zu bringen. »Baby can I hold you tonight / Maybe if I told you the right words / At the right time / You'd be mine …« *Es funktionierte nicht mehr. Nachdem du gekommen warst, versuchtest du mich mit dem Finger zu befriedigen, bis ich einen Orgasmus vortäuschte, damit du endlich Ruhe gabst. Dann schliefst du ein, und ich lag wach, aufgewühlt, niedergedrückt von der Fins-*

ternis im Schlafzimmer, und wünschte mir, dass Sofia oder Ana aufwachten und nach mir riefen, Mama, Mama, sodass ich deiner Umarmung entrinnen und mich zu ihnen ins Bett legen könnte. Ich fühlte mich allein, unendlich allein. Allein in deinen Armen, allein, während ich dich atmen hörte, allein, während ich spürte, wie dein Samen in meinem Körper abkühlte. Und da fing ich an, mit mir selbst zu reden, wie ich es damals häufig tat. Oder genauer: Ich redete nicht mit mir selbst, ich redete mit dir, aber mit einem ausgedachten Du, einer Version von dir, mit der ich über all das reden konnte, was mit dir unmöglich war. Ich dachte mir ganze Unterhaltungen aus: was ich zu dir sagte, was du mir antworten würdest, meine Erklärungen, deine Erwiderungen, meine Gegenerwiderungen. Ich weiß noch gut, dass ich in dieser Nacht eines dieser gespenstischen Gespräche mit dir führte, während du an mich geklammert schliefst. Ich fragte dich, was aus uns geworden sei. In was wir uns, verdammt noch mal, verwandelt hätten. Was von unserer Liebe geblieben sei, unserer großen Liebe. Der Antonio, den ich mir vorstellte, versuchte, mich zu überzeugen, dass es uns so schlecht nicht ging, das sei doch alles ganz normal, kein Grund zur Sorge: Abnutzungserscheinungen nach all den Jahren, das anstrengende Leben, die Mädchen, die schwierigen Zeiten, die wirtschaftliche Ungewissheit, aber wir seien doch weiterhin zusammen, wir liebten uns immer noch, nur eben auf andere Weise, die Liebe verändert sich, das Begehren verändert sich, alles verändert sich, das muss aber nicht zum Schlechten sein. Ich entgegnete dir, dem erfundenen Antonio, ich hätte seit Längerem das Gefühl, dass du mich nicht mehr liebtest. Du bräuchtest mich, ja, aber eben nur so, wie Männer einen bräuchten, diese geborenen Bauarbeiter: ein Stein auf den anderen, Säulen, Streben, eine feste Struktur, eine Ordnung in der Welt. Manchmal war es nicht mal das, da ging es nur um ein Kuscheltier, an das man sich nachts schmiegt. Du brauchtest mich, aber du liebtest mich nicht leidenschaftlich, höchstens noch auf eine Art, die weit entfernt war von dem Vorsatz, uns zu lieben und füreinander da zu sein, den wir beide jahrelang geteilt und einander versprochen hatten. Ich sagte ihm, sagte dir, ich würde so vieles vermissen, was wir verloren hätten, es sei schrecklich traurig, dass wir etwas so Großes gehabt und dann einfach weggeworfen hätten. Der Antonio, den ich mir vorstellte, lachte und nannte mich eine Romantikerin, er warf mir vor, ich würde immer nur zurückschauen, die Vergangenheit idealisieren, und sei unfähig, die verschiedenen Jahreszeiten der Liebe zu genießen. Du warfst mir vor, in diesem imaginären Gespräch, warfst mir vor, aus unserer Liebe einen Mythos gemacht zu haben, ein verlorenes goldenes Zeitalter, zu dem ich partout zurückkehren wolle, aber einem Vergleich damit könne keine Gegenwart standhalten. Du wiederholtest, oder besser, ich ließ deinen nächtlichen Doppelgänger wiederholen, was ich schon einmal von dir gehört hatte: Paare würden die Erinnerung an ihre Anfangszeit in einen Themenpark verwandeln, durch den sie gelegentlich schlenderten, und Jahrestage seien eine Art Tourismus. Toxische Nostalgie hattest du es genannt, toxische Nostalgie, die das Leben verseuche, wolle man reifen, so müsse man lernen, seine Enttäuschung zu managen. Das ist doch alles Scheiße, sagte ich zu deinem Dou-

ble, und ich hätte es zu dir sagen sollen, hätte dich in diesem Moment wecken, das Licht einschalten und zu dir sagen sollen: Antonio, das ist alles Scheiße, wir haben uns in genau das verwandelt, was wir immer gefürchtet, in genau das, was wir verachtet haben. Ich hätte dich wecken und dir erzählen sollen, wie ich mich irgendwann um diese Zeit gefühlt hatte, als wir zusammen in der U-Bahn saßen. Ich weiß nicht mehr, wohin wir unterwegs waren, woher wir kamen, aber wir waren sauer. Nichts Überraschendes damals. Wir hatten Streit gehabt, warum, spielt keine Rolle. Ich sah uns im Fenster des Waggons gespiegelt, beide mit zusammengepressten Lippen, die Stirn noch nicht entspannt, jeder den Blick zur Seite gerichtet, ein kleiner, aber abgrundtiefer Spalt zwischen unseren Körpern, die sich nicht berührten. Aber nicht dieses Bild im Fenster war das Entscheidende, sondern dass ich mich, dass ich uns in den Augen eines jungen Paars gespiegelt sah, das uns gegenübersaß. Mitte bis Ende zwanzig, vielleicht auch dreißig. Er hatte den Arm um sie gelegt, sie lehnte ihren Kopf an seine Schulter. Hand in Hand, beide verschlafen lächelnd. Ich merkte, dass sie uns ansahen und ihre Hände drückten, sie kommentierten telegrafisch unsere schlechte Laune und Distanziertheit, unsere jahrelangen Abnutzungserscheinungen, als wären wir, die beiden Paare, Zeitreisende: Sie kamen aus unserer Vergangenheit, wir zurück aus ihrer Zukunft. Sicher wirkten wir auf sie gleichermaßen komisch und beunruhigend. Sobald wir ausgestiegen wären, würden sie über uns reden, würden sich schwören, nie so zu werden wie wir. Ich verspürte auf einmal Lust, laut zu ihnen zu sagen: Ja, wir waren auch mal wie ihr, und jetzt

schaut uns an, was für ein Trümmerhaufen, aber keine
Angst, ihr müsst nicht genauso enden, wir sind weder von
Natur aus so noch durch Vorbestimmung so geworden, das
waren wir schon selbst, wir haben uns kaputt gemacht, sys-
tematisch und minutiös über Jahre kaputt gemacht, ihr habt
noch Zeit, das zu verhindern, vergeigt es nicht. Das alles
wollte ich dir in jener Nacht sagen, das alles rief ich deinem
imaginären Double zu: Antonio, ich will nicht die Enttäu-
schung managen, ich will kein solches Leben leben, ich ak-
zeptiere nicht, dass das normal und naturgegeben sein soll,
mir reicht es nicht, die Klagen befreundeter Mütter zu hören,
die im Gruppenchat ihre Müdigkeit teilen und ihre Enttäu-
schungen und ihre Beruhigungstabletten und ihr fehlendes
Begehren angesichts der genitalen Routine ihrer Ehemänner,
und dann auch noch mit Witzen und Emoticons. Bei allen
ist die Liebe zerbrochen, und keine hat etwas verstanden,
jede sucht nur ihren Rettungsring, und manchmal begehen
wir auf dieser Suche Fehler und machen am Ende alles ka-
putt. Aber sogar in meinen imaginären Gesprächen wurdest
du irgendwann stumm, und ich redete nur noch mit mir
selbst und sagte mir, ja, okay, dann wäre das eben alles, das
Leben sei nun einmal so, und wir könnten uns noch glück-
lich schätzen, dass es uns besser gehe und wir einander mehr
liebten als andere befreundete Paare. Und da waren ja auch
noch die Mädchen, an diesem Punkt des Monologs tauchten
sie auf, um jede Trennungsfantasie zu vertreiben. Deshalb
das Haus. Deshalb wollte ich es partout kaufen. Denn das
Haus war eine Möglichkeit, wieder zu uns zu finden, uns ein
anderes Leben aufzubauen, war die Chance, das Spielbrett

umzustoßen und diese Partie zu beenden, die längst verloren war. Etwas zu entdecken, das uns einander wieder näherbringen würde, ein Projekt, an dem wir von Anfang an zusammen arbeiten könnten, aus den Fehlern hätten wir ja gelernt. Aber auch wegen der Mädchen, denn diese nächtlichen Monologe kreisten obsessiv um die Zukunft, ihre Zukunft. Wir hatten nichts Eigenes, lebten seit einem Jahrzehnt zur Miete in einer Wohnung, die immer mehr verfiel, in der ich es kein Jahr mehr aushalten würde. Bitte sehr, noch eine Metapher, wie du sie so gern magst: die Wohnung, die nach und nach genauso auseinandergefallen war wie wir. Zwei Türen schlossen nicht mehr richtig, an ein paar Fenstern waren die Dichtungen porös geworden, sodass es kalt hereinzog, ein Lichtschalter war defekt, zwei Heizkörper tropften, und der Eigentümer hielt uns mit dem Austausch hin, der Toilettenkasten war so alt, dass man keine passenden Ersatzteile mehr fand und wir uns eine Lösung mit Draht zusammengeschustert hatten, und ein verstopfter Abfluss ließ das Wasser aus dem Waschbecken zurück in die Badewanne strömen. Diese Wohnung ist scheiße, wiederholte ich damals immer wieder, diese Wohnung ist eine verdammte Scheiße und kostet ein Vermögen, neunhundert Euro im Monat, elftausend im Jahr, über hunderttausend in einem Jahrzehnt. So konnten wir nicht weitermachen, bei der erstbesten unvorhergesehenen Ausgabe würden wir blank dastehen, ohne jedes Auffangnetz. Das einzig Sichere war mein Gehalt, das aber nicht reichte für die ganze Familie, dazu du mit deinen Auftragsarbeiten, die immer rarer wurden und immer schlechter bezahlt. Einen Unfall würden wir nicht überste-

hen, ein schlechtes Jahr, eine Mieterhöhung, Mutter oder Va-
ter, die plötzlich nicht mehr zurechtkommen und um die
man sich kümmern muss. Ich überlegte sogar, was passieren
würde, falls einer von uns starb, was, wenn ich starb und
dich und die Mädchen mit nichts in der Hand zurückließ.
Ein Gehirntumor schert sich nicht ums Alter, der zerfrisst ei-
nem in weniger als einem Jahr das Hirn, und man ist tot.
Und dann wärst du mit den Mädchen allein. Mit nichts in
der Hand. Kurz davor waren wir auf Blancas Beerdigung ge-
wesen, sie war nur zehn Jahre älter als ich. Ihre letzten Stun-
den waren mir sehr gegenwärtig, bevor mein Vater ihr Beat-
mungsgerät abschaltete und ihrem Leiden ein Ende setzte:
ihr aufgequollenes Gesicht, das hechelnde Luftholen, die auf-
geplatzten Lippen. Jeder Atemzug schien der letzte zu sein
und klang in seiner Beschwerlichkeit wie ein Vorwurf. Ihr
Körper sträubte sich dagegen zu sterben, der gesamte Orga-
nismus gab sein Letztes, um das Herz noch einen Tag schla-
gen zu lassen, noch eine Stunde. Und mein Vater, vom
Schmerz gebeugt, mit zitternden Händen am Beatmungsge-
rät, dazu die Worte, die er ihr zum Abschied zuflüsterte. Und
ich sah Blanca und sah mich selbst in einem Krankenhaus-
bett liegen, nach Luft schnappend wie ein Fisch auf Zement,
zum Entsetzen der Mädchen, die vom Gang aus mein He-
cheln hörten. Und wenn ihr endlich die künstliche Beat-
mung abschalten und mich in die Aussegnungshalle bringen
würdet, um mich zu betrauern und mich dann einzuäschern
und mit meinen Überresten einen Baum im Garten meiner
Mutter zu düngen, dann wärt nur noch ihr da, die Mädchen
und du. Mit nichts in der Hand. Ich war besessen von dem

Gedanken, ein eigenes Haus zu haben. Und dieses Haus auf dem Land, das noch immer zu haben war, nachdem wir jahrelang mit dem Gedanken gespielt hatten, es zu kaufen, war mit unseren Ersparnissen und dem Geld, das meine Familie uns leihen konnte, durchaus in Reichweite. Als wir vom Notar kamen, atmete ich auf. Ein Heim. Die Rettung. Gerade noch geschafft, denn hätten wir nur einen Monat länger gebraucht, hätten wir es schon nicht mehr kaufen können, da wandten sich nach dem Streik schon die ersten Kunden von dir ab, und du warfst mir vor, Ersparnisse vergeudet zu haben, die wir bald zum Leben brauchen würden. Aber der Weg bis dorthin war auch nicht leicht gewesen: Jeder einzelne Schritt von der Kaufentscheidung bis zur Unterschrift, über die Preisverhandlungen und die Bitte an meine Familie, uns ein Darlehen zu gewähren, jeder einzelne Schritt kostete uns einen Streit. Ich musste mit dem Eigentümer feilschen und den gesamten Papierkram allein erledigen, weil du beschlossen hattest, dich rauszuhalten, in diesen Wochen hattet ihr nichts anderes im Sinn als die Vorbereitung des Streiks, und du gingst zu Versammlungen und Sitzungen oder zogst dich zurück, um Mails zu schreiben und dich um den Social-Media-Auftritt der neuen Freelancer-Gewerkschaft zu kümmern. Als ich endlich einen Preis ausgehandelt hatte, der dir vernünftig erschien, musstest du mir noch unter die Nase reiben, nur durch deinen Widerstand hätten wir nicht vorschnell zugegriffen und unnötig teuer gekauft. Sogar beim Unterschriftsstermin stritten wir, weil wir die Höhe der Notarkosten nicht richtig verstanden hatten, als wir dann die Kanzlei verließen, hatten wir keine Lust, den Kauf zu feiern.

Und trotzdem, weißt du, atmete ich erleichtert auf, obwohl wir nicht mehr hatten als ein altes Haus mit eingebrochenem Dach, für die Sanierungsarbeiten würde ich eine weitere Runde vorhersehbarer und erschöpfender Streitigkeiten hinter mich bringen müssen. Aber jetzt hatte ich das Haus, einen Platz nur für uns, an dem ich mit den Mädchen leben konnte, mit dir oder ohne dich. Wir ziehen zusammen, sagte Luisa, als ich mich über deinen fehlenden Enthusiasmus beklagte, sie war frisch geschieden und berappelte sich gerade wieder: Wir ziehen einfach zusammen, Ángela, du und ich und unsere Töchter, wir machen eine Mütter-WG auf; ich kenne einige getrennte oder alleinerziehende Mütter, die mitmachen würden, ohne sich's zweimal zu überlegen; es gibt ja immer mehr Leute, die ihre Kinder gemeinschaftlich aufziehen, überforderte Familien, die sich zusammentun, um Aufgaben aufzuteilen und sich gegenseitig zu unterstützen, aber wir sollten da einen Schritt weiter gehen, lass uns zu mehreren in dein Haus auf dem Land ziehen, dann können wir dort zusammen die Kinder aufziehen und uns gegenseitig helfen und füreinander da sein, ein richtiger Clan; lach nicht, Ángela, mit diesem Modell Vater-Mutter-Kind-allein-gegen-die-ganze-Welt habe ich echt üble Erfahrungen gemacht, das ist eine Falle, erst gehen wir der Liebe in die Falle und dann der Kernfamilie, da sind wir als Mütter dann allein oder haben bestenfalls ein bisschen Unterstützung durch die Väter; die Leute sagen, das sei verrückt, was für afrikanische Großfamilien, dabei ist das Verrückte doch, seine Kinder ohne Hilfe aufzuziehen, sie acht oder zehn Stunden in der Krippe zu lassen, in der Schule, im Hort, eine andere Frau anzustellen, die ihre eigenen Kinder im Heimatland zurückgelassen hat, damit dann wir Mütter und Väter jeden Abend nach Hause kommen und dieses Spiel spielen können, wer von beiden der Müdere ist und weniger Geduld hat; das kann doch nicht sein, dass Erschöpfung unser Normalzustand ist und man uns so unzureichend liebt und wir so unzureichend lieben, Ángela.

5

Die erste hast du entdeckt, eines Morgens. Noch ganz verschlafen hast du die Espressokanne aufgeschraubt, und als du das Oberteil ausspülen wolltest, entdecktest du darin etwas, das aussah wie eine ungewöhnlich große Kaffeebohne. Du wolltest sie rausholen, und als du sie anfasstest, war die Bohne feucht, sie knackte und wand sich, du stießt einen Schrei aus, die Espressokanne fiel zu Boden, und die Kaffeebohne suchte Zuflucht unter dem Kühlschrank, wo wir sie nicht mehr fanden, obwohl ich ihn auf dein Geheiß hin wegrückte und dann mit der Taschenlampe unter sämtliche Schränke leuchtete. Die zweite hat dann mich begrüßt, am nächsten Morgen: diesmal im Badezimmer; als ich das Licht anmachte, verschwand ihr glänzender Körper blitzschnell hinter dem Bidet, und ich konnte sie nicht zertreten, da ich barfuß war. Ich muss gestehen, ich habe dir nichts gesagt, um dich nicht zu beunruhigen, zwei Kakerlaken machen noch keinen Sommer, und drei oder vier oder fünf auch nicht, denn auf so viele bin ich in den Tagen darauf gestoßen und habe es dir weiterhin verschwiegen. Du brauchtest sie auch gar nicht zu sehen, dir reichte schon Nummer sechs (für dich Nummer zwei), du entdecktest sie bei den Mädchen, als du sie wecken wolltest: Das Biest durchquerte gerade ihr Zimmer und flüchtete sich unter Sofías Bett, und du maltest dir wohl mit

Grausen aus, wie nachts Kakerlaken auf die Betten klettern und sich zwischen die Laken schmuggeln, mit drahtigen Füßchen über die Gesichter der Mädchen krabbeln und nach Öffnungen suchen. Ich musste sämtliche Möbel verrücken und die Fußleisten mit Insektenbekämpfungsmittel besprühen, und in dieser Nacht schliefen die Mädchen bei uns. Wir stritten ein paar Tage lang über das Ausmaß des Problems. Ich versuchte, dich davon zu überzeugen, dass die Kakerlaken von der Straße kamen, der vorsommerlichen Hitze geschuldet waren, den kürzlich erfolgten Arbeiten an der Kanalisation, wegen zwei Kakerlaken muss man doch nicht gleich die Nerven verlieren. In der darauffolgenden Woche verheimlichte ich dir weitere vier Besucherinnen, stellte Fallen unter den Möbeln auf, dichtete die Eingangstür ab, und als wir an dem Wochenende zu deiner Mutter fuhren, ging ich unter dem Vorwand, etwas vergessen zu haben, noch einmal zurück in die Wohnung und sprühte eine ganze Dose Insektenvernichtungsmittel in sämtliche Winkel und Ritzen, wo sie sich laut einer Website am häufigsten aufhielten. Geschlagen gab ich mich, als wir am Sonntag zurückkamen und über die Wohnung verteilt zwei Dutzend tote Tiere entdeckten, aber auch ein paar, die in der Kammer, zwischen dem Gemüse und den Keksen, Luft zum Atmen gefunden hatten. Du zogst mit den Kindern für ein paar Tage zu deinem Vater, und deswegen hast du auch nicht mitbekommen, was mir der Kammerjäger erklärte, als er im Badezimmer eine Platte in der abgehängten Decke entfernte und Dutzende von Kakerlaken kaskadenartig herabfielen. Da haben wir das Nest, sagte er und leuchtete mit seiner Taschenlampe in ein schwärzliches Knäuel aus wimmelnden Larven, Eiern, leeren Panzern und ausgewachsenen Tieren, die den Hohlraum über den Gipsplatten bewohnten. So ist das bei den Kakerlaken, sagte der Mann, sie können monate- und jahrelang ein Haus besiedeln, ohne dass wir sie sehen, können sich munter fortpflanzen und nur nachts rauskommen, bis man dann eine oder zwei findet und denkt, das seien nur vereinzelte, aber ich erzähle immer wieder dasselbe: Wenn sie tagsüber auftauchen, dann deswegen, weil es schon so viele sind und sie mehr Fressen brauchen; wenn man sie bei Tageslicht sieht, ist man verratzt, dann hat man bereits eine Plage; wir entdecken sie immer erst, wenn es zu spät ist, wenn sie das Haus bereits in Besitz genommen haben.

Sind jetzt die zoologischen Metaphern dran? Ich kann mit deinen scheußlichen Kakerlaken nichts anfangen, die außerdem nichts Metaphorisches an sich hatten. Ich kann nichts mit ihnen anfangen, weil unser letztendliches Scheitern kein Insekt war, das auf der Suche nach Nahrung herausgekrochen kommt, wenn die abgehängte Decke schon überquillt. Es stimmt nicht, dass wir jahrelang vor uns hin gelebt hätten, ohne etwas zu merken, während hinter dem Gips die Lieblosigkeit immer weiterwuchs. Im Gegenteil: Die Zeichen häuften sich schon allzu lange, aber wir begnügten uns meistens damit, die Symptome zu lindern, ohne die Ursachen zu beheben. Als hätten wir über Jahre eine Kakerlake pro Tag zertreten, ohne je nach dem Nest zu suchen. Die Zeichen, die wir unbeachtet ließen, waren zahlreich. Zum Beispiel meine Zähne. Das Erstaunliche ist, dass ich sie überhaupt noch habe. Jeden Morgen wachte ich mit schmerzenden Backenzähnen auf, beim Gähnen hatte ich Schwierigkeiten, den Mund zu öffnen, das Gelenk war wie blockiert. Ich legte, bevor ich schlafen ging, Entspannungsmusik auf, trank einen Kräutertee, machte einige Minuten lang Atemübungen. Aber ich knirschte immer noch im Schlaf, und bald auch tagsüber: Da überraschte ich mich im Spiegel mit aufeinandergepressten Lippen und einer Grimasse im Gesicht. Immer öfter bekam ich Kopf- und Ohrenschmerzen, hatte steife Gesichtsmuskeln, einen verspannten Rücken. Ich nahm Yogastunden, trank die doppelte Menge Kräutertee, ging zur Akupunktur. Die Empfindlichkeit meiner Zähne nahm zu, ich spürte sie zu jeder Stunde, es war kein Schmerz, sondern ihre Anwesenheit: Normalerweise spüren wir die Zähne nicht, solange wir sie nicht berühren, so wie wir die Knochen nicht spüren, solange wir nicht dagegenschlagen, aber ich spürte meine Zähne, ich konnte nicht anders. Für dich war das alles Einbildung und ich eine Hypochonderin. Bis mein Zahnfleisch zu bluten begann und die Anwesenheit zu Schmerz wurde. Meine Zahnärztin machte eine Röntgenaufnahme und stellte fest: Nachdem ich so lange die Kiefer zusammengepresst hatte, Zahn auf Zahn, bei Tag und bei Nacht, hatte mein Organismus um den Knochen, unterhalb des Zahnfleischs, zusätzliches Gewebe produziert, um diesem Druck standhalten zu können, eine Sicherheitsschicht zum Schutz gegen Aggressionen, und dieses körnige Gewebe sorgte dafür, dass mein Zahnfleisch sich entzündete, und machte meine Zähne empfindlich. Sie musste mir jeden Zahn unter dem Zahnfleisch abschaben, das überschüssige Gewebe entfernen, es von den Wurzeln reißen, und danach waren meine Zähne nicht mehr dieselben. Du wolltest Metaphern? Da hast du eine: Ein Organismus erzeugt zum Schutz gegen den Druck Gewebe, aktiviert seine Zellen, um eine Verteidigungslinie zu errichten, die am Knochen haftet und deren Entfernung ein tiefes, schmerzhaftes Abschaben erfordert. So wie wir uns über Jahre mit einer äußeren Schicht überzogen hatten und irgendwann nicht mehr wussten, wie wir sie loswerden sollten.

Sieh dir diese Grafik an, Ángela:

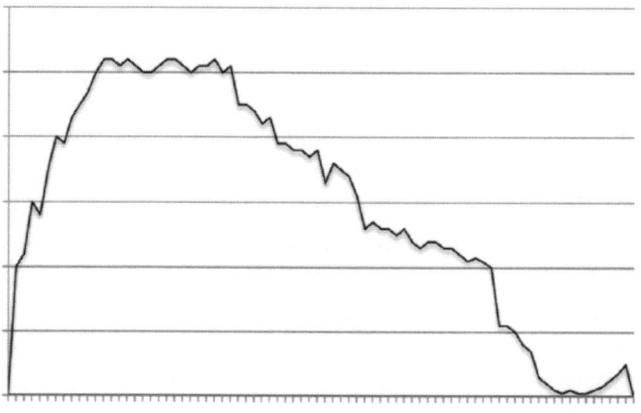

Das sind wir. Könnte man Liebe messen, könnten wir mit irgendeiner Maßeinheit angeben, wie sehr wir uns lieben, sähe die grafische Darstellung unserer Liebe der letzten dreizehn Jahre ungefähr so aus. Eine fortlaufende, an ein Bergrelief erinnernde Linie, die entsprechend der Lage steigt oder fällt. Der plötzliche Beginn, wenn wir uns verlieben, der euphorische Anstieg der ersten Jahre, fast vertikal, in denen wir glauben, nicht noch mehr lieben zu können, und doch steigen und steigen wir. Die Eroberung der Höhe, wo wir eine Weile die Zelte aufschlagen, sie fällt zusammen mit der Geburt und den ersten Jahren der Mädchen. Dann der langsame Abstieg, dieses Rollen in den Abgrund, wenn die Liebe weniger wird, ein Abstieg mit Gebirgszacken, doch mit steter Tendenz nach unten, heftigen Sprüngen, auch ein trügerischer Anstieg ist dabei, dennoch verlieren wir beständig an Höhe, bis wir zerschellen an dieser doppelten, aufeinanderfolgenden Steilküste, die unseren absoluten Tiefpunkt markiert, das emotionale Aus: das *stonewalling*, die Untreue. Danach bleiben wir eine Weile ganz unten, schleppen uns dahin, bis wir uns wieder versöhnen und einen sanften Hügel erklimmen, ein wenig von der verlorenen Höhe wiedergutmachen, um schließlich wieder abzustürzen und am Boden anzukommen, im Augenblick der Trennung. Sie trifft es gut, oder? Das sind wir, das ist unser gemeinsames Leben. Weißt du, was diese Grafik tatsächlich ist, wo ich sie herhabe? Es ist die Entwicklung unseres Bankkontos. Das Durchschnittseinkommen von dreizehn Jahren. Sieh dir die Grafik noch mal an, und du wirst es erkennen. Der Beginn, als wir das

Konto eröffneten und unsere gemeinsamen Ersparnisse einzahlten. Der Saldo wächst ein paar Jahre lang, gespeist durch meine Arbeit bei der Zeitung, meinen allmählichen Aufstieg und deine ersten Jahre als Lehrerin. Dann kommt die Hochebene, die Jahre der Stabilität, in denen wir die Ersparnisse halten können, mein Gehalt hat seinen Höchststand erreicht, und du bist beurlaubt wegen der Mädchen. Der Abstieg beginnt mit dem Personalabbau bei der Zeitung, er verstärkt sich mit ihrer Schließung, und dann fallen wir immer weiter: meine Jahre als Freelancer, meine schwindenden Einnahmen, das Geld, das wir meinem Vater geliehen haben, als er seinen Laden dichtmachen musste, die stete Verringerung des Saldos, weil dein Gehalt und mein Zubrot nicht immer reichen und wir alle paar Monate unsere Ersparnisse anknabbern müssen, dazwischen kleine Erholungen, die auf meine Einnahmen zurückgehen; bis zur fast vollständigen Leerung des Kontos zu zwei Anlässen, dem Hauskauf und dem Rückgang meiner Aufträge nach dem Streik. Dann verbleiben wir eine Zeit lang am Minimum, leben nur von deinem Gehalt und können absolut nichts sparen, bis ich neue Auftraggeber finde, und das ermöglicht uns eine vorsichtige Erholung. Dann kommt das abrupte Ende: die Auflösung des gemeinsamen Kontos, wenn wir uns trennen. Da hast du es. Das sind wir.

Ist das dein Ernst? Die grafische Darstellung einer Konto-
entwicklung? Das soll unser Problem sein? Wir sind als Paar

gescheitert, weil wir als Geschäft gescheitert sind? Ein weiterer Fall von Missmanagement? Wir hätten einander mehr und besser geliebt, wenn wir höhere monatliche Einkünfte gehabt hätten, wenn nur deine Zeitung nicht dichtgemacht hätte? Das ist genau deine Art, für alles materielle Erklärungen zu suchen. Nicht ich bin es, es sind meine Umstände. Ich wäre ja gern mehr für dich da gewesen und hätte dich mehr geliebt, Süße, aber ich musste so viel arbeiten und habe so wenig verdient. Nein, ich habe keine Bindungsstörung, ich gehöre zum Prekariat. Ich bitte dich. Immer dieselbe Erklärung. Wenn deine Schwester sich scheiden ließ, lag es daran, dass sie und ihr Mann im Zusammenhang mit ihrer Hypothek schlechte Entscheidungen getroffen hatten. Wenn Natalia und Jaime unwahrscheinlich glücklich wirkten, dann deshalb, weil sie zusammen auf fünftausend Euro im Monat kamen. Wenn deine Mutter so viele Jahre lang die Demütigungen durch ihren zweiten Mann ertragen hatte, dann, weil ihre Altersversorgung nicht sicher war. Und wenn es mit uns seit Jahren abwärtsgeht, braucht man nicht groß nach Erklärungen zu suchen: Alles begann an dem Tag, an dem du kein festes Gehalt mehr bekamst. Keine weiteren Fragen, Euer Ehren. Der Angeklagte ist unschuldig. Es lag nicht an ihm, es waren die materiellen Umstände. Liebe ist etwas für Leute, die sie sich leisten können. Die Ehe ist ein Unternehmen, denk an Fabios Worte nach seiner Scheidung: Die Ehe ist ein Unternehmen, hat er gesagt, sie ist ein Unternehmen, ich habe das zu spät begriffen; unsere Ehen scheitern, weil wir alles auf die Liebe setzen und alles versuchen, um glücklich zu sein, und dabei ignorieren wir, was uns Generationen prag-

matischer Ehepaare über Jahrhunderte gelehrt haben sollten;
früher wurde nach Maßgabe familiärer Verpflichtungen und
wirtschaftlicher Interessen geheiratet, man gründete eine Ge-
sellschaft, deren oberster Zweck darin bestand, Ressourcen
zu erwerben und geschickt zu verwalten, Kapital anzuhäu-
fen, sich gegen Unvorhergesehenes zu wappnen, den Nach-
kommen ein Erbe zu hinterlassen, jetzt aber heiraten wir aus
Liebe, was für ein irrer Gedanke, und bald kommt auch die
Enttäuschung, unsere Verliebtheit lässt nach, und wer nicht
fähig war, die Liebe in eine Unternehmensstrategie umzu-
wandeln, der endet im sentimentalen Ruin, wie ich. Noch so
ein Genie, dein Freund Fabio. Ihr könntet als Motivations-
redner auftreten mit eurer Theorie und euren Liebeskonto-
Charts. Aber pass auf, deine Grafik ist in einer Hinsicht tref-
fend und in einer anderen ein Irrtum. Zutreffend ist, dass
unser Abstieg vor langer Zeit begonnen hat und konstant
verlaufen ist, stetig abwärts, mit kurzen Zwischenhochs, die
uns an Besserung glauben ließen, ohne jedoch die Abwärts-
tendenz umzukehren. Der Irrtum: Dieser Abstieg hat in
Wirklichkeit noch früher angefangen. Sicher haben wir da
unterschiedliche Erinnerungen und werden uns nicht eini-
gen können, wo der Wendepunkt lag. Du hast mir ja immer
vorgeworfen, mehr das Negative im Gedächtnis zu behalten
und Positives zu vergessen, und wir haben oft darüber disku-
tiert, ob unsere Beziehung, wie du es sahst, eine gute war,
wenn auch mit ein paar schlechten Momenten durchsetzt;
oder ob ich recht hatte und wir eine schlechte Beziehung
führten, mit einzelnen guten Momenten. Ich glaube, unser
Abstieg hat früher begonnen, als deine Grafik anzeigt; und

zwar zu einer Zeit, in der unsere Liebe, um bei deinem Be-
zugsrahmen zu bleiben, noch wirtschaftlich günstige Rah-
menbedingungen hatte. Ebenso bin ich überzeugt, dass wir
unsere Beziehung unabhängig vom Kontostand hätten ret-
ten können. Natürlich spielen die materiellen Bedingungen
eine Rolle, das will ich nicht leugnen. Sie machen es schwe-
rer, oder leichter. Aber wir kennen Paare, deren Beziehung
von Verachtung geprägt ist, obwohl sie beide verbeamtet
sind und eine Zweitwohnung am Meer haben, und Paare,
die auch dann noch füreinander da sind, wenn ihnen die
Räumungsklage droht. Wir tragen die Verantwortung für
dieses Scheitern. Du und ich. Es war nicht die Wirtschafts-
krise. Es ist nicht der Kapitalismus. Wir sind kein prekäres
Remake einer anderen Geschichte, die gut ausgeht, weil die
Hauptfiguren ein wohlhabendes Pärchen sind. Ich würde
deine grafische Darstellung durch ein Schema ersetzen, das
mir die Therapeutin vor ein paar Tagen skizziert hat, nach-
dem ich ihr von unserer Trennung erzählt hatte. Sie schrieb
oben an die Tafel, in Großbuchstaben: WARUM PAARE
SCHEITERN. Erst notierte sie die häufigsten Gründe, ei-
nen nach dem anderen. Und dann schrieb sie hin, welche
Schritte auf einen Bruch zuführen, die verschiedenen Phasen,
die jedes Paar auf seinem Weg zum Scheitern durchläuft, die
vier apokalyptischen Reiter. Ich war starr vor Schreck, als ich
die Tafel sah: Das waren wir. So was von genau. Wir brach-
ten sämtliche Motive zusammen, hatten sämtliche Schritte
absolviert, schön nacheinander in der vorgesehenen Reihen-
folge, ohne auch nur einen auszulassen. Mich hat frappiert,
in unserem Scheitern einen Fall wie aus dem Handbuch zu

erkennen. Man könnte uns im Fachbereich Psychologie als praktisches Beispiel präsentieren, oder in Vorträgen und Paartherapien. Meine Damen und Herren, heute kommen wir zu einem klinischen Fall, der an allen Universitäten des Landes studiert wird: Ángela und Antonio, ein lehrbuchmäßiges Scheitern, das alles umfasst, was Sie zu vermeiden haben, wenn Sie mit Ihrem Partner zusammenbleiben wollen. Du warst doch auf der Suche nach einem Thema für einen Bestseller, wie wär's, wenn du unsere Geschichte so aufschreibst, wie sie gewesen ist: der Negativ-Guide fürs Beziehungsleben. Mich hat überrascht, auch peinlich berührt und irritiert, an dieser Tafel zu sehen, wie vorhersehbar unser Bruch gewesen war. Wie unvermeidlich. Er wirkte so gewöhnlich, eine Lektion in Demut zum unpassenden Zeitpunkt. Wir, die wir einmal geglaubt hatten, unsere Liebe sei etwas Besonderes. Von wegen. Ein Fall wie aus dem Handbuch. Wenn jemand uns über Jahre beobachtet hätte, wenn wir klarsichtig genug gewesen wären, um uns selbst zu sehen, hätten wir die Beständigkeit erkannt, mit der wir in Richtung Katastrophe rasten. Dann hätten wir rechtzeitig stehen bleiben können. Stattdessen sind wir dem Abwärtstrend auf deinem Chart bis ans Ende gefolgt. Immer weiter abwärts, ohne etwas dagegen zu unternehmen.

Der Abwärtstrend. Wenn mich diese Grafik beeindruckt hat, und es spielt keine Rolle, ob es die vom Konto ist oder die von der Liebe, wenn sie mich also beeindruckt hat, dann genau wegen dieses offensichtlichen Abwärtstrends, wegen dieses Erscheinungsbilds einer Rutschbahn. Ich habe sie sofort verstanden, als ich sie sah. Der Abwärtstrend entspricht genau meiner Erinnerung an diese Zeit, an diese fünf oder sechs Jahre, bevor wir in unseren Parallelschächten auf dem Grund aufschlugen: ein unhaltbarer, unaufhörlicher Abwärtstrend, das Gefälle so stark, dass du nicht stoppen und deine Position halten kannst, du rollst immer weiter, und je mehr du rollst, umso schneller wirst du und umso unwahrscheinlicher wird es, dass du noch anhalten kannst, und umso schwieriger, das verlorene Terrain zurückzugewinnen und wieder aufzusteigen. Meine Erinnerung an diese Jahre hat sogar etwas Körperliches. Oder *vor allem* etwas Körperliches: dieses unkontrollierte, schwindlig machende Rollen, und jeder, der im Weg ist, wird überfahren oder einfach weggeschleudert. Ich könnte dir andere Grafiken aus diesen Jahren zeigen: die Anzahl der Stunden, die wir gearbeitet haben, sie wurden immer mehr, eroberten sämtliche Momente des Tages, Abende, Feiertage. Die Anzahl der pro Monat publizierten Artikel, ebenfalls steigend, aber umgekehrt proportional zu den monatlichen Einkünften. Das Durchschnittshonorar, das für einen Artikel bezahlt wurde, im freien Fall begriffen. Und wenn sich das alles darstellen ließe, würde ich diese Grafiken mit anderen, subjektiveren Grafiken zusammenbringen. Mein Vertrauen in die Zukunft, fallend. Mein Selbstwertgefühl, rückläufig. Meine Schlafdauer. Die Risikomarker für Herzinfarkt und Schlaganfall. Die Anzahl der Minuten, die ich täglich mit dir sprach. Die Kilometer, die wir zusammen spazieren gingen. Der wöchentliche Sex, später zweiwöchentlich, dann monatlich. Die Zeit, die ich Germán und den Mädchen widmete, konzentriert, ohne Unterbrechung. Du kennst ja meine Vorliebe für Grafiken, Messungen, Indikatoren. Meine Faszination für derlei Daten begann schon vor Jahren, als ich noch bei der Zeitung war. In den letzten Monaten dort, als wir bereits zum Tode verurteilt waren, führten die Eigentümer eine Untersuchung durch, ob es ausreichen würde, die Printausgabe abzuschaffen und als rein digitales Medium weiterzumachen, wobei sie zur Bedingung machten, dass die Leserzahl und die Werbeeinnahmen sich vervielfältigten. Sie stellten bei uns in der Redaktion diese Bildschirme auf, die sämtliche Leserreaktionen unmittelbar analysierten: die am häufigsten besuchten Seiten, den Einfluss auf die sozialen Netzwerke, und in der Mitte des Bildschirms die große, minütlich aktualisierte Anzeige der Zugriffe auf die Website. Das waren die Trommelschläge, die das Tamtam, die den Ruderrhythmus in der Redaktion vorgaben. Auf jedem Computer installierten sie einen weiteren Zähler, den man immer im Auge hatte, und der meldete dir die Aufrufe, Interaktionen und Kommentare zu dem Artikel, den du an diesem Tag geschrieben hattest. Das war das Knallen der Peitsche auf deinem Rücken. Ich höre diese Trommelschläge noch immer, dieses Knallen, wie ein Ohrgeräusch, ein permanentes Summen im Kopf, das sich noch mal verstärkte, als die Zeitung dichtmachte. In meiner ersten Zeit als Freelancer entschied die Anzahl der Leser eines Artikels darüber, ob sie dir den nächsten abnahmen, entschied also über die Frequenz, mit der du publizieren konntest. Und inzwischen gibt es bereits Medien, die nach dem Ergebnis bezahlen. Die Anzahl der Leser bestimmt den Tarif. Mehr Zugriffe, mehr Euro. Das war einer der Gründe für unseren Streik, und wir erreichten immerhin, dass verschiedene Zeitungen das wieder zurücknahmen. Deshalb leistete ich bei dem ganzen Abwärtstrend nicht nur keinen Widerstand oder ließ mich einfach fallen, nein, ich rannte sogar extra schnell und meine Schritte wurden immer größer. In meiner Erinnerung sind diese Jahre eine endlose Reihe von Abgabeterminen, eine Schleife, bei der nach jedem Fälligkeitsdatum gleich der nächste Countdown begann. Hunderte von geschriebenen und abgegebenen und publizierten und verbreiteten und in Rechnung gestellten und erst viel später bezahlten Artikeln; Hunderte von Artikeln, die einen einzigen fortlaufenden Text bilden, eine Spule ohne Ende. Tausende von Stunden, in denen ich mich vor dem Bildschirm abplagte, am Computer, aber auch am Notebook und Handy, in der Küche, im Badezimmer, neben dir im Bett, in der U-Bahn, im Zug, auf der Straße, bei der Elternversammlung in der Schule, im Wartezimmer der Poliklinik, im dunklen Krankenhauszimmer, bei der Familienfeier. Und ich rollte immer schneller, erlitt immer mehr Prellungen, wurde immer müder und genervter und kollidierte zunehmend mit dir und deiner eigenen Müdigkeit und Genervtheit, und in meinem unvernünftigen Rollen überrolle ich alles, was nicht ausweicht oder dem Rhythmus meiner Abwärtsbewegung nicht folgen kann, ich überrolle dich und Germán und die Mädchen, ich überrolle meine Mutter, der ich kaum zuhöre, wenn sie das Bedürfnis hat, mir zu erzählen, was ihr Mann mit ihr gemacht hat, wenn er sich nachts zu ihr umdrehte. Und die, die ich nicht überrolle, lasse ich zurück, sie verschwinden einfach, wir sehen uns nicht mehr, vielleicht sind sie ja selbst im Abwärtstrend. Das sind meine Erinnerungen an jene Jahre, die die Grafik als Abstieg zeigt, als beschleunigten, unkontrollierten Fall. Und doch weiß ich, dass es nicht so war, jedenfalls nicht immer. Meine Erinnerung wird durch das Ende bestimmt: Erinnerung ist selektiv, sie hält stets an Ursache und Wirkung fest, und unser Scheitern greift die Elemente heraus, die es als unvermeidlich erscheinen lassen, die Grafiken und Tafeln der Psychologen sollen schließlich recht behalten. Aber unser Scheitern ist nicht wie aus dem Handbuch. Ich habe mir in den letzten Tagen unsere Fotos noch mal angesehen, das macht man typischerweise nach einer Trennung: Man straft sich, indem man sich alte Fotos betrachtet und rührselige Popmusik dazu hört. Ich habe mir Hunderte von Schnappschüssen aus unserem Familienleben der letzten Jahre angesehen. Und nicht mal, wenn ich sie ganz schnell durchblätterte, wie bei einem Daumenkino, nicht mal dann hat sich dieses Gefühl von aus dem Ruder gelaufenen Leben eingestellt. Ich weiß, wir haben nur die guten Augenblicke aufgenommen, aber es ist wirklich überraschend, wie viele gute Augenblicke wir selbst in diesen Jahren des Abwärtstrends hatten: Geburtstage, Reisen, Urlaube, Strände, Weihnachten, Fahrradtouren, Highlights mit den Kindern, Sonntagsausflüge, Demos oder einfach nur Bilder häuslicher Ruhe: Wir beide, wie wir zusammen kochen, auf der Terrasse in der Sonne lesen, deine Beine über meinen, wie wir lustige Aufnahmen von uns machen, die einfach nur zeigen sollen, wie gut es uns gerade geht, und immer Lachen und Küsse und vertraute Gesten, auf diesen Fotos rollen wir nicht und wir geraten auch nicht aneinander, halten uns vielmehr oft an den Händen, laufen Arm in Arm und lächeln unverstellt, und es gibt nicht ein einziges Bild, das Müdigkeit oder Überdruss oder einen Abwärtstrend vermittelt, und ich denke, diese ganzen Fotos sind auch wir, all das ist echt. Das glückliche Paar, so hat Fabio uns immer genannt, und er hat uns gebeten, aufzuhören, ständig Händchen zu halten und uns gegenseitig im Nacken zu streicheln, wenn wir mit anderen zusammen waren: Wann seht ihr endlich ein, dass ihr keine Frischverliebten mehr seid, hört auf, uns ständig eure Liebe unter die Nase zu reiben, und benehmt euch verdammt noch mal wie ein stinknormales Ehepaar. Und es waren nicht nur Fotos oder Erinnerungsstücke: auch Mails, die wir uns geschrieben haben, Nachrichten auf der Mailbox, Zettel am Kühlschrank. Ich lese das gerade nach und finde all das, woran wir uns heute nicht mehr erinnern, weil das letztendliche Scheitern uns eine verzerrte Sicht aufzwingt, wenn wir unsere Geschichte noch einmal erzählen. Vielleicht ging es uns gar nicht so schlecht. Vielleicht stimmt es ja, dass wir eine gute Beziehung hatten, die lediglich durchsetzt war von ein paar schlechten Momenten. Der Abwärtstrend existierte natürlich, aber vielleicht hatten wir uns an ein Leben im Fall gewöhnt, wie diese Bäume, die es fertigbringen, an schroffen Abhängen zu wachsen, oder auf windigen Bergkuppen, die ihren

Stamm danach ausrichten und ihre Wurzeln fester im Boden verankern, um der Schwerkraft zu trotzen oder dem reißenden Wind, so waren wir. Und erst, wenn wir nach den Gründen für das Scheitern suchen, brauchen wir auch die entsprechende Erzählung dazu, die bestätigt, uns bestätigt: Da steht es, es war doch klar, wir waren dazu verdammt, es konnte nur schlecht enden.

Jetzt lass das doch bitte endlich mit den Bäumen und Abhängen. Sag lieber deiner Mutter, sie soll mal die Fotos aus den Jahren rausholen, die sie mit ihrem zweiten Ehemann verbracht hat. Die könnt ihr euch dann zusammen anschauen: eine lange Reihe schöner Momente. Glücklicher Momente. Familientreffen, Geburtstage, Reisen, Ausflüge, Feste, Geschenke, Trinksprüche, Szenen der Verbundenheit, ja, sogar lustige Porträts, deren einziger Zweck darin besteht, zu bezeugen, wie viel Spaß sie mit ihrem Ehemann hat. Und vielfaches Lächeln und zärtliche Gesten. Das glückliche Pärchen haben wir die beiden nicht genannt, aber auch sie haben Händchen gehalten, oder er hat ihr beim Spazierengehen den Arm um die Taille gelegt. Erklär ihr also, dass es ihnen möglicherweise gar nicht so schlecht ging, vielleicht war es doch ein bisschen übertrieben von ihr, eines Morgens das Haus zu verlassen und ohne Gepäck, nur mit dem, was sie auf dem Leib trug, in einen Bus zu steigen, um dann bis zur Abfahrt voller Furcht aus dem Fenster zu sehen, falls er plötzlich auftauchte, die ganze Fahrt über zu weinen und sich bei ihrer unbekannten Sitznachbarin den Kummer von der Seele zu reden und schließlich ohne Vorwarnung bei uns vor der Tür zu stehen. Nein, Mama, vielleicht hattet ihr doch eine gute Beziehung, dieser Mistkerl und du, durchsetzt von ein paar schlechten Momenten, schau nur, wie du auf den Fotos strahlst, wie liebevoll er beim Gehen den Arm um deine Taille legt und wie zufrieden du immer wirkst, ihr seht aus wie zwei Bäume, die der Hanglage und dem Wind trotzen. Das hättest du deiner Mutter an dem Tag sagen können, als sie unangekündigt und stammelnd bei uns vor der Tür stand. Nicht einmal, als sie schon im Bus saß, hat sie uns Bescheid gegeben, bei ihrem überstürzten Aufbruch hatte sie nämlich das Handy zurückgelassen, das dieses Arschloch für sie aufbewahrte und verwaltete. Natürlich will ich nicht die Beziehung zwischen deiner Mutter und diesem Dreckskerl mit unseren etwaigen Problemen vergleichen. Ich warne dich nur vor den Fallstricken der Erinnerung. Der schlechte Archäologe findet beim Aufgraben der Erde genau, was er erwartet hat. Ich weiß noch, wie uns deine Mutter an diesem Tag, um uns vor Augen zu führen, wie ihre Ehe in den letzten Jahren gewesen war, ihren typischen Tagesablauf erzählt hat, vom Morgen bis zum späten Abend: die Abfolge von Nachstellungen und Drohungen vom Weckerklingeln an, wenn die hämischen Bemerkungen einsetzten, wie alt und hässlich sie aussehe, so ungekämmt und ohne Schminke, bis in die Nacht, wenn er sie packte und ihr den Slip herunterzog, ohne zu fragen; dazwischen lagen seine Ansprüche in puncto Mahlzeiten, sein Gebaren als Haustyrann, seine Wutausbrüche und seine Eifersucht auf längst Vergangenes. Ein rundum unerträgliches und doch jahrelang ertragenes Leben, und

*durchaus kompatibel mit dieser verdammten Sammlung
lächelnder Fotos. Ich käme nie auf die Idee, mich mit deiner
Mutter zu vergleichen, aber auch ich könnte dir von einem
typischen Tag in meinem, unserem Leben erzählen, in all
den Jahren, die deine Grafik als absteigende Kurve darstellt
und in denen wir heroische Bäume waren, die ihren Stamm
der Schwerkraft entgegenrichteten. Willst du das hören
und sehen, ob du dich wiedererkennst? Los geht es damit:
Ich wache morgens auf, und du liegst schon nicht mehr im
Bett, weil dein soldatisches Zeitmanagement vorsieht, dass
du um zehn vor sechs aufzustehen hast, zu einer halben Stunde Deutschunterricht online und deinem Gymnastikpro-
gramm, sodass du geduscht und gefrühstückt hast, wenn die
Mädchen und ich aufwachen. Deine Zeitpläne, deine be-
rühmten, auf kariertem Papier erstellten Zeitpläne, die Aufgaben in tayloristischer Manier minutengenau aufgeteilt:
soundso viel Zeit für die Arbeit, für die Freizeit, die Körper-
pflege, die Mahlzeiten, die Aufgaben in Haus und Familie,
Sport, Schlaf, alles abgezirkelt und bis ins Detail festgelegt.
Dein fabelhaftes Zeitmanagement, das du auf die gesamte
Familie auszudehnen gedachtest: In deinen Lernplänen für
Germán waren jedem Fach soundso viele Minuten zugemes-
sen, für die Mädchen versuchtest du, ein Schlafregime fest-
zusetzen, und für den Wochenendputz wurden rotierende
Zuständigkeiten fixiert, als wären wir WG-Mitbewohner.
Wenn ich so unklug war, mich gestresst zu zeigen, lautete
dein Rat, mir doch einen Plan zu machen, oder du hast ihn
mir gleich selbst gemacht, ohne mich zu fragen: Da, schau
mal, ich habe einen Zeitplan für dich, damit kannst du dich*

besser organisieren und bist nicht so gestresst, das geht ganz leicht, was natürlich auch hieß: Geh mir nicht dauernd mit deinem Stress auf die Nerven, Ángela, oder tu's wenigstens in der Zeit, die für eheliche Nervereien vorgesehen ist, also zwischen 20.45 Uhr und 21.05 Uhr. Aber zurück zum Tagesablauf: Ein gemeinsames Frühstück findet nicht statt, ich bin erst halb wach und habe noch keinen Kaffee getrunken, während du durch die Wohnung läufst und deine Leistungsfähigkeit zur Schau stellst, zügig, entschlossen, mir wird von deinem Tempo ganz schwindelig, und ich bekomme das Gefühl, dass ich alles schleifen lasse. Die ersten Worte, die du an mich richtest, sind Anweisungen zur Aufgabenverteilung im Haushalt. Nachdem du die Mädchen geweckt hast, treibst du sie zur Eile wie ein Feldwebel, damit sie sich rasch anziehen und kämmen und frühstücken, aber das bringst du ganz sanft vor, du warst schon immer in der Lage, ein Erschießungskommando so zu führen, dass jedes Bitte, Danke und Süße am richtigen Platz ist. Den ganzen Vormittag lang gehen zwischen uns ausschließlich Nachrichten zur Haushaltsführung hin und her, manchmal verschwendest du ein Emoticon, das einzige Zeichen deiner Liebe. Wenn ich nach Hause komme, fällt mir nicht ein, deine Frage, wie mein Tag gewesen sei, mit »schlecht« zu beantworten, denn deiner wird unweigerlich schlechter gewesen sein, und du bist noch nicht mal mit der Arbeit fertig, ein dezenter Hinweis auf meine Privilegien, meine Arbeitszeiten, die sich ja durchaus im Rahmen halten. Dein Vormittag war natürlich übervoll, doch wenn du einmal vergisst, deinen Browserverlauf zu löschen, stelle ich fest, dass du nicht nur Webseiten konsultierst, die mit deinen aktuellen Aufträgen zusammenhängen, da ist auch einiges an Müßiggang, Sportvideos, etwas Porno, wiederholte Besuche der Profile von Frauen, mit denen du in den sozialen Netzwerken zu tun hattest, und eine Menge Egosurfing: ständige Suchen nach dir selbst, deinen Artikeln, nach allem, was über dich gesagt wird, dieses andere Peitschenknallen, das du dir selbst um die Ohren haust. Abends, zu Hause, bekommst du zu viel von uns: Die Mädchen sind dir zu viel, weil sie so einen Lärm veranstalten, dass du dich nicht konzentrieren kannst, und außerdem haben sie die schlechte Angewohnheit, sich in regelmäßigen Abständen Viruserkrankungen, Fieber, Magen-Darm-Grippen und Läuse einzufangen, ohne die geringste Rücksicht auf Abgabetermine. Dein Sohn Germán ist dir zu viel, wenn er herkommt und du dir den Nachmittag freinimmst, um Zeit mit ihm zu verbringen, zum Preis eines kürzeren Nachtschlafs. Ich bin dir zu viel, weil ich nicht genug dagegen unternehme, dass dich die Mädchen bei der Arbeit stören, und weil ich nicht dafür sorge, dass sie zu dem Zeitpunkt, den deine Werkplanung vorsieht, geduscht und zu Abend gegessen haben, und du lässt mich das wissen, mit spitzen Bemerkungen, entnervtem Gestikulieren und merkwürdig schnaubenden Geräuschen, wenn du aus dem Arbeitszimmer kommst und durch die Wohnung läufst, um dein Unbehagen sichtbar zu machen. Ich bin dir zu viel, weil ich ständig darauf dringe, familiäre Entscheidungen mit dir zu besprechen, die du gerne mit der Effizienz eines Generaldirektors erledigt hättest, und so behandelst du mich wie eine Sekretärin, die zum falschen Zeitpunkt hereinplatzt: Jetzt nicht, Ángela, ich habe gerade

keine Zeit. Die hast du nie, auch nicht, um mir Dinge zu er-
zählen, wenn du von den immer häufigeren Treffen der Free-
lancer-Gewerkschaft zurückkommst. Von euren Streiks habe
ich fast nichts mitgekriegt, erst als du stolz berichtetest, dass
sich euch mehrere anerkannte Kolumnisten angeschlossen
hätten und Leser ihre Abos kündigen würden, um Druck zu
machen. Von euren Protestaktionen erfuhr ich an dem Tag,
an dem ich auf einen Link klickte, der »Zehn Lebensmittel
zum Schutz gegen Krebs« versprach, und stattdessen den
Blog eurer Gewerkschaft fand. Dort waren die Honorarsät-
ze der wichtigsten Medien aufgelistet, wurden ungerechte
Maßnahmen gegen Mitarbeiter angeprangert. Als ich dich
fragte, was es damit auf sich habe, erklärtest du mir das
Konzept des »Guerrilla-Clickbait«: Ihr würdet auf den sozia-
len Netzwerken Köder auslegen, um euren Forderungen
Aufmerksamkeit zu verschaffen, hinter unwiderstehlichen
Schlagzeilen wie »Fünf Dinge, die Frauen im Bett verrückt
machen«, »Die zehn übelsten Verletzungen auf dem Fußball-
platz«, »Das Video, von dem Millionen von Nordamerika-
nern schlecht wurde«, oder »Brutale Prügelei zwischen zwei
Taxifahrern am Flughafen« – all die Links führten in Wirk-
lichkeit zum Blog eurer Gewerkschaft. Wo war ich noch
gleich in unserem Tagesablauf? Ach ja, beim Abend: In dei-
ner Planung sind auch zwei Stunden »Freizeit« vorgesehen,
nämlich wenn die Mädchen im Bett liegen, aber häufig wer-
den diese Stunden am Schreibtisch verbracht, oder jeder
macht es sich an einem Ende des Sofas hinter einem Bild-
schirm bequem, was fast besser ist, als wenn wir streiten: Un-
stimmigkeiten, die tagsüber beiseitegeschoben und stunden-

179

lang sich selbst überlassen wurden, sodass sie im Stillen anwachsen, um schließlich in unverhältnismäßigen Duellen zu explodieren, da ist dann das eigentliche Thema von untergeordneter Bedeutung, tatsächlich verlängern wir einen seit Jahren ungelösten Zwist, einen Faden, der niemals endet, manchmal entgleitet er uns, und am Ende sind wir verletzt, entnervt, verunsichert. Deshalb bleibe ich an vielen Abenden, wenn ich die Mädchen ins Bett bringe, noch bei ihnen, bis sie eingeschlafen sind, und unternehme keinerlei Anstrengung, wach zu bleiben. Wenn deine Planung das vorsieht, rufst du mich irgendwann, damit ich schläfrig in unser Bett umziehe, dann kann es sein, dass du eine genitale Annäherung versuchst, vielleicht endet der Abend für mich mit einem Tadel, weil ich nie Lust habe zu vögeln, weil ich keine Maschine bin, die den Motor startet, sobald man mir über die Brustwarzen streicht. Während ich mich im Halbschlaf darauf konzentriere, mit Atemübungen die Kiefergelenke zu entspannen, umarmst du mich, selbst schon schlaftrunken, drückst mich kräftig und packst meine Hand und wisperst mir zu, du würdest mich lieben, sehr sogar, und bittest um Entschuldigung, so unwirsch gewesen zu sein, und ich fühle mich wieder wie dein emotionales Kuscheltier, dein Rettungsring gegen das Untergehen. Warte, da sind ja noch die Wochenenden, wenn ich ebenfalls allein aufwache, weil deine Samstage und Sonntage ihren eigenen Zeitplan haben, und der beginnt mit morgendlichen Ausflügen in die Berge, was für deine geistige Gesundheit unabdingbar ist und worin ich dir nacheifern sollte, statt hartnäckig auszuschlafen. Wenn du dann wiederkommst, gönnst du uns keine Atempause: Wir sind noch im

Schlafanzug, und du läufst durch die Wohnung, ziehst Jalousien hoch, schüttelst Bettlaken aus, denn du hast auch Unternehmungen für die ganze Familie geplant, Ausstellungsbesuche, Ausflüge aufs Land, Fahrradtouren, Kindertheater, Konzerte, die Mädchen haben schließlich ein Recht auf schöne und bereichernde Erfahrungen, umso mehr, wenn Germán da ist und dich das zwanghafte Bedürfnis überkommt, deinem Sohn unvergessliche Momente an deiner Seite zu verschaffen. Außerdem beharrst du darauf, dass die Kinder an allen möglichen Aktivitäten teilnehmen, bis sie irgendein Talent oder eine Berufung entdecken, aus denen sich etwas machen lässt: Musik, Sport, Theater, Schach, Robotik. Ich übertreibe, sagst du? Das ist eine Karikatur? Du brauchst nicht zu beteuern, dass es auch andere Tage gegeben hat, Raum für all das, was du auf den Fotos gefunden hast. Ja, diese guten Momente hat es auch gegeben und viele andere dazu, die nicht fotografiert wurden. Ohne sie hätte ich mich schon viel früher über Bord gestürzt, hätte meinen Vorsatz ad acta gelegt, den Mädchen eine Scheidung zu ersparen, bis sie volljährig wären. Ich kann mich ohne große Mühe an Samstage erinnern, an denen wir morgens faul im Bett blieben. Abende, an denen wir gut gelaunt eine Komödie sahen und hinterher im Bett nicht aufhören konnten zu lachen. An vertrauliche Witze, Nachrichten, die hin- und hergingen, gemeinsame Erinnerungen, Postkarten aus dem alten Themenpark der Liebe, die wir uns noch von Zeit zu Zeit schickten. Und Momente der Nähe und Verbundenheit, etwa als wir eines Nachts über die Friedhofsmauer stiegen, mit der Urne meiner Großmutter Ana, einer Taschenlampe und einer kleinen

Schaufel, so aufgewühlt wie nervös, am Ende hat uns der Wachmann überrascht, während wir das Loch zubuddelten, das wir auf der Grünfläche gegraben hatten, und wir haben ihm die Geschichte meiner Großmutter erzählt, bevor er uns wegen Störung der Friedhofsruhe anzeigte. Oder deine Sankt-Paul-Lafargue-Tage, die du dir in regelmäßigen Abständen gönntest, den Rechner ausgeschaltet und das Handy in der Schublade. Bekannt gegeben wurde das immer schon beim Aufwachen, und zwar lautstark: Heute ist Sankt-Paul-Lafargue! Tatsächlich gehorchten diese Tage derselben tayloristischen Logik wie deine Zeitpläne, eine Insel der Faulheit zwischen zwei Abgabeterminen, um neue Kräfte zu sammeln und deine Produktivität zu steigern, normalerweise im Anschluss an einen Artikel, der besonders gut gelaufen war, der meistgelesene des Tages, Tausende von Likes in den sozialen Netzwerken. Dann bliebst du morgens in bester Laune im Bett, nahmst Abstand von deinen strengen Vorgaben und kamst mich während der Pause besuchen, wir kochten zusammen, spielten mit den Mädchen, und nachts war deine Annäherung zärtlicher und geduldiger und auch eher von Erfolg gekrönt. Das waren auch alles wir, klar.

Wenn ich die Fotos aus dieser Zeit betrachte, vermisse ich aber doch etwas: deinen verächtlichen Gesichtsausdruck. Er ist auf keinem Foto zu sehen, und trotzdem erinnere ich mich gut daran. Er entsprach dem meinen, und wenn ich mich selbst damit im Spiegel überraschte, war ich beeindruckt. Es wäre nicht schlecht gewesen, wenn wir uns in diesen Augenblicken fotografiert, unsere verächtlichen Grimassen verewigt hätten, denn wenn wir jetzt versuchen, sie noch mal aufzusetzen, gelingt uns das nicht. Was mich beeindruckt hat, war nicht das Verächtliche an sich, das scheint mir bei einem Paar mit Kindern ein legitimes und unvermeidbares Gefühl zu sein, und Paare wie Natalia und Jaime, bei denen ich nie auch nur etwas in dieser Richtung erlebt habe, waren mir schon immer suspekt. Geringschätzung ist eine Art Intimität, sie hat mich nie erschreckt. Beeindruckt hat mich eher ihre Ausprägung. Ich erinnere mich ganz genau an dein Gesicht, wenn du kurz vor dem Platzen warst: Diese Art, den Mund zu verziehen, die Nase zu blähen und die Stirn anzuspannen, und dieser auf einmal scharfe Blick, das war bestimmt nicht spontan, sondern einstudiert, war der Wille, mit der bloßen Kraft der Augen zu verletzen. Spannung, die sich jahrelang in den Gesichtsmuskeln angesammelt hatte und sich schließlich zu dieser verächtlichen Maske formte, mit der du meinen eigenen gereizten Gesichtsausdruck spiegeltest, in einem Wettbewerb der finsteren Grimassen. Oder diese Angewohnheit, die Wörter zu schlucken und die Lippen zusammenzupressen, um nichts zu sagen, auch das kannte ich sehr gut, weil ich mir selbst ebenfalls auf die Zunge biss und hinter deinem Rücken vor mich hin grummelte, dieses vorsorglich empörte Maulen, das mir heute so lächerlich vorkommt, wie aus der Operette, dieses Murren und Fauchen und Verfluchen und Wiederholen der Worte des anderen in sarkastischem Ton. Ich weiß nicht, in welchem Augenblick wir zu Darstellern einer schlechten Ehekomödie wurden. Erinnerst du dich noch an diesen Film von Antonioni, *Die Nacht*, der uns vor ein paar Jahren so begeistert hat? Ich hatte erwartet, dass unser emotionaler Niedergang, sollte er denn je erfolgen, eher dieser eleganten Traurigkeit Marcello Mastroiannis und Jeanne Moreaus ähneln würde: ein kraftloses Entlieben, begleitet von Schweigen, existenzieller Öde und ernsten Blicken. Doch wir entpuppten uns als Protagonisten einer schrillen Komödie voller Eheklischees: Wir quälten einander, wie sich nur die quälen können, die nach all den Jahren die Schwachpunkte des anderen ganz genau kennen, und beide überzeichneten wir die Charakterzüge, die uns am anderen am meisten störten, um ihm oder ihr dann billige Vorwürfe zu machen. Hätten wir unsere damaligen Auseinandersetzungen gefilmt, wir würden uns heute totlachen, wenn wir sie noch mal sähen. Komödie: Tragödie plus Zeit, du weißt schon. Wir waren zwei ungeschickte Boxer, schlugen mit wuchtigen, tragischen Worten zu, unsere Münder zitterten, wir nahmen uns gegenseitig das Wort aus dem Mund wie pöbelnde Stammtischler, wurden grotesk, ich geriet in höchste Stimmlagen, wenn ich die Nerven verlor, du fingst zu stottern an vor lauter Empörung, wir gestikulierten theatralisch und kannten uns so gut, dass jeder die Antwort des anderen im Voraus wusste und schon den nächsten Vorwurf parat hatte. Jahre des Streitens hatten uns mit einem Arsenal an Beleidigungen ausgestattet – vorgefertigte Sprüche, passende Erwiderungen, rhetorische Tricks, Hinterhalte, brutale Finten, geprägt von bewundernswerter Finesse, geschickten Ausweichmanövern und anderen Spitzfindigkeiten. Die Beziehungsstreitigkeiten sind so schrecklich wie lächerlich, sind eine eheliche Gymnastik, die immer übertrieben wird. Danach waren wir regelmäßig erschöpft, einer von uns beiden ging ins Bett, und wenn wir uns eine Weile den Rücken zugekehrt hatten, baten wir uns flüsternd um Verzeihung und konnten sogar zusammen schluchzen, ein würdiger Abschluss für die Komödie dieses Abends; oder wir schliefen ein, ohne Frieden zu schließen, wenn das Zerwürfnis dies verdiente, und am nächsten Tag zeigten wir uns weiterhin verstimmt, stumm, so beleidigt, dass es uns eigentlich zum Lachen hätte reizen müssen. Ja, ich weiß, auch wenn ich diese Streitereien jetzt, da ich mich daran erinnere, nicht mehr ernst nehmen kann, haben wir uns doch damit zerfleischt, haben Trümmer angehäuft, mit denen wir die Mauer zwischen uns hochzogen. Schlimm war nicht, dass wir so oft aneinandergerieten; das Schlimmste war, dass wir die Risse nur selten wieder kitteten, dass wir die Schuttbrocken nicht wegfegten, sie blieben einfach liegen, mitten im Wohnzimmer, und knirschten, wenn man darauf trat, oder wurden unters Sofa geschoben. Zu viele Auseinandersetzungen führten zu nichts anderem, als dass wir uns im Halbschlaf um Verzeihung baten, wodurch sie frisch und eitrig blieben und den Ausgangspunkt für den nächsten Disput bildeten. Ein Duell mit Knüppeln. Mit diesem ganzen Schuttanhäufen haben wir uns selbst begraben, Schicht für Schicht. Um zu deiner geliebten Archäologie zurückzukehren, wir haben einen *Tell* errichtet: einen kleinen Berg, bestehend aus überlagerten Bauten, jede neue Wand errichtet auf den platt gewalzten Resten der vorherigen, wodurch das Niveau des Bodens immer höher wurde. Du wolltest unsere Vergangenheit ausgraben, und nun haben wir einen dicken Blätterteig vor uns, entstanden aus dem jahrelang abgelagerten, sedimentierten Schutt. Da helfen kein Spatel und kein Pinsel mehr, da bräuchten wir schon einen Bagger, um diesen ganzen Zement auszuheben. Während die Maschine ihn herausholt, solltest du dich mal fragen, wie diese Anhäufung überhaupt möglich war, warum wir nicht versucht haben, ihn mit den Händen auszuheben, solange er noch warm war, warum jede Auseinandersetzung auf der vorherigen aufbaute und das Terrain für die nächste bereitete. Das kannst du mal deine Therapeutin fragen. Sie soll dir ein Schema auf die Tafel malen. Aber eigentlich brauchst du gar kein Geld mehr in eine weitere Sitzung zu investieren, ich kann dir auch ein paar Artikel schicken, die ich in den letzten Wochen gelesen habe: Fünf Schlüssel für den Erfolg einer Partnerschaft. Klick. Sieben Punkte für eine gesunde Beziehung. Klick. Zwölf Geheimnisse für eine glückliche und beständige Ehe. Klick. Zehn Ratschläge für den Erhalt deiner Beziehung nach dem Kinderkriegen. Klick, klick, klick. Tröstliches Gerede, das immer spät kommt. Doch in diesem ganzen Bauchladen der emotionalen Selbsthilfe finden sich übereinstimmende Punkte, darunter einer, über den wir uns auch immer wieder ergebnislos gestritten haben: die Notwendigkeit von Zeit und Raum für uns selbst. Ein paar Minuten täglich, um über mehr zu reden als nur über das Essen, die Einkäufe oder den Kinderarzt. Ein Abend in der Woche nur für uns beide. Zeit und Raum, in dem die Liebe trotz aller Routine, aller Unstimmigkeiten, aller Missverständnisse am Leben erhalten wird. Aber auch Zeit und Raum, um den Schaden zu reparieren. Wir hatten beides nicht. Wir hatten nicht mal die Zeit zum Streiten, wir taten es zur Unzeit, indem wir uns die Nächte um die Ohren schlugen. Raum hatten wir auch nicht: Wie die Tiere im Stall nickten wir abends im selben Wohnzimmer ein, dem jahrelangen Schauplatz all unserer Streitigkeiten; sie hingen in der Luft, lagen auf den Möbeln wie eine Staubschicht, die bei jeder neuen Auseinandersetzung aufgewirbelt wurde und die Luft unerträglich machte, und stets saßen wir auf dem Wackelsofa, das von Mal zu Mal schiefer wurde durch unsere wütenden Bewegungen. Sag du mir, warum wir nicht wenigstens die Schuttbrocken zusammengefegt haben, damit sie sich nicht festtraten auf dem Boden.

Ich war noch nie dazu bereit, mich als Teil deines Zeitplans behandeln zu lassen: 22.00 bis 23.30 Uhr, Beziehungsleben. Montag und Mittwoch, Streit; Dienstag und Donnerstag, Versöhnung. Samstags von 21.00 bis 24.00 Uhr, ehelicher Ausgang: Kino oder Theater, Abendessen, eine Bar und zum Abschluss Sex. Und wenn Ana und Sofia nicht vor zehn Uhr im Bett liegen, wenn ich bei ihnen bleiben will, bis sie eingeschlafen sind, wenn sie den Samstagabend nicht mit einer Babysitterin verbringen wollen oder ich sie niemand anderem überlassen will, dann tut es uns sehr leid, die für Ihr Ehe-

leben vorgesehene Zeit ist aufgebraucht, versuchen Sie es nächste Woche noch mal, danke, und jetzt gehen Sie bitte weiter, anstatt den Ablauf durch Annäherungsversuche außerhalb der etablierten Zeiten zu stören, machen Sie keinen Wirbel. Der Abwärtstrend, die Schwerkraft, die Peitsche. Das Leben, das unter Spannung gesetzt ist, ständig vom Zusammenbruch bedroht. Außerstande, etwas Solides aufzubauen, dachten wir keinen Moment lang nach, was wir aus unserem Leben machen wollten, ließen uns treiben, vertrauten blindlings einem einzigen Kompass, dem einer Liebe, deren Magnetfeld sich schon seit Langem erschöpft hatte; und errichteten letztlich ein Gerüst, dessen Überleben von der eigenen Spannung abhing. Tensegrität heißt das. Füg es deiner Metaphernsammlung hinzu. Tensegrität, das Prinzip, das komplexe Strukturen aufrechterhält, indem es Spannung netzförmig verteilt. Wie bei diesen Skulpturen aus Stahlrohren, die erstaunlicherweise in der Luft schweben und geometrische Figuren bilden, verbunden nur durch Seile. Solange die Spannung im System Bestand hat, halten sie sich schwerelos in Position. Aber es genügt eine winzige Veränderung in der Spannung eines Seils, die Verschiebung eines Teils um Millimeter, damit das Gebilde komplett auseinanderbricht. Man muss die Spannung halten. Aber ich wollte stehen bleiben, lockerlassen, selbst wenn dadurch das Gleichgewicht verloren ging und alles einstürzte. Ich wollte nicht weiter nach deinem Rhythmus leben, den Trommelschlägen für die ganze Familie, das ganze Haus in einem Abwärtsstrudel, und alle drückten ihre Wurzeln in den Boden und drehten ihre Stämme, um weiterzuwachsen, ohne zu zerbrechen. Bis wann? Bis dir das Herz platzen würde oder eine Arterie im Gehirn? Bis mir die Zähne herausbrächen? Ich hatte mit Sofía eine schreckliche Schwangerschaft gehabt, ich bekam noch immer einen Schreck, sooft ich nach Ana rief und aus ihrem Zimmer keine Antwort kam, Blancas Gehirn war in wenig mehr als einem Jahr zerfallen, und wenn du willst, kannst du auch noch dein Ekzem und deine regelmäßig wiederkehrenden Rückenschmerzen mit einschließen, die kahle Stelle hinter deinem Ohr, mehrere Schachteln Bromazepam. Ich wollte aufhören, meine Mädchen schützen, mich selbst schützen vor der sengenden Spur, die du hinter dir herzogst. Zwischen uns verbreitete sich das Gift. Ich wollte nicht ins Schlafzimmer kommen und sehen, wie sich Ana auf dem Teppich krümmte, ich wollte auch nicht, dass aus Sofías Nabelschnur das Cortisol nur so spritzte. So schädigt Stress den Organismus. Klick. Schlaganfälle, die stille Epidemie. Klick. Konsum von Beruhigungsmitteln erreicht neue Höhen. Klick. Studie zum Zusammenhang zwischen Stress und Alzheimer-Risiko. Klick. So übertragen sich Angststörungen von Eltern auf ihre Kinder. Klick. Auswirkungen von Stress in der Schwangerschaft. Klick. Stress und Stillzeit. Klick. Die neuesten Forschungsergebnisse zum Zusammenhang zwischen Stress und Krebserkrankungen. Klick. Stress und Hirntumor. Klick. Stress und Brustkrebs. Klick. Stress und Reizdarm. Klick. Stress und Darmkrebs. Klick.

Warte, ich mach für dich weiter: Psychosoziale Faktoren und Immunsystem. Klick. Die emotionalen Ursachen von Krankheiten. Klick. Warum dein Kind krank wird. Klick. Krebs und negative Gefühle. Klick. Stelle dein emotionales Gleichgewicht wieder her. Klick. Die Macht des Geistes. Klick. BioNeuroEmotion und Paarkonflikte. Klick. Emotionen, die heilen, Emotionen, die töten. Klick. Was dein Arzt dir nicht erzählt. Klick. Okay, ich gebe zu, unser Lebensrhythmus war ungesund. Aber du warst einfach besessen von dieser ganzen pseudowissenschaftlichen Scharlatanerie, die leichtfertig Emotionen und Krankheiten in Verbindung bringt. Nach jahrelangen, unnötigen Besuchen in der Notaufnahme mit Sofía und Ana, die alle auf Anraten deines allgegenwärtigen Doktor Google erfolgten, triebst du es schließlich mit deinem unverhältnismäßigen Gesundheitswahn auf die Spitze: Wir brauchten gar keine Bakterien, verdorbenen Lebensmittel oder Erkältungen mehr, weil die Krankheit auf esoterischem Weg zu uns gelangen konnte. Und obwohl ich wusste, dass du alles verschlangst, was es zum Thema Gesundheit und Emotionen gab, versuchte ich dennoch, dem nicht zu viel Bedeutung beizumessen, es passte zu deinen Besuchen beim Heilpraktiker, zu deinem Vertrauen in die Reflexzonenmassage oder die Akupunktur, in die Bachblüten und diese ganzen Chakren und die Energie, wovon du mir nie erzählt hast, weil du nicht meine skeptische Grimasse sehen wolltest. Alles harmlos, da habe ich nichts dagegen, andere Leute beten stattdessen. Bis du mich bei einem Streit, ich weiß nicht mehr, worüber, gebeten hast, leiser zu reden. Die Mädchen sahen sich im Wohnzimmer gerade Zeichentrickfilme an, wir stritten uns in der Küche, und du batst mich, leiser zu reden, und rücktest mit dieser Idee raus, dass die Mittelohrentzündung, die Sofía als Baby hatte, vielleicht durch einen heftigen Streit ausgelöst wurde, den sie miterlebt hatte: Sie hatte wütende Worte gehört, die in ihr kleines Gehör eindrangen, und das reagierte dann mit einer Infektion, um die vergifteten Worte zu blockieren und zu vermeiden, dass sie in ihr zartes Hirn gelangten.

Entweder hatte ich mich nicht richtig ausgedrückt, oder du wolltest mich nicht verstehen. Aber du nahmst den Satz und bautest ihn, nachdem dein sarkastisches Repertoire erschöpft war, ein paar Tage später in einen von deinen beschissenen Clickbait-Artikeln ein, den Titel habe ich bis heute nicht vergessen: »Wenn du Krebs hast, ganz fest lächeln.« Vielleicht warst du dir sicher, dass ich deine Texte nicht las, und ich habe auch nichts dazu gesagt. Es ging um einen umstrittenen Kongress über alternative Medizin, der hohe Wellen geschlagen hatte, weil er an einer Universität stattfand. Als ich deinen Bericht las, konnte ich die meisten deiner Spitzen nachvollziehen, bis ich ans Ende kam und in der letzten Zeile eine an mich gerichtete Frontalattacke fand: »Man muss da vorsichtig sein: Erst glaubt man, die Mittelohrentzündung seines Kindes sei durch einen Streit mit dem Partner ausgelöst worden – ja, es gibt tatsächlich Leute, die das in einem Gespräch unter Erwachsenen ernsthaft vertreten –, und irgend-

wann glaubt man an die Möglichkeit, eine Krebserkrankung
durch Lächeln, Ozontherapie und Ingwertee zu heilen.«

Ja, diesen Kommentar habe ich hinzugefügt, um dir eins auszuwischen, aber es war eine Reaktion auf einen Angriff deinerseits. Und da wir jetzt schon dabei sind, uns gegenseitig auseinanderzunehmen wie bei einer Autopsie, Wunden am Leichnam zu identifizieren und Narben aufzuzeigen, alle klein, alle tödlich, denn sie verletzen alle, und die letzte tötet, erinnere ich dich auch an die, die du vielleicht vergessen hast, wie so viele deiner leichtfertigen Attacken. In der Zeit, als du dich so obsessiv mit Texten zum Einfluss der Emotionen auf Krankheiten beschäftigtest, hast du mir auch deine Theorie über die Schäden hingeknallt, die eine Scheidung bei Kindern auslöst. Wir sprachen über den Sohn einer Lehrerin aus deiner Schule, der Junge war irgendwie verhaltensauffällig und du meintest, seine Eltern hätten sich getrennt, als er sehr klein war, und dann fiel dieser Satz: Eine Scheidung ist für Kinder fast immer verheerend, und früher oder später bekommen sie die Rechnung präsentiert. Ohne dass ich etwas nachgefragt hätte, erzähltest du mir alles, was du zu dem Thema gelesen hattest, und das war natürlich geprägt von deiner tendenziösen Auswahl: Kinder von Geschiedenen können Probleme haben mit der emotionalen Selbstständigkeit und dem Selbstwertgefühl, können weniger gut in der Schule sein, Schwierigkeiten haben, Bindungen einzugehen, zu einem unangemessenen Sexualverhalten, zu Depression und Aggressivität neigen, und je kleiner sie sind, umso stärker sind die Auswirkungen: Bei Babys und Kindern unter drei Jahren bewirkt die Scheidung Stress und Unruhe, was sich nicht nur in Angstzuständen, Schlafstörungen und Albträumen äußert, sondern auch in körperlichen Problemen wie Magen-Darm-Beschwerden oder gar in einer Wachstumsstörung, hast du mir versichert und noch eigens betont: Manche Kinder wachsen wegen einer Scheidung in jungen Jahren langsamer. Wachstumsstörungen wegen einer Scheidung?, habe ich entgeistert gefragt, was für ein Blechgetrommel, Ángela, du und ich, wir sind beide Scheidungskinder, und schau uns doch an, so schlecht ist uns das nicht bekommen. Aber du hast darauf bestanden: Die mangelnde Zuneigung, der vorzeitige Abbruch des Stillens, damit sie beim Vater übernachten können, die fehlende emotionale Geborgenheit, die Trennung von der Mutter, all das wirkt sich körperlich aus, wie man in Waisenhäusern und bei misshandelten Kindern feststellen konnte. Du solltest wirklich aufhören, diesen pseudowissenschaftlichen, reaktionären Schrott zu lesen, protestierte ich, doch du hörtest mir nicht mal zu: In irgendeinem skandinavischen Land sei festgestellt worden, fügtest du noch hinzu, dass Scheidungskinder nur halb so oft studierten wie Kinder aus heilen Familien, doppelt so oft arbeitslos wären, mehr rauchen und trinken und sich natürlich auch selbst öfter scheiden lassen würden. Und da wurde ich ausfällig, sagte dir, dass in Wirklichkeit du ein Problem hättest, dass es ja eine super Idee sei, deinen Eltern die Schuld für deine emotionalen Schwierigkeiten in die Schuhe zu schieben, aber dass du bitte andere damit verschonen solltest, und statt wie bei vorherigen Auseinandersetzungen wutschnaubend im Schlafzimmer oder im Bad zu verschwinden, verließ ich, obwohl es spätabends war, die Wohnung, und natürlich knallte ich beim Rausgehen theatralisch die Tür zu.

Auch da haben wir uns nicht verstanden. Zu der Zeit war reden schwierig, weil wir in jedem Wort des anderen einen dieser Torpedos zu sehen glaubten, auf die die Besatzung von Flugzeugträgern mit Kreide den Namen des Adressaten schreibt. Wir bombardierten einander häufig und durchaus mit Hintergedanken, doch an diesem Tag sprach ich nicht von deiner Trennung, wie du dachtest, ich meinte nicht Germán, sondern bezog mich, ohne es auszusprechen, auf unsere Trennung: die noch nicht eingetreten war, aber die ich in meinen Ängsten schon kommen sah. Das war vor sechs Jahren. Ana war gerade vier geworden, Sofía war ein Baby, und ja, das Thema begann mich stark zu beschäftigen, nachdem ich etwas über die Auswirkungen von Trennungen auf kleine Kinder gelesen hatte. Aber wir lebten ja auch inmitten von Jugendlichen mit Problemen, die Kinder von Freunden, meine Schüler auf dem Gymnasium: Jungen in psychologischer Behandlung, magersüchtige Mädchen, Schulabbrecher, körperliche Angriffe auf die Eltern, der eine oder andere Selbstmordversuch, Beruhigungsmittelkonsum von Kindheit an. Und natürlich gab es viel mehr glückliche Kinder oder wenigstens nicht allzu unglückliche, wir kannten auch viele Scheidungskinder ohne Probleme, aber meine Töchter sollten an diesem Roulette nicht teilnehmen. Und auf einmal stand die Möglichkeit einer Scheidung im Raum, ohne dass wir darüber gesprochen hätten. Ich hatte dir nichts gesagt, aber ich war auf einen Mailwechsel von dir mit einer gewissen Inés gestoßen. Ein paar scheinbar freundschaftliche Mitteilungen, doch zwischen den Zeilen las ich deutlich das verschlüsselte Begehren. Du zeigtest ein übertriebenes Interesse an der Doktorarbeit und den Forschungen dieser Inés. Die junge Hoffnung der spanischen Geschichtswissenschaft nanntest du sie in der ersten Mail. In der zweiten wähltest du als Betreff: Ich werde dich immer lieben. Deine sympathisch missverständliche Formulierung dürfte sie ebenso erschreckt haben wie mich, wenn auch in die umgekehrte Richtung, aus dem Text der Mail ging dann hervor, dass ein Film gemeint war, den du ihr mit Nachdruck ans Herz legtest: Ich werde dich immer lieben *sei der spanische Titel von* Viaggio in Italia, *erklärtest du ihr, verletztest du mich. Tja, Liebe ist eben stärker. Ich erinnere mich noch an deine genauen Worte: Ich werde dich immer lieben, Inés, so heißt der Film, von dem ich dir neulich so ausführlich erzählt habe,* Viaggio in Italia, *der Titel wurde in Spanien ziemlich frei übersetzt. Dein Mailprogramm war auf dem PC geöffnet, ich brauchte nicht lange zu suchen. Oder vielleicht habe ich doch gezielt gesucht, weil sich in diesen Monaten die Trennungen in unserem Umfeld häuften, und falls wir die Nächsten sein sollten, wollte ich lieber gewarnt sein. Meine Freundin Luisa hatte sich gerade getrennt, Suso hatte sie wegen einer anderen Ex-Städterin aus einem nahe gelegenen Dorf verlassen, mit der er seit Monaten wöchentlich ins Bett ging, immer wenn er das Obst zur Kooperative fuhr. Bis ihr Mann die beiden erwischte und Suso die Nase brach, da erfuhr auch Luisa davon, durch das Heftpflaster in seinem Gesicht. Als sie seine Mails und sein Telefon durchsuchte, fand sie heraus, dass er sie seit über einem Jahr betrog, im Rhythmus der Ernten und sonstigen Arbeiten, und für sie brach eine Welt zusammen, das restaurierte Haus und der Speicher voller Marmeladen und Einmachgläser und der Gemüsegarten zur Selbstversorgung und das Grundstück mit seinen vierzig Obstbäumen und die Vormittage auf der Leiter, beim Kirschenpflücken. Nachdem ich den Mailwechsel mit dieser Inés entdeckt hatte, fand ich mich mit der Möglichkeit einer bevorstehenden Scheidung ab. Ich werde dich immer lieben. In der zweiten Nachricht sagtest du, sie solle dir besser an eine andere Adresse schreiben, eine, die ich nicht kannte. Ich ging wiederholt an deinen PC, probierte vertraute Passwörter aus, um auf deinen heimlichen Account zuzugreifen, aber vergeblich. Über Wochen nahm ich das gespenstische Hintergrundrauschen eures Gesprächs wahr, das sich außerhalb meiner Reichweite abspielte. Ich versuchte, Veränderungen in deiner Laune zu deuten, die Abende, an denen du später ins Bett gingst, deine verträumten Blicke. Ich sagte nichts zu dir, lieber nicht fragen, nichts erfahren. Ich gab die großzügige, stoische Ehefrau. Weinte vorsichtshalber schon mal, wenn mich niemand sah. Schluckte die Eifersucht herunter, die durch die fehlende Gewissheit noch brennender wurde. Ich spürte diesen Schmerz ohne Boden, ja, den Schmerz, mich zurückgewiesen und ersetzt zu fühlen, einen Schmerz,*

*den ich dir nicht etwa vorhielt, sondern als verdient einsteck-
te, ich gab mir die Schuld an unserem Scheitern und sagte
nichts, um die gefürchtete Trennung nicht zu beschleunigen.
Das verwundete Weibchen, auch ich. Jeden Moment erwartete ich deine Ankündigung, das klassische und schicksals-
trächtige »Wir müssen reden«, Männer trennen sich ja immer
so, sie trennen sich nur, wenn sie eine andere haben, ihr
Männer könnt einfach nicht allein sein, und du hattest jetzt
eine gewisse Inés.*

4

Ich stieg aus dem Zug und folgte den detaillierten Anweisungen, die man mir per Mail geschickt hatte, lief also zum Bahnsteigende, sprang die drei Stufen hinab und marschierte am Gleis entlang weiter. Ich würde sagen, es hat leicht genieselt, aber diese meteorologische Angabe ist nicht sehr verlässlich, sie kann eine nachträgliche emotionale Ausschmückung sein, passend zu den landschaftlichen Gegebenheiten dieses Morgens. Gleise, die sich verzweigten und an Rampen und Prellböcken endeten, gestrandete Waggons, die zu Leinwänden für Graffiti-Sprayer wurden, zugemauerte Lagerhallen, alte, zu Scheiterhaufen aufgetürmte Holzschwellen neben neuen, wie Barren gestapelten Betonschwellen, und dann dieser ganze Schrott, den man in diesem Eisenbahngestrüpp immer findet: verbogene Schienen, umgestülpte Trichterwaggons, riesige Spulen mit dicken Kabeln, kaputte Drahtgitter, alles natürlich voller Rost und Dreck, eine ganze Palette von Grautönen, farblich passend zum Lehmboden und den Pfützen. Ich erzähle das aus der Erinnerung heraus, so habe ich es in meiner Reportage beschrieben, der ich noch einen verhangenen Himmel hinzufügte, Nebelschwaden auf dem umliegenden Land, wo auch die Olivenbäume nicht fehlten, mit ihren in den Himmel gereckten Armen, alte Güterwaggons, die mit einem Schaudern die Todeszüge durch ganz Mitteleuropa wachriefen, und diese Reihe von Oberleitungsmasten mit ihren Konsolen, die ich als »Opfergalgen entlang des Weges« beschrieb. Literatur, ja, schwülstige Literatur, die den Leser packen will über die Emotion, die aber auch zu meiner düsteren Stimmung passte, als ich an diesem Morgen diese fünfhundert Meter entlang der Bahnstrecke bis zum hinteren Friedhofsbereich zurücklegte. Das Grab befand sich zwischen dem Gleis und der Ziegelmauer mit den Einschusslöchern, die ein Dorfbewohner jedem Neuankömmling zeigte. Ein Zelt schützte die Ausgrabung vor dem Regen, und in der Grube knieten vier junge Leute und kratzten auf dem Boden herum, zeichneten behutsam, wie Strandkünstler, die Knochen nach: etwa zwanzig Skelette, sie lagen alle in derselben Richtung da, parallel zum Gleis, das Gesicht nach oben, die Schienbeine über der leeren Brust gekreuzt, Oberkörper und Kopf des einen auf den Beinen des nächsten, wie Kinder auf einer Rutschbahn. Am Rand des Grabs weitere zwanzig Männer und Frauen, die aber noch lebten, die meisten davon sehr alt, Anwohner, zum Teil Familienangehörige der Ermordeten, sie unterhielten sich leise. Inés sah ich erst, als sie aufstand, mit staubigen Knien, in der Hand den Spatel, die Haare unter einem Tuch verborgen. Und jetzt könnte ich sagen, würde ich mit meiner szenischen Schilderung fortfahren, dass wir uns anblickten, während Cellotöne erklangen und einige der alten Leute die Faust erhoben und Tränen rannen und Rosen auf die Knochen fielen, denn dann hättest du gleich die emotionalen Voraussetzungen und die Seelenwärme, die deiner Meinung nach so förderlich sind für die gegenseitige Anziehung. Aber so war es nicht. Die emotionale Komponente war zwar gegeben, doch Inés und ich wechselten erst viel später ein Wort miteinander, nach dem Mittagessen, bei dem wir nicht mal an einem Tisch saßen. Als es zurück ging zur Grube, stieg sie nicht in den Bus, sondern sagte, sie wolle lieber zu Fuß gehen, sah mich dabei aber nicht an, doch ich spürte die Einladung. Ein Spaziergang von knapp zwanzig Minuten entlang der Straße, auf dem wir über nichts Persönliches sprachen, nur über meine Reportagen und mein altes Buch, das sie kannte, über ihre Doktorarbeit und ihren Auftrag bei dem Verein, der für diese Ausgrabung zuständig war; eine Unterhaltung, aus der du, würde ich sie hier wortwörtlich niederschreiben, nichts herauslesen, in der du nicht einen Schimmer von Begehren finden würdest; würdest du sie jedoch hören, könntest du all diese typischen Modulationen der verliebten Stimme darin erkennen, und hätte man uns gefilmt, wie wir so gingen und redeten, hätte dir diese ganze nonverbale Kommunikation, die es zwischen mir und Inés in diesen wenigen Minuten gab und die jeder Verhaltensforscher zur Illustration eines Vortrags über das menschliche Werben hätte verwenden können, als Bestätigung gedient. Ich übernachtete in der Dorfpension, zusammen mit der Ausgrabungsmannschaft, wir aßen alle zusammen zu Abend und blieben dann bis in den Morgen hinein beim Wein sitzen und bei dem unerlässlichen Mann mit der Gitarre, aber glaub mir, zwischen Inés und mir war nicht mehr als das Übliche bei einem solchen Flirt, dieses zwangsläufige Berühren, ihre Hand auf meinem Unterarm, wenn sie mir etwas erzählte, meine Hand auf ihrer Schulter, wenn ich mich hinabbeugte, um ihr etwas ins Ohr zu sagen, weil es um uns herum so laut war. Wir haben nur geredet, den ganzen Abend lang, und wir redeten weiter, als alle anderen ins Bett gegangen waren, wir redeten und sahen zu, wie es durch die Nebel des Olivenhains hell wurde. Falls du dir eine nachträgliche Rechtfertigung für deine Untreue erhoffst, muss ich dich enttäuschen, wir sind nicht miteinander ins Bett gegangen, haben uns nicht mal geküsst oder uns unser Verliebtsein gestanden, auch wenn wir uns am nächsten Tag zum Abschied dann doch fest drückten und die Umarmung ausdehnten und uns dann ein paar endlose, bange Sekunden lang an den Händen hielten und in die Augen sahen, bereits niedergeschlagen und nostalgisch. Es gab noch ein paar Mails, die du nicht lesen konntest, doch das hörte bald auf: Wir waren uns einig, dass es der falsche Zeitpunkt für unsere Gefühle war, Sofía war gerade ein Jahr alt geworden, ich hatte mich noch nicht erholt von der Schließung der Zeitung, und weder schlug sie eine außereheliche Beziehung vor, noch wünschte ich mir so etwas. Also beschlossen wir eine Woche später, unsere Kommunikation einzustellen und uns die schöne Erinnerung an eine unmögliche, reine und vollkommene Liebe zu bewahren. Du hast nichts bemerkt, aber ich war tagelang unglücklich. Die Erinnerung an sie, auf einen Sockel gestellt und vor Abnutzung geschützt, verklärte sich, und es kam mir unerträglich vor, auf Inés verzichten zu müssen. Ich schrieb lange Mails, die ich löschte, ohne sie abzuschicken, an Inés und auch an dich. Und Schluss. Sechs Jahre lang sind wir uns nicht über den Weg gelaufen, bis ich sie vor ein paar Monaten wiedertraf.

Bewundernswert. Seht nur, wie unser Protagonist sein Begehren zu managen weiß, wie er die Zügel der Leidenschaft fest in der Hand hält, seine eheliche und familiäre Verantwortung ausübt. Der aufrechte Mann, der redliche Gatte und treue Vater, nicht wie seine leichtfertige Ehefrau, die bei der erstbesten Gelegenheit dem Begehren erlag und ihre Familie aufs Spiel setzte, ihren Lebensinhalt, das Glück ihrer Töchter, die geistige Gesundheit ihres Ehemannes, den Lauf des Planeten auf seiner Bahn. Verzeih mir den Sarkasmus, aber deine detailreiche Schilderung der Verliebtheit samt Notbremse in letzter Minute kann mich nicht beeindrucken. Glaubst du etwa, ich hätte über all die Jahre eingeschlossen gelebt, konzentriert darauf, dich innig zu lieben, und mir die Fähigkeit zu begehren verstümmelt? Glaubst du, ich hätte nicht den Ruf anderer möglicher Leben vernommen? Hätte mich nicht selbst befriedigt und dabei an den Vater eines Schülers gedacht, der zu mir in die Sprechstunde gekommen war? Die Schwankungen des Begehrens waren mir immer bewusst, lose Fliesen, die einen manchmal zum Stolpern bringen, aus dem Gleichgewicht, sogar zu Fall. Aber ich setzte auch auf eine robuste Liebe, die diesem Schwanken standhalten würde und gleichzeitig biegsam genug wäre, um einen Fehltritt zu überstehen, ohne daran zu zerbrechen. Und nicht nur das Begehren: auch die Liebe, die so vielversprechende wie be-

drohliche Möglichkeit, dass wir uns jederzeit wieder verlieben könnten, im ungünstigsten Augenblick, und statt loser Fliesen einen riesigen Krater vorfinden, den man nur schwer überspringen kann, um seinen Weg fortzusetzen. Aber mich überrascht, dass du dich in Inés verliebt hast. Und wenn es mit uns nicht an den Punkt gekommen wäre, an dem wir heute sind, würde ich mich sogar freuen, dass dir ein solcher Krater begegnet ist. Denn damals, ich weiß es noch gut, warst du der Ungläubige, der Zyniker. Der Atheist der Liebe. Der dieses Gefühl auseinandernahm und mit Stecknadeln auf einem Brett fixierte, nur ein weiteres Projektil, auf dem mit Kreide geschrieben mein Name stand: Jegliche Verliebtheit auf eine Fiktion zu reduzieren, einen Selbstbetrug, ein kulturelles Konstrukt, eine Antwort auf den Mangel an Zufriedenheit, auf Biochemie, bedeutete so viel, wie unser mythisches Territorium zu bombardieren, unseren Themenpark der Liebe, unseren Ursprung. So viel, wie uns zu verleugnen. Verliebtheit gibt es nicht, sagtest du damals, wenn wir mit Freunden beim Essen saßen. Verliebtheit gibt es nicht, das ist eine Fiktion, La Rochefoucauld hat es so ausgedrückt: Viele Menschen würden sich nie verlieben, hätten sie nicht von der Liebe reden hören. Verliebtheit ist ein Konsumgut, sagtest du, und nicht gerade eines, das Grundbedürfnisse befriedigt, eher ein Luxusprodukt. Verliebtheit ist eine wirtschaftliche Entscheidung, sagtest du, eine von vielen auf dem großen Markt der Liebesangebote, die Bandbreite an Optionen ist erregend, wie könnte man da widerstehen. Verliebtheit ist ein Märchen, sagtest du, ein Wendepunkt im Drehbuch des Lebens, eine Erzählung, deren Hauptfigur wir *gerne wären, sooft wir in einen Zug steigen, hoffen wir, einer unbekannten Person zu begegnen, die unser Leben auf den Kopf stellt. Verliebtheit ist kulturell erlernt, sagtest du, wie man sich zu verlieben hat, lernen wir aus all den Filmen, die uns nahelegen, beim Küssen die Augen zu schließen oder innerlich bewegt zu sein, wenn wir in Gegenwart der geliebten Person einen Sonnenuntergang betrachten, wir lernen sogar das richtige Stöhnen beim Orgasmus und die Stellung, in der wir es treiben: Wenn die Frau sich auf den Mann setzt, ihn reitet, dann richtet sie sich nur nach den Vorgaben des Kameramanns, der besten Einstellung, um Sex zu filmen. Verliebtheit ist eine Droge, sagtest du, eine Dosis Dopamin und Testosteron, die auf uns dieselben Auswirkungen hat wie jede psychotrope Substanz: Euphorie, Hyperaktivität, Konzentrationsschwäche, Intensivierung der Wahrnehmung, Schlaflosigkeit, schwindelerregende Highs, Entzugserscheinungen, Sucht, Rückfall, es gibt neurologische Studien, die belegen, dass Verliebtheit dieselben Hirnareale anspricht wie der Konsum von Kokain. Verliebtheit ist nur eine adaptative Funktion, sagtest du, ein evolutionäres Erbe, der Trick in unserem Gehirn, damit wir nach Paarung streben und den Fortbestand der Spezies sichern. Verliebtheit ist ein Antidepressivum, sagtest du, sie ist die Antwort auf unsere Unzufriedenheit mit dem Leben, das wir führen, sich verlieben heißt, auf einem Korridor durch eine Seitentür zu linsen, auf der Suche nach einem Ausgang, einem helleren Raum, einer Feuertreppe. Verliebtheit ist immer eine Geschichtsklitterung, sagtest du, wir machen die geliebte Person zu etwas Einzigartigem, um unsere irrationale Hingabe zu rechtfertigen, bis*

wir uns erfolgreich eingeredet haben, dass das Ereignis un-
vermeidlich und schicksalhaft war, aber sich zu verlieben ist
Glückssache, wir verlieben uns nur, wenn wir gerade dafür
offen und bereit sind, unsere Aufmerksamkeit auf ein Liebes-
objekt zu konzentrieren, wenn das geschieht, ist man in der
geeigneten Verfassung, um sich in die erstbeste annehmbare
Person zu verlieben, die einem über den Weg läuft, mögen
wir auch später die Liebe wortreich auskleiden und aus der
Zufallsbegegnung etwas Entscheidendes und Vergrößertes
machen, und dann fügtest du in Witzlaune hinzu: Mir ist
vollauf bewusst, dass ich mich so in Ángela verliebt habe,
wie ich mich auch in ein Huhn hätte verlieben können, sie ist
mir eben in genau dem Moment begegnet, in dem ich dafür
empfänglich war, aber wenn an Ángelas Stelle eine andere
Frau gekommen wäre, hätte ich mich ebenso verliebt und
mich schon in der nächsten Minute der Aufgabe gewidmet,
diese Verliebtheit argumentativ zu untermauern, jede Eigen-
schaft meiner Geliebten würde die Liebeserzählung weiter
stärken, und heute wäre ich der Meinung, dass wir füreinan-
der bestimmt waren, wo doch der Grund meiner Verliebt-
heit ich war, meine Unzufriedenheit, mein Bedürfnis, einen
anderen Weg einzuschlagen – das alles habe ich dich bei ei-
nem Essen mit Freunden sagen hören, als du vielleicht glaub-
test, ich würde nicht zuhören, oder es war dir egal.

Dadurch, dass ich mich immer wieder verliebt habe, bin
ich zum Atheisten in Liebesdingen geworden. In der Zeit
vor Inés habe ich mich so oft und so leicht verliebt, dass

ich schließlich zu dem Schluss kam, dieser Überschwang in Liebesdingen sei einzig und allein mir selbst geschuldet, meine leichte Entflammbarkeit bringe eine offensichtliche Unzufriedenheit zum Ausdruck: den Traum, es könnte mir jeden Augenblick jemand im Leben begegnen, der mich rettet und mir eine dieser Seitentüren öffnet. Eine Feuertreppe, ja. Ein helleres Zimmer mit neuen Aussichten. Den Krater, wie du es nanntest, habe ich nur bei Inés gesehen. Doch als ich auf sie verzichtete, dachte ich dennoch, der Unterschied zwischen Inés und den anderen Gelegenheiten sei einzig der, dass ich bei ihr der Leidenschaft ein wenig mehr Raum zur Entfaltung zugestanden hatte, ein gemeinsam verbrachter Abend, die Morgendämmerung über dem Olivenhain. Dass ich mich in Inés verliebt hatte, weil ich ein einziges Mal mehr zuließ als nur den anfänglichen Reiz des Begehrens, mehr als nur diese primitive, so männliche Fantasie von der unbekannten, faszinierenden Frau, die auf einmal deinen Weg kreuzt und in ihren Augen die Verheißung auf ein anderes, besseres Leben trägt. In dieser Zeit habe ich so oft die Versuchung dieser halb geöffneten Tür verspürt. Es war ein reines Sehnen, ich weiß, ein Sehnen nach etwas, das es noch nicht mal gab. Ich verspürte es in fast absurdem Ausmaß, weil es so häufig vorkam und so banal war: Eine Kollegin von der Zeitung, die ich bei den Versammlungen traf und mit der ich danach bei einem Bier zusammensaß, und plötzlich lösten ihre freundschaftlichen Kommentare bei mir eine ebenso obsessive wie kurzlebige Anziehung aus. Eine Bildhauerin, die ich interviewt hatte und mit der ich danach noch Nachrichten aus-

tauschte, und jedes ihrer Worte war für mich eine Verheißung, eine Einladung. Eine Lehrerin von Germán, mit der
nichts weiter war als ein kurzes Hallo und pädagogische
Ratschläge, gelegentlich mal ein kleiner Scherz, doch jede
Begegnung nährte meine Illusion der gegenseitigen Anziehung. Die Mütter von Anas oder Sofías Freundinnen:
Nachmittage auf dem Spielplatz, die einen leisen Beige-
schmack von Fremdgehen hatten, die die Möglichkeit einer Verabredung während der Arbeitszeit, eines Kusses
beinhalteten, während die Kinder im Schlafzimmer spielten. Freundinnen, Frauen von Freunden, du kannst dir
nicht vorstellen, wie viele, und es würde dich überraschen,
wer alles. Studentinnen aus der Bibliothek, wenn ich dort
nachmittags arbeitete. Unbekannte in öffentlichen Verkehrs-
mitteln, dieser Blickwechsel, der dir etwas signalisiert, du
fühlst dich auserwählt, und warum auch nicht, warum
können zwei Menschen sich nicht über einen einzigen
Blick miteinander verankern. Eine Nachbarin, darüber
wirst du lachen: die Nachbarin aus der Wohnung nebenan,
deren Küche im Lichtschacht der unseren genau gegenüber liegt, wir sind uns ein paar Mal beim Wäscheaufhän-
gen begegnet, jeder an einem Ende der Wäscheleine,
zwölf Meter auseinander, ein ständiger Blickwechsel, und
wer weiß, vielleicht wird eine Romanze ja umso erstrebens-
werter, je illusorischer sie ist. Und dann natürlich noch die
ganzen Frauen, die ich nicht mal persönlich kennenlernte:
aus den sozialen Netzwerken, ein zufälliger Chat, der sich
ausweitet, ein bezauberndes Profilfoto. In dieser Zeit
konnte ich jede Frau zum Objekt meiner Liebesfantasien

machen. Und das war kein Donjuanismus, war kein Begehren oder zumindest kein sexuelles. Ich wollte nicht mit ihnen ins Bett oder zumindest nicht nur mit ihnen ins Bett. Ich wollte mich in sie verlieben, wollte, dass sie sich in mich verlieben. Ich wollte kein Abenteuer, ich wollte ausbrechen. Einer von ihnen folgen, weggehen, verschwinden. Und wo warst du zu der Zeit, wo waren wir.

Es war Nachmittag, du warst mit Germán in seinem Zimmer, ich konnte euch durch die Tür hindurch reden hören. Du wolltest ihm eine Matheaufgabe erklären, mit deiner so wenig pädagogischen Ungeduld: Zwei Läufer auf einer Rennbahn laufen gleichzeitig los, aber in unterschiedlichem Tempo. Der eine braucht in seinem langsamen Trott drei Minuten pro Runde. Der andere, schnellere, legt eine Runde in anderthalb Minuten zurück. Wenn die beiden zwei Stunden lang laufen, ohne ihr Tempo zu verändern, wie oft überholt dann der Schnelle

Nach dem Urlaub, in der ersten Septemberwoche, wurde uns ein Personalabbauverfahren angekündigt: In einer Mail an sämtliche Mitarbeiter wurde erklärt, »die Lage ist trotz Leserzuwachses, größerer Verbreitung und geringerer Verluste in den letzten Rechnungsjahren immer noch so ernst, dass wir uns gezwungen sehen, eine Maßnahme zu ergreifen, die der Betrieb immer vermeiden wollte, die nun aber unerlässlich geworden ist, um den Fortbestand des Projekts zu sichern«, eine Entscheidung, die zu

den Langsamen? Wann tref-
fen sie sich wieder auf der
Startlinie? Das kleinste ge-
meinsame Vielfache, Ger-
mán, hörte ich dich vom
Wohnzimmer aus sagen, das
kleinste gemeinsame Vielfa-
che, wie oft muss ich dir das
noch erklären. Ihr versuchtet
es mit anderen, ähnlichen
Aufgaben. Zwei Satelliten,
die in unterschiedlichem
Tempo die Erde umkreisen.
Autos auf einer Rennstrecke.
Pferde auf der Pferderenn-
bahn. Planeten auf ihrer Um-
laufbahn um die Sonne. Das
kleinste gemeinsame Vielfa-
che, Germán, das kleinste ge-
meinsame Vielfache. Und da
wäre ich am liebsten ins Zim-
mer gegangen und hätte euch
ein anderes, näherliegendes
Beispiel vorgeschlagen: Schau,
Germán, Papa bewegt sich
im Tagesverlauf doppelt so
schnell wie der Rest der Fami-
lie, in einem Mordstempo auf
seiner persönlichen Umlauf-

tun habe mit den »tief grei-
fenden Veränderungen, die
der ganze Sektor derzeit erfährt und die auf eine an
die neue Realität des An-
zeigenmarktes angepasste
Kostenstruktur abzielt«.
Die Geschäftsführung
schlug einen Personalab-
bau um zwanzig Prozent
sowie eine allgemeine
Gehaltskürzung vor. Wir
präsentierten das in der
Betriebsversammlung und
machten als Betriebsrat einen Gegenvorschlag. Frei-
willige Kündigungen und
ein temporärer Personalabbau sowie eine Gehaltskürzung, die in erster Linie die
höheren Einkommen traf.
Wir verhandelten dreimal
mit der Arbeitgeberseite,
keine Sitzung dauerte we-
niger als fünf Stunden, Sitzungen, in denen wir um
die Höhe der Abfindungen
feilschten, um die Kürzun-
gen bei den Gehältern, um

bahn, während wir ruhig dahingleiten. Wenn wir zur selben Zeit aufstehen, wie oft begegnen wir ihm dann an einem Tag? Zu welchen Zeiten durchlaufen wir denselben Punkt? Wie viele Minuten, wie viele Sekunden dauert die Begegnung? Das kleinste gemeinsame Vielfache. So war das bei dir und bei mir, so habe ich Sofías erstes Jahr in Erinnerung. Du bist gerannt, hast an uns gezerrt oder uns angeschoben, wir sollten deinem Rhythmus folgen oder dich wenigstens nicht aufhalten; ich mit meiner eigenen Gangart stemmte die Füße in den Boden, um mich deinem wahnwitzigen Sog zu entziehen, und hielt die Mädchen fest, damit du sie nicht wegreißen konntest. Mehrmals am Tag durchliefen wir denselben Punkt, unser kleinstes gemeinsames Vielfaches. Aber ich sah dich immer nur vorüberziehen,

die Einkommen der Führungskräfte, und am nächsten Tag hatten wir wieder eine Versammlung, die mehrere Stunden dauerte, und die Belegschaft wurde immer unruhiger und wütender, die Redaktion mit Gerüchten vergiftet. Schließlich streikten wir einen Tag lang, worauf die Zeitung die Abfindungen etwas erhöhte. Aber es gab nicht genügende freiwillige Kündigungen, weshalb wieder das Thema des temporären Personalabbaus und der Gehaltskürzungen auf den Tisch kam. Am Ende bekamen wir es in einer hektischen und chaotischen Versammlung durch, nach der ich so ausgelaugt und erschöpft war, dass ich mir sogar überlegte, selbst zu kündigen. Der stellvertretende Chefredakteur ermunterte mich dazu, ver-

mich überholen, der Fahrt-
wind brachte mich aus dem
Gleichgewicht, für einen
Augenblick wurde ich durch
den Strudel beschleunigt, bis
es mir gelang, deine Fahrrille
zu verlassen und in meinen
Trott zurückzufinden, ge-
mächlich wie ein Rind. Ich
tat alles dafür, dass wir nicht
aus der Bahn flogen, dass du
uns nicht überrolltest. Ich
war zu Hause, hatte mich
nach dem Mutterschutz beur-
lauben lassen: Zusammen
mit den Monaten, die ich
während der Schwanger-
schaft freigestellt oder krank-
geschrieben gewesen war,
machte das über anderthalb
Jahre zu Hause bei Ana und
Sofía, und ich war vollauf da-
mit beschäftigt, uns festzuhal-
ten, sooft du vorbeirauschtest,
wie in einer dieser Komö-
dien, bei denen die ganze Fa-
milie im Wohnzimmer in
Stellung geht, um das Ge-
schirr zu sichern, die Blumen-

sprach mir, ich würde
freier Mitarbeiter werden,
und gab mir zu verstehen,
dass es besser wäre, jetzt
zu gehen und etwas dafür
zu bekommen, als auf eine
nächste Personalabbaurun-
de mit schlechteren Bedingungen zu warten oder
vielleicht sogar auf die
Schließung der Zeitung.
Die guten Zeiten sind vorbei, Antonio, und für einige bedeutet das das Ende
der Karriere, sagte er. Das
habe ich dann dir erzählt,
und du meintest, das sei
doch eine gute Idee. Mach
es, Antonio, nimm das
Geld und geh, bevor alles
den Bach runtergeht. Aber
ich habe das nicht wirklich
kapiert. Eine Abfindung
von drei, maximal vier Mo-
natsgehältern, und was
war danach, als Freelancer
für die Zeitung zu arbeiten
war genauso unsicher wie
ein Verbleib in der Beleg-

vase, die Bilder, bevor der tägliche Expresszug kommt. *Vom Moment des Aufstehens an, früh und nach wenigen Stunden Schlaf, unter Beachtung deiner Fabrikarbeitspläne, gabst du einen Rhythmus vor, dem wir nicht folgen konnten, nicht folgen wollten. Deine Bewegungen hatten geradezu etwas Komisches: Ob du dabei warst, das Abendessen vorzubereiten oder Ana morgens anzuziehen, jeder Handgriff hatte etwas Übertriebenes, im Eilschritt liefst du durch die Wohnung, grundsätzlich unnötig schnell, und kamst dabei unweigerlich ins Stolpern, du stießt Gläser um, schnittst dich beim Kochen in den Finger, dann merktest du, dass du etwas vergessen hattest, und legtest in deinem Ärger noch einen Zahn zu, der reinste Buster Keaton. Ich hätte das lustig gefunden, wenn mir nicht klar gewesen wäre,*

schaft, es gab keine sichere Zukunft über die nächsten Monate hinaus, und bei den anderen Medien fielen auch gerade Hunderte von Journalisten dem Personalabbau zum Opfer. Das Ende der guten Zeiten. Ich blieb also, nahm Gehaltskürzungen in Kauf, zog den Ärger der Kollegen auf mich, die mir vorwarfen, nicht gut genug verhandelt zu haben, wurde vom stellvertretenden Chefredakteur angefeindet, der nicht verstand, warum ich seine Aufforderung zu gehen nicht annahm, und dann bekam ich dieses Ekzem, das ich für eine familiär bedingte Schuppenflechte hielt: zuerst unter den Achseln, dann an den Knien, am Bauch, an den Händen, am Hals, ich kratzte mich voller Wut. Das Novembergehalt kam erst Mitte des Monats, und im Januar

dass dieses hysterische Gesti-
kulieren, dieses Durch-den-
Gang-Rennen und Teller-
und-Besteck-auf-den-Tisch-
Verteilen wie bei einem Kar-
tenspiel, eine anklagende
Funktion hatte: So konntest
du meine Langsamkeit her-
ausstreichen, meine geringe
Unterstützung für deine pro-
duktive Organisation des
Haushalts, meine abweichen-
den Prioritäten. Wenn du mal
nicht zu Hause warst, ahmte
Ana dich nach: Schau, Mama,
ich bin Papa, und dann rann-
te sie mit kurzen Schritten
durchs Wohnzimmer, schlen-
kerte nervös mit den Armen,
während sie tat, als würde sie
kochen, oder tippte auf dem
PC herum wie ein wild ge-
wordener Pianist, und am
Ende lief sie zu Germán und
brachte ihn damit zum La-
chen, dass sie die schrille, sich
verhaspelnde Stimme imitier-
te, an der man erkannte, dass
dir der Geduldsfaden riss.

meldete der Betrieb Insolvenz an. Wir erhielten eine
Benachrichtigung, in der
es hieß, »die Medienkrise,
der radikale Wandel, dem
die Presse derzeit unter-
liegt, und die Schwierig-
keit, eine neue Finanzie-
rung zu finden, zwingen
den Betrieb, Insolvenz an-
zumelden, um die Interes-
sen der Betroffenen zu sichern«. Wir wurden einem
Konkursverwalter und ei-
ner Anwaltskanzlei unter-
stellt, die bekannt war für
ihre Härte bei den Ver-
handlungen. Als Arbeit-
nehmervertreter verlangten
wir, dass der Betrieb sich
um gute Abfindungen be-
mühte, doch sie verwiesen
uns an den Konkursverwal-
ter, der das bei der letzten
Arbeitsrechtsreform zuge-
lassene Minimum festsetz-
te. Der Hauptaktionär und
Zeitungsgründer kam ei-
nes Nachmittags in die

Deine theatralischen Ausbrü-
che, wenn du nach Hause
kamst und das Essen fertig
kochen musstest, das ich auf
halbem Wege hatte stehen las-
sen, weil Sofía Fieber hatte
oder eben lieber an meiner
Brust einschlummerte, auch
die Wäsche war noch nicht
aufgehängt, ich lag auf dem
Sofa, Sofía schlief mit meiner
Brustwarze zwischen den
Lippen, und Ana legte sich
daneben, nuckelte an der an-
deren Brust, während sie das
Köpfchen ihrer Schwester
streichelte, und im Hinter-
grund dein Schnauben, das
an einen Elefanten denken
ließ, übersetzt drückte es dei-
ne Missbilligung darüber aus,
dass ich mich nicht bereit-
fand, Ana über Mittag oder
überhaupt mehr Stunden im
Kindergarten zu lassen oder
nachmittags bei deiner Mut-
ter, weil ich sie bei mir haben
wollte, ohne hektisch ihrem
Vater hinterherzurennen, in

Redaktion, rief uns zusammen und sagte, es täte ihm
sehr leid, aber es fänden
sich keine Investoren, die
Schulden seien einfach
nicht mehr tragbar, er
habe privat viel Geld verloren und würde uns ja gern
die verdiente Abfindung
auszahlen, aber es sei einfach kein Geld mehr in der
Kasse, und er habe auch
nicht das entsprechende
Privatkapital, um die Schulden auszugleichen, und
dann dankte er uns für unser Verständnis und unse-
ren jahrelangen Einsatz.
Ein paar Tage später wur-
den wir nach Hause ge-
schickt, ich beantragte Ar-
beitslosengeld, das nicht
mal die Hälfte meines vorherigen Gehalts ausmach-
te, und erst eineinhalb Jahre später erhielten wir von
einem staatlichen Fonds
unsere Abfindungen. Ich
schickte meinen Lebens-

meinem Arm, ihre Hand fest im Spielzeughändchen der kleinen Schwester. Auch wenn es um ein liebevolles Miteinander ging, waren wir unterschiedlich getaktet. Ich umarmte dich und hielt dich mit Zärtlichkeiten auf, wenn es gerade nicht passte, erdrückte dich mit meinen Forderungen nach Liebe, so dein Vorwurf, als ich mich einmal beschwerte, weil du mich kühl beiseitegeschoben hattest. Deine Forderungen nach Liebe erdrücken mich, Ángela, ich soll immer dann liebevoll sein, wenn du es sagst und wie du es gern hättest, andernfalls hast du mich gleich im Verdacht, dich nicht zu lieben. Im Gegenzug fanden mich deine nächtlich aufkeimenden Liebesbezeugungen schlafend oder gar nicht vor, weil ich drüben bei den Mädchen war. Manchmal gelang es dem kleinsten gemeinsamen Vielfachen, uns auf

lauf an andere Medien und bemühte mich um neue Kooperationen, obwohl wir sogar noch den Versuch starteten, eine Kooperative zu gründen, und darum kämpften, den Namen der Zeitung behalten zu dürfen. Nachdem wir eigenes Geld investiert, ein Crowdfunding gemacht und Investoren gefunden hatten, gingen wir am Tag der Versteigerung zum Gericht und mussten dort erleben, wie der Besitzer selbst, der über kein Privatkapital verfügt hatte, um uns abzufinden, mithilfe einer Immobiliengesellschaft um den Namen der Zeitung kämpfte. Er überbot uns und holte sich so die von Schulden bereinigte Zeitung zurück. Hab ich's dir nicht gesagt, die guten Zeiten sind vorbei, rief mir der stellvertretende Chefredakteur in Erinne-

*wundersame Weise zusam-
menzuführen, zur Siestazeit
oder an einem Sonntagmor-
gen, und auf einmal hielten
wir uns aneinander fest, bevor uns die Alltagsroutine
wieder trennte. Ich bat dich,
doch endlich einmal stehen
zu bleiben, als die Zeitung zumachte, das wäre eine gute
Chance gewesen, um innezuhalten und dir zu überlegen,
was du in Zukunft machen
wolltest, eine Chance, neue
Projekte zu planen. Aber du
warst in deiner stetigen Bewegung gefangen und strampel-
test weiter in der Luft, aus
Angst, du würdest, wenn du
anhieltest, herunterfallen. Ein
letztes Mal war dein Wegdriften nach Sofias Geburt unterbrochen worden, in ihrem ersten Lebensmonat. Es war
August, dein letzter August
bei der Zeitung, wie sich später herausstellen sollte, und
obwohl du beim Verlassen
der Redaktion nicht wusstest,*

rung und fügte noch hinzu,
ihn tangiere das alles weniger, er gehe ja bald in Rente, aber Menschen in mei-
nem Alter stünden nun
lausige Zeiten bevor. Ruh
dich doch erst mal aus,
schlug er mir vor, vielleicht
ist das ja der letzte Urlaub,
den du im Leben machen
kannst, warnte er mich.
Und er hatte recht: Der
letzte Urlaub, der diesen
Namen wirklich verdient,
war genau der vor der Zei-
tungsschließung, im Au-
gust davor. Obwohl da-
mals bereits zwei Gehälter
ausstanden und in der Redaktion alle möglichen Ge-
rüchte kursierten, legte ich
sämtliche Sommerreporta-
gen ohne festen Abgabe-
termin auf Eis und nahm
mir den ganzen Monat frei,
außerdem war ja auch So-
fía gerade zur Welt gekommen. Es war das erste Mal
seit Jahren, dass ich den

was nach der Rückkehr passieren würde, hattest du dir Urlaub genommen und warst bei uns geblieben, zum ersten Mal seit Jahren hattest du einen kompletten August frei. Als wir dann verreisten, glaubte ich, eine Bewegung in meine Richtung zu sehen, ein Scharnier zu einer neuen Zeit. Zu viert, zu fünft, wenn man Germán mitzählt, konnten wir den halben Vormittag im Bett verbringen, mit Ana und Sofía, jede an einer Brust, Ana streichelte ihrem Schwesterchen übers Gesicht, Germán gab ihr den Finger, damit sie ihn festhalten konnte, und du hülltest uns in eine Säugetierumarmung. Wenn es Abend wurde, gingen wir hinunter an den Strand und schlenderten mit einer Langsamkeit vor uns hin, zu der ich dich schon nicht mehr fähig geglaubt hatte. Während Sofía an meiner Brust schlief, gingst du mit Ana und Germán an den

ganzen August Urlaub hatte, aber damals wusste ich noch nicht, dass es auch das letzte Mal war. Und obwohl ich jeden Morgen voller Unruhe in meine Mails schaute, ob nicht doch eine Nachricht der Personalabteilung eingegangen war, erinnere ich mich gut an diese Morgen im Bett, wir vier oder, mit Germán, auch fünf, und an die Nächte, in denen ich mit Sofía im Flur auf und ab lief, wie ein Beuteltier hing sie in meiner Armbeuge, ihr Kopf so klein, dass er in meine Handfläche passte. In diesem Monat haben wir auch wieder von dem Haus gesprochen: Du hast mir vorgeschlagen, es nun endlich zu kaufen, noch hätten wir ja genügend Erspartes, und es bliebe sogar noch Geld für die Renovierung übrig. Sollte die Zeitung ge-

Pool, bei der Rückkehr wart ihr voller Freude und erschöpft und glänzend von der Sonne, und wir machten Abendessen, ohne uns darum zu kümmern, wie spät es sein mochte, ohne böse Bemerkungen oder anklagendes Schnauben, ohne Zeitmanagement. Danach legten wir uns nackt ins Bett, die Fenster offen für die erste Augustfrische. Du umarmtest mich von hinten, beide zu Sofias Bettchen gewandt, deine Knie passten genau in meine Kniekehlen, deine Brust kitzelte mich am Rücken, ein Arm umschlang mich wie ein Gurt, der andere war ein Kissen, unsere Hände verschränkt, zwei Augenpaare auf Sofia gerichtet, ihr seelenruhiges Gesichtchen im Halbdunkel, ihr Atem, der dazu gemacht schien, uns zu beruhigen. Bis sie aufwachte und mit in unser Bett kam, und wenn Ana nach uns rief,

schlossen werden, könnten wir dort was aufziehen, sagtest du. Wir sprachen über Landhotels, kleine Pensionen für Gäste, die Erholung suchten in einem unweit der Großstadt gelegenen Dorf. Wir sprachen von einer in dem Landkreis ansässigen Kooperative, die neue Geschäftsideen unterstützte. Wir sprachen über kommunale Förderungen, über *soft credits*. Wir sprachen über einen kleinen landwirtschaftlichen Betrieb, übers Einkochen, über Legehennen, über Käse. Wir redeten mit Luisa und Suso, die uns ermunterten, ihrem noch immer bestehenden ländlichen Glück nachzueifern. Wir sprachen davon, dass ich, solange ich noch bei der Zeitung wäre, täglich pendeln könnte, wo die Stadt ja nur eine gute Stunde entfernt war, und *brachtest du sie auf dem Arm dazu, dann schloss sich auch noch Germán der familiären Komposition an, wir waren eine Skulptur, die sich nicht zerstören ließ, ganz ohne gespannte Seile. Das waren wir bis zum 1. September, an dem dein Wecker den Befehl erteilte, die Maschinerie wieder in Gang zu setzen, und so nahmst du mühelos und unverzüglich Fahrt auf und gabst wie eine Lokomotive das erste Schnauben von dir, dein Stummfilm ging weiter, wenn auch ohne Klavierbegleitung, und du notiertest auf einem Zettel den Zeitplan für das neue Schuljahr. Und alles fing von vorne an. Ich konnte nicht so weitermachen. Ich wollte stehen bleiben.*

dass du eine Versetzung in das Gymnasium des Landkreises beantragen würdest. Wir stellten Rechnungen auf, deine Eltern könnten uns Geld geben. Doch dann kam der September, ich ging zurück zur Zeitung und sagte dir, es sei nicht der beste Augenblick für so große Unternehmungen, es sei zu riskant, unsere ganzen Ersparnisse zu investieren, und ich könne jetzt unmöglich die Stadt verlassen, ich wolle die Zeitung noch nicht verloren geben, Germán sei noch zu klein, um seinen Vater unter der Woche nicht zu sehen, ich müsse einfach weitermachen. Ich konnte nicht stehen bleiben.

*Als mir die Hebamme endlich Sofía auf den Bauch legte, als
ich diese zweieinhalb Kilo warmes Fleisch liebkoste und fest-
stellte, dass die zehn Finger und zehn Zehen am rechten Platz
waren, dazu Augen, Ohren, Lippen, der harte Rippenbogen
unter der nur zur Hälfte ausgefüllten Haut, und dass die
Lunge ihre Arbeit tat, da erst überkam mich die innere Ruhe,
die keine Voruntersuchung mir hatte geben können: Du bist
am Leben, du bist heil, du bist hier, du hast es geschafft. Monatelang war mir jeder Augenblick ihrer Entwicklung wie
eine Großtat vorgekommen, als wäre, was bei einem normalen Fötus Routine ist, bei Sofía eine Abfolge von Triumphen,
einer beeindruckender als der andere: das Zusammenfügen
eines ersten Zellhäufchens zur Bildung des Embryos, die
Ausprägung der einzelnen Organe, das Wachstum des Ge-
hirns, die Ausbildung des Skeletts, das Formen der Ohren,
Nasenflügel, Augenlider. Du hast es geschafft, sagte ich zu ihr,
sobald ich sie an meiner Brust spürte. Du hast es geschafft,
meine Tochter. Denn bis zum letzten Moment, bis sie sich
Zentimeter für Zentimeter die Gebärmutter hinabgescho-
ben, den Schleimpfropfen entkorkt und den Kopf herausge-
steckt hatte, bis eine Schulter durchgeglitten war und dann
die andere und endlich der ganze kleine Körper, so flink wie
eine Eidechse; bis ihre Hände und Füße sich an meinen
Bauch geklammert hatten, um nach oben zu robben, bis sie*

die Augen geöffnet und mich mit dem blinden, blau getön-
ten Blick der Neugeborenen angesehen hatte; bis zu diesem
Moment hatte ich gefürchtet, dass etwas schiefgehen könnte.
Dass alles schiefgehen könnte. Du versuchtest, mich mit der
medizinischen und statistischen Faktenlage zu beruhigen,
mit den Ultraschallbildern, die jedes Organ am richtigen
Platz zeigten, den Abmessungen der Nackenfalte, den Pieptö-
nen ihres pochenden Herzens, die wir aufnahmen und stän-
dig neu abspielten. Dem Mädchen geht es gut, sagtest du,
dass sie wenig wiegt, ist nicht schlimm, solange sie gesund
weiterwächst, regen wir uns nicht unnötig auf, es gibt Babys,
die es schaffen, im Bauch einer unterernährten Mutter heran-
zuwachsen, in schrecklichen Situationen, sogar in den Kon-
zentrationslagern kamen gesunde Kinder zur Welt! Immer
so zartfühlend, deine Art, mich zu beruhigen. Ich konnte
nicht aufstehen, ohne mich vor Übelkeit zu krümmen, ich
fühlte mich kraftlos und nahm weiter ab, anstatt zuzuneh-
men, meine Tochter schrammte in allen Voruntersuchungen
am unteren Limit entlang, regen wir uns mal nicht unnötig
auf, denken wir an die armen Babys in Auschwitz. Bei der
Erinnerung an meine zweite Schwangerschaft sehe ich vor
meinem geistigen Auge Sofia, die in ihrem Fruchtwasser
schwimmt und den durch die Flüssigkeit gedämpften Hall
der Außenwelt hört: die Stimme ihres Vaters, der zu ihrer
Mutter sagt, sie soll sich keine solche Sorgen machen und
endlich aufhören, nach Komplikationen bei der Schwanger-
schaft zu googeln, nach den Wachstumskurven für Föten.
Ebenso hört sie durch die Wände der Gebärmutter schwach
das damals bereits häufige Schnauben ihres Vaters, das Kla-

cken seiner beschleunigten Schritte, das Zuschlagen von Schränken, dessen Heftigkeit sie aus ihrem fötalen Schlaf reißt, das Scheppern hastig abgeräumter Teller, die lautstarken morgendlichen Anweisungen an Ana und Germán, mit ihrem Frühstück fertig zu werden, das Knallen der Tür beim Verlassen des Hauses. Dann ein paar Stunden Ruhe, in denen sie nur meine Stimme vernimmt: Du bist ganz stark, Sofía, du bist das stärkste Mädchen auf der Welt. Ich erzähle ihr, wie stolz ich auf jeden Zentimeter und jedes Gramm bin, auf jedes Neuron, das sich entwickelt, erzähle ihr von dem Buch, das ich gerade lese, und singe ihr Lieder vor, Monate später werden sie ihr beim Einschlafen helfen. Mittags schreckt sie in ihrer Blase zusammen, als sie erneut die Stimme ihres Vaters erkennt, der, ohne innezuhalten, fragt: Wie geht's, was macht die Übelkeit, ein Kuss auf den Bauch, hallo, Sofía, Papa ist wieder da, und dann zurück zum schnellen Absatzklappern, zum lärmenden Tischdecken, zum halb unterdrückten Murren, als du feststellst, dass das Essen erst halb fertig ist. Nachmittags schläft sie federleicht, gewiegt von Anas Stimme, die ihr vorsingt, was sie im Kindergarten gelernt hat, Germán liest vor meinem Bauch ein Märchen, und im Hintergrund, fast unhörbar, die Stimme ihres Vaters im Arbeitszimmer, er gibt jemandem am Telefon Instruktionen, stellt einem Interviewpartner Fragen, lacht kumpelhaft mit irgendeinem Kollegen, bittet den stellvertretenden Chefredakteur um Nachsicht, weil er den versprochenen Beitrag noch nicht fertig geschrieben hat, und wiederholt seine vertraute Ausrede: Tut mir leid wegen der Verspätung, meine Frau macht eine echt miese Schwangerschaft durch, wenn es *geht, komme ich nachher in der Redaktion vorbei. Abends wird Sofia von dem Strom erfasst, der ihre Schwester beim Stillen durchläuft, wir drei vereint in einem einzigen Band von der Brustwarze bis zur Nabelschnur. Aus dem Schlummer ihres unterseeischen Schaukelns erwacht sie für einen Moment, als sie die Stimme ihres Vaters hört, der sie nun ruhiger anspricht, den Mund nahe am Bauch: Sofia, mein Schatz, wir sind da, wir warten auf dich, wir lieben dich, und dann, während er sich löst, mit leiser Stimme: Wenn Ana hier bei dir bleibt, lege ich mich in ihr Bett, ich brauche ein paar Stunden Schlaf ohne Unterbrechung, ich will morgen früh raus, schon mal was wegarbeiten, bevor ich sie in den Kindergarten bringe. Am Ende döst Sofia wieder ein, während die Managerstimme ihres Vaters den folgenden Tag durchplant, Ab- und Anfahrten, Einkäufe, Mahlzeiten. Sie hört auch die eine oder andere Auseinandersetzung, empfängt durch die Nabelschnur hindurch das heiße Cortisol meiner Ungeduld, wenn ich dir sage, dass ich es so nicht länger aushalte, ich will zu meiner Mutter, ich brauche jemanden, der für mich da ist, aber du versicherst, es sei doch alles nicht so wild: Wir schaffen das allein, wir müssen uns halt gut organisieren, unsere Zeiten und Aufgaben besser managen.*

Das stimmt so nicht. Wieder diese durch das Ende verzerrte Erinnerung. Könnte Sofia die Monate in deiner Gebärmutter aus ihrer allerersten Erinnerung ausgraben, würde sie das anders erzählen. Ich leugne nicht den Stress, die militärisch strenge Organisation, die schlechte Laune, denn es war wirklich eine schwierige Zeit: du, der man Bettruhe verordnet hatte, ich, der ich nach meiner Beförderung bei der Zeitung versuchte, ein paar Nachmittage zu Hause zu arbeiten, um bei euch zu sein, der ich nur vier Stunden täglich schlief, um immer schon etwas vorzuarbeiten. All das hat Sofía wohl mitbekommen, das gebe ich zu, und sicher hattest du recht, es war ein Fehler, dass ich diese Risikoschwangerschaft ohne Hilfe durchziehen wollte, noch dazu mit einer knapp dreijährigen Tochter und einem siebenjährigen Sohn, der an bestimmten Tagen kam, und mit unendlich viel Arbeit. Sollte diese vorgeburtliche Erinnerung jedoch existieren, dann hätte Sofía auch viele andere Momente gespeichert, die deine Erzählung infrage stellen oder sie zumindest anders einfärben. Die nachmittäglichen Siestas zum Beispiel, bevor ich wieder in die Redaktion zurückmusste. Als Ana noch ihren Mittagsschlaf machte und ich das Telefon auf lautlos stellte und mich neben dir ins Bett fallen ließ. Sofía, diese Sofía, der du ein fötales Bewusstsein zuschreibst, würde sich an unsere Stimmen erinnern, sanfter, flüsternd, an die wohligen Wellen, wenn meine Hand deinen Bauch streichelte, an unseren Atemrhythmus, der sich auf diese kurze Siesta einstellte, bis Ana aufwachte, zu uns kam und sich in diese Umarmung einfügte, oder auch Germán, wenn er bei uns war, wir umringten dich, umhüllten dich, ähnelten mit diesen ganzen verschlungenen Armen und Beinen einer hellenistischen Skulptur, und du warst glücklich, das hast du jedenfalls gesagt, wegen Ana, die deine Brust aussaugte, wegen Germán, der deinen Bauch massierte und seine zukünftige Schwester um Fußtritte bat, und wegen mir, der ich mich an deinen Rücken schmiegte, euch alle umhüllte: Ich bin so unendlich glücklich, sagtest du, auch wenn du das vielleicht schon vergessen hast, deine durch das Ende unserer Geschichte verzerrte Erinnerung vernebelt dir die schönen Augenblicke. Und es waren viele. Auch vorher schon, und sollte es so etwas wie ein embryonales Erinnern geben, dann wäre in dem von Sofía auch unsere Freude eingebrannt, als klar war, dass du schwanger warst, und auch Anas und Germáns drolliges Staunen, als wir es ihnen erzählten, und die Liste der Namen, bis wir uns für Sofía entschieden, und wie viel wir in diesen ersten Wochen miteinander geredet haben, bevor deine Übelkeit begann: Du kamst von der Schule, wir aßen zusammen zu Mittag, setzten dann Ana in den Buggy, und ihr brachtet mich zu Fuß zur Redaktion zurück, und ja, damals hast du deinen ganzen Arbeitsballast noch mit mir geteilt, was du dann später nicht mehr machtest, oder ich hörte dir nicht mehr zu, und ich erzählte dir, woran ich gerade schrieb, oder von meinem eigenen Ballast, den ich aus der Redaktion mitbrachte. Und auch wenn ihre pränatale Erinnerung bestimmt nicht so weit zurückreicht, werden wir ihr vielleicht irgendwann erzählen, wie sie gezeugt wurde, denn an den Sex erinnere ich mich gut, und jetzt musst du mir erlauben, ein wenig auszuholen: Samstagmorgen, ich hatte keinen Wecker gestellt, hatte keine sportlichen Absichten und auch keine Pläne, mit denen ich euch hätte triezen können. Verschlafen küssten wir uns lange auf den klebrigen

Mund, legten uns beide auf die Seite, einander gegenüber, schmiegten uns aneinander mit dieser Schwäche von Körpern, die noch nicht gefrühstückt haben. Dann überkam uns dieses morgendliche Begehren, das nur auf eine solche träge Gelegenheit wartet, wir zogen unsere T-Shirts aus, zerrten die Unterhosen bis auf die Knie runter und befriedigten uns gegenseitig sanft, bevor ich in dich eindrang. Beide auf der Seite liegend, ein sanfter, ruhiger Geschlechtsakt, bei dem wir uns gegenseitig in den Mund atmeten. Und dann sagte ich zu dir, ich sprach es fast in deinen Rachen hinein, dass ich kein Kondom verwenden wolle, und da hast du die Augen aufgerissen, ganz dicht vor den meinen, hast geschielt und gegrinst, meine Pobacken gepackt und mich noch fester an dich gedrückt, aus deinen Brustwarzen floss Milch, und wir verlängerten den Akt, so lange es ging, und Ana half mit, weil sie uns nicht geweckt hat. Ich spürte, wie es in deinem Inneren pochte, spürte die Kontraktionen, die mich tief in dich hineinzogen, und alles war von einer Langsamkeit, die die jahrelange Hektik wieder auszugleichen schien. Kurz bevor ich kam, bat ich dich, nicht weiterzumachen, wir verharrten ein paar Sekunden in der Stellung, unten und oben fest verschraubt, bis wir die Wellenbewegung wieder aufnahmen, ganz sanft, und bei einer dieser Wellen kamen wir, mein Sperma wurde ausgeworfen und hat dich befruchtet. Dann blieben wir so liegen, ineinander verkeilt, ohne dass ich aus dir raus bin oder sich unsere Münder losließen, die sich nun sanfter küssten, bis schließlich Ana auftauchte, über die Bettdecke kletterte und uns trennte, indem sie sich zwischen uns schob, womit sie uns auf andere Weise vereinte, und sie saugte an deiner Brustwarze, um die Befruchtung ihrer Schwester hormonell zu unterstützen.

Wir hatten uns für eine zweite Schwangerschaft entschieden, weil es zwischen uns gerade gut lief.

Es lief so gut wie seit Jahren nicht.

Ich hatte zum neuen Schuljahr wieder am Gymnasium angefangen, nach der langen Beurlaubung wegen Ana.
Dir hat es gutgetan, von zu Hause rauszukommen, und auch finanziell lief es so gut wie nie, in unserer Kontografik war das der Höhepunkt: Zusammen kamen wir auf fünftausend Euro im Monat, plus Extrazahlungen. *Ana ging neuerdings einige Stunden pro Woche in die Krippe, sie war gerade zwei geworden, ich fand das allerdings immer noch schwierig, vormittags fürchtete ich ständig einen Anruf.* Ich holte sie jeden Mittag vor dem Essen ab, und wir spazierten ganz in Ruhe nach Hause, hatten unsere eigene Routine: Sie liebte es, jeden Tag an denselben Stellen dieselben Sätze zu sagen, dasselbe Staunen vor einem riesigen Baum zu zeigen, vor demselben Fenster zu warten, dass die Katze sich zeigte, zu jubeln wie beim ersten Mal, wenn wir um die Ecke bogen und sie unsere Straße erkannte. *Zu Hause hatte sich unser Rhythmus verändert.* Wir hatten Nicoleta,

die zweimal die Woche bei uns putzte, die Wäsche auf-
hängte und bügelte. *Seit dem Frühling bemühten wir uns
verstärkt darum, uns zu verstehen, einander nicht wehzutun,
füreinander da zu sein und vor allem sicherzustellen, dass
Anas Alltag möglichst ruhig verlief.* An den Kühlschrank
hatten wir unsere guten Vorsätze gepinnt, eine dieser net-
ten Listen aus dem Internet: Zehn Dinge, die man als Paar
täglich für eine gute Beziehung tun muss. Wir gingen sie
jeden Abend durch, um sicherzustellen, dass wir auch alles
erfüllt hatten. Jetzt beim Umzug habe ich sie ganz hinten
in einer Schublade gefunden. *Ich erinnere mich sogar an einen Artikel von dir, der damals erschien, ich verstand ihn als
einen Wink in meine Richtung, als Vorsatz, unser Leben zu
ändern, als Versprechen für die neue Zeit. Er wandte sich gegen die Beschleunigung in unserem Leben.* Das war kein Artikel, sondern ein Thema, dem wir uns in der Zeitung ein
paar Wochen lang gewidmet haben, »Wir haben keine
Zeit« war das Motto, und wir hinterfragten die Beschleunigung unseres Lebens, die Leistungsgesellschaft und die
Müdigkeit, die Hyperaktivität, das Multitasking, das Vordringen der Arbeit in unser Leben und den Konsum von
Aufputschmitteln und Antidepressiva. Interviews mit So-
ziologen und Psychologen, Vorträge, Diskussionsbeiträge,
Rezensionen, alles mit einer Stoßrichtung. Wir brauchen
eine andere Zeit, wir brauchen ein anderes Leben. Und ja,
es war meine Idee, weil ich der Erste war, der ein anderes
Leben brauchte. *Damals setzte dein Lob des Landlebens
ein, wenn du aus dem Supermarkt zurückkamst, versprachst
du uns einen Gemüsegarten und Hühner und ein Schwein*

zur jährlichen Schlachtung und dass wir am Fluss würden spazieren gehen können. An den Wochenenden, an denen Germán da war, gingen wir in irgendeinem Dorf essen, verbrachten einen Tag auf dem Land, ein, zwei Nächte in einem Parador. *Nachmittags ging ich mit Ana hinunter in den Park, während du in der Redaktion warst, die anderen Mütter konnten nicht verstehen, dass ich mein Kind nicht allein auf die Rutsche klettern oder über die Seilbrücke balancieren ließ: Mach dir doch keinen Kopf, sagten sie, jedes Kind fällt mal hin, sie hatten ja keine Ahnung.* Wir schliefen immer noch sehr unruhig, das kleinste Wimmern erschreckte uns, ein Husten, ein Klopfen mit dem Fuß gegen die Wiege, wir wachten auf und legten ihr die Hand auf die Brust, um ihren Herzschlag, ihren Atem zu spüren. *Ich erinnere mich an den Geruch des Kontaktgels, das sie ihr in die Haare schmierten. Sie weinte, wenn ihr die Elektroden abgenommen und dabei Haare ausgerissen wurden.* Der Neurologe vertraute darauf, dass es nicht wieder vorkäme, dass es ein einmaliger Vorfall war. Die Medikamente schützten sie, und die Zeit tat ihr Übriges, der Reifungsprozess im Gehirn würde es zunehmend unwahrscheinlicher machen. *Wir durften während des EEGs nicht bei ihr bleiben: Man schob sie schlafend in den Operationssaal, dann wurde die Tür geschlossen, und wir beide blieben auf dem Gang zurück, Arm in Arm, weinend und ohne Worte für das Entsetzen, das wir empfanden.* Den letzten Anfall hatte sie, kurz bevor man sie für das EEG sedierte, das war noch im Krankenzimmer. Du hast im Flur nach einer Krankenschwester gebrüllt, und ich habe sie im Bett festgehalten, habe das

Beben ihrer zarten Knochen unter meinen Fingern gespürt, während ich flüsterte, ist gut, meine Kleine, ist gut, gleich ist es vorbei, ihre Augen waren verdreht, der Mund verzerrt. *Wir wollen lediglich ausschließen, dass ein Tumor oder eine andere Hirnschädigung vorliegt, erklärte uns der Neurologe. Das sei sehr unwahrscheinlich, beteuerte er, sie wollten nur hundertprozentig sicher sein, aber diese Worte klangen auf dem Korridor der Notaufnahme entsetzlich nach: Tumor, Hirnschädigung, den Rest hörten wir gar nicht mehr. Vor kaum drei Monaten hatte Blanca ohnmächtig in der Küche meines Vaters gelegen, und auch bei ihr hatte man vorsorglich ein EEG gemacht, nur um hundertprozentig sicher zu sein, aber in ihrem Gehirn war der Tumor tatsächlich aufgetaucht, ein Glioblastom, und später hatte man ihr die Kopfhaut aufgeschnitten und weggeklappt, den Schädel aufgesägt und das Gehirn ausgeschabt, bevor sie sich über Monate einer Chemotherapie unterziehen musste, und dann eiterte die Narbe und durchtränkte nachts den Verband, es kam zu einer Infektion, und so musste erneut der Schädel geöffnet werden, und das Skalpell traf etwas, das es nicht hätte treffen sollen, und schon konnte Blanca den linken Arm nicht mehr heben und verlor bei Gesprächen den Faden, aber wenigstens war sie gerettet, fünf Prozent der Betroffenen lebten noch länger als zwei Jahre. Tumor, Hirnschädigung, sagte der Neurologe auf dem Korridor in der Notaufnahme, wir wollen lediglich ausschließen.* Den zweiten und dritten Anfall hatte sie kurz hintereinander gehabt, noch in der Kabine der Notaufnahme: Nach dem zweiten war sie völlig fertig, ein leises, katzengleiches Wimmern, sie konnte nicht mehr reden oder sich aufrichten auf der Trage. Der Pfleger erklärte uns, dass selbst ein Erwachsener nach einem solchen Anfall erschöpft wäre: Es ist, als würde man einen Marathon laufen, sagte er, und bevor er noch ausgeredet hatte, erfolgte bereits der dritte Anfall in einer knappen halben Stunde: Zwei Pfleger hielten sie an den Armen fest und drückten ihr dann ein Zäpfchen in den Po. *Im Krankenwagen, auf dem Weg in die Klinik, hätte ich sie gern auf dem Arm gehalten, aber sie wurde auf der Liege festgeschnallt, und obwohl sie weinte und zu mir wollte, konnte ich nur ihre Hand nehmen. Papa, Papa, rief sie nach dir, als hätte sie kein Vertrauen mehr, dass ihre Mutter sie aus diesem Krankenwagen herausholen könnte.* Ich fuhr mit unserem Wagen hinterher, und obwohl es eine kurze Strecke war mit wenig Verkehr, kommt es mir in meiner Erinnerung vor wie eine endlos lange Verfolgungsjagd, auf der ich nur auf das Blaulicht des Krankenwagens stierte, während ich langsamere Autos überholte, meine Hände so zittrig, dass ich nicht mal das Telefon bedienen konnte, als ich dich anrufen wollte, damit du mir aus dem Krankenwagen sagst, dass es ihr gut geht, dass sie noch lebt. *Das Handy hatte ich zu Hause vergessen, völlig darauf ausgerichtet, mich nicht von meiner Kleinen zu trennen, sie nicht loszulassen. Sie schluchzte kraftlos, nicht wieder bei vollem Bewusstsein, und ich fragte die Notärzte nur immer wieder: Was passiert jetzt mit ihr, was passiert jetzt mit ihr?* Antonio, es ist was mit Ana!, mehr konntest du am Telefon nicht sagen, und ich rannte raus aus der Redaktion und auf den Parkplatz, raste los und verstehe bis heute nicht, warum ich keinen

Pfeiler gerammt, warum ich niemanden überfahren habe, als ich die Ampeln bei Rot nahm und auf der Gegenfahrbahn beschleunigte. *Sie saß auf dem Teppich und spielte, und irgendwas muss sie wohl gespürt haben, denn sie stand auf, drehte sich zu mir um – ich war hinter ihr auf dem Sofa – und sah mich mit einem Ausdruck an, der mir jetzt ernst und warnend vorkommt, obwohl mich da sicherlich die Erinnerung trügt. Dann kippte sie nach hinten, als ließe sie sich vom Rand eines Schwimmbeckens fallen, stocksteif, ohne die Knie zu beugen oder sich mit den Händen abzufangen. Ich hielt das sogar noch für einen Scherz, einen Teil ihres Spiels, doch dann hörte ich den Kopf auf dem Parkett aufschlagen und stürzte zu ihr, sah ihre weit aufgerissenen Augen, verzweifelt offen und so verdreht, dass fast nur noch das Weiße zu sehen war, die Zähne zusammengebissen und knirschend, das Gesicht zu einer nie zuvor gesehenen Grimasse verhärtet, und ihr Körper wurde eine endlose Zeit lang von Zuckungen geschüttelt, das Bild hat mich seitdem nicht mehr losgelassen.*

Es war nur ein Fieberkrampf. *Nur? Drei Jahre Medikamente, alle sechs Monate beim Neurologen, regelmäßige EEGs, die Sorgen, sooft sie Fieber kriegte oder sich übergeben musste, der Schreck, wenn ich nach ihr rief und aus ihrem Zimmer keine Antwort kam.* Ich weiß, aber sie hatte keinen Tumor, keine Hirnschädigung und nicht mal eine Epilepsie. Fieberkrampf: krampfartiger Anfall, auf einen entzündlichen Prozess zurückgehend, in der Regel auf einen akuten Magen-Darm-Infekt oder eine Infektion der oberen Atemwege. Häufig erfolgen mehrere Anfälle hintereinander, zwei bis zehn Attacken innerhalb der nächsten Stunden. Er tritt in der Regel bei Kindern zwischen drei Monaten und drei Jahren auf, überwiegend beim weiblichen Geschlecht. *Sie hatte seit dem Vortag eine heftige Magen-Darm-Grippe, mit Übelkeit und Durchfall, ich hätte sie in der Nacht am liebsten in die Notaufnahme gebracht.* Und ich nicht, und das hast du mir immer noch nicht verziehen und wirst es mir auch nie verzeihen, selbst wenn ein ganzer Weltkongress von Neurologen erklären würde, dass man auch in der Notaufnahme die Anfälle nicht hätte verhindern können. Es sah einfach nur nach einem Magen-Darm-Infekt aus, und niemand fährt in die Notaufnahme wegen ein bisschen Kotzerei.

Niemand fährt in die Notaufnahme wegen ein bisschen Kotzerei. Niemand fährt in die Notaufnahme, weil das Fieber noch nicht einmal dann runtergeht, wenn man sein Kind in die lauwarme Badewanne steckt. Niemand fährt in die Notaufnahme, weil der Atem pfeift, das bildet sich bestimmt bloß die hypochondrische Mutter ein, am Ende des Ganzen bekommt die Kleine dann eine Nacht lang Salbutamol. Niemand fährt in die Notaufnahme wegen Bauchschmerzen, die der optimistische Vater als Blähungen diagnostiziert, und dann ist es eine Niereninfektion. Niemand fährt in die Notaufnahme, weil sein Kind gar nicht mehr aufhört zu weinen, und wie sich schließlich herausstellt, hat es eine akute Mittelohrentzündung.

Niemand fährt in die Notaufnahme wegen einer Lungenentzündung, die am Ende nur eine einfache Erkältung ist, niemand fährt in die Notaufnahme wegen einer Meningitis, die nur ein Kopfschmerz ist, niemand fährt in die Notaufnahme wegen eines bösen Darmverschlusses, der am Ende doch nur eine Verstopfung ist, niemand fährt in die Notaufnahme wegen einer Herzinsuffizienz, unfehlbar diagnostiziert von Doctor Google über einen kleinen Fleck im Gesicht.

Was soll das werden, ein beschissener Wettbewerb, wer öfter richtig- und wer öfter falschgelegen hat?

Du brauchtest keine vierzig Grad Fieber, keine Krämpfe, kein Pfeifen in der Brust: Bereits vor diesem Vorfall reichte dir ein lang anhaltendes Weinen, oder nicht mal ein lang anhaltendes, ein mittellanges, ein kurzes Weinen, ein Wimmern, ein einziger Vokal, ein Seufzer, um den Ausnahmezustand zu verhängen, um alles stehen und liegen zu lassen, mitten in der Nacht aus dem Bett zu springen und über den Flur zu rennen, mich zu überrollen, falls ich schneller gewesen war, oder um eingeseift aus der Dusche zu hüpfen, um die Pfanne auf dem Feuer stehen zu lassen, um das Auto mitten auf der Straße anzuhalten.

Bravo, die hysterische Mutter hast du schon lange nicht mehr aufs Tapet gebracht, eine deiner liebsten Figuren in der Fiktion.

Ich glaube nicht, dass du eine hysterische Mutter warst, und falls ich das mal gesagt habe, dann entschuldige ich mich dafür. Ich denke, eher warst du eine Mutter, die von einem permanenten Schuldgefühl geplagt war. Einem prophylaktischen Schuldgefühl. Nicht wegen irgendetwas, das du deinem Kind angetan hättest, sondern wegen all dem, was du ihm hättest ersparen können. Das Leiden, diese fixe Idee, die du damals hattest. Die Kleine soll nicht leiden, hast du immer gesagt. Sie soll nicht unter Schmerzen leiden. Soll nicht unter Krankheiten leiden. Soll nicht Hunger leiden. Soll nicht leiden, weil ihr Wunsch nach Nahrung, Wärme, Sicherheit nicht sofort befriedigt wird. Sie soll nicht leiden, weil ihre Mutter nicht da ist. Soll nicht leiden, weil sie alleine aufwacht. Soll nicht leiden, weil ihr der Körperkontakt fehlt. Soll nicht leiden, weil sie nicht alle Liebe der Welt bekommt, die ja immer noch zu wenig ist. Sie soll nicht unter mangelnder Zuneigung leiden, weil das emotionale Probleme nach sich zieht, wenn sie erwachsen ist. Sie soll nicht unter zu viel Stress leiden, damit ihr Immunsystem nicht geschwächt und ihr Nervensystem und ihr Stoffwechsel nicht angegriffen werden. Sie soll nicht unter traumatischen Erlebnissen leiden, die lebenslange psychische Folgen haben. Sie soll nicht so sehr leiden, dass ihr Körper irgendwann nicht mehr in der Lage ist, genügend Lymphozyten zur Krebsbekämpfung zu produzieren. Sie soll nicht leiden wie dieses Baby, das eines Nachts selbst einen plötzlichen Kindstod auslöste, weil es sich so verlassen fühlte in seiner Wiege. Sie soll nicht leiden wie diese Rattenjungen, die im Labor von ihren Müttern getrennt werden, worauf ihre Cortisolspiegel in die Höhe schnellen. Sie soll nicht leiden wie diese rumänischen Waisenkinder, die als Erwachsene oft suizidgefährdet sind und eine höhere Tendenz zur Straffälligkeit aufweisen. Ich will nicht sarkastisch sein, Ángela, ich erinnere mich gerade nur an das, was ich in den Büchern gelesen habe, die du mir damals gabst und die ich las, weil ich dich verstehen und dir nah sein wollte. Und was ich darin fand, war Schuld, war eine große Schuld, eine unendlich große Schuld, die sich wie eine Ladung Schwefel über all jene Mütter und Väter ergoss, die bei jeder Entscheidung unsicher waren, die ihre Kinder betraf, weil sie damit vielleicht bleibende Schäden verursachten und womöglich eine Gelegenheit verpassten, ihnen ein glückliches Leben zu ermöglichen, weil sie nämlich leiden, leiden, leiden.

Wart mal, lass mich weitermachen, ich kann mich noch bestens erinnern: Diesen genialen Spruch hast du bei einem Essen mit Freunden vom Stapel gelassen, das mit der übertriebenen Ritterlichkeit, weißt du noch? Wir redeten über Erziehungsstile, und du warst einer von denen, die sich über die bedürfnisorientierte Erziehung mokierten: Ich und alle Mütter, die genauso verrückt seien, hätten dasselbe Problem wie Don Quijote, sagtest du. Warte, ich muss das richtig wiedergeben, diese Vortragsstimme, mit der du die berühmte Passage von Cervantes parodiert hast: Der knappe Schlaf und das reichliche Lesen trockneten den Müttern das Gehirn ein, sodass sie den Verstand verloren und auf den seltsamsten Gedanken verfielen, dem je ein Verrückter auf der Welt verfallen war, denn es schien ihnen würdig und recht, bedürfnisorientierte Mütter zu werden! Von da hast du den Witz dann weiter ausgewalzt, die Ritterromane mit Erziehungsratgebern verglichen und sogar spöttisch Don Quijotes berühmte Rede über das goldene Zeitalter umformuliert: O glückliche Zeit, o Ära voll Glück!, riefst du Scherzbold und ließest eine mythische Vergangenheit von Jägern und Sammlern aufleben, in der die Mütter ihre Kinder den ganzen Tag an der Brust hängen hatten, die Familie auf demselben Strohsack schlief und die Babys gefüttert wurden, wenn sie Hunger bekamen, schliefen, wenn sie müde wurden, ihre Schließmuskeln beherrschten, wenn es ihnen passte, und weinten, sobald ihre Mütter aus dem Blickfeld verschwanden, um sicherzustellen, dass sie nicht vor Kälte oder Hunger starben oder von wilden Tieren zerfleischt wurden. Das Merkwürdige ist, dass du keinen lustigen Artikel geschrieben hast, dessen billige Polemik ihn zum meistgelesenen des Tages machen würde; oder ein Buch, die nächste beschissene Marktlücke, Tausende von Ehemännern würden in die Läden stürmen, Generation Golf: Hilfe, meine Frau ist eine fanatische Verfechterin der bedürfnisorientierten Erziehung.

Ich erinnere mich an noch lustigere Dinge: Eines Abends zu Hause; du hast mit dem Besenstiel gegen die Decke geklopft und schreiend verlangt, dass die Nachbarn von oben verdammt noch mal ihr Baby in den Arm nehmen, und hast gewettert über diese faschistische Kindererziehung und gedroht, die Polizei zu rufen wegen Kindesvernachlässigung. Oder im Park, als du mit zusammengebissenen Zähnen und geballten Fäusten fluchtest, weil eine Mutter ihren Sohn konditionierte, als wäre der eine elende Skinner-Ratte. Oder als der Sohn meiner Schwester, gerade ein paar Tage alt, mit einer Infektion ins Krankenhaus kam und sie für ein paar Stunden nach Hause ging, um sich zu duschen, und du sie anriefst und fertigmachtest, weil sie ihr Baby derart im Stich ließ, es könnte doch völlig verängstigt aufwachen und dann nur einen Vater mit haariger Brust und ohne Milchdrüsen vorfinden. Oder als du mir erklärtest, ich könne deshalb schlechter auf Anas Bedürfnisse eingehen, weil ich selbst in meiner Kindheit unter mangelnder Zuneigung gelitten hätte, die Generation unserer Mütter habe ja schließlich den Fehler gemacht, uns mit Fläschchen aufzuziehen, uns alleine schlafen, uns weinen zu lassen, uns in Kindergärten zu stecken, uns nicht zu umarmen und nicht oft genug zu küssen und uns mit Belohnungen und Bestrafungen zu erziehen, wodurch sie unsere emotionale Entwicklung hemmten, und deshalb müssten wir nun leiden, leiden, leiden.

Ich habe mich schon gefragt, wann endlich der Vorfall mit deiner Mutter kommt, zum Abschluss des Katalogs kleinlicher Vorwürfe. Lass nur, ich erzähle sie schon, ich habe sie nicht vergessen. Meine Damen und Herren, nehmen Sie Ihre Plätze ein und schalten Sie Ihre Handys aus, gleich beginnt das Große Intergenerationale Mütterduell. Wir befinden uns bei einem weihnachtlichen Abendessen. Auf der einen Seite des Tischs sehen wir eine Mutter, nunmehr Großmutter, die ihre Kinder vor über dreißig Jahren großgezogen hat, wir wollen sie Befreite Mutter nennen. Engagiert im Feminismus der Siebziger- und Achtzigerjahre, hat Befreite Mutter sämtliche Rechte ausgeübt, die sie nach und nach erringen konnte: berufliche Tätigkeit außerhalb des Heims, Regulierung ihrer Fruchtbarkeit durch Antikonzeptiva, Abtreibung, Scheidung. Auf der anderen Seite sitzt eine Frau, die vor Kurzem ihr erstes Kind bekommen hat, nennen wir sie Bedürfnisorientierte Mutter. Ebenfalls überzeugte Feministin, hat Bedürfnisorientierte Mutter beschlossen, der Erziehung ihrer Tochter den Vorrang gegenüber ihrer Karriere zu geben, zum Entsetzen und Unverständnis von Verwandten, Freunden und zuweilen auch ihrem Mann. Da haben Sie die beiden Mütter auf den gegenüberliegenden Seiten des Spielfelds. Eine gewisse Spannung liegt in der Luft, angeheizt durch vorangegangene Reibungen, darunter einige Seitenhiebe von Befreite Mutter gegen Bedürfnisorientierte Mutter, die darüber jedoch bis zu diesem Moment hinweggegangen ist. Bedürfnisorientierte Mutter sitzt da mit ihrem Baby im Arm, es schläft mit halb geöffneten Lippen an der Brustwarze, von der noch ein letzter warmer Tropfen rinnt. Befreite Mutter trinkt ihr viertes Glas Sekt, nach fünf Gläsern Wein während des Abendessens, einem Gin Tonic davor sowie dem Sherry als Aperitif. Bedürfnisorientierte Mutter hat bis auf einen Schluck zum Anstoßen keinen Alkohol getrunken, das verträgt sich nicht mit dem Stillen. Befreite Mutter spricht mit ihrer Tochter, der Schwägerin von Bedürfnisorientierte Mutter und ihrerseits Mutter eines Babys, das in einer Wiege am Ende des Flurs schläft, bei geschlossener Tür und eingeschaltetem Babyfon. Befreite Mutter sagt, sie könne nicht verstehen, wie die Frauen schon wieder in die Falle getappt seien, und diesmal von ganz alleine. Bedürfnisorientierte Mutter dreht sich zu ihrem Mann um, der ihrem Blick ausweicht und an die Runde gewandt vorschlägt, über die Rede zu diskutieren, die der König am früheren Abend gehalten hat, aber Befreite Mutter nimmt den Wink nicht auf, sondern sagt, es sei wirklich schade, ihre Generation habe so lange gekämpft, um sich vom Patriarchat zu befreien, und jetzt stürzten sich manche Frauen Hals über Kopf in die alten Verhältnisse und seien darauf auch noch stolz. Bedürfnisorientierte Mutter holt hörbar Luft, als wollte sie sagen: Gleich reicht's mir. Befreite Mutter legt weiter nach: Wir haben uns von der Herrschaft unserer Männer befreit, und jetzt kommen diese Mütter und überlassen sich glücklich einem neuen Herrn und Meister: dem Baby, dem neuen Agenten des Patriarchats. Da ist die Mutter dem Kind genauso unterworfen wie zuvor ihrem Mann. Bedürfnisorientierte Mutter schießt jetzt scharf zurück: Was meinst du mit befreien, ihr habt euch doch nur dem Arbeitsmarkt zur Verfügung gestellt, ohne etwas daran zu ändern oder für Gleichstellung zu sorgen, ihr *habt die männlichen Maßstäbe übernommen, und das zu ungünstigen Konditionen, habt die Doppelbelastung mit Haushalt und Arbeit ertragen, den Preis dafür durften eure Kinder zahlen; wenn das Befreiung ist, nein, danke. Befreite Mutter braucht einige Sekunden, um zu reagieren, sie wirkt durch die unerwartete und heftige Attacke angeschlagen. Der Rest der Anwesenden sitzt in unbehaglichem Schweigen da, bis Befreite Mutter endlich zum Gegenangriff übergeht: Also hör mal, das lasse ich mir von dir nicht sagen, wir hätten unsere Kinder bezahlen lassen, gute Mütter und schlechte Mütter, lass doch den Quatsch, man kann ein Kind lieben und ihm alles geben, was es braucht, ohne es sich den ganzen Tag an die Titte zu hängen. Es ist unfassbar, wie ihr in die Falle getappt seid, all das Gerede vom mütterlichen Instinkt, dem exklusiven Band zwischen Mutter und Kind, der Mystik der Erziehung, verdammte Scheiße, wir haben jahrelang darum gekämpft, dass sich auch die Männer um ihre Kinder kümmern, und jetzt kommt ihr und werft sie aus dem Schlafzimmer, um euch an euer Baby zu kuscheln, und überall sonst geht es genauso: Ihr verzichtet auf die PDA, durch die wir den jahrtausendealten biblischen Fluch überwunden hatten, unter Schmerzen gebären zu müssen; ihr blickt mit Misstrauen auf die Pille, denn das ist ja Chemie, dabei sind wir erst dadurch Herrin über unsere Körper, wir gebären, wir entscheiden; aber nein, ihr bleibt zu Hause und passt auf das Kind auf, während der Mann arbeiten geht, nach allem, was es uns gekostet hat, dem heimischen Herd zu entfliehen; ihr lasst es zu, dass euer Mann sich nicht kümmert, weil er noch nicht mal dem Kind die Flasche geben darf, wenn es*

241

nachts aufwacht; ihr verzichtet auf jegliche Lust, denn Lust gibt es nur eine: zu sehen, wie eure Kinder an der Brust trinken; und einige von euch treten sogar für waschbare Windeln ein, als wollten sie die Uhr um ein Jahrhundert zurückdrehen; also, für mich sieht das aus, als ob der glühendste Verfechter der bedürfnisorientierten Erziehung der Papst ist!, das alles ist doch der feuchte Traum eines ultrakonservativen Katholiken, das volle Programm: die Frau zu Hause, keine Pille, Geburten unter Schmerzen, eine traditionelle Familie, die Mutter als asketische Gestalt mit tief verwurzelten Schuldgefühlen, und das Patriarchat hat dafür keinen Finger krumm machen müssen, ihr seid ganz allein in den Käfig geklettert! Die unmittelbare Regung von Bedürfnisorientierte Mutter ist, aufzustehen und das Wohnzimmer zu verlassen, mitsamt ihrem Baby, dem sie die Szene gerne ersparen möchte, zuvor aber feuert sie eine letzte Kugel ab: Also dafür, dass du so eine Bilderbuchfeministin bist, könnte das, was du gesagt hast, machistischer nicht sein; wenn man dich hört, sind wir Frauen so blöd, dass wir uns einfach übers Ohr hauen lassen mit unserem Glauben, eine natürliche Geburt oder eine bindungsorientierte Erziehung brächten uns weiter in unserem Kampf, im Kampf um die Herrschaft über unsere Körper und unsere Leben; keine Sekunde lang kommst du auf den Gedanken, dass wir vielleicht schlicht und ergreifend nichts von dem Frauenbild halten, das ihr uns hinterlassen habt: auf einem Arbeitsmarkt tätig zu sein, auf dem wir von vornherein nur verlieren können, Kinder in einer Welt großzuziehen, in der sie überflüssig sind, aber dafür dürfen wir uns mit dem Gerede von der Vereinbarkeit trös-

ten, die anscheinend darauf hinausläuft, dass man seine Kinder in öffentliche Einrichtungen gibt, sobald sie auf der Welt sind, sie in der Krippe abliefert, bevor der Tag anbricht, und sie abholt, wenn es Abend wird; darauf kann ich gerne verzichten. An diesem Punkt schaltet sich derjenige in das Gespräch ein, der noch gefehlt hat, der bekloppte Ehemann von Befreite Mutter, der seiner Frau so gerne widerspricht, egal, worüber gerade diskutiert wird, und daher in diesem Fall Bedürfnisorientierte Mutter eine Unterstützung anbietet, die sie nicht haben möchte. Deine Schwiegertochter hat recht, die Kleinen sind zu Hause bei der Mutter am besten aufgehoben, das war doch schon immer so. Befreite Mutter achtet nicht auf ihren bekloppten Gatten und fährt fort: Merkst du denn nicht, dass dieses ganze Getue, mit dem die Mutterschaft hochgehalten wird, ausgerechnet dann die Runde macht, wenn eine Wirtschaftskrise im Anmarsch ist? Sobald die Arbeit knapp wird, schnappen sie sich die Männer und schicken die Frauen geradewegs zurück nach Hause. Nun schaltet sich der Ehemann von Bedürfnisorientierte Mutter und Sohn von Befreite Mutter ein, in der edlen Absicht, zwischen den beiden Frauen Brücken zu bauen, dafür verwendet er allerdings Zement von denkbar schlechter Qualität: Ich glaube ja, ihr habt beide ein Stück weit recht, eine Frau, die sich dafür entscheidet, sich als Arbeiterin zu verwirklichen, ist genauso zu respektieren wie diejenige, die das als Mutter tun will. Ich versuche nicht, mich zu verwirklichen, fällt ihm Bedürfnisorientierte Mutter ins Wort, wir reden hier zu viel von den Müttern und zu wenig von den Kindern, dabei müssten die im Mittelpunkt stehen, wir leben ja in einer Welt, die ra-

dikal gegen Kinder ist; wenn eine Frau nicht bereit ist, alles für ihr Kind zu tun, dann soll sie eben keins bekommen, ist ja nicht obligatorisch. Wir dürfen doch die Frau nicht auf ihre Rolle als Mutter reduzieren, sagt jetzt die Tochter von Befreite Mutter und Schwägerin von Bedürfnisorientierte Mutter, die übrigens bei ihrem Kind ein behavioristisches Schlaftraining zur Anwendung gebracht hat: Wir dürfen die Frau nicht auf ihre Rolle als Mutter reduzieren, geschweige denn auf das traditionelle Bild der sich aufopfernden Mutter, die die Bedürfnisse der anderen stets über ihre eigenen stellt. Im Gegenteil, wir dürfen nicht die Bedürfnisse des Produktionssystems über die von Kleinkindern stellen, erwidert Bedürfnisorientierte Mutter, die nun auf die empfindlichen Stellen zielt: Es kann nicht sein, dass Kinder durchschlafen müssen, nicht etwa weil das für sie das Beste wäre, sondern weil ihre Mutter am nächsten Tag von acht bis drei etwas leisten soll, damit sie auch ja genug verdient, um Urlaub im Ausland zu machen. Besser als eine Frau, die wirtschaftlich von ihrem Mann abhängt, weil sie zu Hause bei den Kindern bleibt, schnappt Befreite Mutter in Verteidigung ihrer angegriffenen Tochter. Entschuldige, aber du bist wohl kaum die Richtige, um über wirtschaftliche Abhängigkeit vom Ehemann zu reden, knallt ihr Bedürfnisorientierte Mutter vor den Latz und zeigt dabei mit einem ruckartigen Nicken auf den Bekloppten. Allen am Tisch fällt die Kinnlade herunter. Bedürfnisorientierte Mutter steht auf und verlässt mit ihrer Tochter auf dem Arm das Wohnzimmer, ihr Mann folgt ihr hinaus auf den Gang, hinter ihnen das aufgebrachte Durcheinander der übrigen Tischgenossen. Ende der Komödie.

Einen Tag nach der Rückkehr aus dem Krankenhaus mit der neugeborenen Ana bin ich aufgestanden, habe euch gut zugedeckt, mir meine Klamotten geschnappt und versucht, ganz leise das Schlafzimmer zu verlassen. Wohin gehst du, Schatz, hast du geflüstert, ohne die Augen aufzumachen. Ich geh ins Schwimmbad, antwortete ich, ich will ein bisschen schwimmen, mein Körper braucht Bewegung nach diesen zwei Tagen Krankenhaus. Ich gab dir einen Kuss, gab Ana einen Kuss, die auf deiner Brust schlief, und unternahm einen weiteren Versuch, in den Flur zu gelangen. Willst du ernsthaft schwimmen gehen?, fragtest du. Das hatte ich vor, aber wenn du was brauchst, bleibe ich, war meine Antwort. Wir brauchen nichts, geh ruhig schwimmen, murmeltest du, und ich kam nicht mehr über die Schwelle: Hast du was dagegen, wenn ich schwimmen gehe? Nein, natürlich nicht, du kannst tun und lassen, was du willst, wir leben in einer freien Welt, erwidertest du, und so entspann sich unser erster Elternstreit, leise, noch sehr verhalten, du konntest einfach nicht verstehen, dass ich nicht den ganzen Morgen an euch geschmiegt liegen bleiben wollte, ich gab mich ziemlich beleidigt, weil du meine Vaterliebe infrage stelltest, und dann sagte ich diesen Satz, den ich in den darauffolgenden Wochen am häufigsten wiederholt habe und den ich eigentlich auf ein T-Shirt oder eine Frühstückstasse hätte drucken lassen sollen: Die Welt bleibt nicht stehen, nur weil man ein Kind kriegt. Ich äußerte ihn jedes Mal, wenn ich in meinem Vaterschaftsurlaub etwas anderes machen wollte, als mich in euer Stillknäuel einzufügen: schwimmen gehen, ein Buch lesen, mich mit einem Freund auf ein Bier verabreden, und du musstest mir gar nichts mehr erwidern, ich schickte den Satz gleich voraus: Die Welt bleibt nicht stehen, nur weil man ein Kind kriegt. Monatelang habe ich ihn geäußert, jedes Mal, wenn meine Versuche, ein normales Leben zu führen, mit deinem mütterlichen Ausnahmezustand zusammenprallten, jedes Mal, wenn du versuchtest, die Welt stehen bleiben zu lassen.

Natürlich bleibt die Welt stehen. Also, die Zeit. Sie wird anders. Geruhsamer, weiträumiger. Sie wird menschlicher. Gerade damals haben wir angefangen, uns in unterschiedlichem Tempo zu bewegen, du und ich, als Ana geboren wurde. Und es ist nicht so, dass du damit weiter gekommen wärst, es war eher eine Kreisbahn, ein Hin und Her. Wie Hunde, die beim Spazierengehen immer vor- und zurücklaufen. Du hast dich häufig beschwert, dass du uns immer anschieben müsstest, Druck machen, dich um alles mögliche Unerledigte kümmern, praktisch denken, damit Zeitpläne eingehalten würden, und draußen auf der Straße hattest du Ana auf den Schultern und zogst mich an der Hand hinterher, damit ich dein Tempo mitmachte. So war es auch: Du hast gezogen, geschoben, gezerrt, damit es vorwärtsging, und wir haben dich aufgehalten. Ana und später Sofía waren wie ein Anker. Mit Germán lief das anders, da gabst du die Zeiten vor, wobei auch er dich öfter aufgehalten hat, als dir wahrscheinlich in Erinnerung ist. Aber seit Anas Geburt hatte sich mein Zeitempfinden verändert. Und das deine auch, in einem anderen Sinn, als du glaubst. Du denkst, deine Töchter hätten dir die Zeit gestohlen, aber in Wirklichkeit haben sie sie dir zurückgegeben. Die Zeit. Die Chance, die Zeit zurückzugewinnen, das Wegdriften zu stoppen. Du glaubst, ihretwegen sei bei dir alles am Überlaufen gewesen, tatsächlich aber gaben sie dir Halt, obwohl du das nicht merktest. Einige Male bist du nur ihretwegen nicht abgestürzt. Sie haben dich festgehalten. Heute klagst du über die verpassten Chancen, die Züge, die ohne dich abgefahren sind, abgelehnte Anfragen, die dir vielleicht Türen geöffnet hätten, oder diese für dich so typische Obsession, ein »interessantes Leben« zu führen, besondere Erfahrungen und Momente zu sammeln, etwa noch eine Fremdsprache zu erlernen oder auf einen Berg zu steigen. Du machst ihnen da keine Vorwürfe, aber vielleicht hast du das Gefühl, deine Töchter seien schuld, dass du es nicht weit gebracht hast, in Wahrheit ist es aber so: Deinen Töchtern ist es zu verdanken, dass du es nicht weiter gebracht hast. Wären sie früher in die Kinderkrippe gegangen, wären sie dort täglich mehr Stunden untergebracht gewesen, hätten wir ihre Nachmittage mit Aktivitäten vollgepackt, hätte ich mich nicht so lange beurlauben lassen, hätten wir die beiden einem Kindermädchen anvertraut, hätten wir uns selbst nicht so sehr für sie eingesetzt, wäre all das der Fall gewesen, so hätte vielleicht dein Kontostand anders ausgesehen, aber wir wären schon vor Jahren an die Wand gefahren, davon bin ich überzeugt. Sie waren eine Last, ja, aber wir brauchten sie, um nicht den Boden unter den Füßen zu verlieren. Die Notbremse. Wie oft habe ich dich hochgestochene Reden schwingen hören über die unerträgliche Beschleunigung im gegenwärtigen Kapitalismus, das Eindringen der Arbeitswelt bis in die letzten Winkel unseres Lebens, doch wenn ich dich dann sah, schienst du selber begeistert zu beschleunigen und für die Arbeit alles zu tun. Und nicht etwa, weil du nicht hättest stehen bleiben wollen. Nein, du konntest nicht stehen bleiben, du wusstest nicht, wie das geht. Und unsere Töchter brachten dich zum Stehen. Mir war die Lage von Anfang an klar. Ich ließ mir von ihnen die Zeiten vorgeben, ließ sie meine Uhr sein. Um den Preis, Spannungen und Druck auszuhalten, ja, nicht nur fremden, auch den meiner eigenen jahrealten Routine. Um den Preis, mit dir zusammenzustoßen. Aber ich hatte begriffen, dass meine Töchter mich in Sicherheit brachten. Nicht ich schützte und behütete sie: Sie taten das für mich, indem sie mich beschützerisch und behutsam machten. Wozu sind Kinder gut; dieser so herrliche und weise Satz, den Alba Rico zu dir gesagt hat, als du sie für die Zeitung interviewt hast, weißt du noch: Wozu sind Kinder gut, damit wir sie behüten, das heißt, damit wir behutsam werden. Und ich weiß schon, bremsen, das Tempo verlangsamen, andere Prioritäten setzen, das ist mit unserem Leben nicht vereinbar. Die Lokomotive macht vor nichts halt, auch nicht vor den Kindern. Schon gar nicht vor den Kindern. Sie rollt über sie hinweg. Aber diese Unvereinbarkeit war für mich der beste Grund, stehen zu bleiben: als mir bewusst wurde, dass das Leben, das wir führen, den Bedürfnissen der Kinder völlig entgegengesetzt ist. Und ich meine damit nicht all das, was dir gar nicht als inkompatibel erschien und was du beizubehalten suchtest: deine fabrikmäßigen Zeitpläne, das Durchschlafen, die Autofahrten, bei denen nur zum Tanken angehalten wurde, unser Sexualleben. Ich spreche von mehr, viel mehr: die Art, wie mich das Mutterwerden alles begreifen ließ, was ich zuvor nur intuitiv erfasst hatte. Das unterschwellige Elend, das seine Erscheinungsform ändert, wenn man Kinder bekommt, aber immer noch Elend ist, all diese erschöpften, übellaunigen Mütter und Väter, die einander mehr schlecht als recht lieben. Wenn man das bei der eigenen Tochter sieht, wenn man begreift, dass es Irrsinn ist, Schulzeiten an Arbeitszeiten auszurichten oder ein Baby einem Schlaftraining zu unterziehen, indem man derselben Logik folgt, mit der in den Anfängen des Industriekapitalismus der Schlaf der Arbeiter gezähmt wurde; wenn man seine Nervosität auf sie überträgt und sie dann rennen sieht, so wie man selber rennt, dann wird einem klar, dass unsere Normalität nicht nur damit unvereinbar ist, Kinder aufzuziehen: Sie ist unvereinbar mit dem Leben. Und mich hat überrascht und enttäuscht, dass jemand wie du, der den Kapitalismus den ganzen Tag im Mund führte, das nicht sehen konnte. Du warfst mir ein neoromantisches Denken vor, nanntest mich naiv, aber ich spürte, dass meine Töchter mir eine radikale Klarheit verschafften, einen Blick hinter den Vorhang, sodass ich sehen und begreifen konnte, was hier abläuft. Was verdammt noch mal hier abläuft. Und wenn man diese Klarheit erst einmal hat, kann man nicht weitermachen, als wüsste man von nichts. Meine Töchter sind meine Uhr. Mein Anker. Sie geben mir Stabilität, wenn alles auseinanderbricht. Geduld und Aufmerksamkeit inmitten all der Zerstreuung und Hektik. Meine Töchter sind ein Platz auf der Welt, wenn wir *alle umherirren, verloren, ohne Ort. Meine Töchter haben mir Besonnenheit verschafft, Sinn, Grenzen. Bindungen in einer bindungslosen Welt. So wie Kinder Städte bewohnbar machen, wenn die Regierenden sie ihren Bedürfnissen anpassen, so geht es auch uns, wenn wir unser Leben an ihren Bedürfnissen ausrichten. Dann werden wir wie die Straßen, von denen wir uns wünschen, dass sie dort alleine herumziehen könnten: Wir werden langsam, sicher, licht, vertrauensvoll. Wenn ich dich ausnahmsweise auf dieses Thema ansprach, kamen wir ebenfalls nicht zusammen. Du warst mit meiner Diagnose einverstanden, aber nicht mit der Lösung. Es sei zu wenig, sagtest du, einen privaten Rückzugsort zu schaffen, wo wir mit unseren Töchtern in Sicherheit wären, das wäre Feigheit vor dem Feind. Dort draußen müsse sich alles ändern. Wir seien privilegiert, ich könne es mir leisten, die Welt stehen bleiben zu lassen, weil wir finanzielle Rücklagen hätten, die damals erheblich waren, und weil ich mir als Beamtin keinerlei berufliche Sorgen zu machen bräuchte; du nahmst sogar in die Rechnung auf, was ich eines Tages von meinen Eltern erben würde. Aber sich in einen persönlichen Bunker zurückzuziehen, reiche nicht aus. Das Gespräch fiel in deine militante Phase: Du kamst spät von Versammlungen zurück, von denen du kaum etwas erzähltest, du hattest dich bei der Zeitung in den Betriebsrat wählen lassen, hattest dich auch bei den landesweiten sozialen Protesten engagiert. Mir warfst du mein politisches Desinteresse vor, meine Uninformiertheit in aktuellen Fragen, die Tatsache, dass ich seit Monaten keine Fernsehnachrichten sah. Du machtest dich über mich lustig, nanntest mich ein Hausmüt-*

terchen, weil ich nachmittagelang an einem Faschingskostüm für Ana nähte, anstatt ihr eines zu kaufen, oder selbst Brot buk. Was ist aus der jungen Hoffnung der spanischen Geschichtswissenschaft geworden, in die ich mich einst verliebt habe, fragtest du sarkastisch, warum packst du nicht die Doktorarbeit wieder an, deine Forschungen, das Lebensgeschichtenprojekt? Du hieltst mir vor, dass ich nur noch Eltern-Kind-Ratgeber las. Dass ich nicht deine Texte las. Wenn ein Kind zur Welt kommt, bleibt doch die Welt nicht stehen, sagtest du immer wieder verärgert. Aber es waren nicht die Bücher, es war Ana. Die Bücher haben mir nur alles bestätigt, was sie mich bereits hatte entdecken lassen, vom ersten Tag an. Diese Klarsicht, die einen überkommt, wenn man einen so verletzlichen Körper in Händen trägt, eine so abhängige, so sterbliche kleine Person, die einem jedoch enorme Macht verleiht: Leben zu spenden, Leben zu bewahren. Das war etwas Uraltes, Tierhaftes. Körperliches. Ein Band, das in erster Linie physisch war, aus Fleisch. Direkt sinnlich, sooft ihr Mund meine Brust streifte. Noch vor dem ihren spürte ich, wie mein eigener Körper anlief, die Gebärmutter, die sich beim ersten Saugen zusammenzog, die Milch, die mir in die Brüste schoss, sobald ich sie losweinen hörte. Natürlich blieb die Welt stehen: Ana, die an meiner Brust lag und mir aus wenigen Zentimetern Entfernung in die Augen sah, sodass ich mich in ihren Pupillen gespiegelt selbst ansehen musste, richtig tief, und mich entdecken, wie ich mich nicht kannte, mich machtlos fühlen und gleichzeitig allmächtig. Ich wollte, dass du dabei bist. Dass du mit in diesen Blick trittst.

Nein, ich konnte die Welt nicht stehen bleiben lassen. Du hast recht, ich wusste nicht, wie man das macht. Aber ich wollte es auch nicht. Heute sehe ich das anders, doch der Antonio, der ich damals war, wollte nicht stehen bleiben. Er wuchs noch, stieg auf, und obwohl ich ein paar Jahre später den Berg hinabrollen sollte, auf der anderen Seite, deutete in diesem Augenblick nichts darauf hin, dass der Höhepunkt, der Gipfel erreicht war, von dem aus man nur noch fallen kann. Alle Grafiken verzeichneten damals einen Anstieg: zuallererst die finanzielle. Gehaltserhöhungen, weil ich in der Redaktion immer mehr Verantwortung übernahm, dazu weitere bezahlte Aufträge, die mein berufliches Hoch noch befeuerten: Vorworte für Bücher, Einladungen zu Diskussionsrunden, Sommerkurse, Radiobeiträge, ein Vorschuss für ein weiteres Buch und viele andere Angebote, die ich aus Zeitmangel ablehnte, weil ich damals wählen und Nein sagen konnte. In dem Jahr, in dem Ana geboren wurde, das habe ich gerade nachgesehen, hatte ich ein Einkommen von fast sechzigtausend Euro. Auch die Anerkennung wuchs, die der Chefs und Kollegen, die der anderen Journalisten, der Leserinnen und Leser und der Follower in den sozialen Netzwerken. Und das war auch ein Geldwert, war die Garantie für einen Verbleib in der Zeitung, für Aufstiegsmöglichkeiten, für den Glanz meines Markenzeichens, und das hat es mir, als die Zeitung schließen musste, letztlich leichter gemacht, an neue Aufträge zu kommen. Eitelkeit war auch im Spiel, das leugne ich nicht, ich weiß noch, dass ich in dieser Zeit ziemlich aufgeregt war, es war eine kindliche Aufregung und ein enormer Ehrgeiz, in beidem erkenne ich mich heute nicht wieder. Aber ich spürte auch, dass es meine Art war, etwas zu unserem Projekt beizusteuern. Für Ana und für Germán, für uns. Um mich herum gab es bereits Opfer der Wirtschaftskrise, bei den großen Medien die ersten Personalkürzungen, ich kannte immer mehr verarmte Freelancer und nahm mir vor, es wie die Ameise zu halten und für den Winter vorzusorgen. Du kannst dir nicht vorstellen, was für eine Befriedigung es für mich war, unseren Kontostand zu prüfen und unsere Ersparnisse wie in einem Silo anwachsen zu sehen. Und deine Beurlaubung verlängern zu können, so lange du wolltest. Abgesichert zu sein gegen Unvorhergesehenes, gegen Unfälle. Meinem Vater helfen zu können, als er seinen Laden schließen musste. Und die Zukunft, unsere Zukunft. Schon damals, lange bevor ich die Unsicherheit des Freelancers kennenlernte, schon damals sorgte ich mich um die Zukunft. Ich sah Jahre, Jahrzehnte vor mir, die wir Jahr für Jahr, Monat für Monat finanzieren mussten. Germán und Ana, später auch Sofía, waren ein Posten in der Buchhaltung zu unserer Zukunft. Tausende von Euros, jahrelang. Kleidung, die jedes Halbjahr neu gekauft werden musste, Schulbücher, Urlaub, ein gutes Leben, irgendwann ein Hochschulstudium. Wir selbst, die Zukunft, die ich mir für mich vorstellte, mit einer Rente, die uns das Alter erträglich machen würde, wenn wir gemeinsam alt würden. Und dann das Haus. Noch war es nur ein Traum, irgendwann ein anderes Leben zu führen, doch auch das musste finanziert werden. Kurz bevor Ana zur Welt kam, hatten wir Luisa und

Suso besucht. Wir verbrachten ein Wochenende mit ihnen, und als wir wiederkamen, waren wir ganz euphorisch, naiv euphorisch, stellten uns unser eigenes Haus auf dem Land vor, staunten über das Leben, das sie uns vorgeführt hatten: ihr Alltag mit dem Gemüsegarten, den Hennen, ihre wilde, glückliche Tochter, ihre abendlichen Wanderungen, das Glück, das sie ausstrahlten. Ein Glück ohne Schuhe, ungekämmt, faul, ungetrübt. All das würde man irgendwann finanzieren müssen. Liebend gern wäre ich jeden Morgen bei euch im Bett geblieben. Doch meine Aufgabe war es, den Heizkessel zu befeuern. Ich will mich nicht beklagen, ich sah das als meinen Part an, es machte mich stolz, und tief in meinem Inneren spürte ich den alten Jäger. Und ich habe meine Vaterschaft ebenfalls intensiv gelebt, auch wenn es für dich nie genug war. Ich sollte sie mit der Intensität leben, die du vorgabst, exakt nach dem von dir aufgestellten Protokoll. Zudem wurde mir ständig zu wenig väterliche Begeisterung unterstellt. Ich hatte ja bereits einen Sohn, und das hieß für dich, dass ich nicht dasselbe Staunen, dieselbe Bewunderung und Erfüllung empfinden konnte wie du, weil es für mich bereits ein abgenutztes Gefühl war. So dachtest du vermutlich, bis Sofía zur Welt kam und du ein zweites Mal Mutter wurdest. Damals jedoch hast du mir unterstellt, ich würde für Ana nicht dasselbe empfinden wie seinerzeit für Germán. Also sah ich mich gezwungen, die Unsicherheit des Neulings vorzutäuschen, weil meine Vorerfahrung dich ja auch störte: dass ich schon mal eine Nabelschnur getrocknet hatte, dass ich das Kindspech benennen konnte, ohne in einem Handbuch für frischgebackene Eltern nachlesen zu müssen, dass ich geschickt einen geblähten Bauch massieren, dass ich diesen Winzling von Ana ohne Angst hochheben und damit umgehen konnte. Ich kam zu dem Schluss, dass es besser wäre, Nichtwissen und Überraschung vorzutäuschen, bis ich merkte, dass dich das noch mehr ärgerte, du kamst dir verarscht vor, weil ich den Trottel spielte. Und dann war da Germán, der dich nicht nur permanent daran erinnerte, dass ich als Vater kein Neuling war, sondern den ich auch von Anfang an in unsere Kleinfamilie integrieren wollte, indem ich ihn zu uns dreien ins Bett nahm, ihn beim Wickeln helfen ließ oder ihn ermunterte, seiner Schwester beim Stillen seinen Finger anzubieten. Und bei all dem spürte ich deinen irritierenden Widerstand. Den Widerstand des Säugetiers. Du wolltest dein Junges vor allen beschützen, auch vor Germán, auch vor mir. Und doch sind diese Tage in meiner Erinnerung glückliche Tage. Sehr glückliche. Und wir waren uns näher denn je, und bestimmt auch näher als je in der Zukunft.

Ich erinnere mich an viele Morgen mit Ana, die auf meinem Bauch lag und an der Brust trank, dein Arm unter meinem Nacken wie ein Kissen, während deine freie Hand über ihr Köpfchen strich, und ihre Augen sahen uns an mit diesem tiefen Glanz, sahen zwischen uns hin und her, fast ohne zu blinzeln, bestätigten uns.

Ich erinnere mich an ihren hypnotisierten Blick, wenn ich mit meinen Fingern vor ihrem Gesicht kreiste, ich bewegte sie mit der Langsamkeit von Neptungras, und ihre Lider wurden immer schwerer.

Ich erinnere mich an den Geruch ihrer Halsbeuge, fermentiert, milchig. Und an ihren kleinen Finger, den winzigsten Finger der Welt, ein Hühnerknöchelchen, das mich beim Anfassen erschütterte und faszinierte.

Ich erinnere mich an ihre unvermittelten Seufzer im dunklen Schlafzimmer, an ihre gleichmäßige Atmung, als wollte sie uns beruhigen, und dann plötzlich ein langes Ausatmen wie eine Botschaft: Ich bin hier, bin bei euch. *Ich erinnere mich daran, wie wir in die Wohnung kamen, wir trugen sie in jedes Zimmer und stellten ihr die Räume vor, benannten ihr alles zum ersten Mal.* Ich erinnere mich an die Autofahrt vom Krankenhaus nach Hause, sie war im Tragekorb eingeschlafen, und ich fuhr so vorsichtig, als würde ich eine radioaktive Fracht transportieren. *Ich erinnere mich ans Verlassen der Geburtsstation, an diesen kleinen Körper, dessen Gewicht nichts ähnelte, was ich bisher auf dem Arm gehalten hatte.* Ich erinnere mich an unsere Zimmergenossen, der Vater war bei der Müllabfuhr, und in der Nacht feierten uns sämtliche Müllwagen der Stadt mit musikalischem Hupen, wenn sie vorbeikamen. *Ich erinnere mich an die Aufregung der ersten Stunden, die Erschöpfung, die Schmerzen, den Schreck, das Gefühl von Schwäche und Macht, ich hatte diesen kleinen Körper an meine Seite gedrückt und fühlte mich lebendig, maßlos le-*

bendig, gänsehautlebendig, ja, das war lebendig sein. Ich er-
innere mich an ihre Hände, noch mit ganz wenig Kraft hielt
sie sich an meinem Bauch fest und stieß sich mit den Füßen
ab, um Zentimeter für Zentimeter voranzukommen, reckte
wütend den Kopf, bis endlich ihr Mund die Brustwarze traf
und ich merkte, wie mein gesamtes Inneres flüssig wurde
und sich zur Brust hin ergoss. Ich erinnere mich an ihren
rötlichen, schmierigen Körper, als die Hebamme sie hoch-
nahm, die Mischung aus Fremdheit und Einheit, die man
empfindet, wenn man zum ersten Mal das Gesicht seiner
Tochter sieht, das ungläubige Staunen: Dieses lebendige
Wesen soll in deinen Eingeweiden herangewachsen sein.
Ich erinnere mich daran, dass du an meiner Seite warst, wir
hielten uns an den Händen, du hast mich gestreichelt, mir
aufmunternde, sanfte Worte ins Ohr geflüstert, und ich
glaubte, keinen einzigen Muskel mehr rühren zu können
zum Pressen, aber zugleich wusste ich, dass ich weiterma-
chen könnte bis ans Ende der Tage. Ich erinnere mich, dass
ich vor Angst fast gestorben bin, es erschien mir auf einmal unmöglich, dass ein Körper durch eine Scheide passt,
ohne bei dem Versuch zu zerbrechen. *Ich erinnere mich*
daran, dass ich keine Angst hatte, ich war besessen von einer
jahrtausendealten Gewissheit, ich war nur die letzte in einer
Reihe gebärender Frauen von Anbeginn der Welt, mein gan-
zer Körper wusste, was er zu tun hatte, damit sie herauskam,
meine Tochter.

2

Keine Schmutzränder, keine von kleinen Höhlenbewohnern verzierten Wände, keine Kerben in einem Türrahmen, die das Wachstum von Kindern anzeigten. Keine einzige Spur hatten die Vormieter hinterlassen, und alles roch nach Farbe und Putzmittel. Es ist eine alte Wohnung, aber sie hat viel Charme, sagte ich, sagtest du, sagten wir. Dir gefielen vor allem die beiden Badezimmer: die poppigen Sechzigerjahre-Fliesen, die pompöse Sanitärausstattung mit der bereits glanzlosen Keramik und den altmodischen Wasserhähnen, die man so schwer aufbekommt, einer für kaltes Wasser, der andere für warmes, der für kalt mit einem blauen F, der für warm mit einem roten C. Die Küche fandest du lustig, historische Kacheln, und die elfenbeinweißen Schränke erinnerten dich an deine Kindheit. Einig waren wir uns darin, dass die Fenster mit ihren ein paar Jahrzehnte alten Aluminiumrahmen weniger charmant waren. Auch die Türen mit den messingbeschichteten Türklinken waren nicht wirklich schön, aber weiß angestrichen störten sie nicht allzu sehr. Das Parkett hingegen war tausendmal besser als jeder billige Holzfußboden, trotz der vielen Kratzer, die ich als Lebensspuren bezeichnete, damit du über mich lachst. Ach ja, die Heizkörper, diese riesigen Rippengebilde, die deiner Meinung nach in ein Bergsanatorium passten. Und dann das Gebäude, ein Arbeiterblock der späten Franco-Zeit, der etwas hermachen sollte, die Wände im Eingangsbereich mit Holzimitat verkleidet, Hirschmotive auf den Wandbehängen, der Portier in Uniform, und dann diese Empfangshalle mit den wuchtigen Sofas, die nach einem Glas Cognac verlangten und auf denen wir uns Anas Verehrer vorstellten, wie sie auf sie warteten. Die Straße nichts Besonderes, architektonisch völlig uninteressant wie auch das ganze Viertel, ein Wohnviertel, aber mit mehr Atmosphäre als diese neuen Außenbezirke, wo unsere Freunde sich verschuldet hatten, mit bezaubernden Lebensmittel- und Kurzwarenläden, weit weg vom touristischen Zentrum und somit geeignet für die Kinderaufzucht. Ein Arbeiterviertel, sagten wir stolz mit falschem Klassenbewusstsein, wir wohnen in einem Arbeiterviertel. Wenn es nicht so peinlich wäre, könnten wir die Wohnung ja gleich einweihen, sagtest du und drehtest dich in dem leeren Schlafzimmer um dich selbst, worauf ich dich sofort gegen den Schrank drückte: Wer behauptet denn, dass Sex im letzten Schwangerschaftsdrittel schädlich ist, im Gegenteil, neun von zehn Gynäkologen empfehlen ihn, das sind Endorphine für das Baby. Und mit einer Nummer im Stehen, direkt gegenüber dem Fenster, du mit einem Bein auf dem Heizkörper, wurde unser neues Heim eingeweiht. *Die vier Umzugshelfer stellten die Möbel in weniger als drei Stunden in der Wohnung auf, eifrig wie Termiten und mit Bewegungen wie aus einem Chaplinfilm. Als Erstes kam das Sofa zur Tür herein, es wackelte damals schon. Dann folgten die wenigen Möbel, die wir aus dem Apartment mitgebracht hatten. Die Umzugsleute schickten die Kartons mit dem Auf-*

zug nach oben, bis der Hausmeister auftauchte und sagte, laut Hausordnung dürfe der Aufzug für Umzüge nicht benutzt werden. Also setzten sie ihre Arbeit über die Treppe fort, nahmen mit der Matratze und dem Lattenrost im Laufschritt die drei Stockwerke, auf dem Rückweg nach unten trafen sie mit den Kollegen zusammen, die den Kühlschrank und die Waschmaschine brachten, unsere Neuanschaffungen. Als der Sturmwind vorüber war, gingen wir durch die noch unbeseelten Zimmer. Um so eine große Wohnung mit Leben zu füllen, werden wir eine kinderreiche Familie zeugen müssen, sagtest du, und auf dem Weg durch den Flur küssten wir uns und fingen an, uns auszuziehen, und dann ließen wir uns aufs Sofa fallen und weihten die Wohnung ein zweites Mal ein. Danach gingst du Germán holen, er sollte beim Einrichten unseres neuen Zuhauses dabei sein, das auch sein neues Zuhause war. Wir hockten auf dem Boden und aßen Pizza und machten dann alle drei Mittagsschlaf, alle vier, wenn wir Ana mitzählen, die noch ein Embryo war, auf der noch nicht einmal bezogenen Matratze lagen wir beide umarmt, Germán redete leise mit seinem Schwesterchen im Bauch. Dann packten wir Töpfe und Schüsseln aus, ineinandergesteckt wie Matrjoschkas, in Zeitungspapier eingewickelte Gläser. Du brachtest ein paar Lampen an, wir rollten den Teppich aus, ließen Germán darin herumkullern, der sich vor Lachen kringelte. Am Nachmittag fuhren wir mit ihm zu IKEA, suchten ein Stockbett für sein Kinderzimmer aus und ließen uns nicht nehmen, es direkt ins Auto zu laden, dazu einen Esszimmertisch, sechs Stühle, eine Kommode, Vorhänge, einen Badezimmerspiegel, Bettwäsche, ein

*vollständiges Essservice und zwei Einkaufstaschen voller De-
korkram und Küchenutensilien. Das Wochenende verbrachten wir damit, in der Wohnung alles aufzubauen. Mit dem
Stockbett hast du dich einen ganzen Vormittag herumge-
schlagen, einige Male über den schwedischen Designer ge-
flucht, der es für richtig befunden hatte, das Möbelstück in
die kleinsten Einzelteile zu zerlegen. Germán lief gut gelaunt
herum und versuchte, einen Inbusschlüssel in jede verfügbare
Öffnung zu stecken, und ich machte Fotos von euch, um den
Einrichtungsprozess unserer Wohnung umfänglich zu doku-
mentieren. Am Abend klickten wir uns durch die Webseiten
verschiedener Firmen, bestellten Bücherregale, die diesen
Namen verdienten, im richtigen Format für Bücher, nicht
diese viel zu tiefen Billigteile für dekorative Prachtbände oder
was immer die sich da vorstellen. Wir nahmen uns vor, eine
Wohnzimmerwand bis zur Decke mit Bücherregalen aus-
zukleiden, in einer kleinbürgerlichen Mischung aus ästhe-
tischem Empfinden und moralischer Genugtuung. So viele
Bücher hatten wir noch gar nicht, aber wenn die Verlage dir
weiterhin all die Neuerscheinungen schickten, würden wir
mit ihren farbenfrohen Buchrücken bald mehrere Wände füllen können.* Das Auto kauften wir kurz vor dem Umzug.
Germán stieg bei dem Autohändler begeistert in sämtliche
Fahrzeuge, und wir ließen ihn die Farbe aussuchen. Wir
bräuchten ein geräumiges Familienauto, erzählten wir dem
Verkäufer mehrfach und voller Stolz, auf deinen noch
kaum wahrnehmbaren Bauch zeigend: eine Familienkut-
sche, in der wir uns zehn Jahre lang Kindersitze und einen
zusammengeklappten Buggy vorstellten, wir wären bald

zu viert und, wer weiß, in ein paar Jahren vielleicht zu fünft, jedenfalls bräuchten wir einen geräumigen Kofferraum für künftige Urlaube, Campingausflüge, Fahrradtouren und Wochenendeinkäufe. Wir entschieden uns für ein Modell mit höherem Einstieg und gutem Antrieb, geländegängig nannte es der Verkäufer, es bestand schließlich die Möglichkeit, dass wir bald das Haus auf dem Land kauften, zwar noch nicht, um darin zu leben, aber vielleicht als Zufluchtsort für die Wochenenden. Das Haus hatten wir zufällig entdeckt, wir waren nicht losgezogen, um danach zu suchen, hatten uns bis dahin noch nicht mal groß ausgetauscht über unsere Sehnsüchte nach dem Landleben. Wir fuhren in diesen Ort, um essen zu gehen, der stellvertretende Chefredakteur hatte mir ein Restaurant für eine besondere Gelegenheit empfohlen: Es ist fast ein Geheimtipp, sagte er, ein kleines Restaurant unter der Schirmherrschaft von einem dieser Fernsehköche, mit einem jungen und ehrgeizigen Küchenchef, nur sechs Tische in einer alten Mühle, hundertfünfzig Euro pro Person, aber es lohnt sich, sobald es bekannter wird, verlangen sie das Doppelte, das solltest du bedenken, mein Junge, es ist ein Luxus, aber einer, den du dir leisten kannst. Die Gelegenheit war es wert, wir feierten den positiven Schwangerschaftstest und die zweite Auflage meines Buchs, und deine morgendliche Übelkeit hinderte dich nicht daran, die sieben Gänge des Menüs durchzuprobieren und ein Glas Rotwein zu trinken, das der clevere *maître* uns hinstellte, ohne uns darauf hinzuweisen, dass die Flasche weitere hundertsiebzig Euro kostete, doch die Gelegenheit war es wert, und es war ein

Luxus, aber wir konnten ihn uns leisten: Ich war gerade
zum stellvertretenden Abteilungsleiter und zum Chefredakteur der Kulturbeilage befördert worden, du hattest
gerade dein erstes komplettes dreizehntes Monatsgehalt
ausbezahlt bekommen, zusammen verdienten wir über
viertausend Euro im Monat. Wir verließen das Restaurant
und spazierten am Fluss entlang, lachten über unsere man-
gelnden Botanikkenntnisse, lediglich die Eichen konnten
wir benennen. Wir redeten ununterbrochen, waren aufge-
dreht, ich nicht mehr ganz nüchtern, da ich fast die ganze
Flasche Wein alleine getrunken hatte, du gabst deinem ge-
störten Hormonhaushalt die Schuld, dass du weinen musstest, als wir uns an einen Stausee setzten und ich dich von
hinten umarmte und dir, deinen Bauch streichelnd, sagte,
wir würden noch vor Glück platzen, so viel Glück mache
mir manchmal Angst, so viel Rückenwind, und wir würden diese ganze Energie, dieses ganze Hochgefühl, das wir
gerade erlebten und das du dem schützenden Geist deiner
kürzlich verstorbenen Großmutter zuschriebst, künftig
darauf konzentrieren, dieses kleine Wesen glücklich zu machen, das bestimmt noch nicht größer war als eine Bohne.
Du weintest, vor Freude und auch aus Angst, sagtest, du
fühltest dich privilegiert, wüsstest nicht, ob du das alles
verdienst, wolltest dich aber bemühen, es zu verdienen.
Wir küssten uns lange, intensiv, konzentriert und fröstelnd
in der abendlichen Brise. Meine Hand unter deiner Bluse
fand die harten Brustwarzen, und du knöpftest mir, ohne
dich umzudrehen, den Hosenschlitz auf, ich fuhr mit den
Fingern unter den Gummibund deiner Hose, und dann

streichelten wir uns ausgiebig. Ein paar Minuten später, als wir zur Burg hochstiegen, um von dort oben den Sonnenuntergang zu betrachten, den mir der stellvertretende Chefredakteur ebenfalls empfohlen hatte, fanden wir das Haus. *ZU VERKAUFEN. Damals sahen wir überall Zeichen, und dieses hier ließen wir nicht unbeachtet: Wenn das Haus so viele Jahre lang keinen Käufer gefunden hatte, wie es das ausgebleichte Schild ahnen ließ, dann, weil es auf uns wartete. Du hattest gerade gesagt, du fändest dieses Dorf so toll, diese Landschaft, den Geruch nach brennenden Holzscheiten, die Glocken mit ihrer katholischen Pünktlichkeit, das Kuhläuten, das der Wind herübertrug, und die sauber geschichteten Strohbündel unten am Fluss, wenn du hier ein Haus zum Verkauf sähest, könntest du auf der Stelle zugreifen. Und du hattest den Satz noch nicht beendet, da sahen wir beim Abbiegen zur Burg direkt vor uns das Schild: ZU VERKAUFEN. Noch ein Zeichen, sagten wir übereinstimmend. Das Haus war eine Ruine, aber wir sahen nicht die bröckelnden Mauern, die kaputten Fenster im Obergeschoss, das von Unkraut überwucherte Dach; wir hatten schon das Ergebnis des anstehenden Umbaus vor Augen, es würde so aussehen wie die anderen sanierten Häuser, die wir auf dem Dorfplatz neidvoll betrachtet hatten und in denen wir uns glückliche Hauptstädter an Wochenenden vorstellten. Wir gingen um das Gebäude herum, sprangen über das Mäuerchen beim Pferch und fanden ein offenes Fenster. Ohne lang zu überlegen, verschafften wir uns unbefugt Zutritt zu dem Haus, das wir von diesem Tag an das unsere zu nennen begannen. Wir schlenderten durchs Erdgeschoss, winzige*

Schlafzimmer, die danach riefen, Wände einzureißen und den Grundriss neu zu gestalten. In den Stall, überlegten wir, sollte eine Bibliothek kommen, Bücherregale, die so hoch wären, dass man eine verschiebbare Leiter bräuchte, an der Decke würden wir ein Oberlicht öffnen. Wir leuchteten uns mit dem Handy über eine Treppe den Weg nach unten und durch das Backsteingewölbe, das den Weinkeller beherbergen würde, Flaschen, von denen man den Staub blasen müsste vor jedem besonderen Essen. Du klebtest das Etikett an die Wand, das wir von der Weinflasche im Restaurant abgelöst hatten, das erste von vielen, mit denen wir die Kellerwände tapezieren würden, bei all dem Wein, den wir über die Jahre gemeinsam zu trinken gedachten. Dann gingen wir über verfallene Stufen ins Obergeschoss, bewunderten die Dachschrägen und die freiliegenden Holzbalken. Meine gute Laune wurde nur durch das Skelett eines Vogels an einem der Fenster getrübt, seine zarten Knochen eingerollt, ich strich mir abergläubisch über den Bauch. Noch an Ort und Stelle wählten wir die Telefonnummer, die auf dem Schild stand, das Haus, hieß es, solle dreißigtausend Euro kosten, wir überschlugen, dass wir ungefähr noch mal so viel brauchen würden, um es auch nur halbwegs herzurichten. Du sagtest, wenn wir es geschickt anstellten, könnten wir die Leute auf zwanzigtausend runterhandeln, das Haus sei doch eine Ruine und stehe seit Jahren erfolglos zum Verkauf. Unsere unmittelbaren Pläne sahen nicht vor, auf dem Land zu leben, aber der Gedanke an ein Wochenendhaus kaum mehr als eine Stunde vor der Stadt hatte etwas Verführerisches: wöchentliche Ausflüge, Sommerfrische, Winter am Kamin, *haufenweise Spielkameraden für unsere Kinder, bis zu dem Tag, an dem wir die Stadt satthätten und ganz dorthin ziehen würden. Jetzt hör auf, sagte ich, du wärst sonst imstande gewesen, noch im selben Augenblick unsere sämtlichen Ersparnisse hinzublättern. Auf der Rückfahrt malten wir uns aus, wie wir viele Jahre später sein würden: mit fünfzig, sechzig, die Zeit hätte uns gnädig behandelt, du wärst der reife Galan, ich eine der Frauen, die mit dem Alter nur gewinnen, die Kinder würden uns sonntags besuchen kommen, erst mit ihren Partnern und später mit unseren Enkeln. Wir würden in diesem Haus wohnen und überleben wie Robinsons, wenn in der Welt alles den Bach runterging, würden jeden Nachmittag im nahen Wald spazieren gehen, die Namen der Bäume wüssten wir inzwischen auswendig. Wir würden uns zusammen um den Gemüsegarten kümmern. Zusammen alt werden. Wir würden uns mehr lieben denn je, einfach durch Kumulation und Entwicklung. Wir würden uns auf eine Weise lieben, die wir uns jetzt gar nicht vorstellen konnten, nicht so wie diese alten Knacker, die aus der bloßen Gewohnheit Zuneigung machen: nicht wie Überlebende, sondern wie stolze Sieger, die an ihrer Liebe jahrelang gearbeitet haben.* Die Entscheidung, Eltern zu werden, war eine Möglichkeit, diese Arbeit, diese Kumulation und Entwicklung zu verwirklichen. Eine immer höhere Ebene zu erreichen. Du wurdest schwanger, weil es für dich schon lange, schon bevor du mich kennenlerntest, klar war, dass du Mutter werden wolltest; du wurdest schwanger, weil es für mich eine schöne Vorstellung war, Germán einen Bruder oder eine Schwester zu schenken, über den oder die vielleicht seine Verbindung zu mir gestärkt würde; aber vor allem wurdest du schwanger, weil wir nicht mehr wussten, wie wir uns noch mehr lieben sollten. Eines Nachts habe ich halb im Spaß zu dir gesagt, Liebesbeziehungen seien wie Arbeitsbeziehungen: Entweder du steigst auf, oder du kannst gehen. Entweder du setzt dich für den Betrieb ein und übernimmst Verantwortung, oder dir wird unterstellt, du würdest dich nicht genügend einbringen. In keinem Betrieb kannst du ewig beim Fußvolk bleiben, es wird von dir erwartet, dass du Karriere machst, in Konkurrenz trittst mit deinen Kollegen, dir jede Sprosse nach oben verdienst. Es gibt keinen Weg zurück. Eine Beförderung darf man nie ablehnen. So etwas in der Art hat mir der stellvertretende Chefredakteur gesagt, als er mir anbot, in die höheren Ränge aufzusteigen: Ich mach dir kein Angebot, Antonio, ich erteile dir einen Befehl; wir verlangen von dir mehr Zeit und mehr Verantwortung, für kaum mehr Gehalt, ja, aber du weißt inzwischen alles, was du auf deiner Stelle wissen musst, und wir brauchen keinen superschlauen Redakteur, der mit dem Kopf schon an die Decke stößt, davon hat keiner was, es wird Zeit, auf einer höheren Ebene zu kämpfen. Das Gleiche galt für uns: Wir konnten uns nicht auf diese Art weiterlieben, mit dem Kopf an die Decke stoßend, es war an der Zeit, auf einer höheren Ebene zu kämpfen, zumal wir bereits erste Anzeichen sahen, dass etwas hakte. Ich meine nicht die Reibungen im Zusammenleben, die nahmen wir damals noch mit Humor und sahen sie als Vorteil im Sinne des adaptiven Lernens. Wir sind komplementär, sagten wir uns. Mein

Organisationsbedürfnis und meine Ordnungsliebe, die für dich schon an eine Zwangsstörung grenzten, waren das perfekte Gegenstück zu deiner häuslichen Unordnung. Doch dafür machten deine permanente Unachtsamkeit und Schussligkeit unser Heim menschlicher und verhinderten, dass ich es in ein Ödland gemachter Betten, ordentlich einsortierter Klamotten, leerer Tische und nach Genres sortierter Bücher verwandelte. Wären wir beide so ordnungsliebend wie ich oder so schlampig wie du, wäre das Zusammenleben eine Hölle der Disziplin oder eine Hölle der Anarchie, sagten wir optimistisch. Doch es häuften sich die Anzeichen für eine Ermüdung, dafür, dass diese Beziehungsphase ausgereizt war und wir im Organigramm unserer Liebe aufsteigen mussten. *Die Kurve deiner Grafik zeigte immer nach oben. Die Intensität der Anfänge duldete kein Abfallen, nicht einmal ein Halten des Status quo: Es musste weitergeklettert werden. Seit mehr als zwei Jahren sammelten wir Erlebnisse, besondere Momente, besonders sind sie ja alle in der Frühzeit einer Liebesbeziehung, wenn ein erstes Mal aufs andere folgt. Leben in endloser Neuheit. In ständiger Kumulation. Mehr, immer mehr. Die Bewegung, das In-die-Pedale-Treten oder, wenn dir das lieber ist, das Rudern: Auch in der Liebe gibt es Peitschenknallen und* horror vacui. *Die Reisen zum Beispiel. London, Florenz, Porto, die romanische Architektur in der Provinz Palencia, die Küste Galiciens, Wochenenden in zauberhaften Hotels. Reisen, bei denen die einzigen Unstimmigkeiten mit meinem Widerwillen zusammenhingen, deine durchgeplanten und sauber vorbereiteten Routen mitzumachen. Wenn wir nicht auf Reisen waren, füllten wir die freie Zeit mit exzentrischen Museen aus, mit Restaurants, die uns empfohlen worden waren, Friedhöfen, auf denen wir nach Gräbern berühmter Leute suchten, Kunsthandwerks- oder Antiquariatsmärkten, Konzerten, unserer ersten Oper. Die Liebe als anhaltender Ausnahmezustand. Auch zu Hause, noch im Apartment vor der Schwangerschaft: Da kochten wir zusammen verzwickte Rezepte, für die man am anderen Ende der Stadt nach Zutaten suchen musste. Wir liehen uns Filmklassiker aus, lasen einander Gedichte vor, ohne uns zu genieren oder eine ironische Färbung über unseren Enthusiasmus zu legen.* Nimm zu dieser ganzen Kumulation von Erfahrungen noch die sexuellen hinzu. Ein weiterer Ausnahmezustand. Wir wollten die Synchronie unserer Lust nutzen, bevor es dafür zu spät wäre. Samstage, an denen wir das Sofa und den Beistelltisch wegrückten, eine Decke auf dem Teppich ausbreiteten und uns der sexuellen Gymnastik hingaben. Wir rollten auf dem Boden herum und wechselten ohne uns loszulassen die Stellung, komponierten Laokoon-Skulpturen und barocke Pietàs, probierten gleichsam unbequeme wie erregende Begattungsvarianten aus, verbanden uns die Augen, massierten uns ganz behutsam, entdeckten erogene Zonen und zögerten die Penetration hinaus. Wir forderten uns heraus: Einer masturbierte, der andere durfte nur zuschauen; zum Orgasmus kommen ohne Penetration oder Zuhilfenahme der Hände; Marionette oder Handlanger des anderen sein. Wir beschenkten uns mit einem Buch über tantrischen Sex, stellten die Fotos nach, und statt in Erregung zu geraten, mussten wir nur lachen, wir probierten Techniken zur Verzögerung der Ejakulation aus, zur Intensivierung des Orgasmus. Wir schmierten uns mit Essbarem ein, verwendeten Gels und massierten uns mit den Fingern und mit Spielzeugen den Po, ich schaffte es, dich so zu weiten, dass ich dich penetrieren konnte, deine Beine über meinen Armen, wir sahen uns fest in die Augen, die Gesichter verzerrt vor Lust, und hinterher gab es keine postkoitale Traurigkeit, sondern eine unendliche Zärtlichkeit. *Wir heirateten. Mit demselben Wunsch, außergewöhnlich zu sein, uns von anderen abzuheben, mit dem wir zu der Zeit alles taten. Wir heirateten heimlich, allein, mit zwei Arbeitskollegen als Trauzeugen, die wir dazu verpflichteten, auf ewig zu schweigen. Wir heirateten ohne Hochzeitskleidung, in einem nichtssagenden Raum auf dem Standesamt und vor einer lustlosen Beamtin, die nicht verstand, warum wir ständig lachen mussten; sie dachte, wir würden sie mit einer Pseudohochzeit auf den Arm nehmen. Wir steckten zwei billige Ringe an, die niemand als Eheringe deuten würde, und schossen am Ausgang ein paar glückliche Fotos, die noch nicht einmal die Mädchen gesehen haben. Als Hochzeitsgeschenk gab es ein Essen in einem Restaurant, dessen Preise wir heute skandalös fänden, aber nichts war groß genug, um zu bezeugen, dass wir uns so leidenschaftlich liebten, wie niemand zuvor geliebt hatte. Mit anderen Worten, wie seit Jahrtausenden alle Verliebten es tun.* Wir schlossen uns in einem Hotelzimmer ein, zwei Straßen von unserer Wohnung entfernt, Flitterwochen: ein ganzes Wochenende mit dem Schild Bitte nicht stören an der Tür, drei Tage LennonundYokoOno, drei Tage nackt und schmuddelig und abgestumpft, Essen und Trinken über den Roomservice, *69 Love Songs* in Endlosschleife, eine Sex-Olympiade, unsere Körper wund gescheuert, bereits ohne Kraft und, obwohl wir uns das nicht eingestanden, auch ohne Lust. *Den Entschluss, zu heiraten, trafen wir nach einem dieser kleinen Umkehrpunkte auf der aufsteigenden Kurve. Einem Stolperer, einem Alarmsignal. Nicht dass der Graph an Höhe und Kraft verloren hätte, aber er war auf einmal zum Seismografen geworden: zwei Linien, die übereinandergelegt eine einzige schienen, bis sie irgendwann leicht auseinandergingen, auf der Grafik fast nicht erkennbar, aber stark genug, um Turbulenzen und Zweifel auszulösen. Du hattest in dieser Woche extrem viel arbeiten müssen, hattest zwei Reisen hintereinander unternommen, mit einem kurzen Zwischenstopp zu Hause, um frische Sachen einzupacken und mir einen Kuss zu geben, den ich als eher lau empfand. Ehelich, ja. Ich hatte gerade meine Lehramtsprüfung bestanden, und nun fehlte mir die Lernroutine der vergangenen Monate, meine Stelle hatte ich noch nicht angetreten. Nächte, in denen du vor dem PC sitzen bliebst, Morgen, an denen ich aufwachte und du schon nicht mehr da warst, Anrufe bei dir, die nicht angenommen wurden, oder du riefst mich zurück und hattest es eilig, wieder aufzulegen. Mitten im Stimmungsloch nach meiner Prüfung bekam ich das Gefühl, wir würden auseinanderdriften, wären aus dem gemeinsamen Takt geraten, zum ersten Mal gingen wir in unterschiedlichem Tempo durchs Leben. An einem dieser späten Abende, du saßest lesend auf dem Sofa, nahm ich dir das Buch weg und verschaffte mir wie eine dumme*

271

Gans deine Aufmerksamkeit, setzte mich auf deinen Schoß, forderte deine Liebe, erbettelte deine Liebe. Du gingst auf meine Zärtlichkeiten ein, aber ich sah, dass dir mein Auftritt kaum schnell genug enden konnte, noch einmal über den Kopf gestreichelt, braves Hündchen. Ich redete mich um Kopf und Kragen. Dass ich in Tränen ausbrach, lag nicht an deiner kühlen Reaktion, sondern an meiner eigenen Dummheit, aber ich ließ es mir nicht nehmen, dir deine fehlende Aufmerksamkeit der vergangenen Woche vorzuhalten, fragte dich mit der Aufdringlichkeit einer Heranwachsenden, ob du mich schon wieder satthättest, ob wir uns deiner Meinung nach genug geliebt hätten, und von jetzt an gehe es nur noch darum, das angesammelte Kapital zu verwalten. Du fingst an, dich zu wehren, eher fassungslos als verärgert: Ich sei schon verdammt fordernd, irrational fordernd. Das sei hier doch kein Wettbewerb, wer den anderen mehr liebe, wir hätten keinen Rekord in Liebesintensität zu brechen, vielmehr müssten wir allmählich zu einer Normalität finden und uns nicht einbilden, dass jeder Augenblick einzigartig wäre. Das Beharren darauf würde uns dazu verurteilen, auszubrennen, uns zu erschöpfen, zu enttäuschen. Wir könnten uns natürlich zu Hause einsperren und nichts anderes mehr machen als uns zu lieben, aber das wäre ein Fehler, der sichere Tod, vernünftiger sei es, uns in realistischeren Formen der Zuneigung einzurichten, das war dein Wort: ZUNEIGUNG. Wir müssten als Paar reifen, ohne deshalb weniger innig zu sein. Aber wir könnten uns nicht in unserer Liebe einschließen, denn so groß sie auch sei, am Ende würde sie uns ersticken. Es gebe noch andere Dinge im Leben, deine Arbeit ver-

272

lange dir viel ab, aber du könnest diesen günstigen Moment
nicht ungenutzt lassen, gerade hattest du dein Buch über die
Massengräber veröffentlicht, und nun kam eine Veranstal-
tung nach der anderen; ich könne doch meine Doktorarbeit
wieder aufnehmen, jetzt, da ich mehr Zeit hätte; die Welt
bleibt nicht stehen, wenn man sich verliebt, auch das sagtest
du mir. Am Ende umarmten wir uns und baten uns gegen-
seitig um Entschuldigung, eine tragikomische Szene, ich ver-
sprach, nicht mehr so anspruchsvoll zu sein, du nahmst dir
vor, nicht nachlässig zu werden. Dem folgte eine traurige
Nummer im Bett, und in der anschließenden Wehmut hiel-
test du um meine Hand an. Nicht als Reaktion auf meine
Worte von vorhin, antwortete ich, aber da hast du mich la-
chend zum Teufel geschickt und dann feierlich gefragt, ein
Knie auf dem Boden, ob ich dir die Ehre antun würde, dich
zu heiraten. Jede Uneinigkeit zwischen uns zog dich extrem
runter. Ich sagte dir immer wieder, dass das ganz normal
sei und zum Zusammenleben dazugehöre: sich zu lieben
und gleichzeitig zu nerven ist durchaus vereinbar, das empfinden auch Eltern ihren Kindern gegenüber, Geschwister
untereinander und Paare, vor allem Paare. Ich konnte dir
nicht sagen, dass dein Problem die Unerfahrenheit war,
weil du nie mit einem Partner zusammengelebt hattest,
dass das, was wir erlebten, unvermeidlich und nicht unbedingt schlecht war: Wir waren dabei, uns kennenzulernen,
Unterschiede zu entdecken, Differenzen zu beheben und
Unstimmigkeiten auszuräumen. Ich konnte es dir nicht
sagen, weil meine vorherige Beziehung, die ja noch nicht
so lange zurücklag, ein häufiger Anlass für Konflikte war,

wenn du wieder mal das Gefühl hattest, ich würde dir mit derselben ehelichen Routine begegnen wie früher Germáns Mutter, mit der ich dir zufolge an manchen Tagen mehr redete als mit dir, was ja logisch ist, schließlich hatten wir einen gemeinsamen Sohn, doch dieser Hinweis störte dich ebenfalls und regte dich erst recht auf: Du warfst mir vor, zu nachgiebig mit ihr zu sein, zu viel Verständnis für ihre böswilligen Manöver aufzubringen, mit denen sie dir zufolge versuchte, mein neues Leben zu sabotieren, mich mit dem zu strafen, was mich am härtesten traf, mein Schuldgefühl zu schüren und im Grunde mich weiterhin an sich zu binden, denn diese Frau klammere sich immer noch an mich und ich ließe sie nicht darüber hinwegkommen, weil ich ihr auf diese paternalistische Art anbot, ihr zu helfen, sie zu begleiten, zu beraten, ihr Leben zu organisieren, das sei nämlich mein Problem, die Dominanz, und ich hätte Germáns Mutter in eine starke emotionale Abhängigkeit gebracht, aus der sie nun nicht mehr herausfand, und bestimmt wolle ich das im Grunde auch gar nicht, wir spüren schließlich alle gern, dass wir gebraucht werden, und bei dieser Frau würde es Jahre dauern, bis sie ihr Leben wieder im Griff hätte, sie könne ja keine zwei Schritte ohne mich machen, sei völlig unfähig oder tue zumindest so, sei entweder total dumm oder total clever, jedenfalls wolle sie mir das Leben schwer machen oder mich zurückerobern, sie vermittle mir das Gefühl, verantwortlich für ihr Schicksal zu sein, und gleichzeitig gefiele mir diese Machtposition, und wenn wir an diesem Punkt angelangt waren, hörte ich auf, mir auf die Zunge zu beißen, und sagte, dein Problem sei einfach diese absurde Eifersucht auf meine Vergangenheit, worauf du zum Gegenangriff übergingst und mich warntest, ich würde mich sehr täuschen, wenn ich meinte, ich könne mit dir dasselbe machen wie mit ihr und den ganzen vorherigen Partnerinnen, mein Problem sei, dass ich an unterwürfige, abhängige Frauen gewöhnt sei, die in ihrem Leben die beschützende Präsenz des Mannes brauchten, der sich bei jeder Reise ans Steuer setzt und ihren Tagesablauf organisiert, damit sie sich nicht übernähmen, und das passiere bei uns gerade, doch du seist eine unabhängige Frau, die sich mit Zähnen und Klauen wehre gegen meine dominante Art, die ich ebenfalls mit Zähnen und Klauen durchsetzen wolle, und deswegen gerieten wir regelmäßig aneinander. Manchmal wurden solche Auseinandersetzungen aber auch durch dein Verhalten provoziert: Du kamst erst frühmorgens nach Hause, von einer Verabredung mit einem Ex-Freund, mit dem du vor eurer Liebesbeziehung bereits befreundet gewesen warst und immer befreundet bleiben würdest, weil ihr kein Kind zusammen hättet und eure Beziehung auch nicht im Gerichtssaal geendet habe; ich hatte dich sogar noch ermuntert, dich mit ihm zu verabreden, als Zeichen meines absoluten Vertrauens und zur Bekräftigung unserer Absicht, uns nicht gegenseitig zu erdrücken, aber du warst eben sehr spät wiedergekommen, und deshalb war ich schlecht gelaunt, das spürtest du, und statt mich zu beruhigen, erzähltest du mir, ihr hättet so viel gelacht und am Schluss noch in einer Latino-Bar getanzt, vielleicht hättest du zu viel getrunken und seit Langem mal wieder an einem Joint gezogen, doch dann fiel dir mein verkrampfter Kiefer auf und du wolltest wissen, ob ich etwa an das dachte, was nicht der Fall war, wie ich überhaupt darauf käme, aber da war diese Gewitterwolke schon nicht mehr zu vertreiben, und ich warf dir vor, du wolltest mich eifersüchtig machen, aus Rache, weil meine Ex-Partnerin weiterhin eine Rolle in unserem Leben spielte. In der Regel brauchten wir gar kein so großes mexikanisches Melodram: Es reichte, dass wir im Haushalt aneinandergerieten, anderer Meinung waren über die Freizeitplanung, oder dass ich versuchte, dir bei deinem Zeitmanagement zu helfen, ja, beim Management deiner Lernstunden, was für dich aber nur ein weiterer Beweis für meinen autoritären Paternalismus war, und dann hatten wir eben eine kurze Auseinandersetzung, unbedeutend im Vergleich zu denen, die später kommen sollten, aus der wir jedoch verletzt und verunsichert hervorgingen und dann ein paar Stunden lang nicht miteinander redeten. Damals ließen wir aber nicht zu, dass diese Trümmer sich ablagerten: Es waren zu wenige, sie waren zu unbedeutend, konnten problemlos wieder beiseitegeschafft werden, wir hatten nicht genügend Groll angehäuft, waren voller Bereitschaft und Energie, jeden Schaden, so klein er auch wäre, augenblicklich zu reparieren. Wir entschuldigten uns, gestanden uns die erforderliche Zeit zu, um das beschädigte Gewebe wieder zu flicken, lachten am Ende, machten uns in unseren Wutausbrüchen nach, vögelten auch oft, um die Versöhnung zu besiegeln, und ich sagte dir immer wieder, dass das alles ganz normal sei und zum

Zusammenleben dazugehöre, sich zu lieben und gleichzeitig zu nerven ist durchaus vereinbar. *Heiraten bedeutet sich aussuchen, welches Elend man bereit ist, in den kommenden Jahren zu ertragen. Das waren die Worte deiner Mutter auf ihrer Hochzeit. Wir saßen nach dem Bankett noch am Tisch, weichgemacht durch den Alkohol, und hatten den beiden soeben unser Geschenk überreicht, vier Nächte in einem Hotel in Lissabon. Deine Mutter hatte sich sichtlich gefreut: Sie sei schon so lange nicht mehr in Portugal gewesen und habe das Land in bester Erinnerung, Lissabon sei so eine schöne Stadt ... Ihr bereits zweiter Ehemann sagte mit seinem üblichen schiefen Lächeln, wenn sie die Stadt schon kenne, brauche sie doch nicht noch mal hinzufahren. Wir nahmen das als Scherz, bis der Bekloppte sagte, wir sollten lieber die Übernachtungen stornieren und ihnen das Geld geben, sie würden es dann schon so einsetzen, wie es ihnen passe, er habe es ja nicht so mit Reisen, und die Hochzeit habe genug gekostet, wozu dann noch weiteres Geld in Portugal verschwenden. Kommt überhaupt nicht infrage, sagte deine Mutter, Geschenk ist Geschenk, dann wird das eben unsere Hochzeitsreise. Hochzeitsreise oder Hochzeitspreise?, lachte ihr Mann mit seinem beschissenen Sinn für Humor und nutzte die Gelegenheit, um seiner Frau den Preis ihrer Brautschuhe in Erinnerung zu rufen, die sie nie wieder tragen würde, und weil er schon dabei war, rechnete er ihr auch noch vor, was sie insgesamt am Leib trug, Kleidung, Schuhe und Friseur noch dazu. Wir versuchten zu vermitteln, doch er verzog sich, um eine zu rauchen, nicht ohne vorher wiederholt zu haben, wir sollten uns die Reise erstatten lassen oder selbst mit deiner Mutter hinfahren, ihn brächten jedenfalls keine zehn Pferde dorthin. Heiraten bedeutet sich aussuchen, welches Elend man bereit ist, in den kommenden Jahren zu ertragen, sagte sie mit Tränen in den Augen: Keine Sorge, mir geht es gut, uns geht es gut; in der kurzen Zeit, die wir zusammen sind, hatten wir genug Gelegenheit, uns kennen-zulernen, ich weiß, dass er ein schwieriger Typ ist, man muss ihn zu nehmen wissen, aber er ist ein guter Mann, und er hat mich gern, auch wenn er das vor euch nicht immer zeigen kann; wenn wir allein sind, ist er liebevoll zu mir, und ich habe schon gelernt, ihn nicht zu sehr zu ärgern; in einer Be-ziehung zu leben erfordert eine Art Buchhaltung, Soll und Haben, man muss ausrechnen, ob es sich für einen lohnt, mit einem anderen Menschen zusammen zu sein, ich gebe mich da inzwischen keinen Illusionen hin, den idealen Partner gibt es nicht, jeder, in den man sich verliebt, wird sich im Laufe der Jahre in eine schlechte Wahl verwandeln, Heiraten heißt also das: sich aussuchen, welches Elend man bereit ist zu er-tragen, und von da aus verhandeln, nachjustieren, aus dem einen oder anderen Ballon die Luft rauslassen, Strategien entwickeln, um das Elend auszuhalten, bis es irgendwann zu groß wird oder neue Probleme dazukommen, die nicht vor-gesehen waren, und dann muss man die Rechnung noch mal aufmachen; für mich fällt das Ergebnis heute positiv aus, die Sache lohnt sich; auch er wird sich die Sache mit mir durchgerechnet haben, und da hat er wohl ebenfalls beschlos-sen, dass die Probleme, die ich ihm bereite, im Vergleich zu dem, was er an mir gut findet, erträglich sind; das Problem sind fast nie die Menschen, ich sage euch das aus Erfahrung, das Problem ist die Ehe, eine Institution, die irgendwann aus jedem von uns das Schlimmste herausholt, oder nicht einmal das Schlimmste, einfach das, was für den anderen unerträglich sein kann; nur wenige Jahre als Paar, und jeder von uns erweist sich als unerträglich; und ja, ich weiß schon, was ihr denkt, wie kann ich bloß heiraten, wenn ich so ein Bild von der Ehe habe, na, genau deshalb, weil ich mir nichts vormache.* Auf einer anderen Hochzeitsfeier in diesen Jahren, der von Natalia und Jaime, hat Fabio seine Wette präsentiert. Wir saßen alle an einem Tisch, lauter befreundete Pärchen, da erhob er auf einmal die Stimme und schlug sein Spielchen vor: Seht uns an, wie hübsch wir alle sind, wie jung, wie glücklich und verliebt, aber unsere Tage sind gezählt, das sage ich euch; mit etwas Glück sind es viele Tage, aber sie sind gezählt, der Countdown beginnt, sobald wir eine Beziehung eingehen; seht euch Jaime und Natalia an, sie haben ihren Timer für den Weltuntergang gerade erst gestellt; ich frage mich, wer von uns es am längsten aushält, wer sich als Erster scheiden lässt und wer am weitesten kommt, was haltet ihr davon, wenn wir eine Wette abschließen, und der Gewinn ist ein Abendessen: Das letzte Pärchen, das noch zusammen ist, wenn alle anderen bereits über Bord gegangen sind, gewinnt ein Abendessen, das wir Schiffbrüchigen bezahlen. Du reihst dich also gleich unter die Verlierer ein, fragte sein damaliger Mann, Néstor, nach, und Fabio küsste und umarmte ihn mit übertriebenen Gesten: Natürlich nicht, mein Liebster, ich bin bereit, dich länger als irgend erträglich zu ertragen, nur damit wir dieses Abendessen gewinnen. Das nennt man Defätismus, sagtest du, damals fandst du es noch lustig, mit Fabio zu diskutieren und auf seine Provokationen einzugehen: Das nennt man Defätismus, und in Kriegszeiten wird man dafür standrechtlich erschossen, weil man damit nämlich die Moral der Truppe untergräbt. Fabio stand auf und salutierte: Zu Befehl, mein General, wenn Sie es befehlen, glaube ich an die Liebe, an die große Liebe, die Liebe in Großbuchstaben, die ewige und absolute Liebe, und selbst an diese bescheuerte romantische Liebe. Unter Lachen entspann sich eine Diskussion, an der sich alle beteiligten: Wir können ruhig zugeben, dass wir alle Heuchler sind, wir stürzen uns in die Liebe, aber mit Fallschirm, wir versprechen und fordern die absolute Liebe, kreuzen aber gleichzeitig die Finger hinterm Rücken oder zwinkern dabei. Das ist keine Heuchelei, das ist Selbstschutz, denn Lieben heißt, sich komplett zu exponieren, ist eine Art Risikosport, und die Zurückweisung eine Katastrophe, die niemand erleben möchte. Aber wir können doch nicht mit dieser Buchhaltermentalität lieben, sagtest du, wenn wir das tun, dann wenden wir am Ende auch auf Liebesbeziehungen die gängigen wirtschaftlichen Überlegungen an: Wie viel investiere ich, wie viel springt für mich raus, wie hoch ist das Verlustrisiko; die Aufwendungen sollen möglichst gering sein und die Gewinne möglichst hoch, das ist nicht Liebe, das ist Berechnung, und Liebe ist genau das Gegenteil von Berechnung. Kurz herrschte ein nachdenkliches Schweigen am Tisch, dann ging es weiter. Das Problem sind diese verdammten Erwartungen, die stürzen uns ins Verderben, wir haben einfach zu viele Liebesgeschichten gelesen. Nicht zu viele, sondern zu oft dieselben Geschichten von Liebe und ihrem Ende, beides ausführlich beschrieben; wir wollen nicht nur eine Liebe wie aus dem Film, sondern hoffen auch auf ein Ende der Liebe wie aus dem Film, und was ist mit dieser Durchschnittsliebe, dem Mittelmaß, in dem wir mehrheitlich leben. Oha, Mittelmaß, danke, Schatz. Schon richtig, es fehlt an Büchern, die uns erzählen, wie wir gewöhnlichen Sterblichen uns lieben, wir, die wir weder diese vollkommene, mythische Liebe kennen noch diese unmögliche, tragische; gäbe es diese realistischen Darstellungen in der Literatur, würden wir diese verrückten Erwartungen vielleicht ein bisschen runterschrauben, würden weniger heroische, dafür aber praktikablere Formen der Liebe akzeptieren und hätten nicht mehr nach jeder Trennung das Gefühl, mit unserem Liebesleben würde was nicht stimmen. Dort habt ihr die Frischvermählten, senkte Fabio die Stimme und deutete auf Natalia und Jaime, die am großen Tisch saßen: Dort habt ihr ihn, den Triumph der gewöhnlichen Liebe. Ich weigere mich, das zu akzeptieren, sagtest du, mit einem komisch wirkenden, aber sehr ernsten Fausthieb auf den Tisch: Ich weigere mich zu akzeptieren, dass das Gegenteil dieser parfümierten Liebe aus der Werbung eine mittelmäßige Liebe sein muss, eine billige, stumpfe Liebe, die uns nicht verletzt; ich bin verliebt und exponiere mich komplett, was manche erschreckt, fordere das auch ein, und ich behaupte auch, dass eine Liebe ohne Berechnung das einzige Bollwerk gegen den vorherrschenden Zynismus ist. Und was sagt dein Freund dazu, fragte Fabio und zeige

281

auf mich: Na los, Antonio, bist du bereit, dein Leben aufzugeben und diese leidenschaftlich verliebte Frau zu lieben, wie sie es erwartet, oder bist du ein verdammter Heuchler wie alle anderen. Ich sehe das wie Ángela, sagte ich zu deiner Unterstützung: Ich sehe das wie sie, ich glaube, die Liebe kann ein Bollwerk sein. Achtung, das Liebeskommando ruft uns zu den Waffen, unterbrach mich Fabio, doch ich fuhr fort: Wir sind alle Teil einer beschissenen Fabrik, und die Liebe kann das Teilchen sein, das nicht passt, das das Räderwerk, die Maschine, die ganze Montagekette blockiert, denn die Liebe ist unproduktiv, antikapitalistisch, ja, ihr braucht gar nicht zu lachen. Das ist doch Quatsch, wurde ich unterbrochen: Das ist doch Quatsch, die Liebe ist sehr, wirklich sehr kapitalistisch, wir leben in einem absoluten Liebeskapitalismus, es gibt einen ganzen Industriezweig, der sich um unser Herz kümmert. Aber das ist doch keine Liebe, das ist nur Begehren, hast du dagegengehalten: Das ist nur Begehren, ist ein Nacheifern dieser Liebe aus der Werbung, Antonio spricht von der Liebe als etwas Außergewöhnlichem, Unberechenbarem, die sich daher auch keiner Markt- oder Produktionslogik unterwirft. Wenn du liebst, produzierst du nicht, konsumierst du nicht, berechnest du nicht, das ist eine Form des Ungehorsams, Liebe hält die Zeit an, und Zeit ist immer produktiv, Liebe stellt ihre eigene Zeitlichkeit auf. Das ist romantische Liebe, warf Fabio ein: Das ist romantische Liebe, und zwar von der schlimmsten Sorte, also ernsthaft, Ángela, die Liebe als revolutionären Akt zu sehen ist noch romantischer als die ganzen Hollywood-Komödien, und dann noch mit diesem Touch religiöser Mystik, erzähl mir das mal in ein paar Jahren, dann lachen wir bestimmt darüber. Doch du insistiertest: Mich kotzt dieses Niedermachen der romantischen Liebe an, damit soll doch nur jede Diskussion über die Liebe abgewürgt werden, und das nervt. Natürlich gibt es bei der romantischen Liebe viel zu kritisieren und zu überdenken, ich bin die Letzte, die das abstreitet, aber mich ärgert diese ewige, generalisierte Absage an die romantische Liebe; vielleicht sind wir ja von einer Falle in die nächste getappt, haben die romantische Liebe mit ihrer Hörigkeit und Gewalt hinter uns gelassen und sind dafür dem Individualismus und der Liebe light mit ihrer noch schlimmeren Hörigkeit und Gewalt verfallen; findet ihr es nicht verdächtig, dass wir auf einmal alle gegen die romantische Liebe sind? Vorsicht, wir schütten sonst das Kind mit dem Bade aus: Wir sollten die schlimme Seite der romantischen Liebe ablegen, aber das behalten, was die Liebe zu etwas Außergewöhnlichem, zu einem absoluten Wert macht. *Wir haben viel von Liebe geredet, auch unter uns. Vor allem unter uns. Wir redeten von der Liebe als großem Ereignis, in kraftvollen Sätzen und innerlich erschauernd. Wir redeten von Liebe, weil wir das Bedürfnis hatten, dem, was wir fühlten, einen Namen zu geben, was mit uns geschah, zu unterstreichen, es von uns ausgesprochen zu hören. Wir redeten von Liebe beim Spazierengehen, fast atemlos, uns gegenseitig ins Wort fallend. Wir redeten von Liebe in den friedlichen Stunden nach dem Sex, voller Nachdruck. Wir redeten von Liebe, bis wir sie erschöpft hatten, reine Wiederholung. Unsere Liebe war ein Sprechen ohne Maß.*

Wir redeten von Liebe, bis wir nichts mehr zu sagen hatten,
bis wir das Reden aufgaben, weil ihm die Sprache Grenzen
setzte: Unfähig, unser Gefühl präzise zu benennen und zu
unterscheiden, unfähig, es zu umreißen, und so fiel jeder Lie-
bessatz, zersetzt von Gemeinplätzen, tot um, eine Lächerlich-
keit. Wir redeten von Liebe und wir schrieben die Liebe, die
Liebeserzählung, noch war sie eine einzige, war sie ein und
dieselbe Erzählung. Wir schickten uns lange, euphorische
Mails vom Wohnzimmer ins Schlafzimmer. Hinterließen ein-
ander Zettel auf den Kissen, am Spiegel, an der Wäscheleine,
am Kühlschrank, in der Manteltasche. Wir schickten uns
Briefe, als wir bereits zusammenlebten, waren imstande,
mehrere Blätter mit nichts anderem als Analysen darüber zu
füllen, wie wir uns liebten, und erschöpften dabei das Reper-
toire von Metaphern, zogen um unsere Liebe eine konzentri-
sche, obsessive, erstickende Schlinge. Wir beschrieben Blätter
von Hand, steckten sie in Umschläge, die wir mit Briefmar-
ken beklebten, und fanden sie dann glücklich im Briefkasten,
lasen sie heimlich und antworteten strikt auf demselben Weg,
als kämen sie von jemand anderem. Wir füllten Kladden, die
von Moleskine mit dem schwarzen Einband, wir hatten eine
für jeden großen Anlass. Kladden für Reisen, jede Etappe in
einem eigenen Heft dokumentiert, von den Vorbereitungen
über jede Einzelheit auf dem Weg bis zur Melancholie im
Nachhinein. Das Hochzeitsheft: Als wir beschlossen, zu hei-
raten, wurde ein Tagebuch eröffnet, in dem wir von Grund
auf und uferlos das Warum unserer Entscheidung erklärten
und nach und nach alles niederlegten, was wir fühlten, dach-
ten und taten. Zeitgleich führte ich ein Tagebuch meiner Prü-

fungsvorbereitungen, fülltest du ein Heft mit Kindheitserleb-
nissen von Germán, später sollten wir meine Schwanger-
schaft mit Ana aufzeichnen, und bei der Geburt bekam jedes
der Mädchen sein eigenes Lebensheft. Unsere Liebe war auf
Schrift fixiert, wobei ich mich manchmal frage, ob am Ende
nicht jedes Tagebuch ein Kassenbuch ist. Ich konnte nur wenige Hefte vor deinem Recyclingrausch retten. Das von
unserer Neapel-Reise zum Beispiel. Das Herzstück unserer
Liebesmythologie. Ich brauche es nicht noch mal zu lesen,
um mich an jedes Detail der Reise zu erinnern. Der Flug
nach Rom, danach mit dem Auto weiter nach Neapel, auf
der Landstraße, wir wollten die Reise des Ehepaars Joyce
so exakt wie möglich wiederholen und den Spuren von Ingrid Bergman und George Sanders in *Viaggio in Italia* folgen. Es war keine Hommage, eher ging es uns darum, etwas auszubessern: Sie hatten Neapel besucht, als sie in
einer Ehekrise waren, wir wollten als absolut Verliebte ihren Spuren folgen. Die erste Nacht gönnten wir uns im Excelsior, zweihundertfünfzig Euro, nur um es ihnen gleich-
zutun, und wir redeten die ganze Nacht über all das,
worüber sie im Film geschwiegen hatten, schliefen umarmt ein, während sie in separaten Zimmern lagen, vögelten, wie sie nicht gevögelt hatten, an das Geländer gelehnt,
vor uns das Golfpanorama, die Sorrent-Küste. Wir nahmen einen Aperitif in der Hotelbar und aßen dann Spag-
hetti alle vongole im La Bersagliera. Am nächsten Tag
suchten wir in Torre del Greco die Adelsvilla Olivella, das
Erbe von Onkel Homer. Wir kamen nicht weiter als bis
zum Eisengitter, doch wir fotografierten uns wie Alex und

Katherine Joyce, zurückgelehnt, die Augen wegen der Sonne geschlossen, im Hintergrund der Vesuv, während du flüstertest: »Temple of the spirit, no longer bodies, but pure, ascetic images ...« und ich einen Eifersuchtsanfall vortäuschte. Ich fuhr nicht allein nach Capri wie Alex, vielmehr schlenderten wir zu zweit durch dieses Museum von Neapel, ohne auch nur eine der im Film dargestellten Marmorstatuen auszulassen: Satyrn, Faune, Diskuswerfer, Herrscher, der riesige Herkules und der Farnesische Stier. An den nächsten Tagen ging es weiter mit der Höhle der Sibylle, wir suchten Fumarolen in der Solfatara, Totenköpfe im Ossuarium des Friedhofs Fontanelle, wir schenkten uns einen *cuornuciello*, der uns für immer Glück in der Liebe bringen sollte, wie uns die Neapolitanerin versicherte, die ihn gefertigt hatte. Wir besichtigten Pompeji, wo wir keine zwei Entsprechungen zu den toten Liebenden aus dem Vulkan fanden, die Ingrid Bergman so erschreckt hatten. Und wir beendeten unsere Reise in Maiori, dem kleinen Ort an der Amalfiküste, wo wir genau an dem Tag ankamen, an dem die katholische Prozession stattfand, die das Ehepaar Joyce überrascht hatte, denn wir hatten unsere Reise so organisiert, dass sie sogar in diesem Punkt übereinstimmte. Als wir uns mitten in der Prozession befanden, entfernte ich mich kurz von dir, und die Menge, die der Jungfrau folgte, riss dich mit sich mit. Du schriest nach mir, verzweifelt; ich drängte mich durch die Menge und fand dich wieder, wir umarmten uns erschrocken, und du sagtest dramatisch: Gott sei Dank! Und ich fragte dich: Warum muss das alles sein? Warum müssen wir uns so quälen?

Ich konnte deine Antwort in dem Gedränge kaum verstehen: Ich bin so dumm gewesen und so albern und so töricht, aber du musst das alles vergessen. Ich liebe dich doch. Ich bin genauso töricht gewesen, sagte ich und sah dir dabei in die Augen. Sag mir, dass du mich liebst, flehtest du, und ich lächelte: Aber nur, wenn du mir schwörst, dass du es nicht ausnützen wirst. Ich schwör's, hast du geantwortet, aber sag es mir, bitte! Ich zögerte ein paar Sekunden, bis ich die Szene schließlich beendete: Dann hör zu. Ich liebe dich! Wir umarmten uns heftig, eher amüsiert als bewegt, glücklich darüber, dass wir nicht eine Zeile aus dem Drehbuch vergessen hatten, aus dieser Schlussszene von *Viaggio in Italia*, die wir später noch jahrelang zum Spaß nachspielten, jedes Mal, wenn wir uns unter eine Menschenmenge mischten: auf einer Demo, im Shoppingcenter vor Weihnachten, beim Verlassen eines Konzerts, eine private Alberei, die wir mit der Zeit aber aufgaben. *Von dieser Reise habe ich noch etwas anderes in Erinnerung, etwas, das wir nicht ins Heft geschrieben haben: Am letzten Abend nach der Rückkehr aus Maiori, nachdem wir gegessen und als gutbürgerliches Ehepaar einen letzten Drink in der Hotelbar genommen hatten, gingen wir rauf ins Zimmer, liebten uns langsam, nickten ein, doch da fuhrst du auf einmal im Bett hoch: Scheiße, sagtest du, verdammt, jetzt habe ich vergessen, Germán anzurufen. Es ließ sich nicht mehr ändern, es war schon sehr spät. Ich versuchte, dir gut zuzureden, in wenigen Stunden könntest du ihn ja anrufen und dich bei ihm oder bei seiner Mutter entschuldigen, könntest sagen, dein Akku sei leer gewesen. Aber da legte sich schon die Schuld wie eine Glocke über dich. Es war das erste Mal, dass dir die Zeit durchrutschte, um deinen Sohn anzurufen, das erste Mal in über einem Jahr väterlicher Zuverlässigkeit. Aber der Anruf war nicht das Entscheidende, dich bedrückte etwas ganz anderes: Du hattest nicht vergessen, ihn anzurufen, du hattest vergessen, dass du einen Sohn hattest. Dass dir der Anruf durchgerutscht war, machte dir auf unerträgliche Weise klar, mit welcher Leichtigkeit du fern von ihm leben konntest, unser obszön verantwortungsloses Glück, das waren deine Worte: unser obszön verantwortungsloses Glück, wir lutschten uns wie die Affen den Schwanz und die Muschi, während dein Sohn zu Abend aß und ins Bett ging, auf einem anderen Planeten. Mit einem Mal kam es dir schändlich vor, wie du dich daran gewöhnt hattest, ihn nur einmal die Woche zu sehen und an jedem zweiten Wochenende. Ich versuchte, deine Wut mit vernünftigen Worten zu zügeln, bevor sie sich gegen mich richtete, doch obwohl du mir keinerlei Vorwürfe machtest, wandtest du mir beim Einschlafen den Rücken zu, wolltest dich nicht von mir trösten lassen. Am nächsten Tag hast du ihn so früh angerufen, dass du seine Mutter geweckt hast, und sie bekam dann doch die Ausrede mit dem leeren Akku zu hören. Zur Ruhe kamst du erst, als Germán ans Telefon ging und, ohne irgendeine Erklärung zu fordern, zu dir sagte: Kannst du die Geschichte weitererzählen?* Germán und seine Geschichten, dieses erzählerische Band, das uns jeden Abend einte. Papa Scheherazade. Ich rief ihn jeden Abend an, bevor er ins Bett ging, versuchte ihm zu entlocken, wie es ihm ging, was er in der Schule gemacht, was er gegessen, welche

Zeichentrickfilme er gesehen, was er in der letzten Nacht geträumt hatte, irgendetwas, nur um ihn reden zu hören. Doch er ließ mir keine Chance: Papa, die Geschichte. Und ich nahm die Erzählung dort wieder auf, wo wir am Abend zuvor stehen geblieben waren, bei den zahlreichen Abenteuern eines Jungen, der nicht Germán war, aber genauso hieß und genauso alt war wie er und ebenfalls einen Telefonvater hatte, der ständig auf Reisen war. Der Germán aus unserer Geschichte erlebte dann alle möglichen Abenteuer und Wunderdinge, bis ich die Erzählung im entscheidenden Augenblick unterbrach und ihn am Kliff hängen ließ, mit dem Versprechen auf Fortsetzung. Germán protestierte, ich sagte, es sei schon sehr spät, morgen mehr. Wenn meine Erfindungsgabe nachließ oder die Geschichte sich zu erschöpfen drohte, schob ich eine kurze Erzählung dazwischen, die ich spontan erfand, indem ich klassische Märchen adaptierte, oder ich las ihm eine der Telefongeschichten von Rodari vor, die wie für uns gemacht schienen. Und klar, am Anfang fühlte ich mich mies, weil ich mir seine Aufmerksamkeit mit billigen Geschichten erkaufte und so die Schwierigkeiten eines Telefonats mit einem Kleinkind umschiffte, dem die emotionalen Bedürfnisse seines Vaters sehr fern waren. Doch im Laufe der Monate entwickelte sich diese Routine, dieses allabendliche Erzählen zu einem ganz speziellen Band, zu unserer Art, uns zu lieben, indem wir einander etwas schenkten: ich ihm eine Geschichte, er mir sein geduldiges und begeistertes Zuhören; wenn wir uns dann Tage später sahen, war ich keine Telefonstimme namens Papa mehr, sondern Herr der Geschichte, die uns am Leben hielt, des Erzählfadens, den wir gemeinschaftlich entwirrten, bis er irgendwann kürzer wurde, nur noch eine Beigabe zu der inzwischen echten Unterhaltung war, zunehmend unwichtig und schließlich ganz vergessen. *Die Wochenenden mit Germán. Geschiedene Väter und ihre quality time. Ein weiterer Artikel von dir, der ungeschrieben blieb, ein weiteres Buch, das unwiderstehlich gewesen wäre. Jemand sollte mal die wirtschaftlichen Auswirkungen der gängigen Besuchsregelungen untersuchen, die wir so auf uns nehmen, sagtest du häufig, die Mehrheit der getrennten Väter. Das in Prozent vom Bruttoinlandsprodukt angeben. Quality time als eine weitere Form der Anhäufung von Kapital, in diesem Fall Kapital der Väter. Restaurants voller Papas mit Kindern an ihrem Besuchstag. Vergnügungsparks, Sport- und Kulturevents, Ausflüge, Reisen, Shopping, in den Ferien das unvermeidliche Camping. Quality time, jede Minute unvergesslich, ein Saftkonzentrat mit dem Ziel, diese leuchtende gemeinsame Minute über die vielen grauen Minuten zu verteilen, in denen man sich unter der Woche nicht sehen wird. Überfüllte Wochenenden mit Kindertheater, Workshops im Museum, Fahrten in den Schnee, ein erfrischender Sprung in den Fluss nach einer langen Wanderung, das Kino mit dem größten Popcorn-Eimer. Auch zu Hause konntet ihr nicht aufhören zu basteln, zu backen, Verkleidungen zu schneidern, den Mond durch ein Teleskop zu betrachten. Und natürlich hat Germán das alles genossen, und natürlich hat es euch verbunden, euch ermöglicht, Nähe aufzubauen, aber ich sah doch unweigerlich die endlose Angst des geschiedenen Vaters vor Zurückweisung.*

Wo ihr doch gar nicht so viel Außergewöhnliches gebraucht hättet: Zusammensein genügte euch. Wenn du noch Ängste und Zweifel hast, wie fest die Verbindung zwischen dir und deinem Sohn ist, sieh dir die Fotos und Videos aus diesen Jahren durch, wie der kleine Germán lacht, spielt, dich umarmt, uns umarmt, wie er immer wieder sagt: Papa, ich habe dich sooo lieb, bis wir uns irgendwann über seine übertriebene Hingabe lustig machen. Oder seine gesammelten Zeichnungen, auf denen nur Germán und Papa zu sehen sind, ein riesengroßer Papa mit Beinen wie Säulen und Armen, die Bäumen gleichen. Wir reisten in jenem Sommer nach Neapel, um das Ende des Scheidungsverfahrens zu feiern. Den Tag, an dem mein Anwalt das Urteil mit der endgültigen Regelung erhielt. Das gemeinsame Sorgerecht hatte ich zwar nicht bekommen, und die Besuchsregelung war auch kein Grund zum Feiern, dennoch war es eine große Erleichterung, dass nun alles vorbei war. Schade ist, dass ich nicht auch ein Gerichtsheft geführt habe, denn ich erinnere mich nur noch bruchstückhaft, mein Gedächtnis wusste wohl, wie es mir dauerhaften Groll erspart: die Verhandlung, dieser schmuddelige Raum mit dem kriminalisierenden Licht. Der Richter und die Staatsanwältin, die mich allein durch ihre autoritäre Präsenz für Jahrzehnte schuldig sprach. Der gegnerische Anwalt, heimtückisch; Teresa, die meinem Anwalt gegenüber ins Stottern geriet und mich eher traurig als vorwurfsvoll ansah. Der Wartesaal vor der Verhandlung, wo wir beide stumm, verstört und wütend saßen, in Begleitung unserer jeweiligen Rechtsbeiständen in zerschlissenen Talaren. Die Monate des Verhandelns, das elende Feilschen, bei dem Besuchstage gegen Geld eingetauscht wurden, mehr Zeit gegen mehr Rente. Die telefonischen Versuche, die in Geschrei und Vorhaltungen endeten, die beschwichtigenden Mails, die, je länger das Ganze ging, zunehmend bitter und schließlich zu einer weiteren Abrechnung wurden. Mein eigenes schäbiges Verhalten, an das ich lieber nicht zurückdenke. Die Drohungen und Ultimaten, die Appelle, ruhig zu bleiben, das Pochen auf Germáns Wohl, die gegenseitigen Egoismus- und Rachevorwürfe, all das, was so viele getrennte Paare erzählen würden, würden sie sich nicht zu sehr schämen, all das, was brillante Gerichtsdramen nur selten für erzählenswert erachten, das aber viel deutlicher unser wurmstichiges Innenleben zeigt als irgendein Bericht über Korruption. All das fiel von mir ab, als mein Anwalt mir diese Papiere überreichte. *Von hier an sollten wir vorsichtig graben. Mit einer weichen Bürste, sogar mit den Fingern. Oder gar nicht weitermachen, die Erde unberührt lassen. Vielleicht sollten wir unsere tiefsten Schichten nicht freilegen, das Porzellan des Anfangs nicht ans Licht holen, das schon brüchig wird, wenn man es nur der Helligkeit aussetzt. Die Ruinen des Themenparks. Die Mythologie der Liebe, die authentischen Reste, die der Archäologe mit der legendären Erzählung abzugleichen versucht. Ausgraben heißt zerstören, wie einer unserer Professoren zu sagen pflegte. Ausgraben heißt zerstören, manchmal ist es das Beste, nichts anzufassen, das Erdreich nicht aufzuwühlen, sondern abzuwarten, bis bessere technische Mittel zur Verfügung stehen, bis man es abtragen kann, ohne so viel kaputt zu machen. Auszugraben ist auch eine*

Fälschung, die Illusion, man könne die Vergangenheit rekonstruieren, den Tempel auf Grundlage weniger Kapitel und Säulenstümpfe neu errichten. Die Liebe wird zerstört, verfälscht, wenn man sie neu erzählt. Die Liebe ist keiner Erzählung zugänglich, von ihr wird immer erst dann berichtet, wenn sie vorüber ist, und dann ist sie neuen Lesarten unterworfen, Revisionismus, wenn nicht gar Revanchismus. Die Liebe ist keiner Erzählung zugänglich, weil die Zeit des Gefühls und die Zeit der Wiedergabe niemals zusammenfallen, und was wir jetzt erzählen mögen, wird immer eine rationalisierte Neufassung eines Fühlens sein, das verdampfte, je weiter es vor sich hin brannte. Jeder Versuch, die Liebe zu erzählen, ist zum Scheitern verurteilt. Die Liebe ist lächerlich, unbegreiflich, unmäßig, falsch, sie ist ein Irrtum. Nicht einmal die Hefte, die Briefe, die Textnachrichten von damals können uns helfen, eine Intensität zurückzuholen, die wir nicht mehr begreifen. Wir können nur die Asche erzählen oder nicht einmal das: den Ruß, den die Asche zurückgelassen hat, bevor der Wind sie zerstreute.

I

Kurz vor Sonnenaufgang, nachdem die letzte Bar zugemacht hatte, gelangten wir ans Ende der Uferpromenade. Wir liefen weiter, bis hinter den Straßenlaternen der Gehweg aufhörte und der Strand plötzlich wild wurde, eine sandige Ausbuchtung mit flachen, zerzausten Dünen, mit ausreichend Binsen bestanden, um am Tage die Nacktbader und in der Nacht die Pärchen zu verdecken. Wir ließen die Promenade hinter uns und liefen am Strand weiter, unter einem elektrischen Mond und einem Meereshorizont entgegen, der bereits grau wurde. Wir waren berauscht, von den vielen Drinks und mehr noch von der Begeisterung über unsere erste gemeinsame Reise. Wir hatten uns den ganzen Tag im Hotel eingeschlossen, draußen peitschte der Wind den Strand, und als es dunkel wurde, nutzten wir die Windstille, um in einer Strandbar essen zu gehen und in den Touristenkneipen etwas zu trinken. Wir zogen unsere Schuhe aus und spürten den immer noch lauwarmen Sand. Keiner musste das mit dem Baden vorschlagen, das Protokoll für eine solche Situation ist universal: Junges verliebtes Paar an nächtlichem Strand, man entkleidet sich schnell, rennt nach Möglichkeit ans Ufer, wirft auf dem Weg die Kleidungsstücke ab, berechnet es so, dass der Slip oder die Unterhose erst dann fallen, wenn man das Wasser erreicht hat, kreischt bei der ersten Berührung mit dem

Meer, es spritzt mächtig, wenn er kopfüber eintaucht, sie zweifelt, ob sie es ihm gleichtun soll, dann machen beide ein paar kräftige Schwimmzüge im beängstigenden nächtlichen Ozean, sie umarmen sich, schmiegen die Brüste aneinander, die Brustwarzen steif vor Kälte, sie küssen die salzigen Münder, Hälse und Schultern und versuchen, falls die körperliche Reaktion dies zulässt, eine Penetration, ohne das Wasser zu verlassen. Bis dahin erfüllten wir das Protokoll, und gerne hätten wir diese perfekte Abfolge zu Ende geführt: hätten uns anschließend in den Sand plumpsen lassen, uns eng umschlungen mit dem Handtuch gewärmt, die Sonne über dem Meer aufgehen sehen und so eine weitere Postkarte für unsere Sammlung erlangt. Doch dieser Ablauf wurde unterbrochen von einem Motorengeräusch, das immer lauter wurde, und wir sahen, wie sich im Bereich der Dünen, wo täglich irgendein Van abgeschleppt werden musste, ein Fahrzeug durch den Sand kämpfte. Die bläulichen Lichter auf dem Dach wiesen den Jeep als Polizeifahrzeug aus. Wir zogen uns schnell an, als hätte man uns bei einer unzeitgemäßen Straftat erwischt. Doch sie kamen nicht wegen uns: Die beiden Polizisten stiegen aus und sahen uns nicht einmal an, ihr Blick mit solcher Beharrlichkeit aufs Meer gerichtet, dass wir uns ebenfalls dorthin umwandten, und da sahen wir das Boot. Ein Schlauchboot, der Motor ausgeschaltet. Es ließ sich ans Ufer treiben, schaukelte bei jeder Welle. An Bord circa dreißig schwarze, sich aneinanderklammernde Menschen. Die Zahl erfuhren wir später, für unsere frühmorgendliche Kurzsichtigkeit waren sie nur eine einzige, über das Boot quellende Masse. Die Arme in die Hüften gestemmt, warteten die beiden Polizisten am Ufer. Circa dreißig Meter vom Strand entfernt, bei den Felsen, wo tagsüber die Badegäste tauchten, kam das Boot zum Stillstand. Wir sahen zwei weitere Polizeifahrzeuge und einen Krankenwagen ankommen. Als die beiden Polizisten am Ufer beobachteten, dass das Menschenknäuel auf dem Boot sich bewegte und auseinanderstrebte, riss einer von ihnen die Arme hoch und brüllte: »Nicht springen, noch nicht!« Doch es war, als hätte er das Gegenteil befohlen, nämlich sofort zu springen, denn die Passagiere ließen sich einer nach dem anderen zu beiden Seiten des Boots ins Wasser fallen. Später erfuhren wir aus der Zeitung, dass das Wasser an der Stelle keine zwei Meter tief war, was für jeden auf Zehenspitzen hüpfenden Erwachsenen zum Überleben ausgereicht hätte, für diese Menschen jedoch, die nach so vielen Stunden Überfahrt völlig erschöpft und gefühllos waren, schwer wegen der vielen Schichten Kleidung und zudem völlig verschreckt, die vermutlich nicht einmal schwimmen konnten, war es abgrundtief. Die ersten neun gingen für immer unter. »Wie Steine«, schrieb ein Journalist, und sein Satz wurde von den Dorfbewohnern tagelang wiederholt: »Sie gingen unter wie Steine.« Die übrigen Menschen auf dem Boot hörten auf zu springen, als sie sahen, dass ihre Mitreisenden nicht mehr auftauchten. Die Polizisten und Sanitäter rannten sofort ins Wasser, zögerten jedoch, sich dem Boot zu nähern, sie wollten kein panisches Massenspringen auslösen, das auch sie selbst gefährdet hätte. Schließlich zog einer der Beamten das Boot ans Ufer, wo den zitternden Überlebenden dann beim Aussteigen geholfen wurde. Wir beteiligten uns an der Rettungsaktion, schlagartig nüchtern geworden durch die Ereignisse, boten den steif gefrorenen Menschen unseren Arm an, halfen ihnen beim Ablegen ihrer Kleidung und wickelten sie in Thermodecken. Dann verließen wir den Strand, um nicht mitansehen zu müssen, wie die Leichname geborgen wurden. Auf dem Zeitungsfoto sahen wir sie dann aber doch, im Sand aufgereiht, darüber die von der gesamten Presse übernommene Schlagzeile: »Am Ufer ertrunken«. *Wir waren unsinkbar, imstande, über Wasser zu gehen und egal wohin überzusetzen. Wir waren hochgestimmt, wir waren furchtlos, wir fühlten uns beschützt, unsterblich, auserwählt. Wir hatten Glück, wir waren das Glück. Wir waren zusammen. Wir hatten die anfänglichen Hindernisse überwunden und allenfalls ein paar Kratzer davongetragen. Die Zukunft bot sich uns dar wie Weideland, durch das man ungestört reiten konnte. Ich war gerade in deine Wohnung gezogen, in der ich schon seit einiger Zeit fast täglich übernachtete. Beim Aufwachen hatten wir taube Arme, weil wir die Nacht ineinander verschlungen gelegen hatten. Wir blieben noch liegen, küssten uns mit zähem Atem, hielten einander im Bett zurück. Frühstückten zusammen. Teilten uns den Schreibtisch, ich lernte, du schriebst ein paar Stunden lang, gingst dann in die Redaktion. Die Liebe macht uns produktiv, sagten wir. Eine glückliche Maschine. Ich kochte für dich, genoss es sehr, gemeinsam zu Mittag zu essen, einander zu erzählen, wie der Tag so lief. Wir hielten eine kleine Siesta, machten uns wieder an unsere Aufgaben. Wir putzten zusammen die Woh-*

nung, legten Musik auf und kamen uns mit Besen und Lappen in die Quere, wie die Protagonisten eines lustigen Musicals. An den Tagen, an denen du früh fertig wurdest, holte ich dich in der Redaktion ab, und wir spazierten zurück zur Wohnung. Wir gingen überhaupt viel spazieren. Suchten neue Wege, das Abschweifen an den Rändern. Wir erkundeten Neubauviertel mit unberührten Gehsteigen und mickerigen Bäumen, schmale Wege, die sich am Rand der Autobahn gehalten hatten. Wir spazierten ohne Ziel, ohne Eile, mit aller Zeit der Welt. Wir gingen gemächlich, ganz gemächlich, Hand in Hand, einen Arm um die Taille oder die Schultern gelegt, die Schritte im selben Rhythmus. Wir küssten uns an jeder Ampel. Wir blieben stehen, um an einer Fassade die Giebel zu bestaunen, eine Industrieruine, einen Laden wie aus anderen Zeiten, ein Stadtpanorama, das im Vorübereilen niemand sieht. Das endlose Flanieren der Verliebten, schriebst du in einem deiner Briefe, die du mir weiterhin pünktlich jede Woche schicktest: das endlose Flanieren der Verliebten, für die Gehen eine andere Form ist, sich kennenzulernen, aber auch, sich den Raum neu anzueignen und daraus einen gemeinsamen zu machen, und dabei hinterlassen sie den glitzernden Speichel des Begehrens. Du sprachst von den Wegen des Begehrens, desire paths, lignes de désir: *die Linien, die wir ziehen, wenn wir den Stadtplanern den Gehorsam verweigern und unseren eigenen Weg durch Parks und Brachen wählen, die Schritte, deren Spuren die neue Abkürzung markieren. Das Begehren, das sich stets Bahn bricht und sich am liebsten auf einer Geraden bewegt, so hast du das ausgedrückt.* Zur Liebeseuphorie kam bei mir noch die

Arbeitseuphorie hinzu: Ich hatte erst ein paar Monate zuvor diese Anstellung bei der neuen Zeitung gefunden, was, zusammen mit dem Vorschuss für das Buch über die Massengräber, nicht nur meine wirtschaftliche Unsicherheit beendete, sondern mir auch ein so unbegründetes wie benebelndes Gefühl von Omnipotenz vermittelte, eine schäumende Eitelkeit, die jedes Mal aufkochte, wenn ich vom Abteilungsleiter oder vom stellvertretenden Chefredakteur für meine Artikel beglückwünscht wurde oder auch mal vom Chefredakteur selbst, der mich in sein Büro bestellte; ich sprühte jedes Mal Funken, wenn einer meiner Texte den Beifall von Kollegen oder von anderen Medien erlangte oder in den Leserkommentaren enthusiastische Zustimmung oder nicht minder enthusiastische Schmähungen erfuhr; ich kochte jedes Mal wie Lava, wenn ich zu einer Diskussionsrunde eingeladen oder gefragt wurde, ob ich ein Buch vorstellen wolle, und diese ganze Anerkennung kam zu unserem Liebesglück hinzu, war Teil davon, denn beides zählte zum selben Triumph, und dadurch fühlte ich mich unverwundbar, hatte keine Angst, tollkühne Artikel zu schreiben, Menschen anzugreifen, von denen irgendwann meine Existenz abhängen konnte, obwohl diese ganze Power mich auch leicht hätte aus der Bahn werfen können. Jetzt kann ich es dir ja erzählen, es spielt schon keine Rolle mehr: Wenn ich in diesen Monaten zu einem Kongress, einer Premiere oder Preisverleihung eingeladen war, wo es immer jemanden gab, der seine Bewunderung für einen meiner letzten Artikel ausdrückte, fühlte ich mich so grandios, so bescheuert und kindisch grenzenlos, dass ich ein paar Mal, wenn wir letzten Nachtschwärmer die Party auf ein Hotelzimmer verlagert hatten, auf die Anmache einer Kollegin einging, die mit ihrem Kuss ein Siegel auf meiner Zunge hinterließ, und wenn mein Körper dann schlaff war und das Bewusstsein getrübt, ließ ich mich wie ein Luftballon an ihrer Hand zu ihrem Zimmer führen, ohne wirklich Begehren zu verspüren, oder höchstens ein sportliches, tyrannisches Begehren, das ein weiterer Beweis meiner Unsterblichkeit war, der Götter an meiner Seite. Am nächsten Morgen wachte ich mit einem Mordskater und einem eher gewollten als real vorhandenen Schuldgefühl auf und nahm mir fest vor, nicht wieder aus der Bahn zu geraten. Auch wenn es spät kommt, bitte ich dich dafür um Verzeihung. *Wenn man in der Erde wühlt, tauchen am Ende immer Knochen auf, die man nicht erwartet hat. Muss ich dir verzeihen, oder bist du derjenige, der mir verzeiht, indem du mir ohne Not und im falschen Moment von diesen Vorfällen erzählst, als unerwartete Angleichung der Positionen? Es spielt keine Rolle, nicht mehr. Das Merkwürdige ist, dass wir in jenen Monaten nicht noch stärker aus der Bahn geworfen wurden. Nachdem wir unsere anfängliche Vorsicht abgelegt hatten, überließen wir alles vertrauensvoll dem guten Stern, der uns zusammengeführt hatte: Da konnte nichts schiefgehen. Wir lebten emotional auf einem sehr schmalen Grat, wechselten von Euphorie zur tiefsten Niedergeschlagenheit, mal schien der Triumph unmittelbar bevorzustehen, mal drohte am Horizont die Katastrophe. Uns zu finden und zu verlieben war eine Explosion gewesen, die uns hoch hinaus geschickt hatte, sie konnte uns*

aber auch zerschellen lassen. Dein Sohn: die Zeit, die du ver-
brachtest, ohne ihn zu sehen, wenn es zwischen seiner Mut-
ter und dir zu keiner Einigung kam. An einigen Abenden
brachst du zusammen, und ich konnte nur dabeisitzen, wäh-
rend du weintest, dir nutzlos Trost zusprechen für einen
Schmerz, den ich in Wirklichkeit nicht verstand und der für
mich eine Bedrohung war, vor der ich mich nicht zu schüt-
zen wusste. An den Abenden, an denen ich ihn anrief und
nicht länger als ein paar Sekunden am Telefon halten konnte oder er gar nicht erst mit mir reden wollte, fiel mir
nichts anderes ein, als wütend auf Teresa zu werden. Sie
sagte mir jedes Mal, sie hätte es versucht, könne ihn aber
nicht zwingen, und ich warf ihr vor, vermutlich zu Unrecht, sie wolle mich mit dem strafen, von dem sie wusste,
dass es mich am härtesten traf. Wenn ich dann auflegte,
sah ich mich um: die Junggesellenwohnung, der Computer mit dem auf Pause gestellten Film, die halb geleerte
Weinflasche, die Kippe des Joints im Aschenbecher, eine
beschissene Anhäufung von Klischees, wie eine Karikatur
meines neuen Lebens. Dich sah ich auch an, du trugst nur
einen Slip und ein T-Shirt von mir darüber, ein weiteres
Klischee. Ich fragte mich, was zum Teufel ich hier machte,
warum ich nicht bei meinem Sohn war und seinen Schlaf
hütete, und hatte das Gefühl, dass das Ganze ein Riesen-
fehler war, die falscheste Entscheidung meines Lebens,
und es war nicht das Schuldgefühl oder zumindest nicht
nur das Schuldgefühl: Ich vermisste meinen Sohn so sehr,
wie ich nie zuvor jemanden vermisst hatte, und ich hätte
nie gedacht, dass man das so empfinden könnte. Und auch

wenn ich deine Umarmung und deine Küsse annahm, hast du in diesen Augenblicken doch unweigerlich meine Achtung verloren. *Die Erbsünde. So nannten wir es damals: Manchen Liebesbeziehungen hängt auf ewig die Erbsünde nach, auf der sie gegründet sind. Das Boot, das schon ein Leck hat, bevor die Überfahrt beginnt. Ein Bruch, der Wunden hinterlassen hat. Ein Betrug an früheren Lebenspartnern, der einen Schatten auf das neue Paar wirft, eine ständige Bedrohung. Die Ablehnung durch die Familie, ein Missverständnis am Ausgangspunkt. Oder ein Kind, das schon da ist, wie in unserem Fall. In einigen deiner ganz mutlosen Momente habe ich manchmal gedacht, wir könnten diese Last nicht tragen, sie würde uns immer wieder runterziehen und unsere Beziehung einem extremen Anspruch aussetzen: den hohen Preis wert zu sein, den wir für unsere Liebe bezahlten.* Natürlich können wir diese Last tragen. Das sagte ich dir immer wieder, wenn unsere Gefühle nach jedem Absturz wieder neu aufflackerten. Natürlich können wir diese Last tragen. Die fanatische Überzeugung der Verliebten, die daran glauben, dass ihre Liebe über genügend Kraft verfügt, um sich allem zu stellen. Und dieser ganze Schmerz machte unser Gefühl außergewöhnlicher: Jede Liebe, die grandios sein will, braucht offensichtlich eine Dosis Schmerz. Wir fühlten uns glücklich, und wir fühlten uns glücklos. Wir waren froh, uns getroffen zu haben, und wir bedauerten es, uns getroffen zu haben. Jeder Glücksmoment hatte seinen Schatten in Form eines Gewissensbisses. Wir fragten uns, warum unser Glück dieses Quäntchen Unglück brauchte, und all dies wurde in der hochtrabenden Sprache der Verliebten zu einem weiteren Joch: Nichts eint mehr als gemeinsam zu weinen, und in dieser Zeit weinten wir in so manchen Nächten gemeinsam. *In allem fanden wir Größe. Die arglose Sicherheit der Verliebten, diese wild gewordene Überheblichkeit. Wir betrachteten andere Paare, urteilten und verurteilten sie fulminant: Sie sind nicht wie wir. Sie lieben sich nicht so leidenschaftlich wie wir. Sie kennen keine Liebe, die so groß wäre. Und natürlich werden wir nie so sein wie sie. In der U-Bahn, wir fuhren in der U-Bahn und sahen uns in der Fensterscheibe gespiegelt, ineinander verschlungen, mein Kopf an deiner Schulter, Hand in Hand, die Finger einander umspielend, auf unseren Gesichtern ein schläfriges Lächeln. Da stieg ein Paar zu. Etwas über vierzig. Die zwei setzten sich uns gegenüber, verdeckten unser Abbild und boten sich selbst als Zerrspiegel dar. Gegen unser exhibitionistisches Glück stand dort ihr ebenso exhibitionistisches Elend: Sie trugen die missmutigen Mienen aus irgendeinem unbedeutenden Streit zur Schau, auf dem jedoch Jahre des Grolls lasteten. Die Lippen zusammengepresst, die Stirn gerunzelt, jeder den Blick zur Seite gerichtet, ein kleiner, aber abgrundtiefer Spalt zwischen ihren sitzenden Körpern, die sich nicht berührten. Wir beobachteten sie in ihrem Hader, ihren jahrelangen Abnutzungserscheinungen, gleichermaßen komische und beunruhigende Gestalten: Vielleicht waren sie Zeitreisende, vielleicht waren das wir, hierhergekommen aus der Zukunft. Die Frau sah uns an, mir schien, sie halte an den Mundwinkeln ein hartes Lächeln zurück, als unterdrückte sie beim Anblick unseres Glanzes die Regung, uns zu sagen: Ja, wir waren auch mal*

wie ihr, und jetzt schaut uns an, was für ein Trümmerhau-
fen; aber keine Angst, es ist noch nicht zu spät, um dieses
Ende zu verhindern. Vergeigt es nicht. Wir würden es nicht
vergeigen. Das versprachen wir uns jedes Mal, wenn wir
uns mit Sendboten der Zukunft konfrontiert sahen, jedes
Mal, wenn wir uns in Zerrspiegeln erblickten. Wir würden
nicht wie all die anderen Groll ablagern, nicht in Routine
verfallen wie die Übrigen. Uns nicht betrügen, wie sie sich
betrogen. Niemals würden wir uns von finanzieller Unsicherheit erdrücken lassen, würden keine Maske der Ver-
ächtlichkeit aufsetzen, uns nicht in diese Parallelschächte
einsperren, in denen so viele Paare endeten. Wir würden
das unerbittliche Ende des Begehrens nicht zulassen. Wir
leisteten einen feierlichen Schwur; sollte einer von uns je
Anzeichen von Ermüdung entdecken, würde er oder sie
die Reißleine ziehen, ein Notsignal senden, Mayday, und
wir würden eine Lösung finden, bevor es zu spät wäre.
Wir würden all die Fallstricke und Hindernisse umgehen,
auf die die Paarpsychologie hinweist, kein weiteres Beispiel
für ein Scheitern wie aus dem Handbuch werden. Wir würden nie so sarkastisch und verächtlich miteinander reden,
wie wir es manchmal bei meiner Mutter und ihrem Partner
erlebten, die sich beim geringsten Anlass in einem Netz
von Vorwürfen verstrickten. Natürlich würden wir auch
nie wie Natalia und ihr Noch-Verlobter Jaime werden. Dieser Abend, an dem wir bei ihnen zum Essen waren. Parallel
zur allgemeinen Unterhaltung führten wir unterm Tisch
unseren privaten, geheimen Dialog in unseren Handflächen. Sie berichteten ausführlich von ihrer bevorstehenden

Hochzeit, deren Datum schon seit zwei Jahren feststand. Sie hatten bereits entschieden, wann sie Kinder haben würden, zwei, Junge und Mädchen, und sie konnten sogar schon ganz genau den Kalendertag benennen, an dem sie jedes Kind zeugen würden: Zuerst würden sie zwei Ehejahre ohne Kinder genießen, dann käme das erste, sie würden versuchen, dass es zum Frühlingsbeginn zur Welt kommt, damit es ein angenehmes Klima vorfände und Natalia ihren Mutterschaftsurlaub mit den Schulferien verlängern könnte; dann würden sie etwas mehr als ein Jahr verstreichen lassen, bis sie die zweite Schwangerschaft in Angriff nähmen, und der Bruder oder die Schwester käme zur Welt, wenn das erste Kind zwei wäre, denn das hatte nur Vorteile: Der Körper der Mutter würde sich schnell wieder erholen und wäre weniger Risiken ausgesetzt, das erste Kind wäre kein Baby mehr, aber die beiden wären trotzdem nicht so weit auseinander, könnten also zusammen aufwachsen und spielen und sich gegenseitig unterstützen, und wenn sie auch noch in derselben Jahreszeit zur Welt kamen, konnte man die Klamotten des älteren Kindes für das jüngere nehmen, ohne dass es im Winter oder im Sommer Probleme mit der Größe gab. Was die Wohnung betraf, so wollten sie weitere drei oder höchstens vier Jahre in einer kleinen Mietwohnung bleiben, was wegen der zu erwartenden Veränderung auf dem Immobilienmarkt günstig wäre, dadurch könnten sie sparen und dann mithilfe der Familie eine ordentliche Anzahlung machen, einen kleineren Kredit aufnehmen und die definitive Wohnung kaufen, bevor das zweite Kind kam. Während ich unentwegt nickte und lächelte zu dieser Ehedystopie, telegrafierte ich dir unterm Tisch, malte Buchstabe für Buchstabe in deine Handfläche: V, E, R, S, P, R, I, C, H, Leerzeichen, M, I, R, Leerzeichen, D, A, S, S, Leerzeichen, W, I, R, Leerzeichen, N, I, E, Leerzeichen, S, O, Leerzeichen, W, E, R, D, E, N. *Uns reichte es nicht, unablässig zu reden und einander Briefe zu schreiben, Mails, Nachrichten und Zettel, die wir aufs Kissen oder in eine Tasche legten: Wir schrieben uns auch in die Hände, wenn wir unter Leuten waren. Für uns war das eine weitere Form, uns von anderen abzuheben, ein Versuch, die Kommunikation ununterbrochen aufrechtzuerhalten, ein Spiel. Wir tauschten Bosheiten und spöttische Bemerkungen aus, über den Erstbesten, den wir vor uns hatten, in der U-Bahn, im Café, in der Bibliothek. Via Handtelegraf vertrauten wir einander an, dass wir uns langweilten und lieber nur zu zweit wären, wenn wir etwa im Theater saßen. Bei einem Familienessen beteiligten wir uns am Gespräch und ließen uns unter dem Tisch gleichzeitig wissen, was wir miteinander zu tun gedachten, wenn wir alleine wären. Wir erregten einander mit Zeichen auf die Handfläche, die vorwegnahmen, was wir kurz darauf einlösen würden. Als ich dich zu einem abendlichen Geschäftsessen begleitete, bei dem wir unsere Hände nicht einen Augenblick lang losließen, entfachten wir ein handschriftliches Feuer, das in einer Verabredung auf der Toilette endete.* Wir sperrten uns in einer Kabine ein und vögelten, und hielten uns dabei den Mund zu, wohl eher, um unser Lachen zu unterdrücken als unser Stöhnen. Wir vögelten in öffentlichen Toiletten, auf Parkplätzen, in den

Gästezimmern von Verwandten und Freunden, in einer Gasse in der Altstadt, um vier Uhr nachmittags, die Klamotten auf die Schnelle aufgeknöpft, und es erregte uns zusätzlich, dass unvermittelt jemand auftauchen konnte. Wir vögelten im Auto, auf Reisen, bei urplötzlichen Abstechern von der Landstraße, du auf mir drauf, die Hände gegen die Decke gestemmt, als wolltest du das Firmament stützen. Wir vögelten in der Wohnung, hatten uns vorgenommen, nicht einen Winkel unmarkiert zu lassen: die Arbeitsfläche in der Küche, den Tisch, die Dusche, den Boden, die Wände, die Fenster, und ich würde sogar sagen, die Decken, und natürlich das arme Bett und das billige Sofa, dem wir einen Fuß abbrachen, als wir es einweihten: Es blieb zeitlebens verkrüppelt, wir weigerten uns, es zu reparieren, denn über sein Wackeln zwinkerte es uns jedes Mal nostalgisch zu, wenn wir uns darauf setzten. Wir vögelten kraftvoll, exzentrisch, dramatisch, monumental. Wir verursachten uns Juckreiz, Abschürfungen, Blasenentzündungen, knackende Gelenke, dein Kinn rau vom Schleifpapier meines Bartes, mein Rücken zerkratzt. Wir vögelten zu jeder Tages- und Nachtzeit: beim Aufwachen, verschlafen und ohne jede Eile; während der Siesta, sanft; vor dem Einschlafen, mit der Disziplin eines Betenden, mitten in der Nacht, indem wir uns aus dem Schlaf rissen. All das gehört ebenfalls zu den Ruinen unseres Themenparks, eine Abteilung übertriebener sexueller Aktivität, die die Erinnerung und die Enttäuschung sicher verklärt haben. *Wir mussten all die Energie loswerden, die uns füllte, wir rangen darum, sie abzustoßen. Wir waren jung. Und ver-*

liebt waren wir noch jünger. Die Liebe machte uns schöner, sie gab uns Kraft, sie ließ uns unermüdlich werden, schlaflos, nahm uns ebenso sehr den Hunger, wie sie uns gefräßig werden ließ. Wir mussten verschmelzen, einen einzigen Leib erschaffen, in uns eindringen, ins Innere gelangen, uns in uns spüren, wobei es schier nicht auszuhalten war, dass man nicht selbst gleichzeitig im Geliebten sein und ihn in sich haben konnte. Beim Oralsex hätten wir am liebsten auch noch den Kopf des anderen verschlungen, die Hände, den ganzen Körper. Wir bissen uns gegenseitig, stießen beim Küssen mit den Zähnen zusammen. Wir schliefen wie aneinandergefesselt, beim Aufwachen tat uns alles weh. Wir saßen Rippe an Rippe, um einen Film zu sehen oder zu lesen, manchmal dasselbe Buch. Beim Spazierengehen waren wir immer nahe am Stolpern, weil wir uns um die Taille fassten, um die Schultern, bei den Händen. Am liebsten hätten wir uns vom anderen im Arm tragen lassen, aber nur, wenn wir ihn auch unsererseits hätten tragen können, ein einziges Rollen und Schweben. Wir maßen uns am anderen Körper: Mein Arm streckte sich an deinem entlang, die Beine lagen übereinander, die Köpfe drehten sich wie von selbst zum Kuss, deine Hand umschloss meine Brust, die Geschlechtsteile fügten sich ineinander, ohne Krafteinsatz oder überschüssigen Hohlraum. Wir nannten uns größengleich. Passgenau. Maßgeschneidert. Manchmal duschten wir zusammen. Putzten uns zusammen die Zähne, dein Arm um meine Taille, sahen uns dabei im Spiegel und unterdrückten das schaumige Lachen über diese alberne Pose. Dieses tyrannische Bedürfnis, immer ein Körperteil in Berührung mit dir zu haben, und du mit mir, wie schicksalhaft magnetisiert: Hand in Hand, dem anderen über den Kopf streichend oder beim Einschlafen über den Rücken, deine Finger, die wie Uhrzeiger auf meinem Bauch kreisten. Beim Betreten der Wohnung sperrten wir vierfach ab, fantasierten damit, die Tür von innen zuzumauern. Wenn wir nicht am selben Ort waren, hielten wir Kontakt via Telefon, Textnachrichten und E-Mails, ungeduldig, sobald der Akku leer war oder einer von uns kein Netz hatte, wie Bergsteiger, die ständig nach ihrem Rettungsseil schauen. Dazu kam die mentale Verbindung: Wir bildeten uns einiges ein auf unsere Liebestelepathie, wenn du mir eine Nachricht schicktest, tippte ich gerade denselben Vorschlag an dich, oder wir machten einander dieselben Geschenke. Ein unsichtbares Band hielt uns zusammen, aneinandergekettet, wie eine Schlange um den Hals konnte es uns jederzeit erwürgen. Alles, was ich dann jahrelang vermisst habe, aber manchmal erstickend finde, eine Fehleinschätzung, ein allzu schnelles Verbrennen. Wir haben uns ständig nur angesehen. Wenn wir im Bett lagen, uns auf dem Sofa umarmten, am Tisch saßen, quer durch ein Wohnzimmer voll mit Menschen hindurch sahen wir uns an. Wir hielten dem Blick des anderen stand wie bei dem Spiel Wer zuerst lacht. Wir sahen uns in die Augen, bis auf ihren Grund und noch weiter, bis hinein in diesen Planeten von Pupille, wir wollten uns von innen sehen, uns vivisezieren, bis in jede Zelle hinein mikroskopieren und dort drin eine Erklärung finden. Manchmal überraschtest du mich dabei, wenn du plötzlich aufsahst oder kurz vor dem Einschlafen noch mal die Augen aufschlugst und fragtest, warum ich dich so anschaue, und ich sagte dir, ich würde ein Staunen empfinden. Du hast dich lustig gemacht, mich scherzhaft gebissen, aber ich bestand auf genau diesem Wort: *Staunen.* Ich wollte jeden einzelnen Teil deines Körpers entdecken, als würde ich dich auswendig lernen. Das schmale Gesicht, die Augen tief in den Höhlen. Die Vene, die deine Stirn senkrecht teilt und über die ich so gern mit meinem Finger strich. Die rosigen Lider, die kleine Warze, über die ich immer mit der Zunge fuhr. Die Nase, der Mund, die roten Lippen. Die geraden Zähne. Die strahlende, glatte Haut. Auch die Hände, ich liebte es, deine Hand zu nehmen, sie mir vors Gesicht zu halten, sie zu betrachten und zu berühren, die Form deiner Knöchel, Sehnen, Adern, Nägel, Handlinien zu erlernen. Und dein Körper, wenn du dich umzogst, wenn du aus der Dusche kamst oder nach dem Sex, ich habe dich oft gebeten, dich noch nicht anzuziehen, habe dich betrachtet, bis es dir auf eher komische als unangenehme Art peinlich war: die kleinen Brüste, der breite Rücken, die Schwimmerinnenarme. Die jungen Füße, Füße einer Gräfin. Deine Präsenz zu registrieren löste ein Staunen in mir aus, erregte mich und machte mich stolz, weil ich vorhatte, mein ganzes Leben mir dir zu verbringen, zusammen mit dir alt zu werden und Notar deines Alterns zu sein, ja, das habe ich dir damals gesagt, mit dramatischer Stimme, um dich zum Lachen zu bringen: Ich möchte der Notar deines Alterns sein. *Unser Reden war großsprecherisch, pedantisch, und nicht immer wussten wir Scherz und aufrichtige Leidenschaft zu unterscheiden, diese dünne Linie, die bei Geliebten das Erhabene vom Lächer-*

lichen trennt. Dasselbe Risiko, das jede Liebeslyrik eingeht:
der Vers, der erschüttert, aber böswillig gelesen Zurückwei-
sung oder Gelächter auslöst. So auch wir, wenn wir riesige
Worte sprachen, Sätze formulierten, die nur in ihrem ganz
punktuellen und unwiederholbaren Zusammenhang atmen
konnten, in jedem anderen Moment hätte man unweigerlich
eine Bühnenstimme auspacken müssen, betont lächeln und
mit den Fingern Anführungszeichen setzen. All die Künst-
lichkeit, die in der Liebe immer hervorlugt, dieser hämische
Unterton, der jedes Wort, das gesagt wird, durchsticht: die
Unmöglichkeit, eine Liebesgeste zu vollführen, die nicht ei-
nem Simulacrum gleicht. Es ist schwer, Liebe in Worte zu
fassen, ohne dabei zu denken, dass alles schon gesagt ist, dass
wir nichts anderes tun, als überlieferte Sprüche zu wiederho-
len, Dialoge aus Kinofilmen. Es ist schwer zu lieben, ohne zu
erwarten, dass im nächstbesten Moment die Scheißgeigen er-
klingen. Es ist sogar schwer zu vögeln, ohne zu erkennen,
dass man Stellungen aus dem Kino imitiert, dass selbst das
Stöhnen geliehen ist. Die scheußliche ironische Distanz, die
alles verseucht, eine schnelle Nummer genauso wie eine Be-
erdigung. Und wenn wir schon von Schwierigkeiten reden,
es ist sogar schwer, die argwöhnische Frage loszuwerden, ob
man sich wirklich in jemanden verliebt hat oder ob man sich
nicht wieder einmal in die Liebe verliebt hat, in die Möglich-
keit, eine Liebesgeschichte zu erleben, in sich selbst, in sein
verliebtes Ich. Unsere Liebe war riesengroß, unsere Liebe
war lächerlich, sie brauchte die Bestätigung, sie brauchte gro-
ße Worte. Doch was wir sagten, klang schrecklich aufgesetzt,
sobald wir meine Großmutter Ana von ihrer Liebe reden

hörten: *wie innig sie Alfonso geliebt hatte, wie sehr sie ihn noch immer liebte, siebzig Jahre später und nachdem sie doch geheiratet und Kinder bekommen hatte. Wie sie an jedem Jahrestag seiner Ermordung noch immer einsam litt. Wie sie noch immer jeden Morgen nach dem Aufwachen und jeden Abend vor dem Insbettgehen sein Foto küsste, das ockerfarbene Porträt eines jungen Mannes im Zweireiher, mit glänzendem Haar und dem Blick eines frühreifen Toten, dem sie noch immer laut und in zärtlichem Ton ihren Alltag schilderte. Der Vormittag, als wir mit deiner Idee zu ihr gingen, ihre Geschichte in einer Reportage zu erzählen. Sie hat uns alles erzählt, von dem Tag, an dem sie ihn auf einem Dorffest kennenlernte, bis zu dem Morgen, an dem sie ihm das Essen ins Gefängnis brachte und der Schließer ihr seine Sachen gab und sagte, sie brauche nicht wiederzukommen, er sei nicht mehr da. Ihr bebte der Mund, als wäre Alfonso erst gestern erschossen worden, aber ihr glänzte auch die Stimme, als hätte sie sich gerade erst verliebt. Sie drückte ihre Gefühle mit einer Schlichtheit und Echtheit aus, die unseren emphatischen Liebesdiskurs lächerlich wirken ließ und unseren Zynismus herausforderte. Null ironische Distanz. Später nahm sie uns das Versprechen ab, bei allem, was uns heilig sei, bei der Liebe zwischen uns, ihre Asche, wenn sie einmal tot wäre, neben ihrem Geliebten zu begraben, im selben Massengrab. Nicht sie zu verstreuen, schärfte sie uns ein: sie zu begraben, schön tief zu begraben, vermischt mit der Erde, in die all die Knochen gestreut waren. Wir verließen ihre Wohnung schweigend, mit ihrem Segen und der Aufforderung, einander Gutes zu wollen und immer füreinander da zu sein und uns gegenseitig zu achten, aber wir fühlten uns auf einmal klein mit unserer Zwergenliebe.* Auf einmal kamen uns Zweifel: Waren wir wirklich so verliebt? Und es ging nicht nur um die ironische Distanz. Die Schlange drückte die Kehle zu, die Berührung der Haut störte, der standgehaltene Blick verlor seinen Haken. Einer verzog sich unbemerkt, brauchte Luft, schob dringende Arbeit vor, ging später ins Bett, nicht ans Telefon. Wir litten beide, der, der den andern verließ, und der, der kurzzeitig verlassen wurde, über beiden derselbe Schatten: Lieben wir uns wirklich so sehr? Und dieses »so sehr« war weit mehr als nur eine Forderung nach Wahrhaftigkeit: Es war eine Rechenaufgabe. Lieben wir uns so sehr, dass wir einer Beziehung, deren Ausgangspreis so hoch ist, ein Fundament geben können, einer Beziehung, deren Wert niemals unter ihrem Preis liegen darf? Lieben wir uns so sehr, dass wir den angerichteten Schaden rechtfertigen können? So sehr, dass sich das alles lohnt? *Ich habe mich das an dem Tag gefragt, an dem ich deinen Sohn kennenlernte. Lieben wir uns wirklich so leidenschaftlich? So sehr, dass dieser Junge heute hier ist? Du hattest mich gebeten, an diesem Wochenende bei dir zu bleiben, zum ersten Mal zusammen mit Germán. Ich hatte ihn auf Fotos gesehen, aber als ich ihn begrüßte, als ich mich als eine Freundin seines Vaters vorstellte, als ich mich bückte und ihm einen Kuss auf die Stirn gab, meine Hände an seine Spatzenarme legte, mich in seinen riesigen Augen sah und mit meinem schönsten Lächeln zu ihm sagte: Hallo, Germán, ich bin Ángela, ich habe mich schon sehr gefreut, dich kennenzulernen; da kam er mir so klein vor. So das Le-*

ben vor sich. So auf Gedeih und Verderb zwei Erwachsenen
ausgeliefert, die durch das, was wir Liebe nannten, geblendet
waren, durch etwas, das sich zu diesem Zeitpunkt noch als
riesiger Luftballon des Begehrens herausstellen konnte. Lieb-
ten wir uns wirklich so sehr, dass dieser Sohn seine Mutter
drei Tage lang nicht sehen durfte? So sehr, dass wir bereit wa-
ren, das Leben zu unterbrechen und umzuleiten, das seine
Mutter und sein Vater ihm zugesprochen hatten, als sie ihn
zeugten? Und ihn zu zwingen, in seiner Welt dieser Unbe-
kannten Raum zu geben, die sich bemüht, sympathisch zu
wirken, und von der er eines Tages erfahren wird, dass auch
sie für den Schmerz seiner Mutter Verantwortung trägt? Ich
weiß schon, das alles denkt nicht die Ángela von damals,
sondern die Mutter, die ich jetzt bin: die Mutter, die außer-
stande ist, mehr als einen Tag ohne ihre Mädchen zu verbrin-
gen. Die Mutter, die sich über Jahre hinweg auferlegt hat, ih-
ren Töchtern das russische Roulette einer Scheidung zu
ersparen. Die Mutter, die heute eine verspätete und nutzlose
Solidarität mit jener anderen Mutter empfindet, die sie
damals nicht verstand. Tatsächlich kann ich mich nicht erin-
nern, was ich empfunden habe, als ich Germán kennenlern-
te, in der ersten Zeit mit ihm. Mir gelingt nicht, die Inter-
ferenzen aus meiner eigenen Mutterschaft abzustellen.
Vermutlich habe ich mich seltsam gefühlt, vermutlich auch
schuldig. Vermutlich habe ich mich, so wie du, hinter irgend-
einer Art kognitiver Dissonanz verschanzt, die mir erlaubte,
diesen Jungen als unvermeidlichen Kollateralschaden zu se-
hen: Besser eine gute Scheidung als eine schlechte Ehe, von
einem glücklichen Vater hat er mehr als von einem unglück-

lichen. Was mich dazu zwang, die Dissonanz auf seine Mutter auszudehnen, an deren Unglück ich nicht allzu sehr denken wollte, über die Ausschläge eurer Auseinandersetzungen hinaus. Vermutlich nahm ich mir vor, so wie du, den Schaden für Germán möglichst gering zu halten, der von diesem Tag an Teil unseres Lebens wurde, im Rhythmus eurer Besuchsregelung, und sich mit Leichtigkeit daran anpasste, mit der Formbarkeit seines jungen Alters und auch mithilfe seiner Mutter, wofür wir ihr damals aber keine Anerkennung zollten. Ich erinnere mich dagegen sehr wohl an das merkwürdige Gefühl, das seine Nähe in mir auslöste, den Zwiespalt, eine wachsende Herzlichkeit für ihn zu empfinden und zugleich eine doppelte Ablehnung: mir selbst gegenüber, da mir wohl bewusst war, dass ich es nicht darauf anlegen durfte, den Platz seiner Mutter einzunehmen – wobei es wenig hilfreich war, dass die Nachbarinnen partout eine Ähnlichkeit zwischen mir und »meinem Sohn« erkennen wollten –, und auch ihm gegenüber, denn, sosehr ich versuchte, den Gedanken zu vermeiden, es verging kein Tag, an dem sein Anblick mich nicht daran erinnert hätte, dass mein Geliebter einmal verliebt genug in eine andere Frau gewesen war, um mit ihr ein Kind zu zeugen. Du täuschst dich, wenn du Germán als zerbrochene Puppe siehst, die plötzlich zwischen den Trümmern auftaucht, in der untersten Schicht unserer Ausgrabung. Das Schuldgefühl, das uns heute plagt, kam später hinzu, über die Jahre, und es gründet sich auf einem anderen Paralleluniversum: auf der nicht nachweisbaren Möglichkeit, dass sein Leben besser verlaufen wäre, wenn sein Vater andere Entscheidungen getroffen hätte. Damals sahen wir Germán nicht als Opfer, das von einem Erwachsenen überfahren wird: Im Gegenteil, er war das Maß für die Größe unserer Gefühle. Der extrem hohe Preis, den wir bereit waren, für unser Zusammensein zu zahlen. Die Forderung an die Zukunft, einer solchen Entscheidung gerecht zu werden. Und das mag jetzt grausam klingen, aber die Reaktion seiner Mutter machte alles einfacher, denn in jeder Trennung liegt eine gewisse *self-fulfilling prophecy*: Ab dem Zeitpunkt des Bruchs distanzieren sich die Getrennten zunehmend voneinander, sie werden zu Fremden, so fremd und unvereinbar, dass ihre Kinder sich irgendwann fragen, wie zwei so grundverschiedene Menschen sich je lieben konnten, und angesichts dieses späteren Auseinanderdriftens werden sie verstehen und sogar gutheißen, dass ihre Eltern sich rechtzeitig getrennt haben. Bei jeder schmerzlichen Trennung rechtfertigt die ausgelöste Feindseligkeit am Ende den Bruch selbst. Sie macht ihn nicht nur irreparabel und unumkehrbar, sondern vermischt auch Ursache und Wirkung, bis genau diese Feindseligkeit zum schlagkräftigsten Argument für die Trennung wird: Schau dir doch an, wie wir uns hassen, da mussten wir uns doch trennen. Jedes Mal, wenn Teresa und ich uns am Telefon anbrüllten, erfuhr meine Entscheidung eine weitere Rechtfertigung. Jedes Mal, wenn sie mir eine SMS schickte und mir vorwarf, ich sei ein Monster, ein gefühlloser Egoist, dem sie nie verzeihen würde, was er ihr angetan und vor allem, was er Germán angetan hatte; jedes Mal, wenn sie mir eine lange, ruhigere Mail schrieb, in der sie sagte, sie wünsche sich, mich nie kennengelernt und nie ein Kind von mir bekommen zu haben, kam es mir richtiger vor, dass wir uns getrennt hatten, und bei ihr war das sicher nicht anders. Ihre Weigerung, sich auf das gemeinsame Sorgerecht einzulassen, und ihre Härte bei den Besuchsregelungen überzeugten schließlich sogar meine Mutter von der Richtigkeit meines Entschlusses, die wegen ihrer eigenen Trennungsnarbe anfangs gegen die Scheidung und solidarisch mit Teresa gewesen war. Und dass das Ganze sogar noch vor Gericht kam, war der endgültige Beweis dafür, dass wir sowieso keine gemeinsame Zukunft hatten und es angesichts derart verfeindeter Eltern für Germán das Beste war, seine Mutter und sein Vater reihten sich ein in diese Legion der Geschiedenen, die zum Wohle ihrer verletzlichen Kinder alles taten, um dieses tröstliche Argument zu belegen, eine gute Scheidung sei für Kinder immer besser als eine schlechte Ehe. *Trotzdem habe ich eine Zeit lang gebraucht, um das Gespenst der Umkehrbarkeit aus dem Blick zu verlieren: die Angst, du könntest irgendwann merken, dass das alles ein gewaltiger Fehler war, und den Rückweg nach Hause antreten, zu Teresa und Germán, das Umstellen der Weiche, um wieder auf den rechten Weg zu kommen. Die Abende, an denen dich die Abwesenheit deines Sohns zum Weinen brachte. Ich sah dich so fix und fertig, dass ich beinahe selbst gesagt hätte: Lass es, das ist es nicht wert, keine Liebe kann all diesen Schmerz rechtfertigen, der außerdem künftig auf uns lasten wird, wir werden daran scheitern, denn nichts, was wir tun, wird dann genügen, besser, wir akzeptieren, dass wir uns getäuscht haben, machen wir endlich ein Ende und bauen wie-*

der auf, was sich noch aufbauen lässt. Doch jede Niederge-
schlagenheit wurde von einem funkelnden Aufstieg abgelöst,
und am Tag nach den nächtlichen Tränen lebten wir schon
wieder inmitten der Liebeseuphorie, verstärkt noch durch
dieses Gefühl eines günstigen Geschicks, des Rückenwinds,
der Götter auf unserer Seite: Als dich der stellvertretende
Chefredakteur von der neuen Zeitung anrief, um dir eine
Stelle als Redakteur anzubieten, die deine finanziellen
Schwierigkeiten nach der Trennung mit einem Schlag besei-
tigte, sahen wir darin ein weiteres Zeichen, den guten Stern,
der über uns stand und den wir nicht außer Acht lassen durf-
ten. Am nächsten Tag versanken wir ein weiteres Mal in
Zweifeln und Gewissensbissen, doch je mehr wir litten,
desto überzeugter waren wir, dass dieser Schmerz auch Teil
unserer Liebe sei und uns stärker verbinde, diese Mischung
aus Lust und Traurigkeit, die alle Liebenden aneinander-
schweißt. Wenn wir heute, so viele Jahre später, da wir längst
andere sind, die Kraft zu verstehen versuchen, mit der wir
uns an eine Liebe klammerten, die in jenen Tagen noch so
jung war, dann kann uns das nur in Melancholie stürzen. Als
Archäologen unserer eigenen Vergangenheit sollten wir die
Grenzen dieser Disziplin akzeptieren, die Vorläufigkeit jeg-
lichen Wissens, das sich aus Bruchstücken herleitet, die Insta-
bilität jeglicher Hypothese: Wir wissen nicht mehr, wer wir
damals waren. Wir können es nicht wissen. Das letztliche
Scheitern verführt dazu, zu denken, dass wir falschlagen,
dass das alles eine schlichte Flucht nach vorn war, die Unfä-
higkeit, Auseinandergebrochenes wieder zusammenzuset-
zen. Dass wir eine eigensinnige Entscheidung zu einem Auf-

trag des Schicksals stilisiert haben. Was du Jahre später, nach-
dem du den Glauben verloren hattest, gern so ausgedrückt
hast: Verliebtheit ist immer eine Geschichtsklitterung, wir
machen die geliebte Person zu etwas Einzigartigem, um un-
sere irrationale Hingabe zu begründen, bis wir uns erfolg-
reich eingeredet haben, dass sie sich nicht hätte vermeiden
lassen; aus etwas, das eigentlich nur eine Zufallsbegegnung
war, machen wir ein einschneidendes Ereignis. Heute fällt
uns schwer, die Gewissheit von damals zu verstehen, diesen
Fanatismus. Denn wir sind nicht mehr dieselben: Heute ste-
hen wir fest auf der Seite der Vernünftigen, derselben Leute,
die uns damals von der Sache abrieten, uns verantwortungs-
los nannten, unreif. Liebe war für niemanden ein ausreichen-
der Grund: weder für unsere besorgte Verwandtschaft noch
für all die Freunde, die darauf hofften, dass das Fieber zu-
rückgehen und alles bei einem Abenteuer bleiben würde,
zwei Romantiker auf der Flucht vor dem unausweichlichen
Moment, in dem die Obrigkeit sie jagen wird. Liebe war für
niemanden ein ausreichender Grund. Auch für Teresa
nicht. Gerade für sie. Liebe war die schlimmste Begrün-
dung, die ich ihr hatte nennen können, um diese Katastrophe, die ich ihr ankündigte, zu rechtfertigen. Aber so teilte
ich es ihr mit: Ich habe mich in eine andere Frau verliebt,
ich kann nicht länger mit dir zusammen sein. Was ich
damals als Aufrichtigkeit empfand, als Spiel mit offenen
Karten, sehe ich heute als unnötige Grausamkeit, und es
hat Teresa über Wochen, Monate, vielleicht Jahre einen
Schmerz verursacht, den ich nicht ermessen kann, sosehr
ich ihn auch mit meinen eigenen Schiffbrüchen, Abstürzen

und persönlichen Tiefs zu vergleichen suche. Heute, nachdem ich selbst diesen schrecklichen Schmerz der Zurückweisung kennengelernt habe, denke ich, ich hätte ihr, wenn auch nicht alles, so doch einen Teil dieses Leids ersparen können. Ich hätte mich für eine kontrollierte Sprengung entscheiden können, einen allmählichen Abriss. Hätte ihr sagen können, dass es mir nicht gut gehe, dass mich Zweifel plagten, ich Zeit brauche. Dass ich sie zwar liebte, aber ohne Leidenschaft. Ich hätte das Ende der Liebe berechnen können, alles managen, mich nach und nach distanzieren, hätte Gründe für mein persönliches Unbehagen anhäufen und unserer Beziehung Schaden zufügen können, bis der Moment gekommen wäre, in dem die Trennung nicht nur keine Überraschung mehr wäre, sondern so unvermeidlich, dass am Ende sogar sie danach verlangt hätte. Ich hätte mich beim Fremdgehen ertappen lassen, ihr den Zugang zu meinem Handy und zu unseren Nachrichten ermöglichen, meine Mails auf dem Bildschirm geöffnet lassen können, damit sie sie entdecken könnte und die Trennung dadurch leichter und keine weiteren Erklärungen nötig gewesen wären, Untreue als Schnellstraße zur Beendigung von Beziehungen. Doch als ich an diesem Abend nach Hause kam und sie auf dem Sofa eingenickt war und mich liebevoll empfing, mich fragte, wie mein Tag gewesen sei, ihren Kopf an meine Schulter schmiegte, da spürte ich, dass ich es keine Minute länger an ihrer Seite aushalten konnte. Ich stand auf und ging in Germáns Zimmer, atmete seine milchige Wärme ein, lauschte seinem Atem, bot seiner warmen Hand einen meiner Finger an.

Und dort kamen mir natürlich doch Zweifel, dort dachte ich an andere Szenarien, die kontrollierte Sprengung, den allmählichen Niedergang, den aufgedeckten Betrug. Sogar daran, nichts zu unternehmen, auf dich zu verzichten, auf uns, dir auf der Stelle eine Nachricht zu schicken und zu sagen, dass ich es nicht schaffte, dass es ein Fehler sei, dass du ein Jahr auf mich warten, dass du nicht auf mich warten solltest, dass wir uns mit einer Affäre als Trostpreis zufriedengeben sollten. Doch dann ging ich zurück ins Wohnzimmer, und da war Teresa, verschlafen, vertrauensvoll, Teresa, die sich an mich schmiegte und mir sagte, sie sehne sich danach, in meinen Armen einzuschlafen, Teresa, die drohte, auch am nächsten Tag noch da zu sein, und im nächsten Monat und im nächsten Jahr, und ich spürte, wie die Müdigkeit des Tages auf meinem Körper lastete, die Schwere der Sonne, spürte das salzige Kitzeln auf meiner Haut, das Leuchten deines nackten Körpers, den Nachhall unserer letzten Worte beim Abschied. Teresa fragte, ob irgendwas los sei. Alles gut, sagte ich, als wollte ich ihr eine letzte Chance geben. Wir gingen ins Bett, und in dem dunklen Zimmer mit Teresa, die sich an meinen Rücken schmiegte und meinen Hals küsste, hatte ich dieses erdrückende Gefühl, Neurologen würden es in einem Gehirnscanner sicher als Strahlung erkennen: dieses Gefühl, gerade einen entscheidenden Augenblick zu erleben, einen Wendepunkt, den Scheitelpunkt, von dem aus sich andere Zukunftsperspektiven eröffnen und du wählen musst. Ich liebe dich so, flüsterte Teresa mir ins Ohr, und in dem Halbdunkel flammte ganz klischeehaft eine Leinwand auf,

auf der ich den Film meines Lebens sah, ja, aber den meines zukünftigen, meines möglichen Lebens mit dir, das ich in diesem Augenblick wählen oder wegwerfen musste, und das war so erdrückend, dass ich die Nachttischlampe anknipste, mich im Bett aufsetzte und es Teresa sagte, ohne ihr auch nur die Zeit zu geben, die geblendeten Augen aufzumachen: Ich habe mich in eine andere Frau verliebt, ich kann nicht länger mit dir zusammen sein.

Prolog

Wir wollten zusammen alt werden. Als wir uns an jenem Abend am Bahnhof verabschiedeten, wenige Stunden vor deinem Gespräch mit Teresa, vereinbarten wir ein geheimes Warnsignal. Einen panic button. *Ein Mayday. Deine Entscheidung war gefallen, nun stand uns eine Zeit der Umwälzungen bevor. Und obwohl wir fest entschlossen waren, unseren Weg gemeinsam weiterzugehen, und naiv auf die Kraft unserer Liebe vertrauten, mussten wir mit unvorhergesehenen Ereignissen rechnen, mit Rückschlägen, Missverständnissen oder schlicht mit allzu menschlichen Zweifeln. Wir sollten ein Warnsignal haben, sagte ich, einen Hilferuf für Notsituationen, einen Knopf, den man drücken kann, wenn Gefahr droht. Sollte in nächster Zeit einer von uns bei sich oder anderswo auf etwas Bedrohliches stoßen oder in Zweifel geraten, hat er dann die Chance auf Rettung: Er braucht nur das Notsignal zu senden, damit der Empfänger von der Gefahr erfährt und ihm zu Hilfe kommt, bevor es zu spät ist; wie das Mayday auf einem Schiff. Mit der für Anfänge typischen Mischung aus Feierlichkeit und Frivolität verständigten wir uns darauf, dass es ein einfacher, leicht zu merkender Satz sein sollte, eine Nachricht, die wir einander nur im absoluten Notfall schicken würden. Wir probierten es mit mehreren Wortspielen, mit Versen, die wir beide mochten, Buchstabenkombinationen aus unseren Namen. Am Ende entschieden wir uns für diesen kurzen Satz, der mit seinem tiefen Glockenklang als Erinnerung daran fungieren würde, worum es in unserer Liebe ging: Wir wollten zusammen alt werden.* Dass ich mich von Teresa trennen musste, war mir schon seit Tagen klar gewesen, aber dass ich es genau an diesem Samstag tun würde, beschloss ich, als wir uns am Bahnhof voneinander verabschiedeten. Bis dahin hatten wir an dem vernünftigen Vorsatz festgehalten, ein paar Monate abzuwarten, nichts zu überstürzen, uns weiterhin zu sehen, während ich den Boden für eine möglichst unschädliche Trennung bereitete, zu warten, bis Germán ein bisschen größer wäre. Dennoch sagte ich dir an diesem Abend im Bahnhof nach dem langen, filmreifen Kuss des in den Krieg ziehenden Soldaten: Es reicht, ich ertrage keinen einzigen Tag mehr, heute Abend noch rede ich mit ihr. Du hast nichts dagegengesetzt, hast wie ich begriffen, dass nun der Augenblick der Entscheidung gekommen war, wollten wir wirklich zusammenbleiben und uns nicht mit einer Affäre abfinden, die wir von Anfang an abgelehnt hatten, in die wir aber dennoch hineingerutscht waren. An diesem Tag hatte ich mich nämlich wie der klassische Ehebrecher verhalten und gemerkt, wie einfach das alles war. Ich hatte als Alibi eine Geschäftsreise angeführt und den Tag mit dir an einem Strand verbracht, der weit genug weg war, um vor den Augen von Bekannten sicher zu sein, was aber das Risiko beinhaltete, dass ich den Zug verpasste, falls etwas Unvorhergesehenes passierte, doch dafür hatte ich auch schon ein Alibi parat. Der klassische Ehebrecher mit seinen zwei zurechtgelegten Alibis, der klassische Ehebrecher mit Badehose und Handtuch ganz unten in der Aktentasche, der klassische Ehebrecher, der sich unter der Stranddusche gewissenhaft abrubbelt, um selbst das letzte Sandkorn zu entfernen, der klassische Ehebrecher, der am Vortag in einem anderen Stadtviertel zur Apotheke geht, um Kondome zu kaufen, der klassische Ehebrecher, der am Telefon ganz selbstverständlich lügt und den Hörer zuhält, damit man das verräterische Krächzen der Möwen nicht hört, der klassische Ehebrecher, der sich mit seiner Geliebten im Kiefernwäldchen am Strand verbirgt, sie breiten das Handtuch auf den Nadeln aus, entkleiden sich mit der Aufregung der Neulinge und vögeln zum ersten Mal, ein Kennenlernsex, ungeschickt, merkwürdig, unvergesslich. Wir mussten uns entscheiden: Entweder richteten wir uns auf unbestimmte Zeit in dem heimlichen Abenteuer ein, zu dem Preis, dass wir unsere Gefühle herabwürdigten, oder wir standen zu dem, was wir ein paar Wochen zuvor gesagt hatten, und stellten uns den Konsequenzen. Auf dem Rückweg zum Bahnhof fuhrst du schweigend, mein Blick verloren auf der geraden Linie der Autobahn, beide müde von der Sonne und noch immer bebend von diesem ersten Sex, der es uns unerträglich machte, so weiterzuleben. Es reicht, ich ertrage keinen einzigen Tag mehr, heute Abend noch rede ich mit ihr. *Glaub nichts von dem, was er dir verspricht, hatte meine Freundin Luisa ein paar Tage zuvor gesagt, die Einzige, der ich mich anvertraut hatte: Glaub nichts von dem, was er dir verspricht, er hat einen kleinen Sohn, so leicht trennt der sich nicht, der wird dich hinhalten, während ihr euch Liebesnachrichten schickt und euch heim-*

lich verabredet, und bald geht ihr zusammen ins Bett und nennt euch immer nur Liebster, o meine Liebste, ich habe noch niemanden so leidenschaftlich geliebt, und so weiter und so fort, bis ihr irgendwann akzeptiert, dass ihr einfach eine Affäre habt, am besten, ihr genießt es, solange es geht, verlang nicht nach mehr, mach dir das Leben nicht schwerer als nötig, schmückt eure Romanze mit so vielen süßen Liebesworten, wie ihr wollt, aber in einigen Monaten werdet ihr es leid sein, euch zu verstecken, ihm drückt das schlechte Gewissen, und das Risiko ist es ihm am Ende nicht wert, während du dir lieber einen Partner suchst, der weniger Gepäck mitbringt, und dann verabschiedet ihr euch mit einer letzten Nummer, und schön war's, verlang nicht nach mehr, genieß es, solange es geht, und sei dankbar dafür, dass alles so endet, denn es könnte ja auch schlimmer kommen: Vielleicht sucht er in Wirklichkeit den Notausgang aus seiner aktuellen Beziehung, Männer trennen sich nicht, bevor sie eine andere haben, sie können einfach nicht allein sein, und wenn sie Kinder haben, brauchen sie auf der Stelle eine andere Mutter, Männer trennen sich immer so, sie trennen sich erst, wenn sie eine andere Frau finden, an deren Seite sie wachsen können, die für sie da ist und sie bewundert und genug Sex mit ihnen hat, Männer können einfach nicht allein sein, und der hier hat eben dich gefunden. In den Tagen davor hatte ich wie ein Besessener Rechnungen aufgestellt, immer wieder dieselbe, auf den Rändern von Heften, auf Schmierpapier, der Serviette im Café: stets dieselbe Rechnung, ich kannte sie schon auswendig, trotzdem schrieb ich sie immer wieder um und rechnete neu, als könnte ich durch meine Hartnäckigkeit die Mathematik bezwingen: Ich addierte die Miete, den allerniedrigsten Betrag, der zwar nie so in der Anzeige stand, den ich aber auszuhandeln beabsichtigte, Nebenkosten für einen Alleinstehenden, den Unterhalt für Germán, Kosten für Lebensmittel, angepasst an ein Existenzminimum. Ich ging auf Immobilienportale, wo ich nach Mietwohnungen suchte und alle Ansprüche runterschraubte: nur ein Schlafzimmer, keine Mindestquadratmeterzahl, kein Aufzug, keine Heizung, unmöbliert, in schlecht angebundenen Vierteln und Schlafstädten, sogar Zimmer in Wohngemeinschaften. Alle paar Minuten löschte ich den Verlauf, auch wenn ich manchmal dachte, ich sollte ihn lassen, damit Teresa ihn entdeckte. *Wir brauchten nicht viel, um zusammen zu sein: Eine kleinere Wohnung würde genügen, ein Zimmer, eine Kammer ohne Fenster, die wir gar nicht mehr würden verlassen wollen. Eine WG. Ein besetztes Haus. Eine Ruine auf einem Dorf, die wir eigenhändig instand setzen könnten. Oder noch nicht mal das, wir könnten ein Nomadenleben führen, irgendeine Straßenkunst erlernen, am Strand und in Parks schlafen, hinter Supermärkten Lebensmittel über dem Verfallsdatum finden. Es gab da diese Website mit Ratschlägen, wie man sich ohne Geld durchschlägt. Dann ließen wir das Blödeln, die Vernunft setzte wieder ein: Du konntest dich eine Zeit lang mit freien Beiträgen über Wasser halten, einen Vorschuss für ein Buch aushandeln, deine Ersparnisse gut einteilen, du warst schon dabei, deinen Lebenslauf zu verschicken, wann immer sich eine Gelegenheit bot. Dir würde auch kein Zacken aus der Krone brechen, wenn du kellnern,*

*in einer Küche aushelfen oder putzen gehen müsstest. Ich
konnte mein Erspartes einbringen und die finanzielle Unterstützung durch meine Familie, und während ich für die
Staatsprüfung lernte, würde ich mir ebenfalls Arbeit suchen.
Sofort zusammenzuziehen wäre keine gute Idee, aber wir
würden tun, was nötig war, um durchzukommen. Unsere
Liebe würde nicht von unserer Kaufkraft abhängen. Liebe ist
nicht nur etwas für Leute, die sie sich leisten können. Nach
dem Vernunftdenken kamen die Übungen in Realismus, so
der Titel einer deiner Mails: Übung in Realismus. Du konntest nicht an Trennung denken, solange deine wirtschaftliche
Situation so unsicher war. Du brauchtest einen Grundstock
an regelmäßigen Einkünften, eine eigene Wohnung, damit
Germán bei dir sein konnte, Geld für seinen Unterhalt, ein
Minimum an Rücklagen für alle Fälle. In der Medienbranche,
sagtest du, sehe es im Moment düster aus, Kollegen würden
entlassen, mehrere Zeitschriften hätten aufgegeben, und es
werde immer mehr auf freie Mitarbeiter zurückgegriffen. Ich
sollte dir ein paar Monate geben, ein paar Monate abwarten,
um Unsicherheiten abzubauen, dann wäre Germán ein wenig größer, Teresa hätte die Chance gehabt, um die sie dich
sicher bitten würde. Ich gebe dir alle Zeit der Welt, sagte ich,
ich kann einen Monat auf dich warten, ein Jahr, zwei, das
ganze Leben würde ich darauf warten, dass deine Nachricht
käme, endlich, endlich kein Hindernis mehr, um uns zu lieben.* Zeit. Wir verlangten nicht nach Zeit, um uns kennenzulernen. Brauchten sie nicht. Wir hatten uns erst viermal
gesehen, immer nur für ein paar Stunden, unter Spannung,
weil uns ja jemand hätte beobachten können. Und Mails,

Dutzende von Mails, auch Briefe. Wir kannten nur unsere beste Seite, die verführerische Version von uns. Du warntest mich, mit dir zu leben sei nicht einfach, du seist eine Katastrophe, würdest die Zahnpastatube nicht zuschrauben, würdest deine Haare im Abfluss lassen, aber ich sehnte mich ganz wahnsinnig danach, jeden Morgen diese Tube ohne Deckel vorzufinden, und versprach dir, jedes deiner Haare in einem Reliquiar aufzubewahren. Ich warnte dich vor meiner Macke, die Zeit durchzuplanen, und vor meiner Ordnungsliebe, aber du wolltest immer schon mit einem zwanghaft ordentlichen Menschen zusammenleben. Wir tauschten alberne Persönlichkeitstests aus, untersuchten die Vereinbarkeit unserer Sternzeichen, füllten einen Proust-Fragebogen aus, freuten uns bei Überschneidungen, freuten uns sogar mehr noch über Unterschiede. Unsere Körpergröße passte zusammen, unsere Blutgruppen waren für die Fortpflanzung geeignet. Beide waren wir kurzsichtig, mit den Jahren würden wir uns aneinander angleichen wie Hunde an ihre Herrchen, wie alte Menschen, die sich ein Leben lang geliebt haben, denn wir wollten zusammen alt werden. Wir kannten uns bereits. Kannten alles voneinander, kannten uns innerlich, ganz tief drin. Wir kannten uns von Geburt an, kannten uns seit Jahrtausenden. Immer wieder sagten wir diese Verse von Salinas auf: »Ich brauche nicht die Zeit, um zu erfahren, wie du bist: einander erkennen ist der Blitz.« *Wir wollten alles wissen, wollten alles erzählen. Wer bist du, das ist die Anfangsfrage aller Verliebten, ihre erstaunte Frage. Wer bist du, warum liebe ich dich so. Wir wollten uns erzählen, eine Geschichte sein. Wir verlangten nach Einzelheiten, teilten einander in diesen Wochen mehr mit als in den dreizehn Jahren, die folgen sollten. Sag mir alles, »sag mir bald das Geheimnis deines Seins«, zitierten wir immer wieder aus dem Gedicht von Aleixandre, das ich dir in den ersten Tagen als eine Art Absichtserklärung geschickt hatte: »Sag mir bald das Geheimnis deines Seins, ich will wissen, warum der Stein nicht Feder ist und das Herz kein zarter Baum.« Du brachtest mich dazu, in einer langen Mail meinen gesamten Körper zu beschreiben, ein Foto war dir nicht genug: Du wolltest, dass ich mich benannte, zwangst mich dazu, mich anzusehen, mich zu denken, Schilderung zu werden.* Dieses Kommunikationsbedürfnis der Verliebten, sie können einfach nicht aufhören zu reden, müssen sich ständig was erzählen, um sich immer noch stärker zu verbinden. Wir gingen unser Vorleben durch, die ganze Zeit, die wir auf der Welt waren, ohne uns zu kennen, und in der doch alles auf diese Begegnung zulief. Wo hatten wir gelebt, wo die Ferien verbracht, Sommercamps, Schule, Uni, die üblichen Freizeitorte, mögliche gemeinsame Freunde, entfernte Verwandte. Wir fanden ein paar Augenblicke, in denen wir vielleicht zur selben Zeit am selben Ort waren, ohne voneinander zu wissen, fantasierten davon, uns gesehen zu haben, schlossen das aber sofort wieder aus, wir konnten uns gar nicht gesehen haben, weil wir uns beim ersten Blickwechsel erkannt hätten, aber was wäre passiert, wenn wir uns früher getroffen hätten, zu einem anderen Zeitpunkt in unserem Leben, nein, das konnte gar nicht sein, es war passiert, als es passieren musste, zum besten Zeitpunkt, dem einzig möglichen, und so ging das seitenlang in Mails und Briefen, wie viel Zeit und Raum Verliebte doch mit ihrem Reden füllen können. *Aber Kenntnis tut auch weh. Sich kennenlernen tut weh, so der Titel einer anderen intensiven Mail, die ich dir schrieb: Sich kennenlernen tut weh. Wir verletzten uns, wenn wir von uns erzählten, wenn wir Dinge übereinander erfuhren. Wir konnten die Feststellung nicht ertragen, dass wir schon früher leidenschaftlich geliebt hatten. In deinem Fall lag das auf der Hand, und ich war dir dankbar, dass du mir nichts von Teresa sagtest, obwohl du im einen oder anderen Moment des Kummers nicht vermieden hast, mir deutlich zu machen, wie sehr ihr euch über Jahre geliebt, mit welcher Sicherheit ihr Germán gezeugt hattet, auch ihr wolltet zusammen alt werden. In meinem Fall löste die Erzählung von einer komplizierten Jugendliebe bei dir eine rückblickende Eifersucht aus, die ich als Scherz nahm, bis mir klar wurde, dass ich dich tatsächlich verletzt hatte. Das Michael-Furey-Syndrom, so nanntest du deinen Hautausschlag zu Ehren des schwächlichen Jugendlichen, der sich in der Erzählung* Die Toten *unter Grettas Fenster im Regen den Tod holt und noch viele Jahre später ihren eifersüchtigen Ehemann quält. Furey, erzähltest du mir, habe Rossellini zu der Figur des Charles Lewington inspiriert, des Dichters, der in* Viaggio in Italia *ebenfalls jung stirbt, er hat Katherine geliebt und plagt seinerseits ihren Ehemann, als sie bewegt rezitiert:* »Temple of the Spirit, no longer bodies ...« *Ich erzählte dir von meiner Großmutter Ana, deren eigener Michael Furey nicht vom Regen ausgelöscht, sondern mit zwanzig Jahren erschossen worden war, und sein geliebtes Andenken, sein*

Foto auf dem Nachttisch meiner Großmutter, hat meinen Großvater ein Leben lang gequält, ihn unfähig gemacht, die eigene Frau zu lieben. Bei unserem nächsten Treffen hast du mir ein Exemplar von Dubliner *geschenkt, die Klage von Gabriel Conroy am Ende von* Die Toten *hattest du unterstrichen: »Besser mutig in diese andere Welt hinüberzugehen, in der ganzen Glorie einer Leidenschaft, als alt geworden zu verblühen und zu verwelken.«* Wir schickten uns mehrere Mails pro Tag, und zwischendurch Textnachrichten, vermieden es, uns anzurufen, nicht wegen des Risikos, sondern weil die menschliche Stimme in dieser ersten Zeit, in der wir uns ständig schrieben, immer enttäuschend gewesen wäre. Die wenigen Male, die wir uns sahen, redeten wir ununterbrochen, doch wir spürten auch eine unerwünschte Distanz zwischen der emotionalen Dichte des geschriebenen Worts und dem oberflächlichen Glanz desselben Wortes, wenn es ausgesprochen wird. Was wäre wohl aus unserer ungeduldigen Liebe in den Zeiten der Briefpost geworden, scherzten wir, und dennoch schrieb ich dir auch ein Dutzend Briefe auf Papier. Wir tauschten Lesetipps aus, schlugen vor, das gleiche Buch auf Distanz zu lesen, es wäre doch elektrisierend, beim Umblättern einer Seite zu wissen, dass ein paar Kilometer weiter ebenfalls eine Seite umgeblättert wurde. Du schicktest mir Rezepte von Gerichten, die du für mich kochen wolltest. Erzähltest mir, was du dir alles vom Leben erhofft hattest, als du jünger warst. Was du dir jetzt erhofftest. Wie du dir dich in zehn Jahren vorstelltest. In zwanzig Jahren. *Wir schickten einander Gedichte. In einem Gespräch zwischen*

Verliebten konnte die Poesie nicht fehlen. Jaime Salinas, Idea Vilariño und Eugénio de Andrade, dazu viel französische Lyrik und einige unbekannte Dichter, die in ihrer Ausgefallenheit Teil der intellektuellen Verführung waren. Du schriebst mir Sonette, die du Jahre später als honigsüß verspotten solltest, die ich damals jedoch bewundernd las. Ich offenbarte dir Saties Gnossiennes, *in denen ich Glück hörte und du Schmerz. Wir lauschten ihnen zur selben Zeit, aus der Entfernung: Wir synchronisierten unsere Uhren und vereinbarten eine Stunde, um auf Play zu drücken, mit Kopfhörern und geschlossenen Augen, als wäre dieses Klavier ein Weg, die Welt zu verlassen, und wir verließen sie zur selben Zeit. Wir schwammen auch synchron: Wir verabredeten uns zur selben Stunde zum Schwimmen, jeder in seinem Schwimmbad, um gleichzeitig unsere Züge zu machen, im selben Rhythmus, als hieße untertauchen, die Welt zu verlassen, und wir verließen sie zur selben Zeit. Sich verlieben ist nicht zuletzt ein Ansammeln von Nostalgie für später.* Sich verlieben heißt auch, eine Maske aufzusetzen, die Jahre später in einer Rumpelkammer wiederauftaucht, lächerlich, niedlich. Sich verlieben heißt auch, eine Persönlichkeit zu konstruieren in einem Spiel der Täuschungen, das von beiden Seiten akzeptiert wird und keinen Platz für Enttäuschungen bietet. Wir waren nicht blind und auch nicht berauscht, wir waren uns unseres Exzesses bewusst. Eine Liebe ohne Exzesse verstanden wir nicht. Nichts war uns peinlich. Bevor wir etwas Schwülstiges schrieben, kündigten wir uns gegenseitig an, dass wir kitschig werden würden, zelebrierten es. *Wir hatten keine Angst vor großen*

Worten, gingen ihnen nicht aus dem Weg. Wir sagten nie: Ich habe dich lieb. Wir sagten immer: Ich liebe dich. Liebhaben, das war etwas für die Vernünftigen, die Zynischen, die Defätisten. Lieb hatten sich Natalia und Jaime, die seit dem Gymnasium zusammen waren. Lieb gehabt hatten sich unsere Eltern, bis sie sich scheiden ließen, weil sie sich nur lieb hatten. Lieb gehabt hattet euch ihr, Teresa und du. Wir beide liebten uns leidenschaftlich. Wir sprachen von Liebe wie von einem Aberglauben, wie die Anhänger einer Religion. Ein ums andere Mal unterstrichen wir das Außergewöhnliche an unserer Begegnung, das Unvergleichliche unseres Gefühls. Wir nannten uns mutig, wir wollten zusammen sein und würden auch zusammen sein, nichts würde uns daran hindern. Wir nannten uns lebendig. Sie war tragisch, unsere Liebe war tragisch, schicksalshaft tragisch, auf komische Art tragisch, und wir wollten sie tragisch angesichts all der mittelmäßigen Liebe, wir genossen sie in ihrer tragischen Natur, die sie auf eine Ebene mit diesen großen Lieben stellt, die es auf dieser Welt gibt, alle aufgewertet durch den Glanz ihrer schmerzlichen Epik, Liebe, die, um zu siegen, größte Hindernisse überwinden muss: Liebende, die konfrontiert sind mit der Ablehnung seitens der Familie, der Tradition und der Kirche, mit Ehepakten, Rassenvorurteilen, juristischen Hindernissen, mit Göttern, mit einem kleinen Sohn. *Am Ende unserer ersten Verabredung verabschiedeten wir uns niedergeschlagen, erdrückt von der schicksalhaften Gewissheit, uns verliebt zu haben. Wir versprachen uns schon bei dieser ersten Begegnung, dass wir den Wunsch nicht aufgeben würden, zusammen zu sein, und wenn wir darauf Monate warten müssten, Jahre. Denn zu diesem Zeitpunkt hielten wir ein langes Warten noch für möglich, sogar eine Niederlage. Noch sahen wir das Gebirge vor uns, das wir bald mit tonnenschweren Liebesworten einebnen sollten. Wir verabschiedeten uns bei diesem ersten Treffen mit einem langen, dramatischen Kuss, eng aneinandergeschmiegt. Wir wussten nicht, wann wir uns wiedersehen würden, ob wir uns wiedersehen würden. Uns betrübte die sichere Möglichkeit, dass die erste Begegnung auch die letzte gewesen sein könnte. Wir nahmen uns vor, einander nicht zu schreiben oder anzurufen, bis du deine persönliche Situation geregelt hättest. Wir akzeptierten das und waren dabei untröstlich. Wir wussten, dass keine drei Tage vergehen würden, bis wir wieder miteinander redeten.* Für diese erste Begegnung vereinbarten wir einen Ort, der weitab lag, wo uns niemand sehen konnte, wo wir selbst noch nicht einmal gewesen waren. Wir verbrachten nur vier Stunden zusammen, die Dauer meines Alibis. Wir berührten uns erstmals, denn wir hatten uns unsere Liebe ohne vorherige Berührung erklärt. Wir berührten uns mit dem Gefühl der Fremdheit gegenüber einem neuen Körper, wussten nicht, wie wir die Hand des anderen anfassen sollten, die Umarmungen waren ungeschickt. Wir erkannten, dass wir uns fremd waren, sollten wir uns nicht mehr wiedersehen, würden wir unsere Gesichter bald vergessen. Als ich aus dem Zug stieg, fragte ich mich einen Augenblick lang, ob ich dich wohl wiedererkennen würde, ich hatte noch kein Foto von dir, die Erinnerung an dein Aussehen war verblasst, die Stimme bereits vergessen. Ich erblickte deine komische Agentinnensonnenbrille und wusste sofort, das bist du, weil du so nervös warst, dich irgendwie verstecktest hinter einem Bahnhofspfeiler. Du kamst mir größer vor, alles an dir erschien mir größer: der Mund, die Augen, die Ohren, die Hände; das Gegenteil des Orts der Kindheit, an dem wir, wenn wir zurückkehren, alles kleiner wahrnehmen. Ich sah deine Unsicherheit, als du auf mich zukamst, zuerst die Andeutung zweier schüchterner Wangenküsse, dann dein Mund, als ich mit meinem näher kam. Du hattest einen Kaugummi im Mund, dieser ausgelutschte Pfefferminzgeschmack wird am Tag meines Todes auf meine Zunge zurückkehren, Rosebud. Wir küssten uns, zuerst nur kurz, erforschend, zu viele Menschen um uns herum. Als wir auf den Parkplatz hinausgingen, warst du es, die mich um die Taille fasste, und ich hatte das Gefühl, als könntest du mich hochheben, in die Luft schleudern. Dann küssten wir uns richtig, mit geschlossenen Augen, langsamem Kopfkreisen und wühlenden Händen, und wenn du willst auch mit Geigen und der zwischen den Wolken auftauchenden Sonne und einem Zoom-out, der uns langsam in die Ferne rückte, ohne dass wir aufhörten, uns zu küssen, immer winziger auf dem menschenleeren Parkplatz, der Bahnhof, die schmuddelige Umgebung, die Stadt, die Peripherie, die Halbinsel, der Planet. Der erste Kuss, seine Druckwelle, Erregung und Erschlaffung, der erste Kuss, der stets erotischer ist als alles, was danach kommt. Der Grundstein, über dem der Turm des Begehrens errichtet wird, dieser erste Kuss, der zudem ein geheimer, verbotener Kuss war. *Dabei hätte alles sein Bewenden haben können, bei einem untreuen Kuss. Er hätte uns für immer die angenehme Erinnerung an eine dieser Lieben hinterlassen, die man verworfen hat, eine von denen, die einem im Leben begegnen und dann verschwinden, und wenn der Sog vorüber ist, bleibt nur die Ahnung dessen, was hätte sein können. Mutig in diese andere Welt hinübergehen, in der ganzen Glorie einer Leidenschaft. Selbst der erste Kuss hätte ausfallen können, unter Umständen hätten wir uns noch nicht einmal verabredet. Hätten eine Zeit lang die Liebeskorrespondenz aufrechterhalten, bis sie schwächer geworden wäre, abgegriffen, lästig. Hätten uns darauf verständigt, früher auf die Bremse zu treten, oder ich hätte deine Avancen zurückgewiesen, sobald du mir gestanden hättest, dass du einen kleinen Sohn hast. Hätte dir nicht so voreilig, nicht so bedingungslos meine Liebe erklärt. Oder du hättest mir nicht gestanden, dass du ständig an mich denken müsstest. Es hätte sogar sein können, stell dir das vor, dass mich deine erste Liebeserklärung nicht erreicht oder du meine Antwort nicht erhalten hättest. Ein ganz gewöhnlicher Fehler auf dem Server, ein technisches Fiasko, und wir hätten Schweigen als Zurückweisung gedeutet. Der Zufall, derselbe Zufall, der uns zusammengeführt hat, hätte auch dazu führen können, dass wir uns verpassten. Der Zufall, der in Wahrheit unsere Unkenntnis der komplizierten Maschinerie der Kausalität ist, wie du in deiner ersten Mail zitiertest. So zerbrechlich war unsere Geschichte in ihren Anfängen. Schicksal und Kontingenz zu gleichen Teilen, das Vorbestimmte und das Ungeplante.* Ich nehme deine archäologische Prämisse an: die Vorläufigkeit jeglichen Wissens um die Vergangenheit, das sich aus Bruchstücken herleitet. Wir wissen schon nicht mehr, wer wir damals waren. Ich habe die Mail noch einmal gelesen, in der ich dir so brüsk und ohne vorausgehende Verführung, ohne die Treppe des Begehrens auch nur zu betreten, sondern alle Stufen auf einmal überspringend, erklärte, dass ich mich in dich verliebt hätte. Ich lese das heute wieder und verstehe nichts. Ich weiß nicht, wer ich damals war. Ich weiß alles, was in dieser Mail steht, ich habe sie vor mir: Dass dich kennenzulernen der Blitz gewesen sei. Dass du mich erschüttert hättest wie niemand zuvor. Dass ich eine Woche lang nicht verstanden hätte, was mit mir passiert war, was mit uns passiert war. Dass ich es eine Woche lang sehr gut verstanden hätte, zu gut. Dass die Sprache eine Beschränkung sei für das, was ich dir sagen wollte. Dass ich dich sehen müsse. Dass du mir verzeihen mögest, dass ich dich so überfiele. Dass du mich vergessen, mir nicht antworten solltest. Ich kann dir alles wiederholen, was ich dir an dem Tag geschrieben habe, aber weder du noch ich verstehen es heute noch. Wie eine rätselhafte Inschrift, die bei der Ausgrabung auftaucht und die wir unbedingt transkribieren wollen, über deren Bedeutung wir aber nur spekulieren können. *Deine Liebeserklärung kam nach einem kurzen Austausch: nur drei vorangegangene Nachrichten, noch förmlich, forschend, ein externer Beobachter hätte sie lesen können, ohne etwas anderes als Gruß- und Dankesformeln und Leseempfehlungen zu finden, wir jedoch lasen darin das verschlüsselte Begehren. Ein Duell unentschlossener Liebender, wer schießt zuerst? Du warst der Erste, mit durchschlagender Wirkung, sodass bald keine andere Entwicklung mehr möglich war: alles oder nichts.* Ich habe eine Woche gebraucht, um dir eine Mail zu schicken, die ich bereits an dem Tag zu schreiben begonnen hatte, als wir uns nach dem Kongress verabschiedeten. Eine Woche lang habe ich getippt, gelöscht, wieder getippt, deine Adresse eingegeben, sie wieder rausgenommen, neu geschrieben. Eine Woche lang habe ich mit mir gekämpft, manchmal sogar laut, um den Gegenargumenten mehr Kraft zu verleihen: Was hast du da eigentlich vor, Antonio. Du hast einen kleinen Sohn, eine Frau, die dich liebt, dich vielleicht sogar leidenschaftlich liebt, dich möglicherweise auch noch begehrt, und der du vor ein paar Tagen noch geschworen hättest, dass du sie liebst, vielleicht sogar leidenschaftlich, und die du möglicherweise auch noch begehrst. Du hast dieses Leben doch selbst gewählt, und jetzt träumst du davon, alles hinzuschmeißen. Was ist los mit dir? Hast du dich verliebt? Mal ganz im Ernst, du bist jetzt dreißig, und wie oft hast du dich schon auf diese Art verliebt? Wie oft im letzten Jahr? Du warst immer schon leicht entflammbar, ein Blickwechsel genügt, und schon siehst du die Seitentür, die Feuertreppe, den Ruf eines anderen Lebens. Du weißt doch ganz genau, dass das nur diese alten Männerfantasien von der unbekannten, faszinierenden Frau sind, die auf einmal deinen Weg kreuzt und in ihren Augen die Verheißung auf ein anderes, besseres Leben trägt, für Fülle und Wahrhaftigkeit, was nur im Neuen möglich ist. Reine Nostalgie, die Nostalgie nach etwas, das es noch nicht mal gab. Das ist ein Spiel, und das weißt du. Du hast Fantasien mit Arbeitskolleginnen, Freundinnen, Frauen von Freunden, Unbekannten, dieser Blickwechsel, der dir etwas signalisiert, und du fühlst dich auserwählt. Wie kommst du darauf, dass es diesmal anders ist, dass diese Ángela nicht ebenso leicht vergessen werden kann wie die anderen? Du weißt, das Verlieben gibt es gar nicht, es ist reine Fiktion, Selbstbetrug, eine Antwort auf den Mangel an Zufriedenheit, ist reine Biochemie, Erwartung, ein Wendepunkt im Drehbuch, eine Anpassungsfunktion, ein Antidepressivum. All das habe ich mir in dieser Woche gesagt, aber ich bekam dich einfach nicht aus dem Kopf. Und in all diesen Jahren habe ich mich immer wieder gefragt, was wohl passiert wäre, wenn ich dich genauso ad acta gelegt hätte wie diese ganzen anderen flüchtigen Verliebtheiten. Wenn ich dir nicht diese Mail geschickt hätte. Wenn ich mit Teresa zusammengeblieben wäre, die ich in diesen Tagen heimlich beobachtet habe, ich versuchte herauszufinden, was ich für sie empfand, was ich einmal für sie empfunden hatte, was noch da war. Ich versuchte, mit ihr einen Zeitsprung zu machen, nur ein paar Tage zurück, in die Zeit, als ich dich noch nicht getroffen hatte, um mein Gefühl für sie ohne diesen Nebel zu betrachten, der es plötzlich verschwimmen ließ, der Nebel deiner Anwesenheit, deiner Abwesenheit, der Nebel des Begehrens, der gerade in mein Haus eindrang, sich durch die angelehnte Seitentür schmuggelte. Ich habe mich so oft gefragt, ob die Liebe nicht vielleicht nur ein Märchen ist, ein narratives Konstrukt, ob wir nicht dieser schwachen Anfangsverliebtheit eine konsistente Handlung verleihen wollen, bis sie zu etwas Entscheidendem, Vorbestimmtem geworden ist. Ob du nach dieser Woche, nach einem Monat, nach einer gewissen Zeit nicht vielleicht verschwommen wärst zu einer schönen Erinnerung an eine unmögliche, reine, vollkommene Liebe. Ich weiß es nicht. Ich weiß nicht, wer ich damals war. Ich weiß nur, dass ich eine Entscheidung traf, die ich nie bereut habe, und dass ich dir diese Mail, sooft ich mich auch in diesen Augenblick zurückversetze, noch einmal schicken würde, diese Mail, die alles ins Rollen gebracht hat, die mir all das gegeben hat, das ich heute habe, alles, was ich bin, alles, was wir gemeinsam aufgebaut haben. Ich würde dir diese Mail wieder schicken, und dann würde ich mich mit dir in einem Bahnhof verabreden und dich wieder zum ersten Mal küssen und dir all diese leidenschaftlichen Nachrichten, Briefe und Gedichte schicken, und ich würde mich wieder mit dir an einem Strand ausziehen und mich wieder von Teresa trennen und wieder glücklich und unglücklich sein an deiner Seite, würde meinen Sohn schmerzlich vermissen, dich maßlos und exzessiv lieben, dich wieder heimlich heiraten und Töchter mit dir bekommen und ein Haus für die Zukunft kaufen, und ich würde, ja, ich würde wieder all diese Fehler machen, einen nach dem anderen, weil wir sind, wie wir sind, und sie uns auch bis hierher gebracht haben, und ohne dieses Scheitern hätte ich nie verstanden, wie ich heute verstehe, dass wir eine andere Liebe verdienen: eine bessere Liebe, eine gute Liebe, eine Liebe ohne diese ganze Anstrengung und diesen Groll, eine ruhige Liebe ohne Melodram, ohne Peitsche oder Angst vor dem Alleinsein. Wir haben alles ausgegraben, haben den ganzen Schutt hervorgeholt, der uns begraben hatte, und ich spüre eine süße Leichtigkeit, als hätten wir wirklich all diese Tonnen von Verachtung, Schuld, sedimentiertem Groll, Müdigkeit, zusammengebissenen Zähnen, Auseinandersetzungen, Zwischenböden voller Larven, Erniedrigung, verfestigten Strukturen, Steinmauern, Einzelschächten, entzündbarem Reisig, erodierter Erde abgeschüttelt und so die Zukunft frei gemacht für diese andere Liebe: die langsame, behutsame, so freie wie komplizenhafte Liebe, von der ich nicht weiß, ob es nicht schon zu spät für sie ist, sag du's mir. *Wir sind am Ende angelangt. Am Grund des Erdlochs. Wir haben die letzten Schuttreste abgetragen, das lose Erdreich, und es bleibt nur noch die feine Schicht, die uns zudeckt wie ein Leichentuch. Eine erste Form zeichnet sich ab, man kann noch nicht erkennen, ob es sich um einen Ellbogen handelt, ein Knie, einen Schädel. Jetzt heißt es den Pinsel einsetzen, die Finger, den Sand vom Totenkopf pusten und einen Körper entdecken, zwei Körper, nebeneinander, umschlungen. Da sind wir, die von damals, schau uns an. An einem Aprilsonntag vor über dreizehn Jahren. Am Eingang zu dieser Aula. Wir kennen uns erst seit zwei Tagen. Wir sind im Begriff, uns zu verabschieden, wissen nicht, ob wir uns wiedersehen werden. Nun geh schon, sonst verpasst du den Zug, sage ich traurig. Wir geben uns zwei Küsse auf die Wange, die einem Unbeteiligten förmlich, harmlos erscheinen würden, er könnte nicht sehen, wie du meine Hand nimmst, wie ich deine Finger drücke, das erste Telegramm, das zwischen uns abgeschickt wird. Die Aula, wo der Kongress stattgefunden hat,*

ist das Hauptgebäude unseres Themenparks. Der Nullpunkt.
Ein Funktionsbau, schlecht gealterter Beton, geschmückt mit
den Logos von Banken. Wir haben dort ein Wochenende zu-
sammen verbracht, zwei Tage, die wir über die Jahre so oft
wiederaufleben lassen, dass wir, könnten wir in der Zeit zu-
rückreisen und sehen, wie sie tatsächlich abgelaufen sind, zu
unserer Enttäuschung Abweichungen feststellen würden,
Fehler. Unsere Erinnerung schiene uns weiterhin gültiger als
das Original. Kurz vor dem Abschied haben wir noch eine
Runde um den Block gedreht, mit langsamen Schritten um
das Gebäude herum. Der Spaziergang, der uns im Rückblick
ewig vorkommt, hat wohl nicht mehr als zehn Minuten ge-
dauert. Da hast du uns, wir biegen dort hinten um die Ecke,
gemächlich schlendernd wie bei einem Wettstreit, wer sich
langsamer fortzubewegen vermag. Wir reden. Darüber,
wie interessant der Kongress war, über die nächsten Veran-
staltungen, die schon geplant werden, über egal was, Haupt-
sache, wir bewegen den Mund und hören unsere Stimmen.
Dann verharren wir einige Sekunden lang schweigend, bis
du sagst, gestern Abend im Hotelzimmer hättest du einen
Film gesehen, du hättest nicht schlafen können. Ich werde
dich immer lieben, sagst du und siehst mir dabei in die Au-
gen, wartest ein paar Sekunden, wie um das Missverständnis
auszudehnen, das Sehrwohlverständnis, es vergehen ein paar
Sekunden, bis du mich aufklärst, das sei der Titel des Films,
Ich werde dich immer lieben, *der alberne spanische Titel*
von Viaggio in Italia. *Ich weiß, sage ich lächelnd, ich habe*
ihn auch gesehen, ich habe auch nicht schlafen können. Lus-
tig, sagst du, das ist ja, als hätten wir ihn zusammen gesehen.

Wir sind beide begeistert, fasziniert von Ingrid Bergman, von George Sanders' darstellerischer Leistung. Beide, jeden in seinem Zimmer, hat die allmähliche Auflösung des Ehepaars Joyce betrübt, bis zum plötzlichen Wiederaufflammen der Liebe in der letzten Minute des Films. Wir interpretieren auch beide das Ende gleich: In ihrer Wiederbegegnung, in ihrer verzweifelten Umarmung in Maiori, in ihrem Ich liebe dich, sehen wir Angst, nichts als Angst und Konformismus, eine Niederlage; die plötzliche Panik, als sie während einer Festtagsprozession in der Menge auseinandergerissen werden, die Panik, in der sie die Einsamkeit vorwegspüren, zu der sie verurteilt sind, wenn sie sich scheiden lassen. Sie beschließen also, zusammenzubleiben, sogar sich zu lieben. Auch in der Prognose waren wir uns einig: Katherine und Alex würden sich früher oder später doch trennen, sicherlich nach ihrer Rückkehr nach England, weil sie sich zwar lieben, aber ohne Leidenschaft, so bringen wir es auf den Punkt, während wir um das Kongressgebäude herumgehen, ein Spaziergang, der dreizehn Jahre gedauert hat: Wir haben dreizehn Jahre gemeinsames Leben gebraucht, das Erleben der leidenschaftlichen Liebe und auch des Entliebens, um zu begreifen, dass das versöhnliche Ende zwischen Katherine und Alex weder Feigheit noch Niederlage ist, sondern Klarsicht: die Bewusstseinsentwicklung zweier Menschen, die einander erst fremd werden, sich verlieren, zwei Unbekannte werden mussten, um zu dem Entschluss zu kommen, zusammenzubleiben, zusammen alt zu werden. Aber davon wissen wir noch nichts während dieser endlosen kurzen Runde um den Block, unsere Schritte im selben Rhythmus,

Arm an Arm. Vor dem Spaziergang sitzen wir zusammen am selben Tisch, mit einem weiteren Dutzend Kongressteilnehmer. Wir haben uns einander gegenübergesetzt, schon ganz unverblümt, wir wissen ja, dass der Abschied unmittelbar bevorsteht. Während des Essens unterhalten wir uns, ein passendes Gespräch für diejenigen, die uns hören. Ich schildere dir meine Mitarbeit im Lebensgeschichtenprojekt, du erzählst mir von deinen Reportagen. So nehmen es jedenfalls die anderen wahr. Wir selbst achten auf die Untertitel, das Begehren zwischen den Zeilen, die Art, wie wir einander beim Zuhören in die Augen sehen, schon jetzt in telepathischer Verbindung. Irgendwann legst du deine Hand auf meine, um etwas zu unterstreichen, hältst sie ein paar Sekunden lang fest. Unter dem Tisch schiebe ich meinen Fuß vor, spüre die Spitze deines Schuhs gegen die meine. Was für eine Liebe aus dem 19. Jahrhundert, lachen wir noch lange bei der Erinnerung an dieses anfängliche Zögern, das bange Spiel von Blicken und Berührungen. Am Vormittag, während des letzten Vortrags vor dem Essen, sind wir mehrmals hinaus ins Foyer gegangen, unter dem Vorwand eines Anrufs oder Toilettengangs. Zweimal, einmal du und das andere Mal ich, haben wir uns in einen Winkel des Foyers zurückgezogen und auf den anderen gewartet, der dann auch wie abgesprochen kam. Schon ganz früh am Abschlusstag hatten wir nacheinander Ausschau gehalten, um herauszufinden, was am Vorabend passiert war, wo wir da gewesen waren. Der Vorabend, der Samstagabend. Die verpasste Begegnung. Wir hatten ausgemacht, uns nach dem Essen zu treffen, wollten uns anderen Teilnehmern anschließen, um noch etwas trin-

ken zu gehen, es war ja der letzte Abend. Aber durch ein Missverständnis aßen wir mit zwei verschiedenen Gruppen und fanden uns in weit entfernten Bars wieder, wo wir vergeblich aufeinander warteten, jeder mit dem Blick zur Tür, um den anderen eintreten zu sehen, der dann nie kam. Eine verlorene Chance, die wir mit der Zeit positiv bewerten sollten: Wenn wir uns an diesem Abend getroffen hätten, dann hätten uns die Anziehung, die bereits unverkennbar war, und die freizügige Eigendynamik von Kongressen dazu gebracht, miteinander ins Bett zu gehen, und so wäre es womöglich bei einer ganz normalen Tagungsaffäre geblieben, etwas gutem Sex, einer schönen Erinnerung und nicht mehr. Aber wir haben uns nicht getroffen, jeder ging allein auf sein Zimmer. Dort bedauerten wir, uns verpasst zu haben, und schalteten den Fernseher ein, um die schlaflosen Stunden zu füllen. Während wir auf dem Bildschirm den Wagen der Joyces durch Süditalien rollen sahen, empfanden wir noch Bedauern darüber, nicht bei der Verabredung gewesen zu sein, die wir vor wenigen Stunden getroffen hatten, nach der Nachmittagskonferenz, bei der wir schon nebeneinander gesessen hatten: Du kamst rein, sahst dich nach einem freien Stuhl um, ich winkte dir von Weitem, mit einem einladenden Lächeln. Du nahmst neben mir Platz. Ein weiterer Moment von Liebe aus dem 19. Jahrhundert: auf dieselbe Armlehne gestützt, ein leichter, aber verwirrender Kontakt der freigekrempelten Ellbogen. Dein Mund an meinem Ohr, um mir etwas zuzuflüstern, der heiße Atem, sodass ich Lust bekomme, den Kopf zu drehen und dich zu küssen, meine Mähne, die dir übers Gesicht streicht, als ich etwas zurückflüstere. Beim vorangegangenen Essen hatten wir uns nicht an denselben Tisch setzen können, wir waren erst spät in den Speisesaal gekommen, und da waren nur noch Einzelplätze frei. Während des Essens hatten wir uns immer wieder nacheinander umgesehen, diese Blicke, bei denen Unauffälligkeit der beste Trumpf ist. Ich sah dich auf den Gang hinaustreten, ging dir erst hinterher und dann weiter, als du anfingst zu telefonieren. Ich wusste nicht, dass du mit deinem Sohn sprachst, hätte ich deinen Papatonfall gehört, dann wäre das sicher das Ende jeglicher Annäherung gewesen. Wieder mal der Zufall. Spät gekommen waren wir, weil wir unser erstes gemeinsames Bier ein wenig ausgedehnt hatten, am Tresen des Restaurants mit anderen Teilnehmern, aber die Unterhaltung läuft nur zwischen uns beiden: Du fragst nach meiner Dissertation, übertrieben interessiert an meiner Forschungsarbeit, ich äußere mich lobend über deine Reportagen. Wir sind dabei, einander zu verführen, vermute ich, wie auch schon während der Kaffeepause, das Spiel der Verführung läuft bereits seit Stunden, seit wir uns einander vorgestellt haben. Das war nach deinem Vortrag an diesem Samstagvormittag: Ich war ans Podium getreten, um dir zu sagen, wie anregend ich ihn gefunden hätte, auch einige deiner Reportagen hätte ich gelesen, und so gingen wir zusammen ins Foyer. Ein erstes Abtasten, bei dem du dich erkundigst, was mich auf diesen Kongress geführt hat, und ich kurz das Projekt erwähne und dir die Geschichte meiner Großmutter Ana und ihres ermordeten Verlobten anvertraue, den sie so viele Jahre später immer noch innig liebt. Was für eine wunderbare Geschichte, wie schön und wie

traurig, sagst du, dazu müsste man etwas machen, du wür-
dest gern einen Artikel darüber schreiben, bittest mich um
meine E-Mail-Adresse, damit wir in Kontakt bleiben kön-
nen. Ich erzähle dir mehr von meiner Großmutter, von der
Dissertation, die ich schreiben will, erzähle dir von dem Pro-
jekt, schließlich kann ich noch nicht sagen, dass ich vorhabe,
in dein Leben einzubrechen und dir das meine zu öffnen,
dass wir uns in zwei Wochen zum ersten Mal küssen werden,
weitere zwei Wochen später werden wir uns die Kleider vom
Leib reißen, in wenigen Monaten werden wir zusammen
wohnen, in ein paar Jahren heimlich heiraten, wir werden
erst eine Tochter bekommen, dann noch eine, und werden
die besten dreizehn Jahre unseres Lebens teilen. Ich sage dir
das nicht, weil wir uns ja gerade erst kennengelernt haben,
wir haben unsere Namen zum ersten Mal ausgesprochen,
uns zur Begrüßung auf die Wange geküsst, nachdem ich am
Ende deines Vortrags mit der Gewissheit zu dir gekommen
war, die Adressatin deiner Worte gewesen zu sein: Während
du zum Publikum sprachst, hast du deinen Blick auf mich ge-
heftet, mich ausgewählt, seit du mich verspätet eintreten
sahst, du hattest schon angefangen. Eine Verspätung, von
der du noch heute glaubst, dass sie beabsichtigt war, weil sie
mich sichtbar machen würde. Aber wenn du auf mich auf-
merksam wurdest, dann nicht wegen meiner Verspätung,
die gab es auch bei anderen Teilnehmern, sondern weil du
schon am Abend zuvor in deinem Hotelzimmer an mich ge-
dacht hast, so wie auch ich mich vor dem Einschlafen an den
Moment erinnert habe, an dem du an diesem Freitagnach-
mittag im Foyer aufgetaucht warst, mit deinem Koffer im

*Schlepptau und einem von der langen Reise müden Gesicht,
und da sagte eine Kollegin zu mir: Das ist der Journalist, der
mit den Reportagen. Und ich sah dich an, noch eher neugie-
rig als interessiert, sah dich an, während du dich in die
Schlange stelltest, um dich auf die Teilnehmerliste setzen zu
lassen, und da hast du den Kopf gedreht und meinen Blick
getroffen, und wir hielten unsere Blicke fest, verlängerten die
Begegnung um ein paar Sekunden, als würden wir einander
wiedererkennen, als hätten wir einander erwartet, als sagten
wir Ja, und genau hier beginnt unsere Geschichte.*

Es ist nur der Anfang. Erst später tut es weh,
und man gibt ihm Namen.
Mancher nennt es Leidenschaft. Und die kann
denkbar leicht entstehen:
ein paar Regentropfen im Haar.
Du streckst die Hand aus, die Finger
fangen plötzlich an zu glühen,
du weichst zurück vor Angst. Diese Haare,
ihre Wassertropfen sind der Anfang,
nur der Anfang. Bevor
das Ende kommt, wirst du ins Feuer greifen,
so machst du aus dem Winter
die glühendste der Jahreszeiten.

EUGÉNIO DE ANDRADE

Danksagung

Mein Dank gilt all den Menschen, die mich mit ihrer Lektüre und ihren Ratschlägen unterstützt haben: Marta Sanz, Olga Elwes, Sara Rosa, Ángela Camacho, Estrella Escriña, Marta Velasco, Antonio Rosa und insbesondere Elena Ramírez, die mich auf jeder Seite begleitet hat.

Danke auch an alle, die ihre Erfahrungen, Ängste und Reflexionen zum Thema Liebe mit mir geteilt haben. Neben den bereits Genannten sind das Fabio Almeida, Amaya Alzaga, Teresa Bailach, Isabel Boca, Eugenia Caretti, Verónica Fernández, Santi F. Patón, Charo García, David García Aristegui, Sonia García Flores, Belén García Baena, Fernando Giles, Rocío Giles, Pilar Lucía López, María Navas, Alicia Ortiz, Carla Rogel und Víctor Sampedro.

Im vorliegenden Roman schwingen Ideen der Autoren Santiago Alba Rico, Roland Barthes, Zygmunt Bauman, Élisabeth Badinter, Alain de Botton, Helen Fisher, Erich Fromm, Marina Garcés, Sue Gerhardt, Carlos González, Coral Herrera, Arlie Russel Hochschild, Eva Illouz, Carolina del Olmo, Richard David Precht, Massimo Recalcati, Richard Sennett u. a. m. mit.